顾　　问：（按姓氏笔画为序）

丁　帆　邓长青　艾　斐　古远清　朱栋霖
乔以钢　刘醒龙　李敬泽　肖伟池　吴义勤
何锡章　张　炯　张福贵　陈平原　陈思和
陈晓明　周健明　於可训　胡亚敏　施战军
洪子诚　姚海天　顾　彬　黄修己　阎　纲
阎晶明　梁鸿鹰　董之林　温儒敏　熊德彪

编辑委员会

编委会主任：王庆生

编　　委：（按姓氏笔画为序）

王本朝　王庆生　王泽龙　王春林　王彬彬
朱水涌　刘复生　李　怡　李云雷　李少君
李建军　李遇春　杨　扬　杨　彬　杨晓帆
何向阳　何言宏　汪　政　宋剑华　张　冀
张永健　张志忠　张清华　张新颖　欧阳友权
罗振亚　周新民　赵小琪　南　帆　洪治纲
贺仲明　贺桂梅　郭宝亮　黄永林　黄发有
阎　志　程光炜　谢有顺　窦金龙　樊　星

中国新文学学会、刘醒龙当代文学研究中心主办，湖北长江文化发展基金会、卓尔公益基金会协办。

目录 Contents

作家语录
另一途 ……………………………………………………… 双雪涛/4

文学新势力·双雪涛
主持人语 ………………………………………………… 谢有顺/5
"记忆修辞术"与"少年成长史"
————论双雪涛小说创作 …………………………… 徐 威/7
寻找缺席的母亲
————双雪涛小说论 ………………………………… 刘秀丽/15
地域题材、历史意识与当代文学新的可能性
————以双雪涛的创作为例 ………………………… 单 昕/21
在聋哑时代坚守梦想与自由
————双雪涛小说论 ………………………………… 陈劲松/28

诗人档案·泉 子
主持人语 ……………………………………… 张清华 王士强/35
诗的常识 ………………………………………………… 泉 子/36
"山水只有成为道的容器才成其为山水"
————纪梅、泉子对谈 ………………………… 纪 梅 泉 子/39
汉语的辨认 ……………………………………………… 张曙光/43
以文字凿泉筑栈道通往诗意起伏的饱满 ……………… 张 悦/48

新文学史家访谈录·魏 建
探寻文学史书写的多种可能性
————魏建先生访谈录 ………………………… 魏 建 马 文/51

1990年代诗歌研究
主持人语 …………………………………… 罗振亚 刘 波/61
传统在90年代诗歌中的应用
————以代表诗人萧开愚的写作为例 …………… 余 旸/63
"在非诗的时代展开"
————20世纪90年代女性诗歌的新质 …………… 董秀丽/72
1990年代诗歌边地书写中的生态意识
————以于坚、沈苇为中心 ………………………… 马春光/81
词语作为开端
————20世纪90年代诗歌表意方式之一 ………… 范云晶/88

"火"的升阶书
　　——1990年代中后期诗歌语象的建构 ………… 张凯成/95

抗疫文学与文学抗疫

中国"抗疫文学与文学抗疫"专题论坛综述 ………… 李　涵/99
中国"抗疫文学与文学抗疫"论坛纵横谈…………………
　　………………… 谭桂林　汪　政　魏　建　刘　勇/105
刘醒龙长篇新作《如果来日方长》大家谈…………………
　　………………… 於可训　赵学勇　陈思和　等/113
文学是生命的舟楫 ………………………… 刘　勇　解楚冰/125

批评前沿

新时期小说去英雄化人物形象的人文生态解析 ……………
　　……………………………………… 严运桂　龙厚雄/129
虚构的热情和写实的执着
　　——苏童、叶兆言比较研究之一 ……… 辛捷璐　杨经建/136
如何拓展扶贫题材诗歌创作的美学空间
　　——以黄平"十八洞"系列诗作为中心的讨论 …… 马新亚/141
失落的叙事与民俗的流变
　　——评晓苏《陪李伦去襄阳看邹忍之》………… 黄春黎/144
文学的两岸互看：是镜子，也是提灯
　　——评李勇《呈像的镜子：海峡两岸社会转型期乡村叙事比较》
　　………………………………… 徐纪阳　刘建华/149

中国现当代旧体诗词研究

断裂后的修复
　　——网络旧体诗坛问卷实录（十）……………………
　　………… 汉水鸿影　高语含　莫真宝　王一舸/152
从《当代词综》看施议对的"大当代"词学观………… 周于飞/167

学术交流

伟大的陪伴
　　——中国"抗疫文学与文学抗疫"专题论坛致辞…………
　　………………………………………………… 刘醒龙/172
普通写作者的普通写作
　　——在《如果来日方长》研讨会上的发言 ………… 刘醒龙/174

图书在版编目（CIP）数据

新文学评论（四十）/黄永林,阎志,张永健主编.
—武汉:华中师范大学出版社,2021.12

ISBN 978-7-5622-9558-7

Ⅰ.①新… Ⅱ.①黄… ②阎… ③张… Ⅲ.①中国文学—文学评论—文集 Ⅳ.①I206-53

中国版本图书馆CIP数据核字（2021）第228945号

责任编辑：张建英
封面设计：吴　萌
责任校对：骆　宏

华中师范大学出版社

社址：湖北省武汉市珞喻路152号
电话：027-67863426（发行部）
网址：http://press.ccnu.edu.cn
印刷：武汉兴和彩色印务有限公司
字数：330千字
开本：889mm×1194mm　1/16
印张：11
版次：2021年12月第1版
印次：2021年12月第1次印刷
定价：29.00元

另一途

□ 双雪涛

对于写作这件事情,我经常谈不出什么东西,尤其是对于写小说,找到想说的东西是一件难事,因为从开始写作时起,我便把这个活计当作一种消磨时间的方式或者说是赢得虚幻的自由的方式。其实每当别人问起我写作的目的时,我都想如是回答,但是相信我的人不多,并且时常引起不必要的争论。也有人问我,你到底阅读过多少本小说?我说:不算太少,但是也真的不多。我看到喜欢的东西我会非常兴奋,每天放在包里,有时间就翻翻;如果不喜欢的话,看几页就会放在一旁,无论它对于指导我的写作有多大的意义,我也说服不了自己将其再次翻开。经常会听人说小说快要死了,其实我并没有觉得太悲伤。第一,我是不太相信的,如果是自然演进,我觉得小说想要死透不是很容易的,原因是它成本很低,比较环保,对形成它的元素要求不高;如果不是自然演进,而是靠外力致死,我也觉得困难,因为犯不上,对于不喜欢小说的人来说,小说顶多算是个小障碍,像过草地时被毒蚊子咬了两口。第二,说小说不行了的人呢,大多是觉得小说不如过去辉煌,或者说自己不如过去辉煌,但是小说为什么要那么辉煌呢?两人见面不问"你吃了吗"而问"你读了吗",也是挺吓人的情景。我总有一种自私的想法,这个时代有那么多热闹的东西,有那么多需要提倡、鼓励、支持、审核、批判、导流、禁止、打倒的东西。小说就像是大树底下乘凉的顽童,把这些东西都看在眼里,为之哭泣,为之大笑,然后随时准备讲给别人听,有心人听去,就算缔结了一种关系。这关系看似虚渺,其实牢不可破。当然写小说的人会从讲述中得到乐趣,这是我所相信的事情,有时候过程十分艰辛,乐趣因此可能加强。也许这跟做数学题或者进行体育活动有相似的地方,虽然其结果亦关乎名利,但是其过程乃是真正所得,这种老生常谈当然每个人都知道,也不必多说。我们这个国家的艺术家大多善于寻找意义,为了这个意义可以忍受诸多苦痛和屈辱,其间也诞生了不少伟大的作品,这确实也是艺术之一途。另一途是走到哪算哪,一个空翻落地,站稳了欢呼,摔了一跤,拍拍屁股继续往前走——这种人通常虚度了不少光阴,不过也算是一种活法吧,毕竟有着无限的远方,所以无论怎么计划,是否能真的抵达实乃未知。

主持人语

□ 谢有顺

在八〇后作家群体中，双雪涛的写作历程颇为独特。他并非中文专业出身，却在某一刻毅然辞去工作专职写小说。他不像许多八〇后作家那样，从青春写作开始，也没有老老实实地遵循着纯文学写作的传统路径，他的出现，让很多人惊讶，那种叙事爆发力好像很久没在新作家身上看到了。我读他的小说，第一篇是《平原上的摩西》，那种一下能让人记住的腔调，仅仅只是一个中篇，却清晰地表达出了作家的叙事风貌。

他最初的写作也许源于冲动，一种不可阻挡的言说冲动。他脑海中有那么多的"胡思乱想"，有那么多的奇幻场面，于是就有了《翅鬼》。他记忆中还有那么多形形色色的独异人物，他们是家人、同学、邻居，是习惯性被遗忘、忽略的大多数。他们之中，有天才也有恶棍，有理想主义者也有生活的幻灭者。他们有的如堂吉诃德般以天真和无畏在和这个世界对抗，有的在生活面前畏畏缩缩，更多的则是默默承受，被生活弄疼痛之后既不愤怒呐喊，也不绝望哭泣。于是有了《聋哑时代》《平原上的摩西》《飞行家》《猎人》等作品。

很快，关于双雪涛的讨论开始多起来，且渐成热点。有人研究他讲故事的声调、情绪和口吻，梳理他的叙事艺术；也有人沉浸于他所讲的故事，时代、地域、人物、情节以及由此而来的明确或模糊的艺术指向、社会意义。他小说中的"东北书写"尤受关注。伴随着今年《刺杀小说家》《平原上的摩西》两部电影的上映，可以预见的是，关于双雪涛小说影视改编的话题也正在赶来。

本期刊发的四篇文章，它们角度各不相同，但都有自己独特的看法。

徐威在《"记忆修辞术"与"少年成长史"——论双雪涛小说创作》中提出，"理解双雪涛的小说，首先需要理解《聋哑时代》，理解童年对于双雪涛的重要意义"。从童年经验入手，徐威继而认为到目前为止双雪涛的小说写作实则是一部"少年成长史"，亦是双雪涛"个人成长史"的艺术显现——这一观点，在目前双雪涛的研究中颇为可观。在梳理、对比了双雪涛的六本小说（集）之后，徐威认为多重文本、交错叙事与另类现实构成了双雪涛的"记忆修辞术"，这是双雪涛叙事艺术的重要特征。叙事特征的提炼意味着小说家个人风格的生成，但同时也意味着一种危险的来临。在这点上，双雪涛也许很快将遇到自己的困境，因为一个有抱负的作家首先必须克服的，就是在叙事艺术日益成熟的时刻，如何避开自我重复的漩涡。一种有难度的写作是不断重新出发，但艺术的惯性总是限制着自己，这是一切写作者都要面对的根本悖论。

丛治辰在《父亲：作为一种文学装置——理解双雪涛、班宇、郑执的一种角度》一文中提出，不能忽略双雪涛等人小说中的父亲形象。读双雪涛小说，可以发现，小说中父亲的戏份要远远多于母亲。从这一点出发，刘秀丽在《寻找缺席的母亲——双雪涛小说论》中认为，不能忽略父亲形象，也不能忽略双雪涛小说中的母亲形象——哪怕母亲是缺席的、模糊的、隐晦的，她依然有着隐性的精神力量。

单昕和陈劲松的文章着重探讨双雪涛小说的经验类型。前者仍然是从"东北书写"出发，着重分析地域性、历史性与当代小说写作的复杂关系。单昕认为，艳粉街是双雪涛小说世界中重要的异托邦，身处其中的多为生活中的边缘人。通过从个体角度出发的对历史场景与现实生活的书写，"双雪涛从艳粉街出发，不仅呈现出以个体为单位与历史和现实对话的意图，更彰显了一种对精神建构力量的追寻"。后者也将艳粉街作为解读双雪涛小说的关键词,不同之处在于,在陈劲松的文章中,地域并不是中心——处于核心位置的是生活在其中的人。由此,他认为双雪涛的小说是为那些被侮辱被损害的故乡人塑像,是在历史洪流中呈现复杂人性,并书写爱、尊严、自由、梦想等。

而我更想说的是,在今天的写作语境里,像双雪涛这样起点高、作品多,并迅速获得文学界认可的,其实是少数。多数人都要有一个更漫长的酝酿和累积的过程。写作是需要天赋的,还需要勤奋、思考、热爱、坚持,这些双雪涛似乎都不缺。只是,文学如托卡尔丘克所说,在深入探知另一个人的生活,理解他的观点,分享他的感受,体验他的命运的同时,还要像她在《玩偶与珍珠》里所启示我们的那样,每一个人都要去寻找自己生命的"珍珠"。珍珠是用来比喻灵魂的,也是文学最为内在的一面。为此,托卡尔丘克提出了"异己性"的概念:"把要认识的这个世界当成一个流放的地方,感到这个地方非常异己。这是一条直接走向醒悟的道路。"不断在熟练的写作中体验"异己性",并不断"醒悟"写作中遇见的问题,相信双雪涛也可以找到自己更大的文学"珍珠"。

"记忆修辞术"与"少年成长史"

——论双雪涛小说创作

□ 徐 威

从多个角度看,双雪涛都可谓是近些年来的现象级的青年小说家——作为一名80后,他2007年大学毕业后在银行工作,2010年开始小说创作,2012年毅然辞去工作专职写小说,2015年离开沈阳进入中国人民大学首届创造性写作研究生班;至2019年,他已出版长篇小说《翅鬼》《天吾手记》《聋哑时代》和中短篇小说集《平原上的摩西》《飞行家》《猎人》;他先后获得首届华文世界电影小说奖首奖(2011)、第十四届台北文学奖(2012)、第二届"紫金·人民文学之星"奖短篇小说佳作奖(2014)、第十七届百花文学奖中篇小说奖(2017)、第十五届华语文学传媒大奖年度最具潜力新人(2017)、第三届单向街·书店文学奖"年度青年作家"(2018)、第三届宝珀理想国文学奖首奖(2020)。在文学评论界,他与班宇、郑执被称为"铁西三剑客""新东北作家群"[1],引起了广泛关注与讨论:黄平、刘岩等批评家将其看作"东北文艺复兴"的代表性人物,将其作品《平原上的摩西》(《收获》2015年第2期)视作是80后文学一个标志性的成熟时刻[2]。在影视界双雪涛也成绩斐然;2021年2月12日由其小说《刺杀小说家》改编的同名电影上映(路阳执导,雷佳音、杨幂、董子健、于和伟、郭京飞主演,票房破十亿),由其小说《平原上的摩西》改编的同名电影(张骥执导,周冬雨、刘昊然、梅婷、王学兵等主演)2021年12月24日也将上映。

半路出家,裸辞从文,颇具传奇性的创作经历,发表、出版、获奖皆硕果累累的傲人成绩,文学界、评论界、影视界的多重认可⋯⋯凡此种种,让双雪涛在较为短暂的时间里广泛为人所知。在2020年,双雪涛小说创作甚至作为文学事件[3]引发了众多批评家的深入讨论。但是,在广泛为人所知与引发深入讨论背后,起着根本作用的依然是也只能是双雪涛小说文本本身。因此,重新回到小说文本,从最初的处女作《翅鬼》到最近的作品集《猎人》,再次梳理双雪涛小说的言说内容、言说方式及其言说价值,探究其之所以成为文学事件的内在质地,显得必要且重要。

一、童年:"最初的素材"与"虚构的开始"

理解双雪涛的小说,首先需要理解《聋哑时代》,理解童年对于双雪涛的重要意义:童年作为最初的材料直接影响了双雪涛前期的写作,也为他的虚构提供了坚实的事实依据。评论界对其小说"东北性"的高度认可,事实上也源于双雪涛对童年记忆中国企工人下岗浪潮、艳粉街等的反复书写。

弗洛伊德在《作家与白日梦》中指出,当我们需要理清作家是从什么源头汲取了他的素材,又如何利用这些素材使读者产生深刻印象,激起读者未曾想象到的情感时,作家未必能够给出答案,即便给出也可能不令人满意。因而他认为应该回到作家的童年时代去寻找答案:"难道我们不该在童年时代寻找想象活动的最初踪迹吗?"[4]童年对于一个人,尤其是一个小说家的重要性不言而喻。"童年是人与世界建立关系的最初阶段,在个体的经验积累中有很大一部分来自童年,童年的记忆对一个人的个性、气质、思维方式等的形成和发展起着决定性作用。"[5]不仅如此,童年更是作为一个最熟悉、最初始、最深刻的写作素材,反复在小说家的脑海中萦绕。尽管这些童年记忆因儿童生理原因与时间的作用,有时候显得并不那么完整,也并不那么清晰。但是,这种朦胧的(有时甚至是虚幻的)、碎片化的、最初的体验,已然深入作家的潜意识之中,在往后的日子里随时浮现。甚至于,不少作家一辈子的创作不过是重返童年而已。

在访谈与演讲中,双雪涛多次讲起两个故事:一是一个老实憨厚的修自行车的邻居老李在被警察抓捕,警察在他家中房梁上搜出上百万现金后,大家逐渐才在震惊中得知原来他是伙同他人在四年半时间里抢劫、杀害了十九人的凶手;二是他的一名叫小霍的同学、好友,始终坚守正义与原则,初中时候在校长办公室贴大字报为朋友鸣不平,结果承受了重重压力最终被摧毁。这两个故事,都是双雪涛童年时期的亲身体验。在双雪涛从事小说创作之后,前者后来变成了长篇小说《天吾手记》中的重要情节,后者变成了长篇小说《聋哑时代》中的第六章《霍家麟》(也是稍做修改后的中篇《我的朋友安德烈》)。不仅仅是这些——双雪涛把他童年时居住的艳粉街与自己的学习经历搬到了小说里(《聋哑时代》),也把他家后面的一个湖搬到了小说里并命名为影子湖(《光明堂》),把家附近的煤矿四营变成了"我"与老拉探寻又迷失的"煤的山川"与"煤的海洋"(《走出格勒》),把那些酒鬼与无赖写进故事里(《无赖》)……可以说,1983年生于沈阳的双雪涛,长期住在艳粉街的双雪涛,在众多小说中不断地改造,甚至是重现其童年记忆。"那个胡同我大概住到十岁,就是我记忆能力大大增强的时候,搬到了市里最落魄的一个区域,艳粉街。我的邻居大概有小偷、诈骗犯、碰瓷儿的、酒鬼、赌徒,也有正经人,但是得找。总之,在那个环境里,会看见各种各样的人……这一切,都是我一直牢记的东西。因为就在我的血液里,无论表面看起来如何,无论写东西之后如何如何,我还是艳粉街的孩子。"⑥

《聋哑时代》是重返童年之作。这是一部双雪涛尤其看重甚至将其视作是自我治愈的"一种良药"的长篇小说。小说写于《翅鬼》之后,《融城记》(《天吾手记》)之前,那时双雪涛白天上班,夜晚写作。《翅鬼》是为了参加首届华文世界电影小说奖而写,《融城记》是得到第十四届台北文学奖资助的写作计划。相较而言,《聋哑时代》才是双雪涛真正无法压制的创作冲动:"我就想,怎样才能彻底地解决这个问题:只有把初中的磨难写出来。而我一直认为,那个年龄对人生十分关键,是类似于进入隧道还是驶入旷野的区别……这里没有纯文学和类型文学的界限,这里面只存在我当时最想说的是什么。"⑦小说除序曲与尾声外,以刘一达、高杰、许可、吴迪、安娜、霍家麟、她(艾小男)七个人物为章节。每个章节可独立成为中短篇,组合在一起就构成了"我"的初中生活:成长、苦难、对抗、友情和最初的爱情。这些人物中,刘一达与霍家麟的人物原型即是双雪涛初中时的同学(当然,我认为其他的人物同样有原型,但尚未见到双雪涛的讲述)。

双雪涛有时在访谈中表示书中的女性角色是虚构的,但我依然愿意将这部小说视作他的"自叙传"。"一段时间里,每当黑夜降临的时候,我都会想起很多人。我的亲人、曾经的同学、朋友、同事、我的爱人,还有我听说过而不认识的人。……我越想记住他们,我就越在篡改关于他们的记忆,在脑海里把他们改得面目全非。"⑧如果说《翅鬼》和《天吾手记》以虚构的艺术见长,展现出双雪涛的想象能力,那么《聋哑时代》则以写实为特征,以个体的成长经验呈现80后一代人的成长片段。换而言之,《聋哑时代》更多地并不是依靠想象与虚构,而是从童年记忆中"拾取""挪移"和"拼接"。这一点正如同小所家田耳所说:"他耽沉于童年视角,是认定此中存有可供无尽攫取的资源。"⑨

对比《聋哑时代》与双雪涛的演讲《冬天的骨头》,我们清晰地看到童年是如何作为双雪涛的素材、如何作为虚构的开始的。小说中的人物形象、核心情节与重要细节,均来源于双雪涛的童年记忆。人物形象上,记忆中的小霍与虚构文本中霍家麟几乎是一致的:内心有坚守,敢于反抗,绝不妥协。核心情节上,记忆中的小霍为了小刘考了年级第一却被剥夺去新加坡学习一事而在校长室门口贴大字报鸣不平的事情,成为小说文本中的核心情节。稍有不同的是,小说将现实中的初二改成了初三,将小刘改成了"我"(李默)。另外,小说增添了小霍利用镜子反射原理"监控"老师、在升旗台上发表两次"著名演讲"、练气功、研究朝鲜、精神失常等内容(这些情节是否仍出自童年记忆只有双雪涛才知道了)。在细节上,记忆中的小霍与小说中的霍家麟,都与"我"踢前后卫。两人的相见都与父亲的葬礼有关;现实中双雪涛最后一次见到小霍是父亲去世时,而小说的开头写道:"我倒数第二次看见家麟是在我爸的葬礼上。"⑩在这对比中,我们看到,《聋哑时代》中霍家麟故事的核心情节,基本源自双雪涛记忆中小霍的故事。换而言之,这个故事双雪涛写实多于虚构,改造多于创造。童年在这里更多地作为素材,以最直接的方式,呈现在双雪涛的小说创作中。

演讲中,双雪涛讲述的另一个故事也作为重要情节出现在长篇小说《天吾手记》:"后来才知道,他们这个团伙可能是5个人,从1995年到1999年,跨度大概四年半,杀害了19个人,累计抢劫应该是三四百万……这个团伙其实是两兄弟、两兄弟再加一个老李,那两个都是亲哥俩,他是一个单崩儿的……他们去了之后,把这司机从前面的驾驶舱骗下来,把他勒死,放在后备厢,直接开这个车就去抢。"⑪童年目睹的真实演变为小说中改变"我"和蒋不凡生死命运的犯罪团伙:"在他们这个团伙里面,有两个全国A级通缉犯,是双胞胎兄弟,算上那天的目标在内,一共五个人,平均年龄四十六岁,大多数有过前科或者离异无业。从1992年到2002年,他们在内蒙古、黑龙江、吉林、辽宁,夜晚劫杀了四个出租车司机,通常是勒死,把尸体放在出租车的后备厢,第二天凌晨径直开车抢劫银行或者储蓄所。"⑫与《聋哑时代》不同的是,这段童年记忆,并不成为小说的主体,而是作为影响小说中"我"与蒋不凡命运的关键情节。因而这一团伙的存在,导致了"我"和蒋不凡的死亡,这才有了"我"到台北寻找最高教堂等故事。也就是说,童年记忆并不如同《聋哑时代》中的《霍家麟》一样作为素材直接呈现,而是作为虚构的开始而产生重要作用。此外,"出租车""警察""案件""凶手"这些关键词也反复出现在《平原上的摩西》等其他小说中。这充分显现出这一童年经验对于双雪涛的深刻影响。

"最高的文学属于童年并通向童年。"⑬作为"艳粉街的孩子",写作初期支撑双雪涛的两个重要力量,一是漫无天际的想象力,二是更为重要的童年经验。这一点,尤其集中显现在《翅鬼》和《聋哑时代》两部长篇小说之中。倘若再将这两部作品与双雪涛近期的小说集《飞行家》和《猎人》进行对比,可以清晰地看到,奇幻想象与童年经验是如何一步步在成人经验(现实经验)的"逼迫"与创作理念与"自我规训"中"隐身其后"的——这一切,都与双雪涛的"记忆修辞术"紧密相关。

二、"记忆修辞术":
多重文本、交错叙事与另类现

一个小说家的创造力绝不仅仅表现在他对记忆的"拾取""搬运""重复"和"再现"上,更表现在对记忆的"修辞"与"诗化"中。如何对记忆再次"赋情"与"赋值",如何对记忆加以改造、变形、再创造,成为有写作抱负的小说家的日常功课。从创作心理学的角度来说,"在作家、艺术家看来,记忆并不都像理论家所断定的,只是对于过去感知过的东西的重复和再现;记忆并不是一种完全被动的心理功能,而是一种重建活动,是一种创造性的心理活动,情绪记忆尤其如此"⑬。在将记忆作为素材的基础之上,修炼"记忆修辞术",用各式各样的方法将记忆变成虚构的现实,是小说家漫长且无止境的工作。

从奇幻想象,到童年记忆的再现,再到虚构真实,这是双雪涛的创作历程中一条清晰的线索。这一过程,实质上就是如何艺术化地处理素材、生成个体叙事独特性的过程。对此,双雪涛有明确的认知。他在不同的场合,多次谈到这个问题:"小说本质上,就是虚构,即使是真实记忆,到了小说里,马上瓦解、粉碎、漂浮、背景化,然后成为另一种东西,就是你的精神世界"⑮;"素材很重要,但更重要是你怎么用自己的内心把它打造成一个跟现实并肩而立的建筑……对于一位作家而言,他写作的材料是一个问题,但更重要的是他看待材料的方式和处理问题的方法,我觉得这是一个作家安身立命的根本……当你开始起步的时候,更多地使用自己熟悉的材料,但越往后写越会尝试新的方法"⑯。因此,在《平原上的摩西》《飞行家》《猎人》这三本小说集中,我们看到,双雪涛的叙事愈加明显地从奇幻叙事(《翅鬼》)、现实主义叙事(《聋哑时代》)走向更具现代气质、技术更为复杂与熟稔的新阶段。在这过程中,双雪涛的叙事风格也在不断选择、变化、调整中逐渐确立。

在我看来,多重文本、交错叙事与另类现实,是双雪涛"记忆修辞术"的三个关键词。

首先是多重文本。双雪涛偏爱在小说中以第一人称"我"为视角,讲述两个或者多个故事。这使得他的小说常常出现多个故事文本。长篇小说《天吾手记》中包含发生在S市"我"与蒋不凡追查罪犯、李天吾在台北寻找教堂、小久在消失之前不断回顾人生三个核心事件。短篇小说《白鸟》由七个部分构成,分别勾勒了Z、W、M、S、O、H、V的人生片段——小说没有明确的主题,所有的指向与意蕴都需要读者在这七个文本的相互碰撞与相互映衬中自行发觉。《刺杀小说家》包含现实生活中千兵卫多年寻找失散的女儿最后为钱去刺杀小说家、小说家虚构的少年久藏独自前往京城刺杀赤发鬼为父报仇的两个故事——与此相似的是《女儿》,同样是作家故事与作家笔下的小说相互指涉。《北方化为乌有》同样包含两个不同时间节点的故事,一个作家刘泳、编辑饶玲玲与女孩米粒在除夕夜相见,另一个是他们所谈论的十余年前老刘(刘泳父亲)在工厂被杀之谜。类似的小说,还有《Sen》《预感》《剧场》《松鼠》《猎人》等等,在此不一一分析。

多重文本在小说中互渗,由此扩大小说的叙事空间与叙事张力,这是双雪涛小说叙事的精妙之处。这些文本有时候构成一种平等的关系,在相互指涉中丰富小说的意蕴,《天吾手记》《刺杀小说家》和《白鸟》等就是此类的代表。在这种情况中,文本的等级是一致的,没有主要文本与插入文本的区别。因而小说在结构上相对清晰,其文本关系也相对简单,但难度在于如何让两个独立文本产生戏剧性的、主题性的关联。另一种情况相对要复杂,即在一个主要文本之中插入新的叙事文本。这时,主要文本与插入文本之间的关系就显得微妙。更多的时候,插入文本作为一个副文本,其叙事功能在于辅助、提升、强化主要文本,使主要文本的表现力与感染力得到深化。在小说《跛人》中,"我"与刘一朵在考试之后坐上火车准备私奔到北京天安门广场放风筝。在车厢里遇到的中年跛人的故事就是典型的插入文本。在喝酒与交谈中,跛人的故事若隐若现地被勾勒出来:他自幼离家闯荡社会,做过许多不同的工作,如今他的父亲已经一声不吭地死在了炕上,他只剩一条腿,口袋空空、满怀沧桑地返回家乡。"'下一站我就下车了。到家了。'他轻声地说着。我好像透过衣服,看见他的刀疤在闪闪发亮。"⑫作为一个插入文本,跛人故事并未完全展开,但却对小说中的人物行动产生了关键性的转变:"我"不想再去北京选择返回家中,而刘一朵在火车上不知所踪,之后杳无音信。一方面,插入文本起到了决定主要文本走向的功能;另一方面,插入文本以对比的方式强化了主要文本:以承受社会多重苦难的归家者反观一对青涩的十七岁的离家者。由此,家的意味以及对规训、稳定、自由的不同选择与不同命运,就成为这篇短篇小说带给读者的思考。

《女儿》中"我"遇到的年轻人所撰写的小说文本也构成了整篇小说的插入文本,它从属于"我"和年轻人相遇、交流这一叙事框架之中。但这篇小说与《跛人》又有不同。在《女儿》中,年轻人发到"我"邮箱里的故事远比跛人的故事要丰满、完整、有力:它是一个结构完整,精心创作的能够独立成篇的文本。"当插入文本呈现一个具有精心结构的素材的完整故事时,我们会逐渐忘记主要叙述的素材。"⑬这时,在叙事的力量上,完整的插入文本就远远超越了《跛人》中那种若隐若现的、不完整的插入文本。这一篇未完成的关于杀手、木匠及其女儿的虚构文本,在小说中最终也影响了作为行为者的"我"的举动:"我忽然坐起来,又把电子表看了看,距离晚上八点还有十五分钟。我滚下床穿上外套跑出门去……有一个人在等我,她等了我很久,现在已经绝望,炉火要灭了,但是以我对她的了解,时间没有走完之前,她不会放弃,而我,马上就要到了。"⑭类似《女儿》这样,以相对完整、独立的插入文本影响主要文本的还有《预感》中的信件、《猎人》中的台词,《剧场》中的剧本、《间距》中的剧本大纲、《宽吻》中奥康纳的笔记等等。除此之外,双雪涛在小说中时常在小说中加入《圣经》中的文字、诗歌、歌词等非叙事性文本,并与主要文本构成一种互文关系。它们作为"主文本的一个符号(sign)"[20],扮演着主要文本的解释者、推动者、强化者、隐喻者等角色。

其次是交错叙事。如前文所说,双雪涛偏爱在小说中创作多重文本。如何对这些文本进行排列组合同样考验着小说家的叙事能力,尤其是把握叙事结构的能力。对小说文本中的叙事人、事件时间、事件空间、事件顺序的不同选择与编排,是生成小说的现代性与作家的个人风格的关键因素。现代叙事的"错时""隐匿""碎片化"甚至"有意混淆"与传统的线性叙事、完整性叙事,形成了鲜明的对比。

双雪涛的选择是交错叙事。他偏爱在小说中划分出不同的篇章(即便是短篇小说),时常是一、三、五部分讲述文本A,二、四、六部分讲述文本B。最为典型的作品是《天吾手记》:小说第一、三、五、七、九、十章以第三人称讲述李天吾在台北与小久的故事;第二、四、六、八、十一章以第一人称讲述"我"(李天吾)与蒋不凡的警察生涯。《刺杀小说家》同样如此,第一、三、五、七、八部分是现实中"我"与小说家的故事,第二、四、六、九部分是小说家写的少年久藏刺杀赤发鬼的复仇故事。类似的还有作品还有《光明堂》《Sen》。按照一定的顺序进行交错叙事,是双雪涛的叙事风格之一。但这多少显得简单,且读者习以为常之后也降低了最初的新奇感。更为复杂的是《平原里的摩西》,它以庄德增、李斐、傅东心、庄树、孙天博、赵小东六人为叙事人,透过六人的第一视角,交错讲述了一个跨越数十年岁月的一群人的悲剧。这篇小说见功力之处,在于叙事时间与事件时间的"错时",在于事件与事件的相互交错、相互对抗与相互补充,因而生成了一个相当复杂的、具有张力的叙事结构。结构同样属于内容的一部分,结构的复杂同样暗示着这段悲剧的复杂。所以,《平原上的摩西》充分显现出了双雪涛作为一个小说家在叙事上的突破与抱负。

最后是另类现实。小说是虚构的艺术,无论它多么逼真,本质上依然是虚构。然而,优秀的小说能够"弄假成真",能够在强劲的想象中迸发出超越现实的力量。"真"与"假"、"实"与"虚"的辩证是小说美学的重要内容。在中国叙事诗学中,从历史真实性到虚构真实性,是一个巨大的转变。罗杰·加洛蒂在《论无边的现实主义》中宣称"没有非现实主义的,即不参照在它之外并独立于它的现实的艺术"[21]。在现代小说艺术中,"虚构的真实同样是一种现实""内心真实""虚构创造真实""幻想成分也进入现实主义"[22]等观点得到越来越多的认同。双雪涛的小说创作同样经历了从幻想到写实再到另类现实的转变。

双雪涛最初的创作带有相当多的幻想成分。处女作《翅鬼》是一部奇幻小说,将故事发生在一个完全游离于我们现实世界之外的想象世界中。雪国、翅鬼、过冬的井、大断谷、长城、蚕币和蛾币、大虫、火鸟……这些独特的意象无不暗示着读者:《翅鬼》是一个虚构的故事,它是一种想象,而绝不是我们的真实世界。到《天吾手记》,一半的篇幅属于传统的现实书写,另一半则带有奇幻色彩:"我"死而复生到台北寻找最高的教堂,小久在不断的"透明化"中"淡去"最终消失不见。再到《聋哑时代》,奇幻的色彩全面褪去,剩下的是具有历史感的、我们熟悉的青春岁月,仿佛这篇小说并非虚构,而是一种纪实回忆。这三部小说,从幻想到写实,虚构与真实的边界清晰而明了。

值得注意的是,在《平原上的摩西》《飞行家》《猎人》这三部小说出现的另类现实。这或许可以被称为一种现代主义的真实,双雪涛无意做一个传统的现实主义小说家,展现时代的风云变幻,记录历史的错综复杂,复原一段被遗忘的岁月等等。他内心更为注重的是内心的真实、情绪的真实、思考的真实。因而,他的小说在现实主义的底色之中,又时常闪现出并不符合真实世界的另类现实来——幻觉、梦境、超自然现象等等。所以,我们在这三部小说集中,看到许多不合逻辑的、离奇的突兀之处。《光明堂》中"我"在冬夜坠入冰冷的影子湖,并目睹了一次诡异的审讯;《飞行家》中李明奇带着亲人背着降落伞乘着一个必将爆炸的气球飞升而去;《武术家》中日本武士练出影人,而影人杀主后成为特殊年代里"那位权倾朝野的女人",最终"我"在她耳边念出咒语将她毁灭;《预感》中李晓兵夜出野钓,遭遇外星人,而湖原来是一个巨大的飞行器;《长眠》中苹果从鱼嘴分离后,整个镇子被雾气笼罩,日益被冰水吞没。凡此种种,它们不符合现实世界的逻辑,但却更加逼近内心世界的真实。它们是双雪涛内心世界的投影与客观化，从而让不可见的观念与思考变得可见。

由此，双雪涛的叙事也愈加地从纯粹的写实走向了现代的真实，从社会的真实走向了内心的真实。小说人物在离奇的、幻想的世界中行动，这是属于小说家的创造力。在这一点上，双雪涛与卡夫卡有诸多相似之处（尽管在《我的师承》中双雪涛谈到余华、王小波和村上春树但没谈到卡夫卡；另外，卡夫卡也曾在银行工作）。创造一个小说世界并非为了重现，而是为了发现："艺术家创造的这个新的现实与现实生活无关，艺术家的任务不在于体现认识了的现实生活，而是在于借助于艺术作品发现人在现实生活中的存在。"㉓

"无论一部作品具有什么样的逼真，这个逼真总是在更大的人为性技巧中起作用的。"㉔ 从"苦于打字速度跟不上自己的想法"㉕的《翅鬼》，到回望过去、自我疗愈的《聋哑时代》，再到《天吾手记》《平原上的摩西》《飞行家》《猎人》，双雪涛不断探索，技巧、手法更为繁复与多样，而这一切，都证明他的"记忆修辞术"已经愈发精巧与熟稔。

三、"少年成长史"：困惑与探索

小说创作，术固然重要，道也不容忽视。评论界对于双雪涛小说的地域性赞誉甚多，对其作品的"东北书写"做了美学的、社会学的深入分析。但从内容上看，我更愿意将双雪涛目前的小说创作视作是一部"少年成长史"。

双雪涛小说中最常出现的人物是少年、青年。《翅鬼》讲述的是几个青年逃离雪国的故事，《聋哑时代》以记录初中生活为核心，在此已无需多言。值得注意的是，即便在以父辈为主要人物的作品中（如《飞行家》《大师》《无赖》《跷跷板》等），双雪涛也设置一个年轻的"我"作为叙事人与见证者。童年不仅成为双雪涛的叙事对象，更成为其叙事的重要视角。他擅长以少年、青年视角，刻画那些青春岁月里的疼痛、困惑与安慰，勾勒当下生活中的困顿、迷茫与无力，还原父辈在时代浪潮中的艰辛、忧伤与无奈。这三个不同的年龄阶段——少年、青年、中老年——实质上就构成了一个小说家对于不同阶段的人生与命运的种种思索。

"少年成长史"同时也是一部"少年困惑史"。从这个角度看，双雪涛的小说大多可以视作是一种广泛意义上的成长小说——更确切地说，是正在进行时的成长小说、仍在困惑中的成长小说。张国龙将成长小说定义为一种着力表现稚嫩的年轻主人公，历经挫折、磨难的心路历程的小说样式，"其审美特征是：其一，成长主人公通常是不成熟的年轻人（主要为13—25岁），个别成长者的成长可能提前或延后。其二，叙说的事件大多具有一定的亲历性。其三，大致遵循'天真→受挫→迷惘→顿悟→长大成人'的叙事结构。其四，成长主人公或拒绝成长，成长夭折；或若有所悟，具有长大成人的可能性；或受到导引，得以顿悟，长大成人，主体生成"㉖。但在双雪涛这儿，主人公从少年走向青年，仍然处于迷茫与探索阶段，他并未夭折，也不拒绝成长，更没有"长大成人"。于是，对自我与世界的困惑与探索也始终存在。

双雪涛小说中的困惑更多关乎精神与存在。《翅鬼》中，默和萧朗因为背上长有翅膀（但翅鬼并不能够飞翔）而被视为不祥之人，在雪国之中沦为奴隶。他们对长城之外的大断谷产生了浓郁的兴趣，试图从井里打通地洞，冒着生命危险去练习飞翔，去往一个被雪国人称为"地狱之门""谷妖遍地"的未知世界。在这一过程中，他们对自我身份的困惑（翅鬼/雪国人）从命名开始："我的名字叫默，这个名字是从萧朗那买的"㉗；未知的世界最终在戏剧性的颠覆中揭晓：大断谷的另一边是羽国，而没有翅膀的雪国人是羽国人的囚徒。存在的正义性、身份的合理性与世界的荒谬性由此在几个年轻人的反抗中暴露无遗。这部充满想象力的小说虽然远离我们的现实世界，但其对自我和世界的探索却与我们别无二样。

在之后的小说中，尽管主人公各不相同，故事也截然有异，但困惑与探索始终存在，并成为双雪涛小说的重要主题。伴随着主人公从小学、初中、大学、大学毕业后工作的成长，这些困惑似乎也在不断生长着。《光明堂》中弥漫着对罪恶与过往的深度书写，三姑、"我"、柳丁等人都在寻找各自的命运："有人活着是吃饭睡觉，有人活着除了吃饭睡觉还为寻个究竟"㉘;《聋哑时代》中,这帮初中生与教育体制与现实法则产生了最初的碰撞,对身体、爱情、友情等等都萌发出了新的体验;《冷枪》里,网络世界的神枪手老背和以武力而声名在外的棍儿,大学毕业前的遭遇显现出他们在现实、金钱与权势面前不堪一击;《天吾手记》中李天吾执着地寻找安歌,追寻爱的真谛;《间距》在"我"与疯马讨论剧本的过程中,阐发对于人性与信仰的探寻;《飞行家》以李明奇用半生岁月执着地制造飞行器来书写理想主义与现实主义的碰撞,呈现了一种逆流而上、具有勇气的人生姿态:"做不了拿破仑,也要做哥伦布,要一直往前走"㉙;《武术家》和《Sen》这两篇小说中,双雪涛在荒诞而离奇的历史重构中呈现命运的偶然;在仅有773字的小说《终点》中,处在爱情与物质双重困顿中的女孩张可,选择用离开的方式结束一段生活……

中国人看重知人论世,也讲究文如其人。小说是虚构的艺术,它遵循着小说家的意愿,显现出了小说家对于这个世界的全部理解。因而,小说及其形象,在很大程度上即是小说家世界观、人生观、价值观、命运观等的形象化展现。小说家的虚构世界中天地的广阔与人性的幽微,皆源于小说家自身。深刻的小说总是在深刻的思考中生根发芽的,这也意味着,小说家在创作之外同时还承担着哲学家的角色:他以一种严肃的姿态,打量这大千世界,探究现象背后的常道;他总是持有一种怀疑的眼光,揣摩世间的人、事、情;他看见天空与大地,看见其间的种种肉身,更看见肉身之下的筋骨及灵魂。当然,这是一种理想的状态——无数的小说家竭尽一生走在这条通往伟大、深刻、广袤的途中。双雪涛同样如此。从这个角度来说,小说作品中的"少年成长史"同样是小说家双雪涛的成长史。

生与死,爱与恨,善与恶,罪与罚,来处与归途,现实与理想,存在与虚无,面对这些人生终极问题,双雪涛不断地用他的虚构世界呈现他的答案。这些答案可能是暂时的、模糊的、迟疑的甚至是试探的,但这并不重要——这些问题原本就没有标准答案。重要的是勇敢地直面这些问题,并作出回答的姿态。这是双雪涛小说的可贵之处,也是他的创作具备走向深刻与广阔的可能:小说"对自我的探究总是而且必将以悖论式的不满足而告终……因为小说不可能超越它本身可能性的局限,显出这些局限就已经是一个巨大的发现,是认知上的一个巨大成果"㉚。

[本文系基金项目广东省普通高校青年创新人才类项目"新世纪以来当代小说中的'广东形象'研究"(项目编号:2019WQNCX117)阶段性成果。]

注释:

① 黄平:《"新东北作家群"论纲》,《吉林大学社会科学学报》2020年第1期。
② 黄平:《"新的美学原则在崛起"——以双雪涛〈平原上的摩西〉为例》,《扬子江评论》2017年第3期。
③ 丛治辰:《何谓"东北"?何种"文艺"?何以"复兴"?——双雪涛、班宇、郑执与当前审美趣味的复杂结构》,《中国现代文学研究丛刊》2020年第4期。
④ 弗洛伊德著,张焕民、陈伟奇译:《弗洛伊德论美文选》,知识出版社1987年版,第29页。
⑤ 洪治纲整理:《"文学与记忆"学术研讨会综述》,《文学评论》2010年第2期。
⑥ 双雪涛、走走:《写小说的人,不能放过那道稍瞬即逝的光芒》,《野草》2015年第3期。
⑦ 双雪涛、走走:《写小说的人,不能放过那道稍瞬即逝的光芒》,《野草》2015年第3期。
⑧ 双雪涛:《聋哑时代》,北京十月文艺出版社2016年版,第239页。
⑨ 田耳:《瞬间成型的小说工艺——谈双雪涛的小说》,《上海文化》2015年第7期。
⑩ 双雪涛:《聋哑时代》,北京十月文艺出版社2016年版,第129页。
⑪ 双雪涛演讲《冬天的骨头》。豆瓣文字实录参见https://www.douban.com/note/748251638/;腾讯视频参见https://v.qq.com/x/page/c0397qcdfo6.html。
⑫ 双雪涛:《天吾手记》,花城出版社2016年版,第52~53页。
⑬ 张炜:《童年——文学的八个关键词之一》,《天涯》2020年第3期。
⑭ 鲁枢元:《创作心理研究》,河南文艺出版社2015年版,

第34页。

⑮双雪涛、走走:《写小说的人,不能放过那道稍瞬即逝的光芒》,《野草》2015年第3期。

⑯鲁太光、双雪涛、刘岩:《纪实与虚构:文学中的"东北"》,《文艺理论与批评》2019年第2期。

⑰双雪涛:《平原上的摩西》,百花文艺出版社2016年版,第119页。

⑱米克·巴尔著,谭君强译:《叙述学:叙事理论导论》(第三版),北京师范大学出版社2015年版,第53页。

⑲双雪涛:《猎人》,北京日报出版社2019年版,第22页。

⑳米克·巴尔著,谭君强译:《叙述学:叙事理论导论》(第三版),北京师范大学出版社2015年版,第58页。

㉑罗杰·加洛蒂著,吴岳添译:《论无边的现实主义》百花文艺出版社2008年版,第171页。

㉒罗杰·加洛蒂著,吴岳添译:《论无边的现实主义》百花文艺出版社2008年版,第264页。

㉓罗杰·加洛蒂著,吴岳添译:《论无边的现实主义》百花文艺出版社2008年版,第259页。

㉔韦恩·布斯著,华明、胡晓苏、周宪译:《小说修辞学》,北京联合出版公司2017年版,第51页。

㉕双雪涛:《翅鬼·再版序》,广西师范大学出版社2019年版,第2页。

㉖张国龙:《成长小说的叙事困境及突围策略》,《当代作家评论》2019年第3期。

㉗双雪涛:《翅鬼》,广西师范大学出版社2019年版,第5页。

㉘双雪涛:《飞行家》,广西师范大学出版社2017年版,第73页。

㉙双雪涛:《飞行家》,广西师范大学出版社2017年版,第175页。

㉚米兰·昆德拉著,董强译:《小说的艺术》,上海文艺出版社2004年版,第32页。

[作者单位:惠州学院文学与传媒学院,中山大学中文系]

寻找缺席的母亲
——双雪涛小说论

□ 刘秀丽

在金庸的小说中,很多主人公是没有父亲的。我们熟悉的那些侠肝义胆的大英雄,如郭靖、杨过、袁承志、令狐冲、张无忌等等,都是孤儿,他们要么从未见过自己的父亲,要么在非常年幼的时候父亲就过世了。也有一些看起来例外的情况,《天龙八部》里段誉的生身之父段延庆依然健在;萧峰的父亲萧远山、慕容复的父亲慕容博都是假死,他们实际依然活着,甚至以别样的方式参与了儿子们的生活;虚竹虽然被遗弃却不是孤儿,他的父亲——少林寺玄慈方丈,甚至一直生活在他的身边。这些父亲尽管在肉身上依然存在,可就一个父亲在儿女成长过程中应该承担的义务而言,他们与那些已经死去的父亲无甚差别!这些父亲并没有在子女的成长中尽到一个父亲的职责,没能在他们年幼时给予良好的养育,在他们的成长中给予应有的守护,在他们人生遭遇困境、选择遇到困难时给予引领和指导,以父亲的名义帮助他们肉体上长大、能力上提升、精神上成熟。无论活着与否,他们都缺席了孩子的成长,未能履行父亲的职责。

这种父亲的普遍不在场并非巧合,它是金庸小说中人物关系设定的一种技巧。在武侠小说中人物所处的文化语境下,父亲对子女具有绝对的权利,这种权利远远超越其他人际关系。所以尽管萧远山并没有对萧峰的成长尽责,但当萧峰知道父亲依然活着,并且他一直承受的冤屈皆为父亲所为的时候,他认为他父亲杀害了这些人,与自己所杀并无区别,自己一直以来承受着杀人犯之名,并不冤枉。这就可以看出在传统文化"父父子子"观念的支配下,父亲的绝对性和不可替代性。而金庸在设定人物关系时父亲是缺席的,父亲不能履职的时候,其他人才可能在主人公的成长中产生至关重要的影响,比如义父、师父、女性。而且,这些对其产生影响的人不像父亲那样不可更替,于是主人公能够在不同角色的引领下,在武功上日臻极致,在人格上阔大开来,最终成长为顶天立地的大英雄。

一、父亲的缺席与柔情的可贵

在双雪涛的小说中,也有类似父亲缺席的这种写作:小说中的人物在无父的状态下一路摸爬滚打,逐渐成长或随波逐流。他小说里有些孩子的父亲可能在监狱里服刑,比如《走出格勒》里"我"的父亲从"我"幼年到"我"结婚,都一直在监狱服刑,在父亲刚走服刑的时候曾要求和母子断绝往来,并拒绝母子二人的探视。有些孩子的父亲因为婚姻破裂或其他不可饶恕或不可知的原因缺席家庭和孩子的成长,《女儿》中小说家的邻居有一个6岁的小男孩,父亲离他和母亲而去,留给他们一套大房子。《松鼠》里,男孩周五夜晚爬到他所仰慕的女孩马丽叶的家里,发现马丽叶的父亲不在家,她和她的母亲睡在一张床上。《猎人》中,有一个往婴儿车里放布娃娃的男人,因为自己犯了不可饶恕的错误,再也无法和两个女儿相见。《自由落体》里张舒雅好几年没见着他的父亲,"自从他搬走,就没见着他",当孩子在似梦非梦的状态下见到父亲询问为何不回来看望自己时,父亲说:"忙,见完还想。"①双雪涛笔下这些缺席的父亲,如果用社会价值来判断他们是不是好人,他们大抵有道德的瑕疵,有不可告人的秘密,甚至有违法犯纪的事实。但这并不妨碍他们在情感层面的价值,双雪涛没有在缺席的父亲与子女之间制造仇恨——在儿女的眼中,父亲虽然不在自己的身边,但他们对于父亲这一角色依然会有温情的体会。双雪涛笔下的父亲中能像《平原上的摩西》庄德增那样发迹的极少，多数都是再普通不过的父亲，《聋哑时代》中有一段描述父亲的：

> 也就在那个瞬间，我才意识到我多么地依赖他，好像只有在他的注视下，我才能放心大胆地吃下一个个冰激凌。虽然他经常揍我，不知道我在想什么，像每一个平庸的父亲一样，可是他就像一根房梁，顶着摇摇晃晃的屋顶，可屋顶从没有掉下来，而我就在这屋顶下面过日子。②

这段话映照出双雪涛笔下人物之间的情义。世人眼里的普通人，世俗意义上平庸的父亲，在儿女心目中依然是不可更替的顶梁柱，具有一种虽不崇高但却伟大的力量。尤其放在动辄拼爹的时代语境下，与电视剧和社会新闻里亲人间反目成仇、大打出手的剧情相互参看，这种普通人的温情、亲人间的柔情就显得更加珍贵。这种写作，展示出双雪涛小说一种可贵的品质——对待这个世界的柔情。

我们这个时代并不缺少尖刻的小说家，他们常常不惮于向我们展示人性一切恶的极致和可能性，这也难怪他们——实际生活中暴露出来的恶人与恶行之可怕、之极端、之反人性，甚至远超小说家们的虚构。可是有的小说中对生存的时代和无奈的人们充满了恨意，流露出一种对人物大肆杀伐的快意，多么可怕的情感，对人没有爱，对人世没有关怀，这是刽子手一般的小说家。双雪涛代表另外一类小说家：在寻常的人生中见证力量，在灰扑扑的生活里找到温暖，在人最基本的社会关系——家庭里找到存在的意义。

二、缺席的母亲：身体的缺席

双雪涛的长篇小说《聋哑时代》和多数短篇小说，有一个基本的主题是青春少年的成长：少年如何度过青春期、从家庭走向社会。这一阶段的孩子周围的主要人群是家庭成员、师生友朋和可能的恋人，他们内心世界和现实世界的纠缠也主要集中在亲情、友情和爱情上。因此，父亲和母亲在双雪涛的小说中是特别重要的人物类型。而双雪涛的小说中，许多的父亲和母亲恰恰缺席了儿女的青春时代，具体表现为三种：父亲的缺席、母亲的缺席和双亲的缺席。前文探讨了父亲的缺席，父母双方均缺席的情形在双雪涛小说中不太多。《走出格勒》这篇小说另一个重要的人物是女孩老拉，这个小混混和姥姥生活在一起，她的父亲不知所踪，母亲也不在身边。《大路》中的主人公的双亲在他很小的时候于一场惨烈的火灾中去世，他在叔父的抚养和工读学校的规训中长大。《Sen》中的侯森夜对孤灯，想起母亲早逝，父亲意外死亡，自己远渡重洋学医的经历，想起朋友的儿子英千里和自己一样成为孤儿。《武术家》中的窦斗母亲早逝，在他15岁那年父亲也被日本人杀死，他唯有只身到北平求学。在这一类写作中，双雪涛无意为人物卖惨，对于双亲去世这件事本身并不做过多渲染和介绍，仅仅作为交代人物当下生活的一个必需的注释。

母亲的缺席，是双雪涛小说三种长亲的缺席中最为常见的一类。从数量上来看，母亲缺席的小说也是这一类小说中数量最多的。这些母亲不能在孩子成长的关键阶段守护在他们身边，正如父亲的缺席一样，孩子们在母亲缺席的状态下会遇到很多的困扰与艰难，但是他们只能独自面对。从儿童心理和生理需求来讲，越是低龄的孩子对母亲的依赖性越强，母亲缺失对孩子带来的负面影响也越突出。这里面也分为几种情况：

有些母亲死去了，也许在生育孩子的时候即已死亡，也许在孩子尚在襁褓时死去，也许在孩子年幼时病毁，她们在肉体上已然毁灭，当然客观上无法陪伴孩子的成长。《平原上的摩西》中小雯的母亲就因生小雯难产而死，独留下父亲将女儿养育成人。《女儿》中的情形比较特殊，在小说的内置文本里塑造了一个女孩，她的母亲被她的父亲杀死。母亲原本是奉命来杀害父亲的杀手，但是爱上了父亲，在伴随父亲逃亡并为父亲生下女儿的时刻，父亲从母亲身边接过孩子，然后就把母亲杀死了。

有些母亲主动选择离开家庭，她们为了自己内心的某种情愫或追求而离开孩子。这些母亲表现得非常坚决，她们走的时候没有拖泥带水，走之后也基本不会回来看望自己的孩子。《大师》当中小黑毛的母亲在孩子十岁的时候突然离家出走，没有对离开的理由做交代，也没人知道她去了哪里，她也没有再次出现。《平原上的摩西》中小中医孙天博的母亲忍受不了父亲的拳头跟一个卖麻辣烫的四川人跑路，在北京开了一家川菜馆。多年以后警察找到她打听情况，告诉她丈夫去世的消息，她说从自己走那天开始，就和天博父子没有关系了。

母亲主动离家，抛弃幼子，这种现象在《光明堂》达到极致。小说中"我"的母亲离开父亲，跟同事到南方做生意再未露面。小说里另一个被母亲抛弃的孩子是柳丁，他被母亲包在包袱里丢在艳粉街的丁字街口，包袱里留有一张纸条交代了母亲的去向是北京，并让孩子的姥姥先照看着孩子，母亲从此杳无音信。第三个被母亲抛弃的孩子是"我"的表妹姑鸟儿。父亲找了一份工作要离开家庭，便让"我"去投奔三姑，没多久三姑追随的林牧师被人杀死，三姑在光明堂倒塌之后把姑鸟儿托付给"我"，然后只身奔赴南方。"我"的母亲，姑鸟儿的母亲，柳丁的母亲，都以极其敷衍的理由离开儿女，她们出走的时候也许都想着很快就能回来，然而她们终未回归。

还有一些母亲，双雪涛在小说里对她们进行了非常模糊的处理。有时小说并不打算交代清楚她们的去向。《武术家》中的窦斗15岁时父亲死去，他到北平求学，在月台上买第二个烤红薯的时候，"他忽然想起母亲，他对母亲的印象已经模糊，只记得她手里常拿一只大花碗，里面盛的是给他吃的东西"[3]。那么他的母亲哪里去了？是死是活呢？不得而知。《心脏》这一篇，母亲甚至没在小说中出现，通过父亲心脏病发作时只有父子二人独自面对、儿子面对渐渐死亡的父亲考虑到父亲逝去以后他的生活里只剩下自己一人这些情节，可以推断出母亲淡出了这对父子的生活，但母亲到底发生了什么则不好臆测。

三、母亲的精神在场

双雪涛小说里这么多坚决出走的母亲，她们在离开家庭的时候表现得很果断，很无畏。她们是否不爱孩子呢？由于双雪涛的小说较少从母亲的角度进行叙事，即使《平原上的摩西》这种多声部叙事中有母亲的部分，但背负过多心事的母亲并没有将叙述的重点放在母子之间，所以我们只能零星地见到母亲对孩子的态度。不过我们依然可以通过这些情节和细节的蛛丝马迹来感受母亲们的心态。

首先，每一个母亲在离开的时候都信誓旦旦，她们或者在言语上，或者在文字上，承诺自己会回来看望孩子，三姑还让自己的哥哥对女儿姑鸟儿的花费记账，以便回来的时候还钱给他。这既可以看出母亲们在出走的时候对孩子的眷恋，也可以认为母亲们在出走的那一刻并没有打算彻底抛弃孩子，而是将放下孩子作为暂时的应对之策。由于现实的原因她们可能无法带着孩子一起出走，但孩子依然是她们离开时最大的牵挂。其次，不管包裹起多么坚硬的外壳，说出让人听来多么无情的话语，儿女都是在她们内心无法割舍的对象。小中医孙天博的母亲比较特殊，她当年出走之前问过儿子如果父亲和母亲分开选择谁，儿子选择了父亲，所以她不是不打算带孩子离开，而是尊重了孩子自己的选择。她尽管说出一旦出走就与这对父子没有关系的决绝之语，可到底在心里割舍不下，她想从警察那里打听儿子的消息，问儿子结婚与否。

这就是母性。双雪涛笔下没有变态的母亲，他写那些符合人情的、符合常理的母亲。这个母亲，无论转身时多么坚决，母亲的精神特质都决定了她无法割舍。也因此注定了母亲们在身体上缺席孩子的成长，却依然能够对家庭和孩子的关键时刻产生重要的影响。《大师》当中和尚多年后来找父亲报仇，父亲需要决断是否与和尚下棋，爷儿俩在商议时有一段对话："我说：爸，下吧。父亲说：如果你妈在这儿，你说你妈会怎么说？我说：妈会让你下。父亲笑了，回头看看和尚说：来吧，我再下一盘棋。"[4]实际上母亲在小黑毛10岁的时候突然离家从此未归，爷儿俩一直回避谈论这个话题，但是到了家庭存亡攸关的时刻，却以母亲的角度来进行决断，并且父子间达成默契——这就值得我们去思考母亲意味着什么。

双雪涛小说中也有一些生活在孩子身边的母亲，这些母亲普遍表现得难以亲近，子女们总是感觉与母亲之间有着难以言明的疏离。庄树与母亲的关系最为典型。在庄树看来，母亲和他很是隔膜，他小的时候，母亲的精力和关注在小雯身上，而他长大了母亲又周游世界，无暇顾他，连他大学毕业的典礼母亲也不参与。但不管对于他还是对于父亲庄德增而言，母亲都是家庭的轴心。父亲即使喝得烂醉，总能独自一个找到归家的路，因为身在家中的母亲是父亲的指南针，能够帮他校准方位！母亲对庄树的事情看起来并不在意，却也一样是儿子的行动指南。庄树在母亲的支持下读了警校，决定了他和小雯的关系、面对小雯的方式以及两人最后结局的，是母亲多年前的教导。《跛人》中的母亲是一名英语老师，她也是一个在场的母亲，她非常的焦虑，这给儿子带来了很大的精神压力。儿子在女朋友刘一朵的怂恿下离家出走，但当刘一朵在火车上的厕所里要与其发生性关系的时候，儿子帮刘一朵穿回衣服。回到母亲的身边面对刻板的生活，还是和刘一朵一起面对疯狂的生活和热烈的爱情？这是一个选择题，儿子选择了回家，是母亲在任何时候都得体优雅的形象为他树立好了标杆，他一定会做出第一种选择。

母亲们身体也许离场了，或者母子之间的关系较为疏离，但母爱始终隐蔽地存在，母亲们仍然以各种方式影响着家庭，影响着孩子。对于母亲的缺席或疏离，孩子是什么态度呢？孩子是无所谓，无能为力，还是心怀不满，乃至心生怨怼呢？也许受制于篇幅，也许是一种无意识的体现，双雪涛小说里几乎没有儿童视角对母亲的批评和非议。他们对母亲没有怨怼，我们想当然地以为母亲无法陪伴自己的成长多少会让孩子心生不满、充满遗憾乃至愤恨，但是小说里并没有怨恨的情绪。我们很难在双雪涛的小说里找到儿女对母亲的负面评价，尤其当我们留意到多篇小说都以第一人称进行写作，主人公们完全有机会对母亲的出走发表自己的看法时，他们的沉默不语就显得意味深长。

被滞留的儿女不仅在行动上受到母亲的影响，而且，他们的心里非常地向往母亲。他们一声不吭地默默等待母亲归来，很多孩子对于母亲终将归来抱有纯真的信念。姑鸟儿想念离开的母亲抱着她的表哥张默号啕大哭，她担心母亲找不到回来的路，张默安慰她母亲肯定能回来，因为走出去难，回来容易。张默还告诉姑鸟儿母亲不可能忘记女儿，"她的兜里揣着《圣经》，念一遍就想起你一回"⑤。张默这些话不仅是安慰姑鸟儿，这也是他自己的确信——他的母亲更早离他而去——他靠着这样的信念支撑自己的成长，当然，姑鸟儿也信。许多心性平和的孩子待在原地等待母亲归来，更勇敢一些的孩子则选择出发去远方寻找母亲。柳丁要和赵戈新一起奔赴北京，他们为此成了忘年交，因为柳丁听闻自己的母亲去了北京，所以北京就成了他心中必须奔赴的圣地。

四、母亲的精神品质

母亲以缺席之身无形地影响着父亲和子女们的生活，而子女们对母亲没有怨怼，甚至对母亲的归来充满期待，乃至主动寻找母亲。孩子要找寻的母亲，一方面是那个肉身实体的母亲，是可以拥抱自己的温暖的血肉之躯，是孩子遇到委曲时能够慈眉善目地看着自己给予力量消解烦恼的母亲，是那个能拉着孩子的手在公园里转圈圈、能刮孩子鼻子会拧孩子耳朵，可能看起来非常凶恶但也会哈哈大笑的人——他们在睡梦里一定无数次期待过，在想象中无数次模拟过她。这个实实在在的母亲，应该能看得见、摸得着、感受到，家里应该到处存在着她的身影、声音和气息。

另一方面，他们要找寻的母亲，也是一种母性精神的象征。我们可以通过《自由落体》中的一个小故事去探查孩子对作为精神象征的母亲之找寻。张舒雅给胡波讲述自己幼年时期的一个故事：读小学的时候她和母亲一起去郊外办事，明明是各自骑着一辆车一起走，骑着骑着母亲不见了，她迷失在一片坟地，她非常焦虑、非常害怕。她说这是自己瞎编的故事，让听者不必当真。这个找寻母亲的故事是一个隐喻，张舒雅们所面临的可怕的环境和可怕的心境，是孩子们心理世界的一种写照。这些孩子大都处于青春迷惘期，青春期的苦痛，爱与性的苦闷，学习的压力，交往的烦恼，无名的骚动……为了应对这一切，他们迫切想要找寻一种精神力量来支撑自己、充实自己。按照皮亚杰的儿童认知发展理论，这一时期是儿童成长过程中最后一个叛逆期，此时儿童思维发展到抽象逻辑推理水平，因此这个叛逆也最强烈。他们渴望随时挣脱束缚，渴望找寻自我和实现价值，但由于能力不足，他们需要有所依傍而实现反抗，那个不在身边的长亲就是最好的人选。张舒雅找到的精神力量是长久离家的父亲，而那些母亲离开的孩子们纷纷选择母亲作为他们的精神源泉。

作为精神指引的母亲，是掺杂了现实和想象的混合体：现实的一面来自儿女们所面临的成长困境，他们无法依靠一己的力量来超越以上那些困顿与烦恼，所以想要借助强大的长辈的力量;来自血亲的、掺杂着一些残留在记忆中的养育恩情的力量,但这种母亲的形象更像是想象出来的。儿女们面对的困境千差万别,对未来的期许也彼此不同,所以每个孩子对精神层面的母亲的虚构存在较大的差异化。对于在下岗潮中成长起来的一波人,他们的眼光是向过去的。对母亲的寻找,是生活在嘈杂、变动不居的环境中的人们对一种已经逝去的美好时代的寻找。那是下岗前的时代,稳固而宁静,一切都仿佛可以预见、可以控制,母亲代表着那个时代的岁月静好。对于在青春期急于找寻自我的一拨人,他们的眼光是向未来的。他们要反抗平庸的现实,反抗其他长辈身上体现出的生活的无望、庸俗和令人不满,从哲学层面来说这是"生活在别处"。那个不知身在何方的遥远的母亲,因为已经身在别处而产生的距离美,因为远离孩子目下生活中的鸡毛蒜皮和种种不堪,被笼罩上瑰丽的面纱,代表的是诗意的远方和美好的未来。

于是,寻找母亲背后的时代意义就凸显了出来。这一代儿女的青春迷惘和成长的创痛,不仅意味着每一代少男少女走过青春期的必然性,还有他们自己的时代特殊性。这与双雪涛的创作意图密切相关,他曾自述:"东北人下岗时,东北三省上百万人下岗,而且都是青壮劳力,是很可怕的。那时抢五块钱就把人弄死了,这些人找不到地方挣钱,出了很大问题,但这段历史被遮蔽掉了,很多人不写。我想,那就我来吧。"⑥黄平、张思远、刘岩、杨立青等研究者都关注到双雪涛小说的下岗主题。黄平从"新东北作家群"的角度观察双雪涛,认为下岗主题下"新东北作家群"所体现的东北文艺不是地方文艺,而是隐藏在地方性怀旧中的普遍的工人阶级乡愁⑦,张思远认为双雪涛"自觉地站在工人子弟的角度去看待在时代变革之中遭遇挫折的下岗工人"⑧。评论者在考察双雪涛小说下岗主题及下岗工人的时候,他们大多把注意力集中在其中的男性身上,关注到父亲这个角色群体。丛治辰据此总结了针对双雪涛小说中父亲形象的两种研究方式:一种重在强调其背后的父辈的意义,对父亲做了理论化或隐喻性的处理,将之视为某一特定人群的代表,或历史转折的(往往是沉默的)代言人。另一种则是关注作为一个家庭单位中的父亲,注重支离破碎的家庭背景与青春伤痛的关系,着力探求父亲身上闪烁的宽厚、仁和的美好品质⑨。

而对于大时代里的母亲形象,母亲们身上的精神品质,母亲面对这一特殊时代的选择及其对子一代产生的深远影响等问题,双雪涛写作中也进行了广泛的呈现,研究者则关注较少。我们可以从前文一直探讨的缺席这一角度来比较父亲与母亲,同样是离开家庭走向远方,父亲们每每是因为罪而出离,母亲们则多数因为爱而出走;父亲们是有罪而不得不如此,母亲们是为了爱而主动选择离开。《光明堂》中的三姑,当着教众的面,与林牧师有一段对话:

刚才说到愿望,牧师知道我的愿望吗?林牧师顿了一下说,无法全知,知道一点。三姑说,牧师知道我的依赖吗?林牧师说,知道一点。三姑说,刚才你的布道,有句话也是我想对你说的。林牧师说,什么话?三姑说,当你伸手召唤,就回答:我在这儿。南方远也不远,我没有家,我这双腿,可以一直往南走。⑩

三姑遵循自己的承诺,在林牧师被刺身亡后拿着《圣经》奔赴林牧师的目的地南方。这体现出母亲的第一重精神品质:以爱为方向。

母亲要去的地方往往在南方,多篇小说对此有明确的指示。艳粉街在北方,小说家的根据地在东北,去往南方原本可以理解成一个泛化的说法,但双雪涛笔下的南方往往明确地指称深圳,许多的母亲选择到深圳开始一种新的生活,就连《北方化为乌有》中母亲改嫁也是嫁到深圳(如果人物去往的地方是北京,小说里都会明确写出北京,而不会使用"南方"一词)。双雪涛有意识地选择深圳作为南方的代名词,是改革开放的时代浪潮中东北人南下史实的再现。深圳是改革开放的前沿地,母亲的这种离开是否体现出市场经济影响下人物选择的变化?一边是下岗的父亲,一边是更富足的生活憧憬;一边是经济无着谋生乏路,一边是经济发达充满机遇;一边是旧,一边是新。所以,去往南方很容易造成一种误解,即母亲看起来非常市侩,为了物质的富足而抛弃父亲奔赴远方。这当然不是母亲真实的心理动机。三姑们已经用身体的行动告诉我们,母亲们纷纷放下家庭,放下子女,奔赴远方,与其说是市侩的、物质的,毋宁说体现出母亲们作为妻子的第二重精神品质:主动地追求。

这种主动并非个体的偶然,是双雪涛小说里母亲们一贯的品质。这种品质也同样得到父亲的认同。《刺杀小说家》中外出寻找女儿的父亲在优柔寡断的时刻有一段心理独白:

> 若是在从前,恐怕一定会给妻子去个电话,妻子是善于决断那种人,无论面对何种情况,用不了三五秒时间,就把手掌当胸一拍说:就这么办吧,这么办一定不会有错。而事实证明,绝大多数情况妻子都是正确的,或许不是正确那么简单,而是一旦她做出选择之后,就与自己所做的选择融为一体,患难与共,即使有时和预期略微有些小出入,她也会冷静地告诉我:所有事后认为并不是完全明智的选择,在事前都是必须的,这个道理你懂吧。妻子就是这样的人,小到一卷卫生纸的牌子,大到是不是忤逆父母与我结婚,都会用两只灵巧的手掌在胸前一拍,然后绝不后悔,那一拍与其说是对自己的鼓舞,不如说是与其他可能性的告别,一别之后,再无瓜葛。⑪

多么果断的女人,不拖泥带水,不扭捏作态,敢于决断,敢于为自己的选择负责任。这段话不仅展示了妻子们的日常,而且提到了作为妻子的母亲们最初的选择。她们当初选择青年的父亲,并非因为这些男子是人群中的佼佼者,而是因为他们表现出特殊的吸引力。在夫妻关系中,从恋爱到结婚,到日常生活以及最后的出走,妻子们往往都是主动的一方。爱,就是勇敢去爱,到无望的时候,也便放弃,哪怕背负起市侩的罪名,哪怕成为流浪的人,哪怕儿女永不相见。这种决绝的勇气便是母亲的第三重精神品质。

母亲们身上呈现出的这三重精神品质,决定了母亲们做出人生重大选择时,作为女人的一面压倒了作为母亲的一面,她们纷纷抛弃家庭和子女走向远方,奔向心中的幸福之地。这必然带来家庭的分崩离析和子女的成长之痛,也是动荡变化时代的必然症候。这种女性的选择,从五四新文学时期胡适等译介、倡导的娜拉勇敢走出家门开始,一直是非常艰难而可贵的。好在,我们所生活的时代日渐宽容,双雪涛亦心性温柔,家庭和子女们对缺席的母亲们依然抱持憧憬和等待之心。

注释:

①双雪涛:《平原上的摩西》,北京日报出版社2021年版,第267页。
②双雪涛:《聋哑时代》,广西师范大学出版社2020年版,第153页。
③双雪涛:《猎人》,北京日报出版社2019年版,第54页。
④双雪涛:《平原上的摩西》,北京日报出版社2021年版,第85页。
⑤双雪涛:《飞行家》,广西师范大学出版社2017年版,第94页。
⑥许智博:《双雪涛:作家的"一"就是一把枯燥的椅子,还是硬的》,《南都周刊》2017年6月3日。
⑦黄平:《"新东北作家群"论纲》,《吉林大学社会科学学报》2020年第1期,第176页。
⑧张思远:《双雪涛小说中的父与子》,《文化学刊》2019年第2期,第109页。
⑨丛治辰:《父亲:作为一种文学装置——理解双雪涛、班宇、郑执的一种角度》,《扬子江评论》2020年第4期,第67~75页。
⑩双雪涛:《飞行家》,广西师范大学出版社2017年版,第46页。
⑪双雪涛:《飞行家》,广西师范大学出版社2017年版,第226页。

[作者单位:华南农业大学人文与法学学院]

地域题材、历史意识与当代文学新的可能性
——以双雪涛的创作为例

□ 单 昕

双雪涛是近年来颇受瞩目的青年作家,他携带东北故事闯入文坛,旋即以对社会现实的描写能力、对底层边缘人物的精细摹刻、对命运与人性缠斗的深刻表达获得批评家与读者的认可,进而迅速"出圈"。他的小说目前在影视市场上很受追捧,改编版权被各大影视公司争相购买,市场价值飙升。资本市场的青睐加速了作家文学声望的增值,双雪涛和班宇、郑执等几位出身属地、创作题材相似的作家被捆绑命名为"新东北作家群""东北文学三杰""铁西三剑客"等,其作品也被认为是"东北文艺复兴"之重要表征。然而,成名后的双雪涛却逐渐将自身与东北、与经验世界拉开距离,在近期的访谈中他多次提出"东北不是创作的话语体系""将东北作为他者"等表述[①]。此类命名与反命名之间的话语博弈在当代文坛并不鲜见,莫言、余华、马原等人也曾努力逃离"寻根作家""先锋作家"或"模仿西方"的指认。关键是,我们该怎样认识这种写作上的"去地域化""逃离命名"现象?东北题材是否有持续书写的价值?如何在当代文学的历史脉络中去考察青年作家的东北书写?它们给当代文学带来了哪些新的经验?虽然也有少数学者注意到以上问题,提出"新东北作家群"作品呈现出一种"新的美学原则在崛起"[②],但探讨未及深入。因而,本文将以双雪涛的创作为例,通过拆解地域资源、文学传统对作品的形塑过程,阐释作家是如何奔突在具体的、特定的生活经验和抽象的、开阔的文学观念之间,努力调适二者关系,抑或将其撕裂来构筑文本的意蕴空间的,进而尝试回答上述问题。

一、艳粉街故事:异托邦建构与历史意识觉醒

双雪涛的众多作品里,艳粉街这一地理坐标反复出现,它极易辨认,却又内蕴丰富。在现实中,艳粉街是位于沈阳市铁西区南部的一片开阔区域,其历史可追溯到明朝末年,因大量种植进贡王府做胭脂的植物而得名"胭粉屯",自日据时期起开设工厂,新中国成立后成为以小型工厂、居民住宅及配套设施为主要构成的棚户区。沈阳歌手艾敬曾写过一首名为《艳粉街的故事》的民谣:"我的童年家住在艳粉街/那里发生的故事很多/我没有漂亮的儿童车/我的游戏是跳方格/大人们在忙碌的活着/我最爱五分钱的糖果/我们姊妹三个是爸和妈的欢乐/尽管我家里没有一个存折。"在她笔下,艳粉街的生活虽然贫穷却不乏温暖,令听众虚构出一个充满安全感的昔日之地。若干年后,同为艳粉街出身的双雪涛则在小说《光明堂》中更为真实地还原了这片区域的历史脉络:

说起艳粉的历史,比较复杂,满人入关前,这里曾是军营,几个部落混战,在这里杀过不少战俘。清末之后,成为居家,但是因为离主城较远,地势低洼贫瘠,一面是山,一面有多个小湖,盛产盗贼。土匪来犯,盗贼蜂聚,背水而战,击溃土匪,贼又散去。日本人来了,待了几年,不得安生,走在路上就有人砍。四十年代初,传说有宝藏,据说是清人龙脉的尾巴,国民政府找人来挖,一无所获,就把人撤了又去打仗。"文革"时期,社会大乱,不过探出了这里有煤,于是汇聚了矿工、盲流、

黑户、下放的右派、残疾的工人，渐成一片棚户区，约二百户，唤作艳粉屯。改革开放后，觉得屯不好听，改叫艳粉街，可是居民成分变化不大。

无论作为军营、盗贼聚居地、龙脉之尾或收容流民的煤矿，艳粉街之于每个时代都是一处相当尴尬的存在，它低洼、贫瘠、混乱，背负着各种污名。双雪涛借由对艳粉街历史的爬梳昭示出其本质：无论时代如何流转，此地一直都是被主流社会排斥在外的他者。因而，艳粉街不能被简单地纳入铁西、沈阳、东北的三维地理概念，而是一个具有异托邦性质的独特文学空间。"异托邦"是福柯在进行空间问题讨论时创生出的概念工具，它是真实的地点，却又处在一个异质化的处境和结构中，内置一套独立于主流空间权力的规约却又受主流空间权力的辖制。双雪涛笔下的艳粉街正是这样一个异质性的存在——它与"共和国长子"恢宏磅礴的工业美学景观格格不入，也与改革开放后城市文化变迁保持着相当疏远的距离。它是《平原上的摩西》中警察蒋不凡常去抓捕罪犯的地方，是《光明堂》中林牧师口中的"烂泥塘"，是《走出格勒》中的"三不管"地带，藏污纳垢。艳粉街的面影在双雪涛作品中不断浮现，时而渺然沧远，营造出一种虚浑之境，看似无足轻重，但却为情节发展、人物动线提供基本逻辑，甚至暗暗勾勒出命运的模样；时而巧妙精细，作家不惜用大量笔墨绘制艳粉街地图，光明堂、煤电四营、春风歌舞厅、红星台球厅、拖拉机厂、孙育新诊所等地点纷纷出现，工笔白描，尽其精微。双雪涛为何钟情于对艳粉街的反复描绘？这个问题似乎不难回答，因为文学与地理的关系自古以来就密切非常，地理是文学书写不可或缺的语境和对象。当代文学已然为我们提供了众多相当经典的文学地标，如莫言的高密东北乡、马原的西藏、苏童的枫杨树乡村。近年来青年作家中也有多位通过文学地理建构而形成了独特的创作标识，像颜歌的平乐镇、张怡微的上海弄堂、林培源的潮汕小镇等等。地理与人的文化心理结构紧密关联，在小说中它作为想象性空间呈现出作家的精神体验和价值诉求。那么，与上述作家构筑的地域性空间相比，双雪涛的艳粉街又有何独到之处？艳粉街书写为青年写作乃至当代文学又提供了哪些新的经验？

按照福柯对异托邦"六种特性"的描述[③]，双雪涛小说中的艳粉街无疑属于"偏离异托邦"，这种异托邦用于容纳偏离通常社会行为标准之人，呈现人类不同群体之间在社会阶层、文化规范、思想意识、风俗习惯等方面的鸿沟，这一空间也因此而被主流秩序所压抑、排斥。艳粉街吐纳不息的正是形形色色偏离主流社会的底层边缘人物，盗贼、小贩、失业者、流浪者、孤寡老人和留守儿童，其中作家着墨最多的是下岗工人群体。他们身上的痛苦、茫然乃至绝望与艳粉街破败、萧条的气质非常吻合，艳粉街的地与人互相嵌入，彼此勾连，共同接受着命运的审判。其实这不仅仅是一种文学修辞，社会学者为我们提供了更客观地看待艳粉街人地关系的视角："艳粉地区主要以小工厂为主，很少有比较有名的大型国企位于艳粉街，这也就表明，在当时全国的社会背景下，艳粉街附近工厂所能提供的福利水平略低，按照当地居民的话说'这里最早是最穷的贫民区'。不同于铸造厂等大型工厂具有大范围的、独立的宿舍区，艳粉区域的居民住宅是与工厂穿插设立的，而工厂与住宅相间分布也成为艳粉区域独特的景象……艳粉街以棚户区为主，一片平房是九十年代初人们对它最初的印象。艳粉地区作为早期村改居的代表，相较于铁西区的其他地区而言，存在明显的经济基础薄弱、地区相对独立的特点。早期的工厂时代，这里都是一些小型工厂，福利待遇不及铸造、黎明等大型工厂；后期工厂倒闭破产，厂房区建成大量住宅，但这里依旧是铁西区的贫民区。基于此，艳粉街的下岗工人的生命历程既与同时代的下岗工人一般成为一种政治缩影，同时又有着自己的特点，换句话说，这些在工厂盛行的时代就处于弱势的艳粉工人在下岗后面临着更加窘迫的困境。"[④]文学的纪实与虚构在艳粉街书写中实现了契合，艳粉街未曾被纳入二十世纪五十至八十年代东北重工业繁荣的时代主流，也难以融进九十年代计划经济向市场经济转型的改革浪潮，由始至终是一块历史进程中的"飞地"；然而权力无处不在，它渗透到人类社会空间的每一个角落，艳粉街作为"在场的他者"也无法幸免，艳粉街上的人们只能在时代浪潮的翻涌中不断重复"被侮辱与被损害者"的命运。分析至此我们不难发现，双雪涛的小说固然映射出九十年代东北经济转型背景下的群体性创伤体验，但如果对作品意义的理解仅止于此，就未免过于简单和浮泛了。他小说的价值在于借由对艳粉街这一异托邦的书写建构了一个政治、道德、人性的边缘地带，其中蕴含着主体与他者、守界与越界之间的重重矛盾，也因此呈现出叙事和伦理两方面的张力。双雪涛对时代转型期社会内部空间分异现象的揭示，以及对蜿蜒其间的人的生存与信仰困境的表达，为当代文学提供了一种新的空间书写视角，和对另类身份认同进行阐释的可能性。

以上论述并非想要说明双雪涛的写作缺乏历史意识，恰恰相反，异托邦书写表现了他个体历史意识的觉醒。韦伯曾对普遍历史与历史个体的关系做出过论述，提示了"特殊问题"在历史发展进程中产生普遍意义的可能性。当下青年作家的生活经验、知识结构、精神向度令他们与前代作家相比更倾心于以历史个体去呈现普遍历史，双雪涛小说正是以个人视角去写"特殊问题"从而表达出对九十年代东北工业改革和社会变迁的普遍历史的反思。《平原上的摩西》中，作家借女孩李斐之口赋予现实世界以一种别样清晰的面貌：

> 工厂的崩溃好像在一瞬之间，其实早有预兆。有段时间电视上老播，国家现在的负担很大，国家现在需要老百姓援手，多分担一点，好像国家是个小寡妇。

"小寡妇"的比喻体现出作家对人物强烈的叙述干预，隐含作者的身份昭然若揭，传递出对宏大叙事话语的反讽。在滚滚向前的时代洪流中，勤恳正直的李守廉被迫下岗，而不学无术的庄德增却因裙带关系一路升迁；李氏父女被警察误认为抢劫犯，李守廉为救女儿枪伤警察，女儿小斐也终身残疾；而庄氏父子则尽享改革红利，父亲平步青云，儿子也成为国家机器的代言人。下岗，从国家宏观经济发展角度来看是产业结构转型的必然结果，却也造成了东北地域衰退的艰难实景与产业工人艰辛挣扎的生存样态。《跷跷板》《光明堂》《北方化为乌有》等作品都表现了作家从个体出发对"东北现象"背后历史逻辑与伦理观念的思辨。九十年代的下岗潮在北京、上海知识界曾引发了巨大反响，在当时却由于种种原因未得到东北文坛的回应。二十年后，以双雪涛为代表的东北籍青年作家通过对意义符号的重新编制开辟出一种新的与历史对话的可能性。

二、缝合碎裂的自我：边缘人的身份认同

双雪涛小说中的人物，绝大多数是异托邦中的边缘人，异托邦不仅是他们委身其中的地理空间，也是其知觉空间和情感空间。异托邦形塑了人物的心灵，使他们一直在现实世界的挤压下左冲右突，反复咀嚼着内心的混乱和迷茫，艰难地对碎裂的自我进行缝合，呈现出一种西西弗斯式的悲壮。《光明堂》中的每一个人物都是被时代抛弃的人，他们作为历史的尴尬注脚，一直想要逃离现实处境却又难以找到方向。廖澄湖因为"文革"期间制作"反动泥塑"被红卫兵殴打致残，"我"的父亲下岗后陷入生活困境，林牧师在宗教与世俗之间辗转腾挪，三姑和柳丁母亲执着于难以企及的梦想，老赵刑满出狱后无法融入变化了的新时代，而三个未成年人"我"、姑鸟和柳丁也一直陷在父辈沉重的阴影中，在错位和失序的漩涡里不断翻滚，越挣扎越沉沦。"艳粉街容不下你"，老赵对柳丁的判断一语成谶，揭示出艳粉街人们身份认同的疑难。双雪涛笔下，姑鸟、柳丁和"我"都是离开父母兀自成长的少年，对生存的意义和目标、人的价值与尊严等问题充满了惶惑，折射出现代人的精神困境。整篇小说以少年们的心灵困顿为叙事的推动力，在表现大历史中个体命运浮沉的同时凸显出人的身份认同所迸发出的理性力量，充分展现了人之为人的尊严。小说用现实主义手法书写这一探寻和建构过程的艰辛，肯定了现代意义上的人的价值；同时又用超现实的手法描写"我"和姑鸟经历了艰难的自我拯救之后再次回到雪后初霁的艳粉街，象征着内在的自我已经苏醒。

认识自我是文学作品的永恒主题，也是双雪涛众多小说中反复出现的内置结构。《飞行家》中的李正道、李明奇、李刚祖孙三人都执着于对自我的寻找，对自我与世界之关系的探寻。他们不甘在庸常生活中折堕，勇敢地追随梦想的光晕，挺身向前。李正道"文革"

中受迫害自杀，长子李明奇艰辛地抚养弟妹长大。他在军工厂负责降落伞零件制造，偏爱发明创新。改革开放后，李明奇创业又失业，但研发飞行器的梦想从未破灭。小说虽采用倒叙、插叙等手法打乱了叙事时间，但李明奇这一人物却一直自由穿梭在众多视角、情节之中，他作为存在者与思考者的形象也不断得到强化。小说中极有张力的一幕是李明奇醉酒后爬上房顶发表关于飞行器设计的演说，这场演说是人物精神信念的集中展示，也为旁观者提供了彼岸世界的动人图景：

  高旭光顺着这个思路想下去，越发觉得世间伟大的事情，好像都是从李明奇目前这种手舞足蹈的醉态里开始的。高旭光不喝酒，也从没有体会过这种野心的迷药，但是李明奇的状态让他剧蹭到一种幸福感，这种幸福感的具体意思是：就算李明奇最后失败了，也没什么大不了，人生在世，折腾到死，也算知足。

李明奇虽然在现实中不断碰壁，甚至一度失踪，但建构自我的探险从未停止，有关飞行的梦想也未曾消弭。小说结尾，作家避开了对人物精神世界的正面宣谕，转而绘制出一幅梦幻般的景象：夜阑之际，李明奇乘坐热气球再次启航，气球缓缓升空，飞过银星寒辉之下空阔的红旗广场，消失在浩渺夜空。一直迫于世俗压力寻找李明奇的"我"也为这一幕所触动，感受到来自超拔的精神力量的深深震撼。《光明堂》里也出现过类似情节，"我"目睹了父亲和廖澄湖的命运悲剧后，在梦境中为他们虚构出鲜衣怒马、少年得志的情景，为那些穷尽一生去追求精神价值的高贵人格提供了尊严的补偿。为凸显这些清醒的孤独者，双雪涛的小说还塑造了众多内心充满矛盾、徘徊、犹疑的面目模糊之人。《大师》中的"我"一直在父亲棋艺和德性的庇护之下，成人之后成为一名平庸的棋手，难以匹敌父辈；《我的朋友安德烈》中的"我"与信念坚定的安德烈不同，是个遵守游戏规则的人，悲观地承认个体力量渺小，否定抗争和超越，接受世俗的规训，终被环境所异化。双雪涛的小说虽花费颇多笔墨对世俗庸常进行描写，但却不缺少超越性的精神指向，为当代文学对人的内心勘探提供了有价值的尝试。

双雪涛作品侧重表现年轻人如何遭逢世界，如何向外迈出成长的关键一步。从作品中可以明显看出，在对经典的成长主题进行书写时，这一代作家较之前人遇到了更大的困境。他们所身处的世界更为散乱、喧嚣、迅速集结又旋即瓦解，这样的语境令作家想保持一种精神洁癖、追求个体真理愈发艰难。"这种个体真理，常常是少数、异端、偏僻、锐利的。文学不仅是为可能的现实作证，它也试图把一种不可能变为可能。"⑤双雪涛的写作一方面观照现实，另一方面也令我们看到了他将"不可能变为可能"的持续努力，比如小说中不断浮现的《圣经》典故和宗教意识。《光明堂》里张雅风带着《圣经》走上了追寻和救赎之路；《大师》中，棋局终了，和尚拿出十字架送给"我"以表达对父亲人格的敬佩；《平原上的摩西》里的傅老师给小斐讲《出埃及记》，引导她以信仰的方式追寻一种精神建构的力量……作家坦言此举是借用《圣经》中的"元气"和"舍我其谁的腔调"来营造一种崇高感，这足以说明他在面对现实的游移与茫然时仍坚守内心追求，试图引入一种超拔的外力来支撑自己不断接近写作的目标；逼视人生真相，追问人存在的价值，挖掘人内心中不可摧毁的精神力量。

三、双雪涛的创作与当代文学传统

双雪涛的小说引发了文学界关于东北工业题材文学的关注，一时间成为话题，也引发了诸多争论。为避免共时性的探讨可能带来的褊狭和短视，不妨将其纳入当代文学传统的历史坐标系中进行考察。工业题材自当代文学产生伊始就建立了自身的合法性，1949年7月，周扬在第一次文代会上所做的题为《新的人民的文艺》报告中提出"工业题材"这一概念⑥。草明于五十年代创作的《乘风破浪》等一批工业题材小说反映出社会主义建设时期东北工业基地钢铁产业的蓬勃发展；八十年代，东北本土作家邓刚、孙惠芬、徐坤等人也对时代转型期的东北工业题材进行过在地化书写；九十年代以来，谈歌、关仁山、刘醒龙等人描写国企改革和工人下岗题材的小说产生全国影响，而东北却未有有影响力的作品出现；直至二十一世纪以辽宁作家李铁的《工厂的大门》《乔师傅的手艺》等作品为代表,东北国企下岗题材创作才重新回到大众视野。由于题材本身与社会经济建设的紧密对位,工业题材文学表现出明显的现实主义特征。"十七年"时期的工业题材小说着力表现社会主义工业建设的火热场景,凸显社会主义制度的合法性与工人阶级的崇高感;八十年代企业改革的逐步推进使得这一时期的作品大都与改革文学同构;九十年代国企转型则赋予工业小说以底层文学色彩;二十一世纪以来,路内、朱文等人以荒诞、戏谑的方式对工厂与工人形象的宏大叙事进行解构,其笔下的工业题材小说呈现出更强的反思性。

双雪涛的作品很难被纳入上述历史流脉中进行定位,而是在叙事模式、价值伦理、审美取向等方面都呈现出鲜明的特异性。他的小说惯常以子辈视角去书写产业工人父辈所遭遇的命运转折,跳脱出主流话语对九十年代由国企改革所引发的诸多社会问题进行思考;但这种思考很多时候仅仅停留在对个体际遇不公的悲悯上,时常流露出对以父辈为代表的权威的信赖与依附,表现出观念上的暧昧性,叙事上的含混性,反之也构成了小说的多义性。《跷跷板》中的"我"是吊车司机,父母均为下岗工人;"我"的相亲对象刘一朵是银行职员,父亲是拖拉机厂厂长。两个家庭的社会地位、经济收入大相径庭,贫富对照中据实描绘出东北社会结构的复杂性。随着叙事的展开,这一裂缝有了被填补的可能,"我"代替刘一朵照顾她癌症住院的父亲刘庆革,在相处过程感受到他成功人士表象之下高度的自我怀疑、负疚和痛苦。正如桑塔格在《疾病的隐喻》中所说:"'癌症'这个名称,让人感到受了贬抑或身败名裂。"⑦小说正是以癌症为契机完成了对刘庆革的身份置换,使其从显赫一时的当权者跌落为病入膏肓的边缘人,其中包含着强烈的道德审判。小说不断令叙事人发出对刘庆革身体的凝视,强化其虚弱、残破的躯体形象,进而由外部进入内部,对刘庆革的内心秘密进行勘探发掘,两条线索交织共同推进小说的叙事进程,同时也对刘庆革这一人物形象进行了彻底消解。小说令"我"在视觉审判中完成了为父辈复仇的重任,却也将格局仅仅限定于此。与当代文学史上对宏大叙事进行建构或解构的工业题材作品相比,双雪涛的此类创作更侧重以个人视角解读普遍历史,书写九十年代计划经济转型和工业改革背景下的个体命运悲或喜、灵魂上升或坠落。

《跷跷板》同时包含了父子关系这一贯穿双雪涛小说的重要母题,它在作家笔下反复出现,《大师》中的父子关系最密切,也最值得玩味:

> 所有见过我的人,都说我长得像父亲,嘿,这小子和他爹一模一样,你瞧瞧,连痦子都一模一样。尤其遇见老街坊,更要指着我说:你看这小子,和他爹小时候一样,也背着个小板凳。确是如此,我和父亲都有一颗痦子长在眉毛尾处,上面还有一根黑毛。父亲也黑瘦,除去皱纹,几乎和我一样,我们二人于是都得了"黑毛"的绰号;不同的是,他的绰号是在青年点时叫起,而我的,是在城市的街边流传。

小说中的少年"我"在父亲下岗、母亲出走之后与父亲相依为命,父子二人容貌气质非常相似,"我"和父亲的差异仅仅在于代际的不同,父亲才高德厚,对"我"产生了深刻影响。因为情节结构的相似性,评论界普遍将《大师》视为双雪涛向阿城《棋王》的致敬之作。然而如果还原两部小说的历史文化语境,很容易发现其主题的巨大差异。《棋王》表现了"文革"时期严酷的政治环境下,人能够超越现实,通过内心的力量进入精神的愉悦层面,彰显出庄禅为代表的道家哲学思想。而《大师》中"我"和父亲的人生经历都被牢牢编织进下岗这一现实事件中,父亲的衰败与"我"的成长都带有浓重的创伤体验,人格力量在与时代浪潮的斗争中败下阵来。文化人类学通常将青春期审父心理视为人类塑造主体性的开端,这也是父子关系母题在现代主义文学作品中常常衍生出的文化内涵。然而双雪涛小说中的众多子辈几乎从未对父亲进行审视,反而是作为父辈的代言人和继承者反复申扬父辈的苦难。有论者从"地域—阶级"的宏大叙事话语出发对此现象进行解读,认为这表现出作家作为东北重工业基地高速发展的受益者,对计划经济背景下城市空间的依赖和认同⑧。在以上阐释路径之外,我们是否可以将这类父子关系理解为作家建构主体性的另一种言说方式？主体性的建立需要以身体的实质性、日常生活体验和独特场所为基础，而父亲作为三者的连接点能够帮助子辈确立个体的来路，所以对父亲的认可能够为子辈呈现出一种最基本的生命真实，也能为他们的身份认同建立一种生物基础和社会基础。重建父子关系，向文明历史投诚，这是一代青年作家试图与传统、与现实建立关系的一种方式，也表征着新的时代语境下文化范式的转换。正如《我的朋友安德烈》中，安德烈是激烈地与体制对抗的个体，而"我"并不认同他的选择：

> 我告诉他这已经是一个完全不同的时代，苦难依然在民间流行，但是已经完全不是我们父辈经受的那种。而且我们都太渺小，都不配把整个时代作为对手，我们应该和时代站在一起，换句话说，自己要先混出个样来。

双雪涛的创作书写了一群努力"和时代站在一起"的年轻人，他们不打算靠弑父登上历史舞台，而是对父辈充满了温情的敬意和传承的勇气，这为当代文学提供了一种新的个体与历史发生关系的可能性。

双雪涛的历史观不仅表现在对宏观历史的理解上，也体现在对文学传统的态度上。他在小说文本中常常向西方现代主义文学致敬，如《刺杀小说家》中出现了塞林格的《九故事》、卡佛的《我打电话的地方》，《间距》里提到博尔赫斯的《小径分叉的花园》，《平原上的摩西》中列出纳博科夫的《说吧，记忆》、麦卡勒斯的《伤心咖啡馆之歌》、福克纳的《我弥留之际》，《宽吻》里也借人物之口提到了奥康纳、海明威和乔伊斯。通过对双雪涛小说的细读我们不难发现，现代主义文学之于他的影响绝不仅仅在于提供了一批可供罗列的名单，而是深刻地渗入了他的文学观念和创作技巧当中，为其作品提供了元小说、荒诞叙事、黑色幽默等现代主义文学的经典资源，这与先锋作家是极为相似的。在双雪涛的很多篇什中也能看出他所受到的先锋小说的影响，并与先锋小说进行对话的尝试。如《刺杀小说家》讲述了久藏的父亲侠客久天因阻止赤发鬼卖国而被杀死，久藏受临终之母所托替父报仇的故事，情节主线与余华的《鲜血梅花》高度相似。二者均借鉴了武侠小说的结构模式和复仇母题，但情节和主题却大相径庭。《鲜血梅花》中，一代宗师阮进武之子阮海阔虽也在母亲的要求下踏上寻找杀父仇人的漫漫历程，但余华着重于对意义的虚无、命运的偶然进行揭示；《刺杀小说家》里久藏却在小橘子和红衣人的帮助下，由混沌到觉醒，杀死赤发鬼，完成了复仇大业返回家乡。两部小说之间的互文关系昭示出作家对先锋小说的回溯和继承，以及重新与文学传统发生关联的建构意图；同时也显示出将先锋小说作为素材进行再阐释、再革新的叙事野心。久藏凭借一腔孤勇一路探求并终达目的，是又一个"和时代站在一起"的故事，表现出作家对现实问题的关切。双雪涛虽然在知识谱系和思想资源上与先锋作家同构，但他试图找到一种与现实对话的可能路径，从文学史的角度来看，他的尝试也可被视为是在填补先锋小说因与现实拉开距离而导致的对九十年代社会转型书写的缺失。

结　语

在对双雪涛小说创作中的一些症候进行分析之后，让我们回到篇首提出的问题：该怎样理解发生在双雪涛身上的"去地域化""逃离命名"现象？实际上，地域题材、历史意识与个体经验并不矛盾，虽然自笛卡尔起，主体性和身份认同就一直被认为是在人的自身内部搭建起根基、深藏于个体心灵深处的，但随着后结构主义理论的兴起，人类已经开始发觉主体性也具有空间属性：主体性存在于空间，并通过空间加以建构、表现。从这个意义上说，特定地域是能够帮助作家形成自我意识、建构精神向度的重要载体。双雪涛正是通过对东北的在地化书写实现了其文学意义上的身份认同，安置了作为作家的主体意识，又在对历史的重新观照中开辟了一条介入社会、与现实对话的有效途径。艳粉街这个异托邦叠合了他者和自我、现代性和历史感的双重文化想象，双雪涛从艳粉街出发，不仅呈现出以个体为单位与历史和现实对话的意图，更彰显了一种对精神建构力量的追寻。最近，有学者提出文学"东北学"的研究设想，认为东北不只是地理区域的代名词，而且具有群体文化的象征性，"东北学"里的东北从地缘坐标指认开始,却必须诉诸"感觉结构"的描绘与解析⑨。这与本文的研究理路不谋而合,文学东北是双雪涛等作家开辟出的当代文学新的问题域,它关涉的已不仅是某个地域、某类题材的书写,而是文学与生命体验的相互铭刻,对周遭世界的深切省思,乃至朝向终极价值的精神追问。

[本文系广东省哲学社会科学"十三五"规划2020年度学科共建项目"抗战时期华南作家群研究"(项目编号:GD20XZW01)的阶段性成果。]

注释:

①见鲁太光、双雪涛、刘岩:《纪实与虚构:文学中的"东北"》,《文艺理论与批评》2019年第2期;双雪涛、走走:《写小说的人不能放过拿到稍瞬即逝的光芒"》,《野草》2015年第3期;双雪涛、刘婧:《我非常不相信人,但对人还存有信心》,https://www.sohu.com/a/343368643_308384 等。

②黄平:《"新的美学原则在崛起"——以双雪涛〈平原上的摩西〉为例》,《扬子江评论》2017年第3期。

③米歇尔·福柯著,周宪译:《激进的美学锋芒》,中国人民大学出版社2003年版,第23页。

④赵宁:《艳粉街的故事——下岗工人社会创伤及其适应策略研究》,沈阳师范大学2019年硕士学位论文。

⑤谢有顺:《小说中的心事》,作家出版社2016年版,第42页。

⑥中华全国文学艺术工作者代表大会宣传处:《中华全国文学艺术工作者代表大会纪念文集》,新华书店1950年版,第70页。

⑦苏珊·桑塔格著,程巍译:《疾病的隐喻》,上海译文出版社2003年版,第8页。

⑧郭垚:《下岗题材小说的"隐身"与"复出"》,《文艺论坛》2020年第6期。

⑨王德威:《文学东北与中国现代性——"东北学"研究刍议》,《小说评论》2021年第1期。

[作者单位:广东第二师范学院文学院]

在聋哑时代坚守梦想与自由

——双雪涛小说论

□ 陈劲松

先从双雪涛这个名字说起。我不是算命先生,无法通过这个名字窥出双雪涛此生命运,但我还是从他三十八年的成长历程和短短十年的创作生涯,看到了这个名字背后的某种玄机。"雪涛"为名,大雪寂寂,大水滔滔,一静一动,动静结合,加上"双"姓,共同构成了其姓名蕴含的双重寓意:他是安静的、谦卑的、与世无争的;他又是热烈的、豪迈的、激情奔放的。这样的人,看似沉默,实则充满爆发力。回望双雪涛的人生履历和创作经历,基本印证了我的上述判断。

言归正传。我喜欢读小说,但长期以来都是比较随性甚至慢人一拍的读者,多数时候遵循个人兴趣。因此,当大家都在畅谈李洱的《应物兄》的时候,我在重品路遥的《平凡的世界》和老鬼的《血色黄昏》;当大家都在评论余华的《文城》的时候,我在细读余易木的《荒谬的故事》和南翔的《绿皮车》。我并无任何贬低《应物兄》和《文城》的意思,我只是想强调自己的阅读习惯尽量与市场和潮流保持一定距离。不过,这固然可以避免人云亦云,有时却难免错过某些值得一读的作家作品,譬如双雪涛。

坦率地说,《平原上的摩西》发表并获奖当年,我就已知道有位叫双雪涛的青年作家,但也仅限于此。我并没有着急去读这部小说,只是在心里想当然地自问:它和刘震云的《一句顶一万句》(小说主人公名叫吴摩西)、须一瓜的《太阳黑子》(推理、悬疑风格的"罪与罚")有什么关联吗?现在我当然知道,这三者之间皆无关联。后来,当他相继获得"第十五届华语文学传媒大奖·年度最具潜力新人奖""第十七届百花文学奖""首届汪曾祺华语小说奖""第三届宝珀理想国文学奖"等国内诸多文学大奖并广受关注时,我还是没有读,我在等待一个合适机缘。终于,这个机缘到了,我找来他的所有小说通览。初读,看山是山,看水是水;重读,看山不是山,看水不是水;再读,看山还是山,看水还是水。我无意故弄玄虚,我想表达的其实是,双雪涛的小说难以一言以蔽之,充满了多种可能性,看似纷繁复杂,最终却归于宁静简单。如"第十五届华语文学传媒大奖·年度最具潜力新人奖"颁奖词所言:"城市的历史,个人的命运,自我的认知,他者的记忆,见证的是一代人的伤感和宿命、彷徨和执拿。他的小说创新讲故事的方法,也伸张个人在生活中的省悟。尤其那种历经苦难与挫伤之后一点点积攒下来的信心和暖意,即便被双雪涛纤密的叙事所深藏,也依然感人至深。"这段精准的评语,既可视为双雪涛小说写作的价值观,也可看作其方法论。据此,大致可以勾勒出双雪涛小说写作的思维脉络:扎根故乡,致敬青春,反思时代,以文学的方式讲述历史,以冷峻的叙事书写变幻的人生,通过个体与群体的塑像,表达命运的艰难与无常,进而彰显作家对于芸芸众生的关怀与悲悯。

一、为那些被侮辱被损害的故乡人塑像

"我写的小说开始被人注意。他们说在这座北方的城市里有个奇怪的作家,写了好多奇怪的短篇小说,他的小说总是一片黑暗,没有一丝光亮,人们在他的小说里死去,他好像无动于衷一样继续书写主人公死掉之后的世界。"[①] 如果不加说明,读者多半以为这段话出自双雪涛之口,因为他曾谈及自己喜欢"以无休止的好奇写一切怪怪的东西"。但并不是。事实上,它的作

者为李默,双雪涛长篇小说《聋哑时代》的主人公,小说中的身份也是一位小说家。人物及独白虽是虚构,熟悉双雪涛小说的读者却不难发现,李默的话几近道出了双雪涛早期的写作风格:色调冷峭,迷恋死亡,惯于构筑一个幽暗、无声的世界,譬如处女作《翅鬼》以及随后的长篇小说《天吾手记》、中篇小说《长眠》、短篇小说《跷跷板》等。这些作品之所以呈现上述特征,一方面和双雪涛师承余华、王小波、村上春树等作家有关;另一方面,则与他自己的写作抱负有关:为那些被侮辱被损害的故乡人塑像。

作为一个生于斯长于斯的东北人,双雪涛的写作不可避免地与东北大地发生密切关联。批评家谢有顺认为,作家应有自己的写作根据地。这个根据地,既是作家创作时面对的生活世界,也是作家思考时面对的精神世界(精神家园)。双雪涛的写作根据地,就是他生活了三十余年的东北,具体到城市是沈阳,再具体到更小的地标,则是艳粉街。双雪涛笔下的艳粉街,"在城市和乡村之间,准确地说,不是一条街,而是一片被遗弃的旧城,属于通常所说的'三不管'地带,进城的农民把这里作为起点,落魄的市民把这里当作退路。……好像沼泽地一样藏污纳垢,而又吐纳不息。"②。这与福克纳的"邮票般大小的故土"、莫言的高密东北乡、贾平凹的棣花街、苏童的香椿树街、徐则臣的花街一样,带有浓厚的地域文化特色和个人情感色彩。双雪涛在小说中反复描绘的艳粉街,当然只是故事发生地或创作背景,映照的却是沈阳乃至整个东北地区的人情世故。换句话说,透过双雪涛的艳粉街,我们看到的是一个地域,抑或每个人的故乡。故乡的日新月异值得感怀,故乡的物是人非值得深思。自鲁迅以降,面对故乡,每一位作家的写作姿态、进入方式和表达经验各有差别,但彰显其中的真诚、悲欢和写作精神基本无异。无论是穿梭在沈阳的大街小巷,还是伫立于北京寓所的窗前,双雪涛对于东北的打量或回望,都时刻充满某种自觉和拳拳深情。文学中的东北在萧军、萧红时代已备受文坛关注,后来者迟子建的写作也极大丰富了东北文学。21世纪的今天,如何赓续这一写作传统并创造新的东北叙事,无疑是摆在双雪涛、班宇、张执等新生代青年作家面前的一个重要命题。对此,双雪涛的选择是,在历史中反思现实,在群体中创造个体,在浪漫中表达悲观,在冷峻中体现温柔。而这一切,无不通过他笔下那些被侮辱和被损害的故乡人来落到实处。

弗兰纳里·奥康纳认为,写作是一种发现。双雪涛对于故乡的发现琐碎而深入:"我身边有一些人确实是被忽略的,或者是被损害的,或者是没有被看见,或者是他们的一些牺牲和付出被遗忘了。"③被侮辱被损害的故乡人,大多是底层小人物,他们苟延残喘于废弃的工厂、败落的街道,在工作中失业,在感情上失意,在生活里失败,在历史洪流的裹挟下逐渐成为时代边缘人,如果无人书写,他们注定成为籍籍无名者。故乡惨淡的现实,为双雪涛的写作提供了精神契机,也让他找到了自己作为作家的存在价值。这种发现在创作初期或许尚不明确,但随着创作和思考的成熟,一种为故乡小人物立传的写作抱负萦绕在脑海,无论如何也挥之不去。到了创作《平原上的摩西》时,作者的这种抱负愈发清晰自觉:"就是想反映一点东北人的思想、特有的行为习惯,尤其是几个大工厂,很少人去写。东北人下岗时,东北三省上百万人下岗,而且都是青壮劳力,是很可怕的。那时抢五块钱就把人弄死了,这些人找不到地方挣钱,出了很大问题,但这段历史被遮蔽掉了,很多人不写。我想,那就我来吧,没别的出发点。"④这颇有一种我不下地狱谁下地狱的悲壮。书写被遮蔽的历史,需要勇气,更需要笔力,拨开历史的尘垢与迷雾,显露故事与人物的本来面目,就像其短篇小说《跷跷板》结尾所言:"名字也许没有,话总该写上几句。"以此让无名者有名,为聋哑者发声。

于是,我们得以在《我的朋友安德烈》《北方化为乌有》《刺杀小说家》《走出格勒》《飞行家》《武术家》《杨广义》《长眠》《无赖》《心脏》《剧场》等众多作品中,看到走投无路的小说家、死于非命的工厂主、沉于幻想的小职工、迷茫困惑的中学生、穷困潦倒的诗人,还有被遗弃的孩子、女人或丈夫……各色小人物依次登场。他们的昔日生活虽不富足却也安稳,他们的未来人生虽不璀璨却也光明,可是,他们心中的安稳与光明,随着时代浪潮的击打戛然而止。经济改革、社会转型、城市变迁,这些宏大的词汇与他们曾经相距遥远,却仿佛在一夜之间和他们的命运紧密相连。"那是一种被时代戏弄的苦闷，我从没问过他们，也许他们已经忘记了如何苦闷，从小到大被时代戏弄成性，到了那时候他们可能已经认命。"这是《聋哑时代》中父辈们的生活遭际，无疑是那一代人的命运缩影。雷蒙德·卡佛曾说："对大多数人而言，人生不是什么冒险，而是一股莫之能御的洪流。"还有什么比这更能形容双雪涛笔下的故乡人呢？历史的洪流面前，无权无钱无势如他们，连随波逐流的机会都没有，就如《聋哑时代》中的李默、安娜、霍家麟，《光明堂》中的疯子廖澄湖、"少年犯"柳丁、姑鸟儿李森，《刺杀小说家》中的小说家，《平原上的摩西》中的李斐，《我的朋友安德烈》中的安德烈，《间距》中的"疯马"马峰，《跛人》中的刘一朵，《长眠》中的老萧，《无赖》中的老马，《走出格勒》中的老拉，《终点》中的张可心，《起夜》中的岳小旗，等等，唯有听天由命，被侮辱被损害。需要指出的是，这些小人物的被侮辱被损害，不仅仅是物质层面、生命层面，还包括精神层面；不仅仅是生活由安稳转向困顿，还包括理想由高远转向幻灭。一如《聋哑时代》中的艾小男对李默所说："就算你付出很多，就算你对一个事情特别热爱和坚定，只要你是弱小的、纯粹的、天真的，生活还是会伤害你、毁灭你。"《飞行家》中的李明奇的父亲"文革"前已是市印刷厂副厂长，"文革"来临，受批斗自缢。作为长子的李明奇，不得不承担起抚养八个弟妹的重担。尽管一直过着逼仄的生活，在军工厂工作的他却有一个伟大梦想——造飞行器。屡试屡败后，他倒腾过煤，开过饭店，去云南贩过烟，还给蚁力神养过蚂蚁，后又办过舞蹈班，卖过安利纽崔莱，干过不少事情，始终没有成功。李明奇身上具有天真的理想主义色彩，但理想总是与他背道而驰。他最终决定为理想献身的那一刻，让人无比感动："气球升起来了，飞过打着红旗的红卫兵，飞过主席像的头顶，一直往高飞，开始是笔直的，后来向着斜上方飞去，终于消失在夜空里，什么也看不见了。"⑤理想坍塌的年代，又有多少生命和信念"消失在夜空里"，什么也看不见了？

但消失不等于毁灭，看不见不代表不存在。双雪涛只想努力记住他们，讲述他们的故事，分享他们的悲欢离合。这让我想起了长篇小说《天吾手记》中，安歌失踪后的年头里，李天吾恪守自己当初对安歌的诺言："一直在用自己的方式捍卫她，那就是无论如何不能把她遗忘，以后也不会，只要我还活着。"⑥恰如作家在小说正文前引述陀思妥耶夫斯基《卡拉马佐夫兄弟》中的那句话："最要紧的是，我们首先应该善良，其次要诚实，再其次是以后永远不要互相遗忘。"让那些小人物免于被遗忘，为他们被侮辱被损害的短暂人生留下一些印记，这是双雪涛的写作抱负，看似渺小，实则阔大。

二、在历史洪流中呈现复杂人性

双雪涛擅长讲故事。会讲故事的人未必能成为好的小说家，但好的小说家多半会讲故事。这和过去的民间说书艺人有着很大不同，其中重要一点就是，好的小说家在讲故事时，摒弃民间说书艺人对于故事人物非好即坏、非黑即白的二元对立论，更加注重在芜杂的历史情境、喧嚣的社会现实中呈现复杂人性。具体而言，故乡形形色色的小人物，为双雪涛提供了无尽的写作资源；但在为身处历史洪流中的故乡小人物塑像时，双雪涛秉持一种客观的他者视角，走近他们却又与他们保持一定距离，轻松对话，冷静观察，不虚美不隐恶，力求通过故事的精彩讲述呈现出他们人性的复杂。因此，双雪涛虽塑造了众多人物，但很难找出一个性格单调的人物。从早期的《翅鬼》《无赖》《我的朋友安德烈》《安娜》《大师》《刺杀小说家》，到后来的《天吾手记》《聋哑时代》《平原上的摩西》《光明堂》《飞行家》《北方化为乌有》，以及最近的《武术家》《Sen》《杨广义》《剧场》《猎人》《不间断的人》《刺客爱人》，无论直接以人物名字为题，还是以人物职业为题，貌似单刀直入，其实大有深意。

人性的复杂源于人心的复杂，人心的复杂源于时代和社会的风云变幻。双雪涛的小说大多聚焦于20世纪末的东北城乡。彼时，伴随经济体制改革带来的国企倒闭和下岗潮席卷了整个东北大地，被时代"抛弃"的东北，逐渐步入历史的下半场，由此带给产业工人们的现实打击和精神创伤，至今难以疗愈。对此，双雪涛无意还原那段同样不失波澜壮阔的历史，亦无意为那段历史中的失意者简单疗伤。他毅然放弃了传统文学写作中的宏大叙事，调动自己的内心情感，选择自己熟悉的历史,并尽可能以最小的切点进入历史现场,悉心体会那些失意者在历史洪流中如何举步维艰,人心究竟怎样叵测,人性到底多么复杂。双雪涛的姿态是举重若轻的,没有用力过猛,这或许因为他一直也视自己为小人物,以小人物的声口讲述小人物的故事,娓娓道来。

《翅鬼》虽是双雪涛的长篇处女作,却将历史洪流中的复杂人性呈现到极致。小说以充沛的想象力虚构了一个雪国,在这个国家,一些人因为另一些人多长了一对翅膀,就要把这些人从大到小赶尽杀绝,非得一些人坐在另一些人的尸体上,才觉得安全。前者是雪国人,后者则被称为翅鬼,从出生那天起就是囚犯,命不在自己手里。无论是雪国人还是翅鬼,都是谎话连篇。某天,国君遇刺身亡,太子婴野继位,对翅鬼实行招安,赐给他们名字和自由,将他们组建成翼灵军。然而,这不过是婴野的圈套,表面温文儒雅的他,内心十分阴险狡诈。他招安翅鬼的目的,不过是想将他们一网打尽。翅鬼萧朗,虽然侠义,却满肚子心机,凭着不择手段成了大将军和英雄,追求的只是牺牲其他翅鬼,让自己能过上正常人的日子。婴野也好,萧朗也罢,"他们都那么聪明,不用看就知道这个世界是怎么一回事,可他们偏偏会把这个世界搞糟,他们对什么都没有悲悯,也没有一个时刻肯承认自己是软弱的,他们习惯把别人摆在自己的棋盘上,你吃我的,我吃你的,输了的大不了掀翻棋盘,不玩了"⑦。这何尝不是今天的某种社会现实?《翅鬼》中的历史年代语焉不详,但这无关紧要,不管讲述的是过去、现在还是未来,历史是虚构的,贯穿其中的人性之复杂却是真实的。

随后,双雪涛在短短几年内创作了《我的朋友安德烈》《无赖》《刺杀小说家》《安娜》《大师》《聋哑时代》《平原上的摩西》《天吾手记》《光明堂》等一系列长中短篇小说,在这些作品中,双雪涛几乎将所有故事发生的时间地点设置于20世纪末的东北城乡。一方面,他通过具有历史感的故事叙述,强调历史与现实原本不过是事物的一体两面,历史的车轮滚滚,对于现实的碾压无可阻挡,一切现实又终将成为历史。另一方面,他好奇并执着于身处历史洪流中的底层小人物,面对历史车轮的碾压究竟有多大的精神承受力,他们的人性又有多大张力。《刺杀小说家》中的小说家,生活困顿,毫无名气,之所以引来杀身之祸,是因为他写小说的能力相当好。他在作品《心脏》里创造了一个新人物赤发鬼,而小说中发生在赤发鬼身上的事情,都会发生在一位老伯身上,每一件事都会应验,这让老伯很困扰,于是雇凶杀人。"在我心里无论是地位多悬殊的两个人,生命的价值都是一样的,既然一样,既然一定有一个要消失,我们希望你帮助我们让小说家消失掉。天平两端的东西一模一样,陌生人的生命,只不过其中一个上面又放了一笔钱上去,现在是这样的情况。"⑧荒诞的现实,潜伏着人性的贪婪与黑暗。《光明堂》中的林牧师,《圣经》读了七遍,但他说自己也是个罪人,曾经伤过人,断了别人一条手臂,在牢里待了七年。就在他皈依上帝、虔心布道的时候,"少年犯"柳丁残忍谋害了他。而柳丁原本并非恶人,他杀林牧师的原因,不过为了能和他的老师一起去北京。其他人物如安德烈(《我的朋友安德烈》),安娜《安娜》,傅东心、李斐(《平原上的摩西》),安歌、穆天宁(《天吾手记》),老萧(《跛人》),老马(《无赖》),老拉(《走出格勒》),岳小旗(《起夜》),杨广义(《杨广义》),吕东(《猎人》)等,就像我们身边一个个熟悉的故乡人——人性总是被善和恶、美与丑纠缠着,天真而又自私,朴实而又狡黠,温和而又偏执。

近两年,双雪涛的写作进入沉淀期,公开发表的作品唯有《不间断的人》《刺客爱人》两篇。《不间断的人》体现了双雪涛的探索精神,他转而选择当下市场较热的人工智能题材,通过人心与科技、现实与想象的紧密结合,思考当代人的意识、情感与灵魂,怎样和未来的科技社会接轨。小说力图与时代有所呼应,如批评家黄德海所言,"不经意间展现出对社会和人心的独特理解"。所谓独特理解,折射的其实是科技时代的人心嬗变,背后映照的,依然还是时代变迁中的复杂人性。《刺客爱人》回归到双雪涛熟悉的写作模式,复杂的故事蕴含着复杂的人性。男主李页,一位在京城打拼的平面摄影师,罔顾追随多年的恋人姜丹为他们设计好的婚姻生活,和别的女人上床、结婚又很快离婚,多年后与姜丹再续前缘。女主马小千,表面上是一个不温不火的女演员、热衷平面摄影的女模特,私底下却是一个凭借身体赚取高额酬金的高级妓女。在李页和马小千身上，不难看到时代变化给他们的精神和心理打上的烙印，以及由此带来人性的复杂多变。

历史的洪流摧枯拉朽，而双雪涛写作的毕竟不是历史小说。在他那里，历史不过是一种个人记忆，一个引发写作灵感的契机，落脚到具体作品中，则是呈现复杂人性的一个视角、一种背景。大而言之，历史是由人创造的，小而言之，每一段历史都由个人史组成。故乡的亲人，爱人，曾经的同学，朋友，同事，还有曾听闻而没见过的陌生人，都在双雪涛笔下栩栩如生。双雪涛写出了他们的坚持与无奈，希望与失望，信念与迷茫，善良与邪恶，美好与丑陋。更重要的是，双雪涛潜入他们内心深处，发掘他们人性的多面与复杂。他们"用各种各样的方式在人世间行走……卖弄自己并不牢固的幸福，自以为是地与人辩论，虚张声势的愤怒，发自内心的卑微，一边吵闹着这是一个多么荒谬的世界，一边为这个荒谬的世界添砖加瓦，让它变得一天比一天荒谬"（《聋哑时代》）。正是这种矛盾的世相心态，照见并加深了父辈和我们人性的复杂。

三、让爱与梦想在卑微中重生

黑格尔曾说，历史是一堆灰烬，而灰烬深处有余温。对于双雪涛来说，为被侮辱被损害的故乡人塑像，进而在历史的洪流中呈现出他们人性的复杂，还只完成了写作的一半。剩下的另一半关乎心灵世界，有着形而上的哲思，那就是：寻找并留住历史灰烬深处的余温，让冬夜不再寒冷，让光明驱散黑暗，让爱与梦想、尊严与自由在卑微和绝境里重生。正如"第三届单向街·书店文学奖年度青年作家"颁奖词所褒扬的："身为小说家，他锋利地划开了阴谋之下的纯真，躲闪之中的深情，让衰落的城市、渺小的边缘人，双双收复他们失落的自由和梦想、爱与尊严。"这种哲思的重要性不言而喻，它是一个作家、一部作品的灵魂，体现深度，提升高度，让作家更加理性地思考："我们的社会存在一个重要的问题，就是因为历史的原因和机制的原因，拥有话语权的，大多是混蛋；而柔软的，沉默的，坚持了那么一点自我的人，很多都沦为失败者。而事实上，一个好的世界，是所有人都在自己该在的位置。这也是我老写的东西，当世界丧失了正义性，一个人怎么活着才具有正义。"⑨在正义匮乏的世界，给失败者找到活着的价值，这是双雪涛的温情与悲悯，也是他小说写作最核心的部分，他的绝大多数作品，都朝着这个方向努力。

《聋哑时代》里的艾小男，从李默家不辞而别后给他的短信中说："在这个世界上，没有人能像自己希望的那样去生活，如果你不把你的灵魂交出去，它就消灭你的肉体。我终于认清了这个道理，活着就是一种交易。"信奉爱情一生只有一次的艾小男，最后选择离开自己唯一爱的人李默，并希望他"好好活着"，这是艾小男对爱与活着的理解，某种意义上，也传达了她对尊严和自由的向往。《天吾手记》中的安歌，同样在恋人李天吾面前选择了突然消失，而她之所以使自己义无反顾消失于熟悉的世界，只是因为"受不了当时的一切，如同割伤自己一样，以断然消失来表示对这个可笑世界抗拒，而我也是她所遗弃的这个可笑世界的一部分，也许是使这个世界最终完整的一块拼图"。后进生安歌对这个可笑世界的抗拒，亦体现了她对爱与活着、尊严和自由的个人追求。消失前，安歌给李天吾留下了一封信，只有一句话："我希望我们都能活在自己最喜爱的时光里。"与其说这是安歌的希望，莫若说这是双雪涛对那些失败者的希望，就如国文老师黄国城给小久的信中所说："不要轻易为了一些事情改变自己，目的并不重要，活着本身就是一种价值，如果人生的意义无法确定，那人生的过程就成了意义本身。"得了怪病的小久，整个人逐渐变淡，直至彻底消融在台北这座城市里。而她能够和变淡对抗的唯一办法，就是留下一本记录自己有着清晰形象、慢慢变淡然后消失的相册。多么卑微的想法！而那本相册，无疑成为小久人生的过程、活着的尊严最好的见证。在《天吾手记》后记中，双雪涛自述"这是一部跟朋友和爱人有关的小说"。这部小说的确围绕朋友与爱情展开叙述，但我从中读到的，还有梦想的坚守、活着的意义，以及爱与尊严在卑微中的高贵。

谈到自己的小说艺术时，双雪涛曾强调："我的小说里面存有某些执念，可能是关于人本身的，比如尊严和自由。"不要轻视双雪涛的这种执念，对他笔下那些各种各样被城市遗弃的人来说，并无尊严和自由可言。不仅如此，尊严和自由的缺席，反映的恰恰是一个时代的人性黑洞和精神萎靡。张扬人的尊严和自由，彰显了双雪涛作为一个作家的使命与担当。须知，"在一个罪感麻木的时代，写出恶的自我审判，在一个人心黑暗的时代，写出心灵之光，在一个精神腐败的时代，写出一种值得信任的善和希望，这是今日写作真正的难度所在"⑩。的确，罪感麻木、人心黑暗、精神腐败的时代，恶与绝望随处可见，但一个优秀的作家，必定能在恶与绝望之外，"写出一种值得信任的善和希望"。唯有善和希望，能催生人的爱和梦想，实现人的尊严和自由。《翅鬼》中，翅鬼们生来就是囚犯和奴隶，蜗居井下，受尽压迫，绝无活着的尊严和自由，但每个翅鬼心中都有一个飞行的梦想，这让他们在无边黑暗的幽谷中看到了一线光亮和希望。《飞行家》中，李明奇一生坎坷，却执着于造出飞行器，心中亦有一个飞行的梦想，全家人都相信他能造出来。最后他制作了一个热气球，梦想带家人飞到南美洲。在他看来，"做人要做拿破仑……做不了拿破仑，也要做哥伦布，要一直往前走。做人要逆流而上，顺流而下只能找到垃圾堆"。小工人身份的李明奇，或许讲不出什么豪言壮语，但他的这番话，俨然一套朴素的生存哲学。

《终点》是双雪涛目前最短的小说，不足千字，却在短小的篇幅中，将爱与梦想、尊严和自由的主题展现得淋漓尽致。饭店女工张可心，捡到一张银行卡。密码只能输三次，前面两次，一次是一个姐妹的手让火锅汤烫了，没钱治；一次是她老家的狗死了。第三次，是男朋友让她去洗浴中心工作。她坚决不去，并对男朋友说："你别逼我，饭店多做几天，也能供你玩。"可男朋友非但不依不饶，还说出了这样的话："你以为你那玩意是金的？告诉你，我一个人操得，人人都操得。"说完摔门走了。这一次，张可心输入自己的生日，没想到对了，卡里却只有一块钱，她等银行开门后取出来，回到家，"把两人的脏衣服洗了，找出方便面摆在桌上。然后收拾了自己的衣服，塞进箱子，拖着走到公车站"。她告诉汽车师傅要去终点，然而下一站就是终点。"终点不远。"小说就此结束。张可心虽然卑微，她对男朋友的爱毋庸置疑，但她的爱是有底线的，这个底线关涉她的尊严和自由，断然不可逾越，哪怕自己一个人走向终点。物欲横流的消费社会，张可心面对诱惑而持守本心，不愿放弃自己的尊严和自由，实属难能可贵，这其实也是双雪涛一以贯之的姿态："我在小说里把身边这些挣扎的普通人，甚至一些有很大问题但努力保持自己尊严的人，尽量写得更好些，更温柔些。"从张可心身上，不难看出双雪涛的锦心。

2020年，"第三届宝珀理想国文学奖"在京揭晓，双雪涛以其短篇小说集《猎人》摘得首奖。颁奖词如是说："我们看见了作者展现他个人写作风格与品质的最新成果。现实生活也许是十一种，也许是一种。它是凛冽的、锋利的，也是热血的、动人的。它是我们的软肋与伤痛。也是我们的光明所在。"凛冽与锋利中还有软肋，热血与动人中不乏伤痛，但那又有什么关系呢？可以看到光明在前。这是双雪涛的铁血丹心，也是他的写作信念。在作家孙甘露看来，"他所做的努力，一直也是很多作家所做的，就是从具体而微的描写中把个人的经验提升出来，使其获得一种普遍性"。从个人到普遍，当然没那么容易，中间隔着无数的山重水复，但也正是如此充满挑战，双雪涛的写作方可与更多青年作家的写作一起，为中国当代小说展示出新的可能性。

双雪涛多次谈到，自己犹如一个匠人，只想好好经营写作这门手艺。这种工匠精神值得敬佩，他也一直在探索更适合自己的写作道路和写作方式，其中的徘徊和不足在所难免。他曾坦言："写的时候没想过什么写法，不知道为什么最终会写成现在的样子。"譬如《杨广义》，"它是自己长出来的小说"。又譬如《猎人》，"凭着直觉，就把它写出来了"。这在某种程度上表明，双雪涛确乎是一位才华横溢的作家，灵感降临后文思如泉涌，与此同时，也许会给读者带来其写作风格、表现手法、人物形象等方面的似曾相识或雷同感。譬如，长篇小说《天吾手记》中的警察蒋不凡，和中篇小说《平原上的摩西》中的警察蒋不凡，人物姓名与职业完全一样。又譬如，长篇小说《天吾手记》中的后进生安歌，和长篇小说《聋哑时代》中的坏学生安娜，人物姓名虽有一字之差，但两人的故事显然犹如孪生姐妹。中篇小说《光明堂》《飞行家》中的女主人公，前者叫张雅风,后者叫高雅风。短篇小说《跷跷板》《跛人》中的女主人公,名字相同(都叫刘一朵),性格相似(桀骜不驯),到了《猎人》,女主人公名字依然叫刘一朵。再譬如,中篇小说《我的朋友安德烈》,和长篇小说《聋哑时代》第六章《霍家麟》,两者除了主人公姓名各异,整篇文字内容几乎雷同,究竟是一篇小说的两次发表,还是作家的自我重复,不得而知。其他类似的地方还有不少,无需再举例。所以,对于双雪涛而言,写作的思维定式一旦形成乃至稳固,如何创新与突破便成了摆在面前的重要问题。这实际也是每一位写作者都会遇到的瓶颈,相信双雪涛早已意识到这个问题,并且正在努力寻求解决办法。

在《聋哑时代》最后,双雪涛写下了一个光明的结尾:"我应该再也不会被打败了。"借此总结双雪涛的写作,这既可看作一种理想主义,也昭示着未来充满希望。

注释:

① 双雪涛:《聋哑时代》,广西师范大学出版社 2020 年版,第 237 页。

② 双雪涛:《走出格勒》,见小说集《平原上的摩西》,北京日报出版社 2021 年版,第 236 页。

③ 双雪涛,鲁太光:《纪实与虚构——文学中的"东北"》,《文艺理论与批评》2019 年第 2 期。

④ 双雪涛,鲁太光:《纪实与虚构——文学中的"东北"》,《文艺理论与批评》2019 年第 2 期。

⑤ 双雪涛:《飞行家》,见小说集《飞行家》,广西师范大学出版社 2017 年版,第 176 页。

⑥ 双雪涛:《天吾手记》,花城出版社 2016 年版,第 173 页。

⑦ 双雪涛:《翅鬼》,广西师范大学出版社 2019 年版,第 143 页。

⑧ 双雪涛:《刺杀小说家》,见小说集《飞行家》,广西师范大学出版社 2017 年版,第 231 页。

⑨ 双雪涛,走走:《"写小说的人,不能放过那道稍瞬即逝的光芒"》,《野草》2015 年第 3 期。

⑩ 谢有顺:《文学的通见》,海峡文艺出版社 2020 年版,第 233 页。

[作者单位:南方科技大学人文科学中心]

主持人语

□ 张清华　王士强

　　泉子，出生于1973年，浙江淳安人。他从1990年代初开始写作，如其所自述1997年进入"写作的元年"，迄今已出版多本诗集，获得多种诗歌奖项。正如著名诗人张曙光所指出的："泉子的诗并不给人惊艳的感觉，平实而质朴，很少修饰，不事张扬，沉静、内敛，内容和技艺达到了一种均衡。从这个角度看，似乎带有某种古典主义的倾向。他的诗现代特征也同样明显，诗中展现的仍然是现代人的意识和对时代问题的敏感。"这种评价是准确、到位的。

　　泉子的写作独立不倚、沉静笃定，开阔而宽厚，既有出世的一面又有入世的一面；既有儒的特征，又有释的特征、道的特征；既有古典的、传统的影响，又有西方的、现代的影响。他与生活葆有充分的距离，在更高的高度上对之进行观察、审视，注目山水多于沉浸世俗。其写作有精神性、超越性，有精英主义特征，但同时他又是拥抱、热爱日常生活的，不冷漠、不封闭，体现着开放精神和平民精神。这是一种深谙平衡之道的艺术选择，也是一种诗歌境界和人生境界的体现。泉子有很多类似于偈子、俳句的短诗、超短诗，颇显人生智慧、思想高度与语言才华。"你越来越坦然／去成为一个孤家寡人，／对应于你对人世从来之艰难的／一种越来越深切的体认。"（《你越来越坦然》）这里面既显示了鲜明的主体性态度，又有着对人生睿智、平和的感知。与孤家寡人的选择类似，他在《即使置身于舞台中央》中写应做"与世隔绝的人"："你必须成为／那个不需转身，／而即使置身于舞台中央，／依然与世隔绝的人。"这样的与世隔绝才使得诗人具有一颗更为敏锐、善感、不同于常人的心，正如《诗人的心》中所写："一片树叶落下来，大地以微微的震动作为回应。／是又一片，是又一片片的树叶，／落下来，／落下来——／直到大地获得一颗诗人的心。"这种"微微的震动"极为形象地呈现出了人之为人、诗之为诗的本质。正是由于这种心跳、心动，人才能更懂得这"繁盛而虚无的人世"，更懂得生命中"那无处又无往不在的绝望与孤独"（《春梦》）。泉子的一些较长的作品如《他们曾作为天造地设的一对》《姐姐说出了另一种可能》《他们像躲瘟疫一样躲着她》《祖母》《巨石》多以叙事性为主，处理的多为复杂的在世经验，有在场性、命运感，体现出明显的人文情怀与现实关怀。诗歌的长与短在泉子这里各有侧重、各具风采。

　　泉子不是一个语言／修辞至上主义者（虽然他的周遭或远或近均有此传统），他对诗歌有更为深广的期待和关切。《月落日升》中说："语言的背后是人，是他的心与脸庞，／是一个人之所以成为一个人的地理、气候、风俗，／以及我们头顶的／月落日升。"由此，语言指向了人的维度，也指向了意义的维度。《诗歌的意义》中直言："不能为我们带来提升，／帮我们成为更好的自己的／诗歌的意义／是什么？"于泉子而言，诗歌仍然是值得期待的，是有力量的，而作为诗人的泉子，也自觉担负起了时代与历史的责任。当然，主要的责任是语言的责任、汉语的责任，或者更准确地说，现代汉语的责任："我不是楚国的屈原，不是曾领魏晋风流的嵇康与阮籍，／我不是谢灵运，不是陶渊明，／我不是标识出盛唐／甚至是整个古汉语之高标的李白与杜甫，／我不是千年之后都罕有匹者的东坡居士，／我是汉语的，一口新的泉子。"（《泉子》）"汉语的""新的泉子"，这是一种自我的期许，也是一种自信与担当。

[作者单位：北京师范大学文学院，天津社会科学院文学研究所]

诗的常识

□ 泉 子

诗的常识看似基础，但又是每一个成熟诗人需要终其一生不断去回应的，包括：诗是什么？怎么写？以及诗歌的意义。

一

诗是什么？诗仅仅是一种分行的文字吗？就像书法家经常面对的一次诘问："书法是用毛笔写下的文字吗？"诗与书法分别作为一种极其精微而高妙的艺术形式，又都看似门槛很低，而只有此中人才真正理解其中成就的艰难。

汉字有着强大的表意功能。诗从言从寺。诗是寺人之言，也就是说诗在最初就作为一个修行者，或是一个悟道者的言说。许多人会有一种误解，就是把寺人，把修行者或悟道者当作与现实生活脱节的人，当作一群持消极生活态度的人。事实上，这恰恰是一群最积极的人，他们愿意放下所有世俗的羁绊，投入对这个世界的理解中去。这是一群将悟道求真置于生死之上的人，或者说，相对柴米油盐与稻粱谋，他们更关注"我们从哪里来，往哪里去以及人在宇宙中的位置"这些最根本性的认知。这里不仅仅是一首诗的源头，它同样作为哲学、艺术、宗教、科学关注与孜孜以求的原点。前几年有一本天文学家写的流传甚广的书——《暗淡蓝点》。它直接起缘于1990年，美国旅行者号宇宙飞船从离地球64亿公里外的太空深处拍摄到的一张照片。在这张照片上，地球悬浮在太阳系黑漆漆的背景中，仅仅是一个黯淡的斑点。而这里就是我们的家园。所有的帝王将相，所有的爱恨情仇，所有的王国与争战，所有波澜壮阔的宏大叙事都在这个暗淡的点上发生。诗就是我们在这样高度或深处的一次观看。或许，也只有在这里，我们才能更好地理解海德格尔所说的"向死而生"。

书圣王羲之写下的天下第一行书《兰亭序》，从某种意义上讲就是一首杰出的诗。它记录了一千多年前的一次雅集，阳春三月，会稽山下，一群文人雅士在一起饮酒作诗，"一觞一咏"间，"仰观宇宙之大，俯察品类之盛"，但相见的欢愉很快转化为"况修短随化，终期于尽"的"岂不痛哉"。一个美好的下午很快就要过去了，我们的一生也会很快过去！而正是诗人的心在那一瞬间的战栗将这些笔墨线条凝固，并传给了千年之后的我们。或者说，诗与艺术的秘密在于它不仅仅说出了此刻，而同样道出了千年后的我们。正所谓"后之视今，亦由今之视昔"。诗歌当然更是这样，就像开盛唐风气之先的陈子昂的《登幽州台》，"前不见古人，后不见来者，念天地之悠悠，独怆然而涕下"——人在宇宙中苍茫感扑面而来。

叶芝有一首广为人知的诗歌《当你老了》。我最喜欢的是袁可嘉的译本。"当你老了，头白了，睡意昏沉，/炉火旁打盹，请取下这部诗歌，/慢慢读，回想你过去眼神的柔和，/回想它们昔日浓重的阴影；/多少人爱你青春欢畅的时辰，/爱慕你的美丽，假意或真心，/只有一个人爱你那朝圣者的灵魂，/爱你衰老了的脸上痛苦的皱纹；/垂下头来，在红光闪耀的炉子旁，/凄然地轻轻诉说那爱情的消逝，/在头顶的山上它缓缓踱着步子，/在一群星星中间隐藏着脸庞。"这是叶芝写给他一生挚爱的女神毛·特岗的情诗，但我们同样可以把这首诗当作献给缪斯女神的。"多少人爱你青春欢畅的时辰，/爱慕你的美丽，假意或真心，/只有一个人爱你那朝圣者的灵魂，/爱你衰老了的脸上痛苦的皱纹"，诗歌或缪斯女神配得上这样一份持久的激情。"诗是朝圣者的灵魂",这是叶芝的回答。

二

最高妙的诗歌一定是"得意忘形"或"得意忘言"的,就像我们在面对一幅绘画时,如果我们在第一眼不是被画面背后强大的情感所击中,而是被一个精致的细节所吸引,那么,这将意味着一次致命的惩罚。就像陈子昂的那首开盛唐风气之先的千古绝唱"前不见古人,后不见来者,念天地之悠悠,独怆然而涕下",我们几乎看不到任何语言的组织痕迹,它们几乎是脱口而出的,是又一次的我口说我心。

如果说,诗歌、文学与艺术有什么秘密的话,就是我口说我心,或者说是我手写我心了。这几乎就是写作的不二法门。这也是我想分享的诗的第二个常识,怎么写或怎么完成一首诗。

十多年前,我经常去一个写书法的朋友工作室玩,看他写字,我也跟他学。我问他怎么写、怎么握笔,他告诉我,你觉得怎么舒服就怎么握笔,就怎样落笔。其实,写诗也一样,就是要从心,要按照你最舒服的方式去写。然后你写着写着就会去找、去读,只要你坚持,你就一定会找到跟你心气等各方面更接近的诗人,你去看他是怎么组织语言去创作,你去看他是怎么理解这个世界的。在阅读的过程中,就是你在和作者交流,如果你们之间形成共鸣,你就能从他那儿得到启发。而阅读在这里特别重要,因为这意味着一次新的思考的契机。

这几年,经常有人问到一个同样的问题,就是我是从什么时候开始写诗的。我会把 1997 年作为我写作的元年,虽然我的处女作发表在 1991 年的《中国校园文学》上。这之间是一段我视之为漫长而苦闷的学徒期。1997 年的一个重大事件,是我与艾米利·狄金森、博尔赫斯们的相遇。而在这些相遇中,他们带给我的一个极其重要的启示,就是诗歌并非一种分行的文字,而是我们对身体至深处,那最真实的声音的倾听、辨认与追随,在语言中的凝固与呈现。这是诗歌的一个坚固的起点,也是所有诗歌的根本性秘密之一,而我几乎在耗尽所有的青春岁月后,才得以获得这最初的领悟。

而在此后,我的写作的一次次蜕变都可以在这里找到那个最坚实的起点。

阅读是讲究缘分的。记得那个时候,我几乎同时接触到米沃什和帕斯,当时帕斯的诗就特别能打动我,但是米沃什的诗我读不进去。然后大概过了六七年左右,米沃什仿佛是在一个瞬间向我敞开的,并成为一位对我产生一种最持久影响的西方诗人。在我三十到四十岁的差不多十年中,我的包里面都放着一本米沃什的书。最早是《拆散的笔记簿》,绿原翻译的一个选本,后来是张曙光翻译的黄皮本《米沃什诗选》。我想说的是,阅读是需要准备的。米沃什的诗歌背后有一个非常宏大的时代背景,包括整个的西方宗教和哲学,可能我当时没准备好。但不急,他们会一直在那儿,等待我们慢慢成长,然后向我们敞开。

三

其实在前面,我已隐约谈到了诗歌的意义,也就是我要分享的第三个常识。诗是一个修行的人、一个悟道者的言说,诗是朝圣者的灵魂,诗是我们超越这俗世的努力。我曾一次次自问,一种不能提升我们的诗的意义是什么?而诗歌能帮我们成为一个更好的自己,诗能帮助我们修补一个并不圆满的人世,诗能帮我们获得一张洁净的脸庞、一双明澈的眼睛,诗能帮我们化解生命中的困境,直到有一天帮助我们坦然离开这人世。有一个大家熟悉的俗语:三十岁之前,我们的长相是父母给的;而三十岁之后,我们的长相是自己修的。也就是说,在三十岁之前,我们的面容更多呈现出的是天赋的一面;而三十岁之后,我们的修行将通过改变与塑造我们的心而源源不断地呈现在我们的脸庞上。这正是诗的艰难与神奇之处,是诗之于我们的意义;或者说,诗歌最大的功用正是无用之用。

就在去年,我写过一首《年过四十》的诗:

> 我出生在千岛湖畔那个贫穷、闭塞,
> 几乎与世隔绝的山村。
> 我没有上过幼儿园,
> 我最初的知识来自于
> 村庄中一对亦农亦师的夫妇,

直到二十四岁，
我才真正开始接触西方的哲学与诗歌，
又过了将近十年，
我因一个契机系统地学习艺术，
并帮助我不断地恢复
一种最初的感受力。
年过四十，
我就自身的传统进行补课，
从四书五经到朱熹、王阳明，
并越来越深切地感动于
一个曾经如此逼厄的村庄的
最初的赠与——
善良、纯朴，
而使得
一个残缺的人世
依然来得及修补。

  诗歌意义正在于此，它让我们能成功葆有一颗历经沧桑后的赤子之心，以及那最初的赠与——善良、纯朴，而使得一个残缺的人世依然来得及修补。

  诗还有一种重要功能就是疗伤。我年轻时是一个焦虑感很强的人，在去年同期的一首诗歌《微甜》中，我写道：

我是突然间意识到
并惊诧于
我的整个青春期都处于一种极度焦虑中的，
在一种时代的症候广为人知之前。
是诗歌，还是经文终于带给我以拯救？
而我甚至不知道
我是从什么时候开始获得了
一种淡淡的欢喜——
那"无色声香味触法"处的微甜。

  这也是我与今年的诺贝尔文学奖获得者、诗人格丽克有一种深深的共鸣的原因，而我们都曾受益于诗歌给予我们生命的疗伤与祝福。

[作者单位：民航浙江空管分局]

"山水只有成为道的容器才成其为山水"
——纪梅、泉子对谈

□ 纪 梅 泉 子

时间：2021.4.23
地点：郑州曲园

纪梅：泉子兄好！欢迎您从江南来到河南，来到郑州曲园。我记得我们有过三次见面，三次都在山水之间：第一次是在大理的苍山洱海；第二次是在浙江，参加完《诗建设》的活动后，您带我游览孤山和西湖；这是第三次，在郑州曲园，这里有主人用太行山石叠筑的假山，有游着锦鲤的池水。这三种不同的山水形式——从旷野绵延浩渺的自然山水，到受到人力改造的城中风景，再到私人园林中的微型景观——可以说是构成了一个隐喻，即山水在现代文明发展中不断式微的过程，也是自然不断退隐的过程。很多当代诗人已经接受了这种结果，但您在诗中却反复咏赞山水，将自己沿着西湖山水的行走视为日课，您还有一些诗集以山水为名，比如《湖山集》和《青山从未如此饱满》。这种态度称得上是反向而行，就像《伟大的通衢》这首诗中写的："坚持，坚持一条歧路，/甚至是一条相反的道路。"请问您为什么要选择一条"相反的道路"？

泉子：这是一条众人眼中的"歧路"或"相反的道路"，也是我早已认定的。关于路的诗歌，我还有一首《并非对无的执着》，可以作为这一首的互文来读："当山脊的岔道显现/我选择了人迹罕至的一条/并非是我对少、对无的执着/而是我越来越倾心于/那唯有寂静与幽暗方得相遇的美景。"

你说出的"山水在现代文明发展中不断式微""自然不断退隐"是我们此刻眼睛所看见的真实。但诗歌又必须成为一种预言，成为一种向过去与未来同时敞开的创造。

山水无疑是贯穿于《湖山集》《空无的蜜》《青山从未如此饱满》，以及我即将出版的诗集《山水与人世》的一条最显著的线索，同时也是最重要与集中的题材之一。山水之于我，之于汉语的重要性在于它提供了一条静观与凝神的通道。

在东方的语境中，山水只有成为道的容器才成其为山水，否则只是人们眼中所谓的风景。或者说，山水不仅仅是山水，它同样是阴与阳、动与静、仁与智、有与无……是"道生一，一生二，二生三，三生万物"中的"二"，并成为我们重返"一"与"道"的一个稳固的节点，并构筑起了一代代汉语诗人悟道求真的最有效的通衢。现代性的困境或危机的日益显现对应于"上帝死了"与道被遮蔽后我们必须去面对的严酷现实。而当代汉语的未来或现代性困境与危机化解的契机，恰恰在于我们能否重新构建起当代汉语与山水之间立足于道之上的稳固的关联，直到我们再一次将山水从心中取出。

纪梅：理解过去确实能够让我们更好地理解今天的现实。不过，对过去的理解是一种个人性的精神活动。而我们总是站在当下的位置理解过去的，对过去的解读自然杂糅着当下的欲望。追慕传统和山水的诗人，如您，时常会向古代先贤致敬：屈原、阮籍、陶渊明、杜甫、苏轼……很明显这里包含着您写作的雄心，这些前辈意味着写作的高度、标准和方向。我的阅读感觉，您在谈论这些古人的时候，主要是将他们的精神作为对自我的启发，这会不会导致对古人的理解趋于抽象和风格化？进一步说，当代诗人对古代文士的仰慕，是否不但不能更好地理解我们的当下,反而会削弱对当下现实的敏感?

泉子:恰恰相反,正如克罗齐所言:"一切历史都是当代史。"对我而言,屈原、阮籍、陶渊明、杜甫、苏轼……不仅仅是古代先贤,他们同样鲜活于此时此刻,是我的兄长,是那些更原初或更完善的自己。他们持续感染我们不仅仅因为这些不朽的分行,同样是因为背后那个真实可感的血肉之躯,是他们之所以成为他们的知与行。诗歌的魅力,诗歌的神奇与艰难还在于,时间将我们囚禁在某时某刻,诗歌则可以帮助我们克服与超越时间的局限,并终于为我们带来一种伟大的启示。

纪梅:中国古代山水思想推崇神似,追求对道的领悟,做山水诗或山水画都不讲究,或者有意舍弃视觉再现和写实。就我的阅读感受而言,您的诗歌多诉诸所知,而非所见,这一点与古代山水诗很相似。但我认为这种写法可能存在一个问题,就是诗中的形象并非为了再现某个瞬间,而是作为阐释观念的辅助,比如"青山从未如此饱满",您写的不是青山,而是一种道或者别的理念在这一刻得到了圆满的显现。或者说,所谓青山是一种心象,而非可辨认的、偶然性的、一次性的形象?

泉子:心象并非是不可辨认的,只是需要"以心印心"。

苏轼在一首诗中写道,"论画以形似,见与儿童邻",并为一代代的画家与论者所引用。总体而言,东方人把形似,或者是你所说的"视觉再现和写实"作为一种低一个层次的真实。古人追求的"以形写神",其更深处是老庄的教诲,"得意忘言"或"得意忘形",也对应于一代代诗人与画家对"逸品"的神往与孜孜以求,对应于一种东方人独特而殊胜的时空观——相对空间,时间作为一种更为根本的维度,或者说是一种时间深处的空间。只有在这里,我们才能真正找到通向中国山水画与汉语精神内核之路。也正是在这里,东方或汉语迎来了一种属于它的最神秘而奇妙的发明——心。

心不在我们的胸口。它甚至不在这里,也不在那里,心在我们身体的至深处,在一把解剖学的尖刀永远无法抵达的地方。心是道与我们在肉身中的相遇。

当山与道相遇,山便获得了山的心;当水与道相遇时,水便获得了水的心;当天空与道相遇,天空便获得天的心;当大地与道相遇时,大地便获得了一颗大地之心。而汉语正是盛放下了那颗万物的共有之心,才变得如此殊胜而与众不同。

纪梅:您诗歌中经常写到道、真理、义理、规则、伟大的至善等抽象的、形容很高境界的概念,抵达这些境界的路径,一般是对自然,比如山水的凝视和领悟:"自从我发明出道与真理等词语后,/我以为不再有更远的远方,/直到蓦然回首时,我再一次看见了青山/那仿若静止的奔腾"(《远方》),这里的顿悟颇有禅宗意味。这种写作是因为受到佛学的影响吧?佛学对您的影响还有什么?

泉子:我不是一个佛教徒,但我确实从佛陀的智慧中获得很多的滋养。包括"空无"与"真空妙有"都是佛陀伟大的开示,又是与我们视为本土的《道德经》共通的。

离开佛陀的智慧,特别是佛教一次最重大的本土化实践——禅宗,我们就不可能读到或读懂今天所见的王维、苏轼,甚至包括杜甫与李白。同样,朱熹的理学与王阳明心学都作为儒道释高度融合后的产物。它们对一个民族、一种语言的统摄与塑造都是巨大的。很有幸,在这个喧嚣、分裂、焦虑的时代中,我依然能听清它们对我的召唤。

纪梅:您在诗中写道:"我把念诵《金刚经》《心经》《圣经》与《古兰经》,/以及抄录《道德经》《论语》作为一种日课/每天,它们都准确无误地/帮我找到心中那块共同的磐石。"(《磐石》)这块"磐石"指的是什么?是像您在诗歌《经文》中写的帮您"找到了今日之泉子"吗?同时阅读这些不同的经文,它们的教诲存在什么矛盾和冲突吗?

泉子:这块磐石是道、真理,是空无,是万物那颗共有之心,是你确信的所在,是那个最初的自己。是的,正是这块磐石帮助我"找到了今日之泉子"。

不同经文之间所谓的"矛盾与冲突"只是通往同一个所在的不同的路径,并赋予这人世以饱满与丰盈。这同一个所在可以转化为"我们从哪里来,往哪里去,以及人在宇宙中的位置"这样一次永恒的追问。而这里不仅仅有一首诗的源头，也是所有宗教、哲学、艺术、科学共同关注、孜孜以求的原点。

纪梅：您诗中常常有一种确信的语气，或者说是一种箴言风格。它是源于对传统的自信吗？还是对现代生活的不稳定因素的反驳？

泉子：您在我诗中读到的"一种确信的语气"，是我对道，对真理，对空无，对万物那颗共有之心的信心，在这个"上帝死了"后的时代。"上帝死了"并不意味着神的终结或道的弥散，而是神或道获得一次重新被命名的契机。就像传统是需要一代代的诗人不断地擦拭与激活的，也只有在这里，传统才不会成为一种僵死的秩序，而成为所有人世那生生不息的源头。

纪梅：当我们一直谈论传统、山水和道的时候，说明传统对我们仍然具有强大的规范作用，即所谓的"神圣的克里斯玛（Charisma）特质"的魅力和色彩。您如何理解新诗对传统的突破？更进一步说，您在凝视山水的时候，希望与传统达成什么关系？

泉子：我并不认为新诗的完成对应于一次对传统的突破。相对于"突破"，我更倾心于"更新"一词。现代汉语的未来依然取决于我们这一代诗人或我们之后的一代代诗人能否重新擦亮或激活传统，而这传统又不是专属于汉语的。新诗无疑是对应于对西方言说方式的借鉴，对应于科技高速发展后的一种更加纷繁的现实，对应于人心对自由的那从来之渴望。新诗的"新"应该指的是语言与形式，而当我们获得一种更广阔的视野，一种更高或更深处的看的话。这个看似分崩离析的世界依然因那千古不易处而得以维系，传统依然在等待一代代诗人对它反复地，或是再一次地擦拭、发明与澄清。或许，也只有在这里，我们才能更好地理解诗人歌德在两百年前的吁请，"去成为这世界重回一个整体的力"。

纪梅：我们知道，现代文明是以理性化和逻辑系统为原则和底色的，能谈谈它对您写作的影响吗？

泉子：我的写作无疑长期受惠于西方同行，并感激于他们在今天依然给我带来的一种源源不绝的启发与滋养。西方文明或现代文明已然作为传统的那最坚实的一部分了。但现代性在现代诗歌的发端处就受到质疑或审视，就像现代诗歌的鼻祖波德莱尔所言，"现代性是过渡、短暂与偶然，艺术的另一半是永恒和不变"。以"理性化和逻辑系统为原则和底色"的现代文明并非文明的终结处，它依然是我们完善自身的一次崭新的契机。事实上，我恰恰以为所有伟大的诗歌都是超越理性与逻辑，而又不与之相悖的。

纪梅：您的诗歌喜欢使用绵长的句子，常常包含多重定语。您为何青睐这种句式与语气？这种写作习惯与您想象中的对话者有关吗？

泉子：我的诗歌无论选择简短或绵长的句子，都对应于我对诗歌语言简洁与准确的孜孜以求。这些"绵长的句子"所展现的语言皱褶对应于一种如此纷繁复杂的现实，或是人性中那些晦暗不明处所承载的一个如此丰盈的人世。如果我的写作中存在这一个想象中的对话者的话，那么，他一定是无数的自己中的一个，而正是他们的全部共同说出了，宇宙那本来处的饱满与丰盈。

纪梅：我发现您很多诗歌都写到汉语，比如"而我终于没有辜负汉语"（《汉语的辨认》），还比如"汉语的魅力依然是源头上的"，还有《汉语的未来》等等。捍卫汉语的荣光，甚至提倡语言的民族化，在近十年来的中国诗坛构成了很强大的声音。在当代诗坛，这个声音与山水的重新繁兴是同步的。但我认为这种提法有排外的民族主义之嫌，甚至不尊重这样一个事实：无论古代还是当代，汉语的形成都受到很多异族文化的影响和渗透。您在说"没有辜负汉语的时候"，"汉语"意味着什么？"汉语的未来"又是什么？

泉子：我在前面其实已经谈到了，如果没有儒道释的强大支撑，汉语会是什么——如果它没有成为一种语言的化石的话。而如果没有对道与心，对一种独特而殊胜的东方时空观的理解，我们触及的永远只能是汉语的皮毛。

我们这一代诗人，都是从西方的文学艺术开始的，但我不断往前走的过程，恰恰是传统在我体内不断苏醒的过程。这些年，我有一个越来越清晰与坚定的判断，我们这一代，或我们之后的一代代诗人，能不能通过对西方言说方式的借鉴，说出一种我们东方人对这个世界最精微的理解，将决定汉语的未来。这并非我作为一个东方人,或汉语写作者的执着,而是我越来越强烈意识到东方智慧对这个喧嚣、分裂、焦虑的时代的意义。就像阴阳相生与阴阳相成所揭示的,即使互为对手,依然可以作为相互成全的一个契机。而恰恰在这里有着一个生生不息的人世。

汉语的殊胜还在于它的一种强大的消化与重新生成的能力,就像佛教曾经作为一种外来与异质文明,今天它已成为我们传统深处那最坚实的一部分。或许,同样在这里,我们可以更好地理解我们刚刚反复交流的传统,以及我们今天的现实与未来。

纪梅:让我们把话题拉到当下。与那些更具代表性和风格性的谈论所知的诗歌相比,我更喜欢您写琐屑的日常经验的诗,比如写给母亲和妻女的诗歌,还有写给路遇的陌生人,这里有着真切可触的形象和气息,也有您现世的欲望和忧思,而不是面向未来的宏大雄心。更详细点说:此时您不是从山水中寻求真理的显现,而是直面世俗的庸碌无常。比如您书写老家的豆腐西施,她有一张还算漂亮的脸,但十分跋扈,对一墙之隔的邻居造成了很大伤害;还写到一些发小、同学不幸的命运。在表现这些平庸、琐屑、衰老和无序的经验时,您想抒写什么?

泉子:如果可以更细致地区分的话,你说的"那些更具代表性和风格性的谈论所知的诗歌",其更深处对应于释与道,特别是后来为禅宗所强调的顿悟;而"写琐屑的日常经验的诗"对应于修行,或是儒的传统——"致中和"以及对"温柔敦厚"的践行。它们又统一于"思无邪"。

我早已从艺术化的迷幻中走出来,而更愿意从日常所是处去理解日常。对我来说,如果说诗歌有什么秘密法则的话,那就是"我口说我心,我手写我心"。我想,也只有在这里,我们才能真正完成一次对"平庸、琐屑、衰老和无序"的超越与克服。

纪梅:我们今天的聊天主要集中于山水,我想主要原因是因为我们处在城市中,处在现代文明的包裹中。事物因为稀缺而变得珍贵。山水如是,因诗歌结成的友谊也是。我们明天上午的诗歌漫谈活动安排在郑东城市书房,就在北龙湖畔。几年前泉子兄带我游览西湖,明天我陪您看一看郑州的北龙湖。

感谢泉子兄接受曲园雅集的邀请,来到郑州与我们分享您的诗歌创作和理念。谢谢!

泉子:谢谢纪梅,谢谢郑州的诗友们,让我拥有了这次美妙与难忘的郑州之行,也给了我一次思考与梳理自身的契机。

谢谢大家。

[作者单位:郑州航空工业管理学院,民航浙江空管分局]

汉语的辨认

□ 张曙光

大约是在十几年前,我认识了年轻的泉子。那是在西湖边上开的一个什么诗会,我不记得了。有人把泉子介绍给我,并且说,泉子是他那一代诗人中非常出色的一位。这话留给我很深的印象。泉子那时大约不到三十岁,看上去比实际年龄还要年轻,像是个大男孩,言谈举止中却有一种和年纪并不相称的沉稳和持重。这些同样表现在他的诗中。有这样一类诗人,他的生活态度和写作趋于一致,或者说,个人品质和诗中的品质能够很好地统一在一起。在我看来,泉子就是这样的诗人,诗如其人的说法用在他的身上显得很恰当。一些年过去,泉子的思想和诗艺在不断变得成熟,但他的这些品质却始终保持着,仿佛具有了魔力,并不因岁月的改变而发生变化。

奥登在一篇文章中把诗人划分为严肃诗人和喜剧性诗人,泉子显然属于前者。严肃在他那里并不只限于写作风格,也同样包括了对待诗歌的态度。写作态度决定着我们会成为怎样的诗人,也决定着我们能在诗歌道路上走多远。人们最初选择诗歌总是出于热爱,但有的人会一直走下去,而另一些人刚刚起步便注定了失败,原因我想也正在于此。乍看上去,泉子的诗并不给人惊艳的感觉,平实而质朴,很少修饰,不事张扬、沉静、内敛,内容和技艺达到了一种均衡。从这个角度看,似乎带有某种古典主义的倾向。他的诗现代特征也同样明显,诗中展现的仍然是现代人的意识和对时代问题的敏感。在众声喧哗的现代诗写作中,泉子的独特性在于,在开掘诗意的同时,始终保持着对事物本质的思考和追问,并在最大限度上按照事物的本来面目去呈现,这使得他的创作获得了一种大理石般坚硬而素朴的质地。另一方面,他并不是在刻意追求某种风格,而是像微风拂过水面一样自成纹理,保持着自然、质朴和纯粹。在几年前和我的一次谈话中,泉子谈到了真实,他说促使我们写作的是对真实的渴望而产生的激情。这一点我很赞成,我同样认为真实对于写作者来说是至为重要的,甚至可以视为写作的伦理。尽管真实在不同人那里有着不同的理解和实现方式,但确实可以作为激励人们写作的目标和动力。当对真实的追求转化为一种信念,我们的生活和写作就有了依托和方向,也同样会变得真诚起来。新诗的历史只有百年,就年代、传统和写作而言都显得稚嫩,还无法同中国古典诗歌和国外诗歌相比,需要更多的探索和尝试——不仅要从西方诗歌和中国古典诗歌吸收必要的养分,更要在这一基础上发展出汉语诗歌独特的诗学主张和写作个性。这是当代汉语诗人的宿命和责任。如果我们的写作不能实现汉语自身的价值,那么所有的努力都会失去意义。从这个意义上讲,写作需要冒险,或者说,写作本身就是一种冒险。这不仅体现在对诗艺的多方面探索和尝试,破除旧的樊篱,寻找新的感受力,也同样需要对诗的本质和信念的坚守。二者在我看来同等重要,而后者可能更加需要勇气。泉子选择了一条难走的路("坚持一条歧路,/甚至是一条相反的道路"),他深知变化对于艺术的重要,也同样清楚艺术在变化之中仍然有万变中的不变,或许这种不变就是代表了艺术原初和本质的一面。他将着眼点集中在对事物本质即真实的探求上,一切围绕着这些展开,不带有任何的姿态感,一点也不造作,似乎在有意回到写作的源头。这很符合我心目中纯正诗歌的主张。这里提到的纯正诗歌并不等同于瓦雷里等人提倡的纯诗。在我看来，纯诗只是作为一种理想而存在，而纯正诗歌则是对诗歌一种净化，是回归诗歌本质的一种努力。它是审美的，也同样是开放和包容的，但去除了装饰、浮夸和油滑，在最大限度上保持着诗歌的严肃和纯粹。因此，纯正诗歌与其说是风格上的，不如说是态度上的，即用真诚的态度实现对现实的思考和经验的表达。写作的一个重要问题就在于如何处理与现实的关系。我相信，一个人如果内心真正严肃，也同样会表现在他的行为乃至写作上，在最大限度上遵循或忠实于自己的感觉。这里我更愿意使用准确这个词，这里说的准确不仅是词语上的，也应该是出自对现实经验的深入认知和对形式纯熟的把握。读泉子的诗，我们首先会看到对事物准确的感知，以及对语言和技艺准确的运用，一切恰到好处，似乎非如此不可，就像叶芝讲到的当盒子合上时发出的咔嗒声。我想这种准确远比精致或简洁需要更多的锤炼功夫。这些想法是我在读到他的这本最新的集子时想到的。在这本名为《青山从未如此饱满》的诗集中，收录了泉子在近两年间写下的长短不同的篇什，里面既有关于生命和写作的沉思，也有日常生活的记录和对往事的追忆。仍然是质朴和低调，但情感更加浓郁，思想的锋芒也更加锐利。集子里的一些短诗也许最能体现这一点，这些诗具有铭文般的特点，隽永而精辟：

> 如果说日常生活与伟大作品之间的敌意如此古老，
> 甚至始于宇宙的诞生与人世的重临，
> 那么，所有伟大的作品又终究成全于
> 它与日常生活相认的，电闪雷鸣
> 同样是春风化雨的一瞬。
> ——《春风化雨的一瞬》

这首五行短诗实际上只是一个完整的条件语句（如果说，那么），却深刻揭示了日常生活与伟大作品看似矛盾实则依存的关系。我想这也是传递了泉子对伟大作品的认知，在这方面他较之很多人要更清醒。在一些人眼中，伟大高于并且无视日常生活，充其量是把日常生活作为一种点缀或佐料。当人们把伟大作为努力追求的目标，这当然要胜过那些更多带有功利色彩的人，但这难道不同样是一种功利？很少会有人真正认识到，作品中的伟大也许正出自看似微不足道的日常生活。禅宗公案云，担水砍柴，无非妙道，说的也正是这个道理。伟大与琐细的日常生活实际上是一而二、二而一的关系，所谓妙道正是产生于这种看似对立的矛盾中。有志于写出伟大诗歌的想法并不算错，甚至可以看成是一种抱负，但当写作者的目光凝聚在伟大上而无视日常生活，或为了伟大而伟大，那么伟大注定离他而去。我见过了太多这样的例子，过大抱负往往会成为沉重的负担，使飞行的翅膀无力承载。这可能就是奥登所谈到的"背离人类情感和常识"，以至于"没有什么比一首本想写成伟大诗歌的差诗更糟了"。真正的伟大是一种忘我，即将自己渺小的存在投入在永恒之中，这样也许才会获得一种伟大的特质。

集子里的另一首诗《真理的注视》似乎可以成为这首诗的注解：

> 只有真正理解了悖论，我们才可能承受住
> 一次来自真理的注视。

同样可以视为认识真理的门径。如同阴阳产生万物，真理恰好出自这种看似的相互对立的矛盾中，这不禁让我们想起老子"反者道之动"，以及《金刚经》中，"佛说一切法，即非一切法，是名一切法"的箴言。

东方的道与西方语境中的真理对于很多人来说都是一种终极的境界，但在泉子眼中这只是开始而不是结束：

> 自从我发明出道与真理等词语后，
> 我以为不再有更远的远方，
> 直到蓦然回首时，我再一次看见了青山
> 那仿若静止的奔腾。
> ——《远方》

这仿佛一位智者的独白,让人产生一种认识和审美上的欣悦。诗由普遍的道理(认识)而进入一种升华或禅悟。当人们认识到了真理并不意味着终极,而只是一个中转站,或一个个路标。真理是抽象的,是理念,但青山却是一个充满了勃勃生机的形象。"仿若静止的奔腾"仍然是一个矛盾构成的悖论,在诗人的眼中,青山既静止又流动,正是代表了生活或生命本身。但只有在道或是真理的光辉映衬下,生命或生活的意义才会显露出来。真理的不可穷尽性正是让我们不断地向新的更高境界上升的阶梯。

类似例子还有《一个车水马龙的人世》:

> 逸云寄庐过去是林社,
> 林社过去是放鹤亭,
> 放鹤亭过去是云亭,
> 云亭过去是西泠桥,
> 西泠桥过去是苏小小墓,
> 苏小小墓过去
> 是你此刻蓦然从身后,
> 从遗忘之乡打捞起的,
> 一个车水马龙的人世。

导游图般对西湖周边景点(区)的罗列,以及平淡甚至有些乏味的节奏,但突然间一切起了变化:"苏小小墓过去,/是你此刻蓦然从身后,/从遗忘之乡打捞起的,/一个车水马龙的人世。"这种跌宕令人警醒,"打捞"同样意味深长。这是思的工作,也同样是诗的使命。在泉子看来,那些名胜确实令人神往,它们构成了历史中最值得凭吊的部分,尤其经过文人墨客的渲染,成为超越尘世的所在。但真正值得关注的仍是我们置身于其中的喧闹的人世。而当我们沉浸在名胜(伟大作品)中时却往往会忽略产生它们的生活本身,而后者同等重要,如果不是更重要的话。正如前面的诗中伟大的作品与日常生活相对,这里的名胜与车水马龙的人世也同样构成了一个对立项。这里并没有厚此薄彼,只是让我们对二者间的关系进行了重新认知。伟大的作品也好,历史名胜也好,它们依存于此在并用自己的光辉照亮了凡庸的生活。

从上面的诗中我们可以领略到泉子技艺的某些特点,总是从最平常的事物和道理引发,但会在突然间完成了一次腾越,通过思展现出一片澄澈的光华,似乎是在完成一次对生命的彻悟。这些诗看似在议论,在说理,但与其说这些是理不如说是思,即求索、发现、惊喜,或瞬间的感悟。他的诗是透明的,读起来并不晦涩,但总是留给人们可供思索的余味。同样,我们看到,作为江南诗人,泉子诗中写到了很多江南风物人情,尤其在这个集子里很多诗写到了西湖,但他的诗异于我们印象中的江南诗,不是低吟浅唱,不是缠绵幽婉,也很少出现华美的句子,而代之以坚实硬朗。明人王季重说过,"越乃报仇雪耻之国,非藏污纳垢之地",这也许代表了另一种越风吧。但泉子同样能写出颇富意味或境界幽远的诗。如:

> 盛夏,梧桐树斑驳的枝干上
> 仿佛落满了霜雪,
> 而你因这凝视
> 领受到了
> 一个季节深处的微凉。
>
> ——《微凉》

这首诗很有些日本的俳句的韵致,而并不失之于纤细。在这些背后仍然是思,是感悟。除了这些明显带有思的色彩令人警策的作品外,集子里的另一些描写和记录日常生活的诗篇也同样值得关注。这些诗多以叙事为主,有对往事的追忆,也有对当下生活片段的记录。从中我们看到不同的泉子,作为生活观察者和思想者的泉子,作为父亲和丈夫的泉子。同前一类诗相比,这些诗个人的情感得到了更多的释放,诚挚感人,但仍然保持着节制。这种节制没有削弱感染力,却反使诗的张力得到了加强。我们可以把这类看成诗人个人的传记,他的生活、思考、情感变化尽显其中。尤其在这两年中,泉子经历了丧母之痛,他写下的哀悼和怀念母亲的诗篇是我见过的最为感人的悼亡诗:

妈妈,这曾是一段多么惊魂不定的时辰,
去年的今天,
在天将明未明之时,
我和爸爸、姐姐带着你渐渐冷却下来的身体
回到了故乡,
我一遍遍向电话另一头的亲人们讲述
刚刚发生的一切,
而我并不知道在我身后刚刚显现的
悬崖般的一刻,
意味着什么?

——《悬崖般的一刻》

这种克制中的沉痛更加具有感人的力量。"我一遍遍向电话另一头的亲人们讲述/刚刚发生的一切",他似乎还没有完全从震惊中解脱出来,甚至没有真正意识到发生了什么,只是对着电话的另一端机械地重复着事情的经过,仿佛这样就可以摆脱梦魇。这一平常的举动寄寓了太多的沉痛和茫然。而结尾的"悬崖般的一刻"使诗的紧张感陡然上升,顿时在整首诗中弥散开来。

泉子在他的诗中总是将道和真理并置。也许在一般人看来,二者的内涵相近,有其中一个也就足够了,但泉子可能另有用意。道是东方的概念,而真理则带有西方色彩,也许他想展示的正是它们的差异,或者说,将不同文化中的优质部分尽收囊中。但泉子认知和情感方式仍是中国式的,他也在有意地与传统建立起某种关联,不仅是诗歌的而且也包括了文化的传统。他的质朴、硬朗,应该是一种自觉的选择,似乎有意在继承古典诗歌传统中的风骨。在一首诗中他提到,"相对于李白、杜甫,/我更希望能成为另一个陈子昂,/并因对风骨与兴寄的标举/而终于用青山雕琢出/人世从未显现过的永恒"(《陈子昂》)。这让我们看清楚了他真正的追求。而在2015年写下的一首诗中,我们可以更加清楚地看到他的抱负和雄心:

苏轼会想些什么?在我今天这个年龄,
陶渊明会想些什么?

屈原呢?孔夫子呢?老子呢?
阮籍在十年之后就弃世了,
杜甫在十六年之后终老于他乡,
而嵇康在两年之前,在行刑的路上
最后一次弹起了《广陵散》……

写这首诗时,泉子已过不惑之年。诗中提到的先贤不仅是历史上最著名的诗人,还包括中国历史上最有影响的思想家——老子和孔子。四十而不惑,也正是出自孔子之口。作为一位后来者,理所当然地要思考自己应该如何选择自己的人生。他自然而然地会想到那些前辈,并同他们做了比较。这首诗看似自谦,实则充满了雄心,是在用更高的标准来激励和鞭策自己,或者说,他有志于接过前辈们创造的传统并将其发扬光大,而不只是显示出中国式的人文情怀。

这个集子里的两首诗可以看作是这首诗的后续和延展,但反思或自省的意味加强了:

我是王维,也是杜甫,
我是李白,也是幽州台上怅然落泪的陈子昂,
我是整个盛唐呀,
我还可能是谁?
我还能否再一次成为那最初的自己?
我还能否——
从宇宙的子宫中,
再一次捧出
一个如此伟大的人世?

——《我还可能是谁》

当我广为人知,我还是我吗?
而杜甫、屈原、陶渊明
广为人知的是他们的名,
而不是诗,
不是他们之所以成为他们的,
那颗为空无与人世之悲欢所穿凿的心。

——《当我广为人知》

如果说前面一首更多自我激励和期许,那么后面两首则在这一基础上进一步展开他的思考,境界也更开阔了。他保持着一种清醒的意识,在继承先贤的事业时他告诫自己不要失去自我,忘记本心。他在意的不是盛唐诗人那样的声誉,而更多考虑的是一种责任,"我还能否—/从宇宙的子宫中,/再一次捧出/一个如此伟大的人世?"。他在意的不是他们的盛名,而是他们"那颗为空无与人世之悲欢所穿凿的心"。

这几首诗可以看成泉子诗人身份的自我确立,显示出一位汉语诗人的抱负和理想。他以古代的先贤为自己的榜样,力求继承和延续他们的精神。在激励自己像他们那样去写作的同时,仍然要保持着自我,在创造出一个时代的同时并保持自己的本色。泉子从来不是一个虚无主义者,他的诗充满了对生命和生活的肯定,也充满了对真理的渴望和发现真理的喜悦。在他的身上,体现出一种人文精神,也不乏中国式的文人情怀。他从来不会忘记自己作为汉语诗人的责任,既为汉语感到担忧,也同样为汉语的发展做出努力:

> 我终于可以坦然面对生死了。
> 而我终于没有辜负汉语,
> 辜负语言与万物深处的道或空无
> 透过如此纷繁的人世完成的,
> 对一位诗人的拣选与辨认。
> ——《汉语的辨认》

[作者单位:黑龙江大学文学院]

以文字凿泉筑栈道通往诗意起伏的饱满

□ 张 悦

从《空无的蜜》中将"青山的徒劳"作为首集之名，到以"青山从未如此饱满"为整部诗集命名，青山的形象在泉子先生诗歌景观中进一步得以凸显，愈加醒目。其形式上构成鲜明反差的两类诗作，在诗集中的排布也相应发生了一定变化。铺叙为主的长诗，在《空无的蜜》中集聚于第四辑"巨石"，而《青山从未如此饱满》这部诗集中，则是将铺叙为主的长诗与精短如偈子、俳句的短诗分散编排，更见起伏之势。两类诗作参差错落，展开泉子宏阔中包藏幽微的诗境，其全貌仿若一幅融合"白宾虹"疏淡清逸与"黑宾虹"黑密厚重的山水长卷，吸引流连赏读的目光。其立于诗思，回应空无，深蕴道和真理，自人世复苏的诗境山水，是对当下都市现实生存及精神家园山水式微的一种弥补。青山饱满、烟岚起伏的诗意胜境，令人驻足、沉浸、召唤着探访和凝思。

耿占春在《退藏于密》一书中讲道："山，一个包罗万象的对象，一个像宇宙一样空无的对象——一座山——它最能挑战一个写作者的野心。"泉子诗中的青山，作为一种动静相宜的存在，相较于生命之有限触发的强烈情感动荡，显现出本质的静默，历时性维度同共时性维度相交织的"永无止境"（《消息》）。青山，以其无限静默，铭刻智园、林间间的"诗词唱和"，"不曾忘却"千年以来甚或更古远的"风流人世"（《风流人世》），成为人类历史、文化乃至文明源流的见证者。青山，以其"缓缓地奔流"，映衬"一池的残荷、静静的湖水"所隐喻的因死别而充斥衰颓，却依旧恒常运转并未倾覆的人世（《我曾经不敢想象》）。青山"那仿若静止的奔腾"，似乎为诗人标注了"道与真理"尚且难即"更远的远方"（《远方》），就像诗的不可言说，就像本源的空无，终极的归宿。诗人笔下的青山，时而至刚至锋利，可用以"雕琢出／人世从未显现过的永恒"（《陈子昂》），时而至柔至清澈，可用来"洗心"，"获得大地至深处的澄澈、蔚蓝／与深情"（《洗心》）。青山掩映之下，不变中的多变，共存相倚的动静，变幻且兼济的刚柔，正是泉子对其趋向饱满的诗学、美学追求陌生化、张力化的表达。

"生生灭灭"被泉子视为"无穷无尽的天堑与断崖"，同时又是"通往道与真理的／无数的栈道或通衢"（《生生灭灭》），断裂中恰藏有前行的种种可能。诗思驱遣文字运动生成峻拔险峰，同样需凭借文字修筑的栈道涉险取路，而或隐或显、晦明交替的栈道所能抵达的景致，因读者的期待视野、接受体验甚至心性而异。泉子则坚守着以其颇具辨识度的文字，为读者凿崖架道的勤勉。《三十年后》一诗中，倒叙、插叙结合，将两个同学少年时的纯真情谊置于别后三十年间一方波折不断的人生经历之中，福祸相依、喜忧相伴，无常对有限的推搡间，一个偏远山村寒门子弟的命途多舛在细致、真实的笔触下展现。似乎当命运每次向"你"投射来光时，总会留下捉弄的阴影，甚至深渊般的阴暗，来自学业、职业、婚姻、双亲、子嗣各方面的打击，让"我"再次遇见的却是"并不沮丧"的"你"，"笑容始终挂在你的脸上"。而读者沿着诗人以文字铺设以诗行推进的情节拾级而上，行走在明暗交错的诱惑中，不乏迂回曲折，也难免惊心。唏嘘无常，感叹跌宕，心生怜悯，认同源于底层磨砺的坚忍，对跨越阶层的无奈感同身受，有感于情感纠葛的复杂、脆弱和难测，或是思考城市化进程对乡土家园的冲击，对亲情纽带的撕扯等。读者行至中途，领略到的已不是平视视角下的人世风光，而是诗的语言耸起的群峰层峦在云雾开合间起伏的多重可能与诗意。

《完美的形象》一诗中写道："所有完美的形象一定是阴性的。"而《活着》《我们几乎同时听到了她的死讯》《他们像躲瘟疫一样躲着她》《豆腐西施》等长诗，则是以不同方式将女性"完美"的毁灭呈现给读者，流露出诗人对女性生存的关切和悲悯。无论是饱受重病、婚变折磨，致使"一条与痛苦感知相关的神经彻底断绝"而获得"一种几乎凝固的微笑"的女同事，屡遭"豆腐西施"一家欺凌并直接、间接引发了一系列家庭不幸，落下间歇性精神失常的"志才妈妈"，还是精明世故、口若悬河、颇具风情、自私强势的"豆腐西施"等形象，均于细节的真实中突显某种存在之悲。将家族性精神疾病埋下的祸根给家庭成员带来的苦痛和隐忧，集中在两代女性的不幸和彼此冲突，以及第三代女性身上潜藏的危机当中，或许亦是撕碎"完美"的有意为之。所谓"生命中最重要的女人"离世，死讯竟是在"数月之后"的喜宴上传来，"一个悲伤者/那爆破般爽朗的笑声"究竟指向何种程度的悲戚，读者也许莫衷一是，而"她的美丽与风情万种"，愈加强化"完美"破碎的悲感。"诗的破坏力不是为了抵抗语言哑默的禁锢，而是从废墟堆中寻找一种可能的唤醒和重建"（朱涛《耳语的天空》）。此处，所谓"破坏力"并非语言本身制造的碎裂、毁灭，而是提炼于真实的悲剧，然而，同样不乏"唤醒和重建"的意义。一条条抵达存在之悲的栈道，汇合于凝视女性生存的观景台，同时，也成为凝望"人世之柔弱"，搜寻和呼唤"伟大的至善"的瞭望台。

在泉子看来，作为"完美的形象"化身的母亲，是"所有的芬芳与甘甜""源源不绝"的赠予者，而与母亲分离之悲，又是人生必经的艰难一课（《哀歌》）。第五辑"哀歌"中，《睡佛》《去年这时》《悬崖般的一刻》《黄道吉日》《生命中最为低落的时辰》《我曾经不敢想象》《瞬间》等诗作，以及长达21节的压轴长诗《哀歌》，以更多朝不同方向蜿蜒曲折的栈道，通往与亡母对话，倾诉深挚哀痛与深切悼念的孤绝之顶。母亲睡佛般"安然"的姿态，未能缓和丧母之痛骤然降临的沉重打击，"一段多日来难得的轻松/而为喜悦注满的时辰"，蓦地显现出茫然无措的"悬崖般的一刻"。回忆中母亲总是笑容满面的，接受这慈祥笑容仅能停留于脑海的现实异常艰难，即便"从一个深不可测的洞穴中/艰难地爬了出来"，与母亲之间相隔的"由这思念得以赋形/的一个无穷无尽的深渊"，始终难以逾越。《哀歌》中的诗节大多在"我"对母亲的诉说中展开，送别、安葬母亲的幕幕场景切换，浸透哀痛的真实细节催人泪下。遇猫、观荷的情景，亦给人留下深刻印象，其字里行间涌动的

深情留恋，以及对母亲"依然和我在一起"的"坚信"成为这首诗感人至深的落脚点。久久凝视母亲亡故的阴云，"人世的局限与荒凉"再次注入诗人泉眼般的明眸，"人世至深处千古不易的绝望与深情"不堪悲哀凝集的重负，如雨而至。以二者明目、洗心，诗人从节哀顺变中感受到"一种悟道求真的力"，拥抱"因追随自然/而终于重获的/绵延不绝的人世"。

"人世"，是泉子诗歌中常见的高频词语，他认为"语言或者说诗在根本处是人，/或者说，人世有着怎样的美与善，/诗才能企及怎样的真与圆满"（《人世有着怎样的美与善》）。而这立足于人世的美与善，对"真与圆满"之诗的追求，伴随着"惶惑/与不得安宁"（《不得安宁》），甚至"终其一生的徒劳"（《银针》）。诗自"空无""缓缓浮现的悄无声息，/而又永无止境"，有赖于凝视。诗人在对诗歌丛林的凝视中辨识自我，"是这片密密的丛林帮我找到了今日之泉子"（《经文》），将"诗的艰难"理解为"一个人毅然决然去成为自己时，/那一次次独自认领下的欢喜与绝望"（《诗的艰难》）。从对"那张古人与来者共有的面容"的凝视和辨识中邂逅知音（《游陈子昂读书台——兼赠胡亮》），遇见"那个不断醒来的自己"（《知音》）；通过对"每一朵花，每一粒草，/每一颗露珠"，对"我们头顶的满天繁星"的诗意凝视，同故去的亲人相见（《妈妈离开我已整整半年》）；通过对"光秃的树枝与嶙峋的山石"的深沉凝视，与"大地深处生生不息的力"重逢（《并非繁华落尽》）。

江南被泉子视作"孜孜于日常生活中的神性的温柔敦厚之地"（《温柔敦厚之地》），其环西湖而行的日课，则孜孜于对这种神性的发现。宝石山褶皱间的保俶塔、抱朴道院、西泠桥、孤山、白堤、断桥，凋零的荷花，飞上天空的野鸭，车窗前低低盘旋的大雁，新荷间穿梭游弋的鱼，公交车上的见闻，苏堤拱桥上的偶遇……诗人从"自然而然"之间提取人世"饱满而富足"的诗意（《没有》）。苏堤拱桥上苍老、孱弱的一对夫妇"急促的呼吸声/让我再一次看见了/拱桥那不易察觉的起伏"（《苏堤》），诗人敞开自我，感受到拱桥回视并回应生命、生息的起伏——一种神性的起伏。野鸭飞翔升空，"用翅膀搬运着远山"，以及"越来越远"的"人世"（《越来越远》），诗人或许是以视窗的后退，以疏离促成了对"人世"渐进的"所见"，并得以领悟野鸭飞翔的神性之美。

相较于"打捞起""车水马龙的人世"(《一个车水马龙的人世》),获得"一览无余的人世"(《一览无余的城市》),诗人"更期待千年之后的读者"从诗行间"辨认出""我""繁华落尽的脸庞"(《一张繁华落尽的脸庞——赠王敏杰》)。希望自己能像写下《与东方左史虬修竹篇》,开初唐诗歌革新风气,在诗歌理论发展史上产生划时代意义的陈子昂,"因对风骨与兴寄的标举","雕琢出/人世从未显现过的永恒"(《陈子昂》)。畅想自己成为甚至超越王维、杜甫、李白、陈子昂,"从宇宙的子宫中,/再一次捧出""整个盛唐"那般"伟大的人世"(《我还可能是谁》)。这陌生化的宏大的分娩,衬托出温厚江南傲立的诗坛巨人形象,及其催生一个时代的惊人伟力。这位不愿"辜负语言与万物深处的道或空无/透过如此纷繁的人世完成的,/对一位诗人的拣选与辨认"(《汉语的辨认》),为"汉语之未来"而忧心忡忡的诗人(《汉语之未来》),所选择的是"人迹罕至"的道路(《并非对无的执着》),"认领"的是被世代"弃绝",饱经苦难成就圣贤、智者的道路(《命运》),坚持走"一条歧路","甚至是一条相反的道路",直至"为这人世重新开掘出了/一条伟大的通衢"(《伟大的通衢》)。这样的写作之路,这"与曾经的知音不断地告别","而终于得以与最初的自己重逢的/道阻且长"(《道阻且长——致雷平阳》),在《烟云深处的道路》一诗中被隐喻为"一条烟云深处若隐若现的道路",其间"仿佛不可逾越的天堑与山峰"之艰险,亦可凭着跋涉的脚步丈量,成为"回望中的山峦起伏"的盛景。

泉子将行走作为日课,让"心"一次次从"目光所及处""汩汩而出"(《日课》),读者行走在其精短的诗歌之间,如从一眼清泉抵达另一眼清泉,经历一次又一次"洗心"之旅。借诗人对世界、宇宙、往昔、未来、永恒、绝境、诗、汉语、日常生活、伟大作品、道、真理、空无、张力、愤怒、死亡、阴与阳、爱与恨、美与善、温暖与慰藉、羁绊与束缚等等的明澈洞察,读者可照见围拢于自我周遭人世的饱满,诗意的无限可能。《秋天再往深处一点》中写道:"树叶再落下一些,/秋天再往深处一点,这里就不再有/一个你的藏身之地了。""你",可以是自然界的植物、动物,可以是某种情绪、情感,可以是特定的审美体验,也可以是理念,及与之相关的哲思等。其诗意指向呈现出跨越具体与抽象,自我与他者,自然与文学、艺术边界的开放性。不同的读者,可自其中捧掬洗濯、唤醒己心的清澄。"在一场大雪过去很久之后,/只有沿湖亭台的屋瓦/依然是白色的",诗人以这样的情境类比"第一次从经文中/品尝到甘醇的薄暮"(《在一场大雪过去很久之后》),而读者亦可从不同角度领略屋瓦留雪的隐喻和意境之美。无论源自文学熏陶、艺术渐染,还是道德教化、灵魂澡雪,任何能在心檐上久留莹白,进而内化,对修养、人格的持续净化,均配得上这"甘醇"回味。读者可持心灵容器,从中任取一盏清冽,自品甘甜。

泉子的雄心与抱负,坚守和孤绝,其所崇尚的"饱满的力"(《不是干枯》),"饱满的寂静"充蓄的张力(《张力》),所盛赞的"饱满的心"(《在岁末》),彼此连通成为庞大暗河。那藏于山岩、泉涌深处的激流,给读者以感召,亦将"真正的澄澈与通透"归还给"幽暗与寂静"(《真正的澄澈与通透》),归还给每位读者。奥克塔奥维·帕斯认为,"每一次阅读都产生一首不同的诗,没有一次阅读是定性的,从这个意义上讲,每次阅读,包括作者本人的阅读,都是文本的意外","文本只有通过这些变化才能实现自己"。(《弓与琴》)谙熟中国古典绘画艺术的泉子,善于节制笔墨,在诗境中营造类于写意山水的留白效果。其适时而止却又蕴含丰富生成性的精短诗句,向宏阔延展的诸多可能性,对一字一句发力的拿捏,显见凿泉者效法造化的智慧,深得写意山水造境的神韵。充分的想象空间,可令读者在反复品读中收获多种意外体验,具有酝酿于变化之中生成性的饱满,整体上显示出"此处无物胜有物"的启发意义与审美价值。

杜甫、屈原、陶渊明,之所以成为他们,在于"那颗为空无与人世之悲欢所穿凿的心"(《当我广为人知》)。读者可以从诗行间辨识出的泉子,怀有执着于汉语未来的忧心和壮志,"雕琢"永恒的追求和深情,"在对心灵的持续倾听与追随中"饮下"空无的蜜"(《空无的蜜》),用丰盈一颗圆融之心的诗思,咀嚼"人世之悲欢"。其诗歌中截然不同的两种典型风格,并峙而互补,共绘山川浑厚,草木华滋的画境。他以文字凿泉、筑栈道,将读者引入连绵青山起伏的诗意和饱满,引向救赎的无限可能,引向"汉声汉韵"回归的憧憬。

[作者单位:河南大学附属中学图书馆]

探寻文学史书写的多种可能性

——魏建先生访谈录

□ 魏 建 马 文

马文:魏老师,您好!非常荣幸,可以借此访谈的机会向您请教有关文学史研究和编写的问题。我对您的学术履历比较关注,您能不能先谈一谈,您是如何走上中国现代文学研究道路的?

魏建:好的。我生在青岛。从我降临人世的那家医院到我离开青岛之前住过的两处旧居,都在当年的山东大学旁边。伴随我幼小生命的那些高高低低的石头房子,小时候我可不知道它们与青岛市南区的普通民居有什么区别,直到我20多岁掌握了一些中国现代文学名家的生平掌故,才知道这些房子非同寻常。1930年国立青岛大学在青岛正式成立,1932年更名为山东大学。我出生和最初生活的区域,曾经住着许多著名的教授,其中很多都是文学名家。如今,这一片有了一个特殊的称谓——小鱼山文化名人故居保护区。从我最初住过的房子往南几百米是80多年前国立青岛大学文学院院长闻一多教授的故居。闻一多故居东南方向几百米是国立山东大学外国文学系主任洪深教授的故居。从洪深故居再往南走几步就是国立青岛/山东大学文学院讲师沈从文的故居。从我住过的房子往西南走不到一公里是国立青岛大学首任校长杨振声教授的故居,后来的国立山东大学首任校长赵太侔教授也曾经在这里住过。再向前走没多远就是老舍故居,而且是他创作《骆驼祥子》的地方,当时老舍在国立山东大学文学院任教。老舍故居东南方向直线距离约二百米就是国立青岛/山东大学外国文学系主任兼图书馆馆长梁实秋教授的故居……这就是我与这些中国现代文学名家在空间上的缘分。60多年前我出生后第一次踏上大地,那小脚印或许就不知和哪一个乃至哪些个文学大师的足迹相印合。

1977年12月我参加高考有幸通过录取分数线。次年2月,作为恢复高考后的第一批大学生进入泰安师专中文系就读。20世纪80年代的中国社会对精神文化的渴求,是今天的人难以想象的,几乎所有人都像快要饿死的人搜寻食物一般疯狂。我是这个昂扬向上时代氛围的受益者,平常上课,课下读书,走在路上我们都在背诵古诗文,这是很珍贵,也是很难得的一段感受。毕业后我留校任教,系领导让我教授中国现代文学。其实,我从入学到毕业一直最喜爱的是语言学,如果让我教文学类课程,按照我在课业上投入的程度,第一是中国古代文学,第二是外国文学,第三才是中国现代文学。但是,最终我还是接受了系领导的安排,成了一名中国现当代文学专业教师。这是我从事中国现当代文学教学的起点,从此连续教了40年中国现代文学史及其相关课程。

1982年,我到山东大学中文系进修,在孙昌熙先生等知名教授的指导和影响下进一步深造,增强了学术底蕴,开拓了学术视野。1985年,我考上山东师范大学中文系的研究生,由蒋心焕老师指导攻读中国现代文学专业的硕士学位。硕士一年级时,为了完成冯光廉老师的课程论文,我被动选择了郭沫若作为研究对象,交了一份有关郭沫若历史剧研究的论文《郭沫若史剧研究:挣脱狭隘功利羁绊的曲折历程》。我当时对郭沫若并不感兴趣,这篇论文被《郭沫若研究》采用;该刊主持编务的黄候兴先生写来亲笔信,邀请我到北京郭沫若故居商谈修改意见;之后又邀请我出席9月份在湖南举办的全国性的郭沫若学术研讨会;这篇论文还被收入《中国现代文学研究:历史与现状》(中国社会科学出版社1989年版),该书作者多是王瑶、樊骏、赵园这样的顶级学者。这一切对当时的我来说是极大的鼓舞,不仅改变了我对郭沫若的偏见,而且唤起了我对学术研究的热情和向往,促使我走向更为宏阔、更为高远的学术世界,促使我与中国现当代文学研究结下了更深的缘分。可以这样说,这篇论文是我学术研究的真正起点。

马文:中国现当代文学研究的领域不断拓展,您的研究涉及中国现代文学研究的多个方面,除了郭沫若研究、创造社研究以及五四文学研究之外,您的文学史研究同样取得丰硕成果,直到现在,您对于探索文学史叙述可能性的热望始终不减。我想知道的是,您的文学史研究是怎样开始的?可以请您简单梳理一下您与中国现当代文学史的关联吗?

魏建:我取得的研究成果还很少,但我探索文学史的热望始终不减却是真的。可以谈谈我的有关经历。我与中国现当代文学史的关联大致分为五个阶段。

第一个阶段是我上大学的时候学习文学史。40多年前,由于特定历史的原因,当年的中国高校不像现在这么层次分明,那时许多"小庙"里都有"大神",例如扬州师范学院的任半塘、山东师范大学的田仲济、开封师范学院的任访秋等。那时的许多师专里也有许多优秀的学者,例如当年教我中国现代文学史的刘增人先生,很多年前就已是《新文学评论》推介的新文学史家。尽管老师很优秀,但那时的文学史教材,今天说起来很可笑:教材内容很单薄,提到的作家非常有限。当时我和我的同学们知道李伟森、冯铿,却不知道有张爱玲、穆旦;知道沈从文但不知道他是作家,而是因为他提倡"与抗战无关论"……那时我所了解的只是中国现当代文学史的冰山一角。

第二个阶段是我工作后参与编写文学史教材及相关的工作。1982年,我任教的泰安师专和一些兄弟学校合编一本教材:《当代文学简编》,我承担了王蒙小说部分,这是我第一次参与编写文学史教材。当时我对文学史的理解非常肤浅,正如我所编写的教材内容也是很肤浅的。这期间,刘增人老师参加了山东师范大学冯光廉老师承担的项目,负责中国社会科学院文学研究所主持的《中国现代文学史资料汇编》(乙种)中叶圣陶、王统照、臧克家三个作家研究资料的编写任务。刘老师让我帮着他抄书稿。这项工作虽然很枯燥,但我收获很大:让我第一次走进了中国现代文学的文献史料世界。过去只是笼统地知道书籍、期刊、报纸是中国现代文学的主要载体,可是,我抄写这些资料文稿所看到的是:在书籍的封面、封底、封二、封三乃至插页上,在期刊的发刊词、终刊词或复刊词乃有关启事上,在报纸的各类文章、文学专栏、专刊、特刊、预告乃至广告上,原来饱含那么多中国现代文学史上的活生生的丰富信息。

第三个阶段是在20世纪90年代,我参编、合编、协助主编了几种文学史。这一时期我参与了几部中国现当代文学史教材和著作的编写,比如我和山东师范大学中国现代文学教研室多位老师集体编写的专升本教材《中国现代文学史论》(青岛海洋大学出版社1995年版)、孔范今教授主编的《二十世纪中国文学史》(山东文艺出版社1997年版),朱德发教授主编的《中国现代文学史实用教程》(齐鲁书社1999年版)等多部。在这些文学史教材和著作的编写过程中,对我帮助最大的是孔范今先生主编的《二十世纪中国文学史》和朱德发先生主编的《中国现代文学史实用教程》这两部著作。在孔范今先生主编的《二十世纪中国文学史》中,我撰写了"新文学革命运动"和"渴望超越的艺术派创作"两章。孔先生是一位优秀的文学史家,在他的影响下,我的文学史意识明显提升,在撰写过程中能够把一些中国现代文学现象放到整个20世纪文学发展的历史进程中,用文学史的眼光观照这些貌似孤立的文学现象,并关注这些现象与现象之间的结构关系。在朱德发先生主编的《中国现代文学史实用教程》中我担任副主编,更深入地理解了朱德发先生的文学史理念和学术意图。那些日子我几乎每天都被他深深地影响着。在这本教材的基础上,我总结了朱德发先生的中国现代文学史创新成果,在2001年先后获得山东省省级教学成果一等奖、国家级教学成果二等奖。

第四个阶段是21世纪初期,我开始独立主持文学史的编写。2000年,山东省教育厅让我组织领导山东省五年制师范学校统编大专教材的编写工作,这包括中文专业所有的课程教材,即现代汉语、古代汉语、古代文学、现代文学、外国文学、文艺理论、写作……课程全都由我负责组织这些课程教材的编写工作。当然我不敢外行领导内行,所以我把更多精力用于与我关系密切的教材上。这套教材与以往同类教材的最大变化是我做了改革课程体系的尝试，主要是我主编的《中国文学》把中国古代文学、中国现代文学、中国当代文学三门课程打通了。打通后的《中国文学》教材分七册，共计300多万字，用更文学的方式呈现了从先秦至20世纪末的整个中国文学及其历史演变。这是文学史内容和书写方式的创新，因而是一次大胆的学术探索；这也是教学内容和课程体系的创新，因而也是一次大胆的教学改革的探索。此后，我又主编了多部中国现当代文学史教材，如我与房福贤教授主编的《中国现当代作家研究》（山东人民出版社2001年版），我主编的《中国现代文学读本》（齐鲁书社2003年版）、《中国当代文学读本》（齐鲁书社2004年版）等。此外，还有我协助蒋心焕先生主编了《中国现代小说美学思想史论》（江苏文艺出版社2006年版）等。2009年，我被选入教育部"马克思主义理论建设工程教材"《二十世纪中国文学史》专家组，其间专家们几易其稿，可惜的是这部文学史教材至今没有面世。

第五个阶段是近十年，我和山东师范大学中国现当代文学学科团队一直在探索现代中国文学史编写的多种可能性。近十年来，我主编及合作主编了多部文学史教材和文学史著作。其一是我和吕周聚教授主编的《中国现代文学新编》（高等教育出版社2012年版）。这本教材的探索方向是作为教科书如何叙述中国现代文学的历史发展。我们的做法是以文学现象为叙事线索，突出中国现代文学的本体化和经典化，实现在中国现代文学史叙述方式上的有效创新。其二是朱德发先生和我主编的《现代中国文学通鉴（1900—2010）》（人民出版社2012年版）。这不是教材，而是一部文学史著作。这部著作的主要探索方向是作为学术型的文学史，如何解决现代中国文学的叙述对象、叙述时空及其评价尺度等问题。我们的做法是努力在理论和实践两方面解决现代中国文学史的尽量全景式呈现问题。其三是我现在正在做的《二十世纪中国文学主流》，它包括两套书系，一套叫"历史档案书系"，另一套叫"学术新探书系"，均由人民出版社出版。其中《二十世纪中国文学主流》的"历史档案书系"，除特殊情况外，均已出齐；"学术新探书系"大多数已经出版，明年全部出齐。"二十世纪中国文学主流"这个名称学界并不陌生，但作为一种学术型文学史著作的"另一种写法"，我们是做了很多探索的。

马文：您刚才强调了七卷本《中国文学》"是文学史内容和书写方式的创新，因而是一次大胆的学术探索"，具体指的是什么？

魏建：可以这么说，这套打通古今的《中国文学》是我拥有自己系统的新的文学史观的体现。在20世纪80年代初我刚刚参与编写文学史教材的时候，我和编写者的文学史观念基本一致：文学史就是作家、作品的历史。好像当时的中国现当代文学史教材的编写者相当多的人都抱有这样的共识。所以，我们当时编写的文学史教材，其主要内容就是作家论，对作家的评介内容主要是分析这个作家的代表作品。后来，在参与《二十世纪中国文学史》的撰写过程中，我接受了孔范今先生的文学史观念，特别是他从历史的悖论性结构中寻求文学发展的内在机制的学术思想令我极为佩服，我尽力把它运用到我的文学史写作实践中。朱德发先生的文学史观同样对我产生了很大的影响，例如他在20世纪积极倡导中国现代文学的经典化，并把这一学术思想较早落实到文学史的编写实践。朱德发先生带领我们编写的《中国现代文学史实用教程》，与当时中国现代文学史教材最显明的区别就是，经典作家和经典作品在这本文学史中得到了空前的强调。

到了我主编《中国文学》的时候，我完全是在尝试我的一种新的文学史理念：时间上古今打通，呈现方式上尽可能用文学的形式还原文学的历史。我这样做，首先是因为当时中国高校课程设置的人为割裂：中国文学史课程只是中国古代文学，把五四至1949年的文学称为"中国现代文学"，把1949年以后的文学称为"中国当代文学"，更有甚者，又分出第四门课程——把1840年至五四的文学称为"中国近代文学"。为此，我主编的七卷本《中国文学》打通了先秦至20世纪中国文学，突破了中国古代文学、中国现代文学、中国当代文学三门课程格局的人为壁障，为学生提供了对中国文学发展的整体性认识；我的另一个创新理念是"尽可能用文学的形式还原文学的历史"，这是针对以往的中国现当代文学史教材主要依赖理性文字叙述中国文学的历史发展。于是，我主编的《中国文学》着力于以文学作品、文学现象等感性形式还原中国文学的历史发展。我的整套书按照时间线索分了十一编,每一编按照文学现象划分了若干个单元,每个单元由三个部分组成:文学史叙事,经典作品选,阅读和训练。这样就形成了一个按照从古至今的历史顺序,以文学现象为核心,历史讲述、作品诵读、写作训练相结合的全新文学史编写体例。一般的文学史教材,往往文学史是文学史,作品选是作品选,而在我主编的《中国文学》中二者是一体的,打开文学史就可以看到鲜活的文学作品。所以,我一直很看重这套教材。

马文:我现在有一个模糊的感受,是不是可以把您主编的《中国文学》看作您文学史研究道路上的一个转折点? 2000年以前,您主要是处在学习、摸索和沉潜的阶段,经过《中国文学》的实践与历练之后,您逐渐探索出相对成熟的、具有创见和超越性的文学史理念,然后将之倾注到您以后的文学史教材和著作之中。不知道这样理解是否妥当?

魏建:我没有具体思考过你提的这个问题,只能说:我现在也不成熟,依然在探索中。在我看来,学术研究从来都是一个不断积累、不断探索和不断推进的过程。回顾我年轻时候对文学史的认识,基本上是懵懵懂懂的,带有相当的盲目性,那时我对文学史的理解处在简单、肤浅的层面。后来,在一些优秀的文学史著作和优秀文学史家的影响下,我逐渐形成了自己的文学史观,也不断改变自己的文学史观;摸索到了一些文学史编写的方法和路径,又不断摸索新的编写方法和路径。从这个意义上说,将我的七卷本《中国文学》看作一个转折点也未尝不可。但是,我认为,文学史观很难说有什么优劣之分,左右不过是看问题的角度、立场和方法的不同。也就是说,文学史可以有很多种写法,我也希望大家一起探寻文学史书写的更多可能性。

马文:说到探寻文学史书写的可能性,近十年,您主编的教材型《中国现代文学新编》、学术型《现代中国文学通鉴(1900—2010)》和大型学术丛书《20世纪中国文学主流》,提供了三种不同的文学史写作形式。能不能请您分享一下您的想法以及具体编写过程中的经验和体会?先从《中国现代文学新编》谈起吧,"新编"一说的"新"具体体现在什么地方呢?

魏建:编写这几种文学史时的想法很多,也并不一样。经验谈不上,体会可以说。如果从王瑶先生出版于20世纪50年代的《中国新文学史稿》算起,中国现代文学史著作的编写已有近70年的历史。在这期间,出版了太多种中国现代文学史教材和著作,多到一时难以计数。然而,许多文学史书写的所谓"创新",仅仅只是在叙述线索中变换了表达方式,或是在借助新理论的加持时借来了新的"外壳"。殊不知,量变并不意味着绝对的质变,为了某种观念而"新",或是为某种逻辑而"新"的文学史著作很多,实质上的创新型著作并不多,因为创新的确很难。

我们山东师范大学的《中国现代文学新编》与同类教科书相比,并非刻意求新。从一开始,我们就提出,以求真为第一追求,以求新为第二目的。那么,如何求真呢?我在该书的前言中说:我们选择了"去本质论""去逻辑化",不再假设中国现代文学史存在某种本质,也不再推想中国现代文学的发展存在某种逻辑,而是致力于返回历史现场、返回文学现象的原生态。具体来说,我们的《中国现代文学新编》在体例上,力求以时间为顺序,以文学现象为单元,尽量还原中国现代文学自身的发展进程;在思想上,以"少一点哲学,多一点史学""少一点'六经注我',多一点'我注六经'"为指向,尽量减少对文学历史原貌的人为破坏。在此基础之上,我们采用"去掉框架,留下本真"的方法,即去掉已有中国现代文学史著作所设计的外在的框架,只专注于现今高校开设的中国现代文学史课程应当讲授的内容,如晚清文学改良、五四文学革命、鲁迅、为人生文学、青春文学、左翼文学、民主主义文学、救亡文学、延安文学等作为教材的各个基本单元。与此同时,为了追求文学史书写的客观性,我们尽力去填补被以往文学史教材忽略的部分文学现象,比如对儿童文学创作的相对忽视等。我们的具体做法表现在以下三个方面:首先,在编写过程中,尽可能地及时吸纳、融入学术界最新的,且已得到公认的研究成果。其次,在具体内容的设置和叙述中,突出经典作家和作品,并在经典作家、经典作品中突出其独特性以及在中国现代文学史上的地位与影响。再次,在具体内容的写作中,尽力追求叙述的客观性,避免做过度阐释。总之,我们致力于在保证科学性和真实性的基础上,追求创新性与超越性,进而抵达文学史书写的根本目的——历史真实。在求真的基础上,我们才求新。

马文:《现代中国文学通鉴(1900—2010)》开创了一种全新文学史编写体例,得到许多专家的充分肯定,荣获教育部颁发的高等学校科学研究优秀成果奖(人文社会科学)二等奖、山东省社会科学优秀成果一等奖。当时你们编写这样一部现代中国文学通史的学术动因是什么?

魏建:《现代中国文学通鉴(1900—2010)》我简称《通鉴》,这部著作得到学界的肯定,最大的功臣无疑是朱德发先生,我本人所做的工作主要是辅助他。这是一部尽力全景呈现现代中国文学发展的学术型文学通史著作。全书200余万字,分上、中、下三卷。编写这样一部著作是基于,在相当长的时间里,人们看到的中国现代文学史或中国现当代文学史著作,都是相对残缺的:要么只有内地(大陆)文学,没有港澳台文学;要么只有汉族文学,没有少数民族文学;要么主要是新文学,缺乏通俗文学,更没有旧体文学,如旧体诗、文言散文和文言小说等。因此,朱德发先生带领我和本学科同人试图构建一部更完整的现代中国文学通史——在时间上,上接19世纪的古代中国文学,下延展到21世纪初的当下中国文学;在空间上,尽可能地呈现现代中国的整体文学风貌;在文学创作本身,将高雅与通俗、白话新体与文言旧体等文学样态整合为多元一体的历史结构;在评判尺度上,采用各方都能接受的价值尺度进行评判和分析,从而在理论和实践两方面解决现代中国文学史的全景式展现问题。

马文:现代中国文学纷繁复杂,创作主体、文学样态、文学现象和文学思潮多元而多变,所以,建构一部全景观的现代中国文学通史绝非易事。面对如此庞杂的文学形态,《通鉴》是以什么标准进行取舍和评价的呢?又是以什么线索将各个文学系统连缀成一个有机整体的呢?

魏建:你说到了问题的关键。书写一部全景观式的现代中国文学通史,是非常困难的。其中难题之一就是历史材料搜集整理的艰难,而融会贯通更难,因为这些材料数量庞大、形态多样,而且一直在变化中。但是,研究对象越是繁杂,越是需要找到一个具有普适性的评价标准。为此,朱德发先生为《通鉴》提出了"一个原则三个亮点"的价值尺度,即以人道主义为最高原则,以真、善、美为三个亮点的价值评估体系。现代中国的所有文学形态,在广义上,都离不开人的文学的范畴。任何民族、阶级、党派、地域的创作主体所创建的文学文本,无不是以人为本位,表现人性、人情、人道、人意的文学。但是,并非所有彰显人道主义或人文主义的文学作品都能入史,还需要辅之以真、善、美的标准进行考量,用真、善、美和谐统一的具体价值标准给出分析与评判,从而使不同样态的文学得到平等合理的待遇和公允科学的评价。

还有,作为一部现代中国文学的通史,《通鉴》面对50多个民族、110年历史,自然不可能把形态各异的文学全部还原出来,更不可能只承认复杂便万事大吉,而是需要让复杂的历史变得既可信又可知。经过全面、细致的学术考察,从现代中国文学的历史混沌中归纳出多元一体的历史发展结构及其最重要的历史发展线索和最重要的文化/文学形态。因此,《通鉴》是由内、外两大历史叙述线索联通而成:一是以"人的文学"作为核心理念贯穿在各个历史阶段的内在线索;二是由多元一体文学结构所呈现的外在线索,即现代中国形成的政治文化、新潮文化、传统文化、消费文化等文化/文学系统与现代中国不同形态文学的横向联系,以及在不同历史阶段的不同展现。在此基础上,《通鉴》形成了明朗的编写体系:上卷从1900年到1929年,这是现代中国多元一体文学结构的形成期;中卷从1930年到1976年,这是现代中国多元一体文学结构的演化期;下卷从1977年到2010年,这是现代中国多元一体文学结构的拓展期。

马文:关于中国现代文学起点的问题,可以说是众说纷纭。那么,您对中国现代文学的起点是怎么看的呢?

魏建:中国现代文学的起点问题,学界至今争论不休。那么,中国现代文学究竟是从何时开始的呢?归纳起来主要有六类观点:一、"五四说",这是学界时间最长、影响最大的一种观点。因为"五四"是一个宽泛的时间概念,所以又分为1915年《新青年》创刊、1917年文学革命、1918年《狂人日记》的发表等不同的具体时间标志;二、"晚清文学改良说";三、"戊戌维新说";四、"言情小说起源说",主要是以《海上花列传》的发表为标志;五、"民国建立说";六、"海外起源说",如北京大学的严家炎教授提出陈季同在法国发表的长篇小说《黄衫客传奇》应是中国现代文学的发轫之作。究竟哪一种观点更有道理呢？我觉得都有一定的道理，凡是存在的就具有存在的合理性。当然，这绝不是说所有观点都是同样正确的。我认为，与其纠结于某一观点的正确性，不如多关注每一种观点背后的合理性。

马文：我理解您说的关注每一种观点背后的合理性，但我不理解：您为什么不太关注哪一种观点更正确呢？

魏建：如果考试做单项选择题，考生只能选择一个正确的答案。这只限于考场上，在生活中很少有唯一正确的答案。具体到中国现代文学的起点，我不太关注哪一种说法更正确，除了不存在唯一正确的选择之外，假使真有所谓"唯一正确的选择"，这种单一的起点说有可能掩盖更重要的学术问题，即这一时期中国文学的历史转型和多元共生。

作为中国文学发展过程的一个组成部分，中国现代文学的起点问题，与中国文学和中国文化从传统向现代转型的问题密切相关。有些人认为，中国文学从古代到现代是发生断裂了。他们所谓的"断裂"指的是原来的中国文学传统被作为旧的文学否定了，并且被深受外来文学影响的新文学取代了。但是，另外一些学者认为，中国文学没有断裂，而是发生了转型。转型意味着所谓新文学或者现代文学还是从古代传下来的中国文学，只不过在新的文化语境下转换成了另一种样貌。转型是一个过程，绝不是某一天、某一月，甚至不是某一年所能完成的。以上提到的中国现代文学六类起点说，不过是这转型过程中的一个个节点。弄清了每一个节点的合理性才能更好地认识中国文学从古代到现代转型的内在机理。所以我说，与其纠结于某一观点的正确性，不如多关注每一种观点背后的合理性。

还需要说明的是，转型既包括古代的中国文学向现代的中国文学转换，也包括古代中国的文学向现代中国的文学转换。前者主要是指中国文学内部的转型，也就是中国文学自身的转型；后者主要是指现代民族国家语境之下的中国文学转型，也就是"古代中国"的文学向"现代中国"文学的转型。而现代中国的文学比古代中国的文学形态更丰富，内涵更复杂，既包含外国文学和文化的渗透，也包含古代文学和文化传统的承传；既包括汉民族的汉语文学，也包括少数民族的族语文学；既包括白话新诗、白话散文、新式小说和话剧，也包括旧体诗、文言文、章回小说和戏曲；既包括满足精英读者的严肃文学，也包括满足市民读者的通俗文学……总之，现代中国文学的一个突出特点是多元共生。这也是我看重多个中国现代文学起点的重要原因。

马文：您主编《二十世纪中国文学主流》的学术启发来自丹麦文学批评家、文学史家格奥尔格·勃兰兑斯的《十九世纪文学主流》一书。以此书作为学术参照，起码说明您极为认可这部著作。那么，您为什么如此推崇这部著作？它到底有什么独特之处呢？或者说，它的学术生命力来自什么地方呢？

魏建：一百多年来，勃兰兑斯的《十九世纪文学主流》一直是我们现代中国文学研究界公认的文学史经典之作，不只是我或少数人推崇它。就中国现代文学研究界来说，给大家留下深刻印象的是，1907年鲁迅先生在写《摩罗诗力说》的时候就向中国人介绍了这位"丹麦评骘家"。鲁迅先生不仅是伟大的文学家、思想家，还是一位优秀的文学史家，他对文学史著作的鉴赏具有超出常人的水平。他撰写了《中国小说史略》《汉文学史纲》，不过，他很少向人推荐文学史著作。勃兰兑斯的《十九世纪文学主潮》（这是当时的译名），却是鲁迅先生主动向人推荐的为数不多的文学史著作之一。

勃兰兑斯的《十九世纪文学主流》作为一部文学史著作，从内容到形式，都是独树一帜的。这也是它的学术生命力之所在。据我所知，许多第一次阅读这部著作的中国学人，无不是大为惊叹：文学史原来也可以这样写！这种惊叹包括很多内容：文学史原来可以这样抒情！文学史原来可以写那么多的故事！文学史的行文原来可以这样自由地表达！文学史的结构原来可以这样任意地组合……当然，惊叹之余也少不了对这种文学史写法的将信将疑。但是，《十九世纪文学主流》作为文学史著作的经典地位始终没有动摇。究其原因，很大程度上来自它所提供的阐释空间，但凡是经典著作都有可供不断阐释的丰富内涵。

起初，中国学者看重《十九世纪文学主流》，很可能是认同其革命主题和适合中国人的文学价值观，以及它对欧洲文学浪漫主义和现实主义这两大文学潮流的描述。20世纪80年代《十九世纪文学主流》开始在中国走红，书中"文学史，就其最深刻的意义来说，是一种心理学，研究人的灵魂，是灵魂的历史"一度是中国大陆文学史研究界引用最多的名言之一，书中"处处把文学归结为生活"的思想原则成为当时中国文学研究者人所共知的文学理念。之后，书中标榜的"无拘无束、淋漓尽致的表现""独立而卓越的人类灵魂"精神追求、比较文学的研究视角及方法更为中国的学术新生代所接受。近年来，中国学界对《十九世纪文学主流》的关注热情虽然有所减弱，但对它的解读更为多元，少了一些盲目的崇拜，多了一些客观的认知。正是在这种相对客观的解读和对话中，《十九世纪文学主流》给我们的启示逐渐增多。

总之，勃兰兑斯的《十九世纪文学主流》，总是能够不断地进入不同时期中国学者的期待视野。也正是因此，这部著作内涵的丰富性完全是由阅读建构起来的，换句话说，这是一部读出来的文学史巨著。我主编的《二十世纪中国文学主流》的学术起点，是以对勃兰兑斯《十九世纪文学主流》的高度认同为基础的，我和许多人的学术梦想就是想撰写一部这样的文学史著作。

马文：《十九世纪文学主流》和《二十世纪中国文学主流》中"主流"的含义是一样的吗？"文学主流"的衡量标准是什么？《十九世纪文学主流》对《二十世纪中国文学主流》的启发具体表现在什么方面？

魏建：勃兰兑斯的《十九世纪文学主流》，名为"十九世纪"，实际上书写的是19世纪初至二三十年代的文学现象，最晚的才到1848年，并且仅限于欧洲的英、法、德三国，而且说的是主流，其实有些分册论述的倒像是支流，如流亡文学、青年德意志等。与《十九世纪文学主流》不同，我们将《二十世纪中国文学主流》中的"主流"界定为：以常态形式随着社会变化而变化的文学潮流。也就是说，所谓"文学主流"，不是先锋文学，而是新的常态文学。常态文学的发展，总是与读者紧紧结合在一起。例如，五四时期的启蒙文学是属于少数读者的先锋文学，所以不属于当时的主流文学，而这一时期的白话文学，因为适应多数读者的要求，成为晚清以来不断转化而成的常态文学，因而成为主流。

当然，勃兰兑斯的《十九世纪文学主流》也不是尽善尽美的。今天来看，我们对这部巨著有很多误读，所得观点有很多属于望文生义，还有很多重要的东西被忽略了，比如，其中独具特色的文学史研究方法就没有得到足够的重视。而我主编的《二十世纪中国文学主流》在文学史研究方法上，就从《十九世纪文学主流》中获得了诸多启示。

首先，我们在文学史研究方法上所获得的第一个启示是思辨与实证的结合。在我看来，《十九世纪文学主流》是将抽象思辨与具体实证结合在一起，并且结合得比较成功的一部著作。可是，迄今为止，中国学人谈论《十九世纪文学主流》，更多地看取了其思辨的一面而忽视了其实证的一面：过于渲染《十九世纪文学主流》如何哲学化地进行分析，如何高屋建瓴般将文学主流提炼出来，却大都忽视了这是一部实证主义倾向非常显明的文学史著作。众所周知，伊波利特·泰纳是主张用纯客观的观点和实证的方法解说文学艺术问题的最有影响的美学家、文艺理论家之一。勃兰兑斯非常推崇伊波利特·泰纳，他在相当长的时间里师法泰纳科学的实证的批评方法。在《十九世纪文学主流》中，勃兰兑斯将思辨与实证相结合，所以才能把高远的学术目标落实到脚踏实地的具体研究工作中，才能做到既有理又有据。这是勃兰兑斯的做法，也是前人成功经验的总结，尤其在当下中国学术界依然充斥假、大、空学风的浮躁氛围里，思辨与实证的结合更应成为我们在研究方法上的首选。

其次，在文学史的叙述方法上，我们获得的启示是将宏观概括渗透到微观描述中。《十九世纪文学主流》在宏观历史叙述与微观历史叙述结合方面做得相当成功。对此，勃兰兑斯在书中讲得很清楚："有许多作品需要评论，有许多人物需要描述，面面俱到是不可能的。只从一个方面来照明整体，使主要特征突现出来，引人注目，乃是我的原则。"然而，多年来，中国学者更多地看取其宏观历史叙述一面而忽视了其微观历史叙述的另一面。在《十九世纪文学主流》中，勃兰兑斯的宏观历史叙述就是概括主要特征，其微观历史叙述就是凸显历史细节，包括许许多多的逸闻趣事，并通过"始终将原则体现在趣闻轶事之中"实现两者的结合。的确，《十九世纪文学主流》中的大多数章节都是从小处入手的，流露出对"趣闻轶事"的浓厚兴趣。然而，无论勃兰兑斯叙述的笔调怎样细致,他叙述的眼光并不是就事论事,而是从时代、民族、宗教、政治、地理等大处着眼,让读者从这些琐细的事件中看到人物的心灵,再从人物的心灵中折射出一个社会、一个时代、一个种族,乃至整个人类的某些东西。这就是《十九世纪文学主流》中一个个小事件里所蕴含的大气度。

再次,在文学史的结构方法上,我们获得的启示是以个案透视整体。《十九世纪文学主流》好像没有任何外在的叙述线索,看起来就是把英、法、德三个国家的六个文学思潮划分为六个分册,每一分册之间没有任何明显的逻辑关系。对此,勃兰兑斯做过两个形象的比喻,解说各分册与全书之间的关系。第一个比喻是:"我准备描绘的是一个带有戏剧的形式与特征的历史运动。我打算分作六个不同的文学集团来讲,可以把它们看作是构成一部大戏的六个场景。"第二个比喻是:"在本世纪诞生之初,我们发现一种美学运动的萌芽,这种美学运动后来从一个国家蔓延到另一个国家,在长达五十年之久的一段时期内……如果以植物学家的方式来解剖这种萌芽,我们就能了解这种植物复合自然规律的全部发育史。"第一个比喻是强调这六个分册之间独立、平等、连续的并联关系;第二个比喻揭示了这六个分册之间发育、蔓延、生成的串联关系。这两个形象的比喻从不同的侧面说明,《十九世纪文学主流》的各分册与全书存在着深层的有机关联,看似孤立的每一个个案都具有透视整体文学运动的效用。

马文:您主编的《二十世纪中国文学主流》深受勃兰兑斯《十九世纪文学主流》的启发,那《二十世纪中国文学主流》有没有创新呢?

魏建:虽然创新很难,但我们必须去争取。如果我们的《二十世纪中国文学主流》变成对勃兰兑斯《十九世纪文学主流》的照搬或套用,那就只能陷入东施效颦式的尴尬。《二十世纪中国文学主流》之于《十九世纪文学主流》,有继承,也做出了一些创新的努力。

创新之一是通过"地标性建筑"展现20世纪中国文学地图。

我们的《二十世纪中国文学主流》不仅追求像《十九世纪文学主流》那样在实证的基础上思辨、在微观叙述中显现宏观、通过个案透视发育的整体,我们还为以上所说的实证基础、微观叙述和个案透视找到了合适的载体。我对这些载体的比喻是:它们就像20世纪中国文学地图中的一个个"地标性建筑"。《二十世纪中国文学主流》将这些"地标性建筑"作为历史叙述的基本单元,我们对20世纪中国文学发展的重新阐释,才能落实到操作层面。这些构成《二十世纪中国文学主流》基本叙述单元的"地标性建筑",就是20世纪中国文学发展史上那些重要的文学板块,比如白话文学、青春文学、乡土文学、左翼文学、武侠小说、话剧文学、闲适散文、大后方文学、红色经典、新诗潮、新潮小说、女性文学、网络小说等。《二十世纪中国文学主流》是一部丛书,各分册由具体的文学板块组成,各分册与整个丛书的关系是分中有合、似断实连。所谓"分"与"断",是要做好对每一个"地标性建筑"的研究。这样的个案透视既能使实证研究获得具体的依傍,又能把微观描述落到实处;所谓"合"与"连",是要在对一个个"地标性建筑"的聚焦中观测整个20世纪中国文学的历史嬗变。

创新之二是通过"历史档案书系"和"学术新探书系"两套书系深化20世纪中国文学史的研究。

勃兰兑斯的《十九世纪文学主流》的确给予了我们许多有价值的东西,但是,西方的学术资源无论具有多少普适性,对于解读中国的文学艺术、中国人的心灵,毕竟是有限的。在超越株守传统的保守主义、走向全面开放的今天,在超越盲目崇洋的虚无主义、畅想民族复兴的今天,中国本土的学术资源更要得到应有的重视并加以现代转化。

"我注六经"与"六经注我"一直是中国人文学术的两大传统。《二十世纪中国文学主流》力求"我注六经"与"六经注我"相结合。这既是本丛书学术目标和学术规范的要求,也是本丛书特色之所在,更是《二十世纪中国文学主流》学术质量的保证。由于目前学界相对忽视"我注六经"的研究,所以我们极力提倡在做好"我注六经"的基础上,再做"六经注我"。为此,这部《二十世纪中国文学主流》分为两套书系:《二十世纪中国文学主流·历史档案书系》《二十世纪中国文学主流·学术新探书系》。"历史档案书系"可称为《二十世纪中国文学主流》的"一期工程","学术新探书系"可称为它的"二期工程",出版这两套书系将有助于深化20世纪中国文学史的研究,其学术意义如下:

首先，单独出版"历史档案书系"无疑体现了对文学史文献史料的高度重视。这种重视既强化了文献史料对于文学史研究的基础作用，又传达出一种重要的文学史理念——文献史料是文学史本体的重要组成部分。通过对每一个文学板块的文献史料进行多方面、多形式的搜集和整理，展现这一文学"地标性建筑"的原始风貌，直接、形象、立体地保存了这一文学板块的历史记忆。这岂能不是文学史的本体呢？当大家看到《二十世纪中国文学主流》这两套书系平分秋色的时候，这种理念应是一望便知的。

其次，《二十世纪中国文学主流》的每一个文学板块都有"历史档案"和"学术新探"两部分。二者的学术生长关系将会推动这一板块的研究甚至整个20世纪中国文学史研究的深化。两套书系中的所有文学板块完全相同，即每一个文学板块是同一个子课题，比如，朱德发教授负责"'五四'白话文学"子课题，那么，他既要为"历史档案书系"编著"'五四'白话文学"卷的文献史料辑，还要在此基础上撰写"学术新探书系"中刷新"'五四'白话文学"问题的学术专著。前者既重建了这一文学板块活生生的历史现场，又为后者的学术创新做好了独立的文献史料准备；后者的"学术新探"由于是建立在"历史档案"的基础上，不仅能避免轻率使用二手材料所造成的史实错误和观点错误，而且以往不为所知的文献史料会帮助研究者不断走进未知世界，不断获得全新的新发现。所以，"历史档案"会成为"学术新探"不竭的推动力。

马文：您多次提到"六经注我"和"我注六经"。据我所知，您曾有五年多的时间忙于山东师范大学齐鲁文化研究基地的组建和领导工作，您对"我注六经"的关注和重视是不是与之有关？齐鲁文化的相关研究经历对您的中国现代文学史研究有什么影响吗？

魏建：2001年3月，山东师范大学齐鲁文化研究中心被教育部正式批准为省属高校人文社会科学重点研究基地，我被任命为基地的常务副主任，主任是王志民副校长。其实，齐鲁文化研究中心的组建工作是从1999年开始的，前前后后加起来，我有五年多的时间忙这件事情。回头来看，我受命筹建齐鲁文化研究基地的那五年，也是我治学中极为关键的时期，既有失也有得。那五年我几乎没做中国现当代文学研究，这是失；得，是我学到了许多平常几乎不可能学的东西，思考了许多平常几乎不可能思考的问题。比如，齐鲁文化是两千多年前的古代文化，这就逼着我读了许多古籍，加深了我对齐鲁文化和中国古代文化的认识，丰富了我的学养，还让我从研究古典文献、古代文学、古代史的学者那里受到了学术理念和研究方法的启示，发现了自己在文献史料方面的严重不足。古人治学从来就分两大派别："我注六经"与"六经注我"。在中国现当代文学研究领域，大都以"六经注我"为主，少有人愿意"我注六经"；而治中国古代文学的学者特别注重文献与史料，往往从"我注六经"做起。我当时受到的启发是，做文学史研究最好是既能做"六经注我"，又能做"我注六经"。对我来说，要弥补自己"我注六经"的严重不足。于是，从那时起我开始关注文献史料的研究，并取得了一些中国现代文学文献史料的研究成果。除此之外，我主编《中国现代文学新编》和《二十世纪中国文学主流》等文学史著作时，也强调了"六经注我"和"我注六经"并重的研究路径。

马文：其实，我在听您讲述的过程中，一直试图总结您的文学史理念，比如"作品本位""经典化"，以及"六经注我"和"我注六经"并重等。但是，我发现，您一直在不断地更新文学史观念，寻找新路径、新方法，探索"重写文学史"的更多可能性。您对"重写文学史"究竟怎么看？您理想中的文学史是什么样的？

魏建："重写文学史"是20世纪80年代影响深远的学术思潮之一。它倡导全面更新文学史的内容和形式，摆脱以往褊狭的文学史观，对固有的文学史结论重新评价，打捞一些被遗忘的优秀作家作品，回归更真实、更完整、更文学的文学历史。在"重写文学史"思潮的影响下，文学史写作在一定程度上实现了一元化松解，并开始步入学术多元化。从1988年提出"重写文学史"以来，学界相继涌现出许多有创见、有超越、有影响的文学史类著作，比如，王一川主编的《20世纪中国文学大师文库》，钱理群、温儒敏和吴福辉合著的《中国现代文学三十年》，孔范今主编的《二十世纪中国文学》，以及朱栋霖主编的《中国现代文学史1917—2000》等。但是，"重写文学史"的历史重任圆满完成了吗？换句话说，我们已经写出理想的文学史了吗？答案是不可能，因为文学史永远处在一个"重写"的过程中。

至于我理想中的文学史是什么样子,其实也不是固定的,随着我对文学史研究的变化而变化着。现在出版流行的文学史著作数不胜数,不管是叫"中国现代文学史""现代中国文学史""中国当代文学史""中国现当代文学史""二十世纪中国文学史"……还是别的什么名称,绝大多数的文学史著作都是大同小异,切实做到观念更新和方法创新的并不太多,所以,我们在"重写文学史"的路上还有很长的路要走。从某种意义上来说,这也是我一直致力于探索文学史书写的新方法和新路径的原因之一。我只是想通过多种文学史书写方式的探索,传递这样的信息:文学史书写有太多的可能性,我们应该尝试从更多的角度和层面去探寻现代中国文学史的书写方式。就如朱熹所言:"问渠那得清如许?为有源头活水来。"只有通过对旧有模式和既定结论的反思和挑战,提出新标准、新思路、新方法、新判断,才能使中国现代文学研究成为生生不息的"活水",不断更新、发展、创造。

马文:除此之外,您还有哪些在文学史研究方面的治学经验,可以分享给年轻的学者吗?

魏建:一般来说,一个文学史研究者做得如何主要看两个方面:功夫和创见。

功夫是俗称,主要是指学术积累和学术工作量。如果说理工科学术研究的功夫大都是花在做实验上,那么,我们人文学科特别是文学史研究的功夫首先体现在文献史料的积累和掌握上。这包括相关文学作品原著的搜集、阅读和整理;也包括其他相关文献史料的搜集、阅读和整理,例如要阅读大量的原始期刊、报纸、散见的各种书籍以及有关的书信日记等,从中打捞钩沉史料;还包括对前人有关研究成果的搜集、阅读和整理。常常是搜集、阅读了好几天下来一无所获,但功夫深了。文献史料的功夫是做好文学史研究的前提。

当然,文学史研究最重要的目的是学术创新,这就要求研究者必须在文学史研究的学理上有所发现、有所创造。最高层次的学术创见应是原创,原创很难,也很少见,但不要觉得高不可攀。多数学者及其研究成果的学术创新形式是推陈出新,也就是在前人研究成果的基础上刷新前人的学术研究。推陈出新的方法很多,较为常见的有两种。一种方法是"修正/深化"型,即观点并非完全的原创,而是通过修正前人研究中的不足而形成更深入、更准确的文学史表述。另一种方法是"补充/丰富"型,即通过补充前人研究的缺失而获得对研究对象更丰富、更深入的认识。

马文:非常感谢您能接受我的访谈,您的治学精神和治史理念将为年轻一代的学者提供珍贵的经验和启示。

魏建:不敢当!谢谢你的采访,同时感谢《新文学评论》的约稿!

[作者单位:山东师范大学文学院]

主持人语

□ 罗振亚　刘　波

时隔20余年,如今再回头看1990年代诗歌,有人可能会认为它是一个稍显模糊的灰色时段。因为1980年代被称为诗歌的"黄金时代",21世纪诗歌又表现为多元繁荣,而处于中间段的1990年代似乎只是沉潜期。诗歌从中心滑向边缘,这种断裂性一度暗示了1990年代诗歌语境的尴尬与微妙。诗歌做为这一时间段内的文学"飞地",其内在的复杂性和丰富性,部分地折射了它介于1980年代和21世纪诗歌之间的张力关系。可以说,1990年代诗歌某种程度上承受了一个大转型时代的内部压力,而压力对于诗人来说,也许就是动力,从过去耀眼的光环中走出来,各自迈向了不同的道路。有的诗人直接选择退出,有的诗人开始放逐自我,而还有的诗人则更彻底回到了诗歌本身,从过去表象化的喧嚣退守到内部的沉寂。这些选择看似有着被迫的时代意味,实际上对诗人们来说是一次诗学乃至人生的考验,促使他们摆脱热闹的风潮而理性地审视诗歌和自我的处境。

如果说1980年代诗歌参与了中国社会的文化变革,那么,1990年代诗歌似乎要摆脱这一秩序,试图回到审美自律,以求获得内在的生长性。也就是说,1990年代诗人们写作的动力机制源于让诗歌回到本体的探索,这一认知所体现的诗学实践,就确立了1990年代诗歌的技术性、专业性和精神自觉。在处理叙事性、戏剧化、日常经验的智性审美等个人化诗学理念的背景下,1990年代诗人们的创作表现为更复杂的面向和自律的主体意识,这种精神和美学自觉反映了部分诗人在纯诗与介入诗学之间选择的逻辑,且恰恰印证了后来我们所言的1990年代诗歌"技术至上"的症候性。它对于1980年代诗歌非历史化美学倾向的某种反拨和纠偏,乃至于在影响21世纪诗歌的专业性上,起到了重要的承上启下和启蒙作用。

基于这种认知,对1990年代诗歌的回望与再解读,就显得很有必要。虽然1999年的"盘峰论争"引发了知识分子写作与民间立场的分歧,但这并不影响从1980年代末到1990年代末部分诗人的自我调适所带来的诗学新气象。诗人们对诗歌本体性的追寻,更为深入地激活了汉语诗歌的潜能,这也是后来21世纪诗歌仍然受惠于1990年代诗歌遗产的原因。在这一语境中重新考察1990年代诗歌,对二元对立的固化思维和过度强调反叛的先锋思维是一种有效的纠正,其影响在于诗学内部的建构性。单纯依靠外部力量和各种意识形态因素来塑造诗歌,只会让我们对姿态性或口号性的先锋更为警惕,因为它仅仅只是理念的演绎,并没有最终落实到具体的文本创造。以往不少针对1990年代诗歌多元可能性的解构实践,有时就是取消差异,这同样会将诗歌的美学标准泛化甚至庸俗化,从而使其再度陷入二元对立的格局之中。

或许是拉开了时间距离的缘故,越来越多青年诗学研究者意识到了1990年代诗歌的重要性,他们用新的研究视野和方法切入这一灰色时段,从历史和现实的双重维度来挖掘1990年代诗歌自由敞开的可能性,从而立体地呈现了诗学研究的当下新图景。余旸的论文《传统在90年代诗歌中的应用——以代表诗人萧开愚的写作为例》,是以1990年代的重要诗人萧开愚作为个案,从传统在1990年代诗歌中的应用这一角度切入主题,分析萧开愚在新诗创作与古典诗传统之间如何建立连续性,在比较的视野里建构古今纵贯的技术对话系统,以萧开愚的"通古"认知与实践来印证传统对于现代诗的重要价值。董秀丽的论文《"在非诗的时代展开"——20世纪90年代女性诗歌的新质》,将

1990年代女性诗歌置于大众消费文化语境下分析其相比于过去所获得的新质,女性诗人借助大众传媒与新媒体的积极互动,呈现出女性写作的个人化选择,在更趋专业化的创造中上升到对女性诗学理论的探索与建构,强化了1990年代女性诗歌在"非诗的时代"得以绽放出绚丽多彩的花朵。而马春光的论文《1990年代诗歌边地书写中的生态意识——以于坚、沈苇为中心》,则是通过于坚和沈苇这两位诗人1990年代以来诗歌文本的细读分析,发现他们诗歌中自觉的生态意识,尤其是他们敏锐地植入更细微的边地日常,洞见边地的生态问题并展开诗性的反思,以诗的方式回应时代进程中的问题,并提供了极富启迪性的诗性智慧。诗人们这种独特的诗学实践既有着重要的现实意义,又不乏历史意识。张凯成的论文《"火"的升阶书——1990年代中后期诗歌语象的建构》,是从"火"这一语象入手,将"1950—1960年代诗歌"中"火"语象与1990年代中后期诗歌进行了对比,分析后者对前者的超越和重构,从而询唤出时代语境所带来的诗学差异性为诗歌语言创造所赋予的多种可能,在高度的理论阐释中带有文化研究的意味。

这几篇论文从各个角度切入1990年代诗歌,都是在某种历史意识的渗透中试图还原当时的写作现场。无论从个案研究入手,还是针对1990年代具体的诗歌思潮,几篇论文都表现出了深度的问题意识和清晰的学术诉求。作者们在审视1990年代诗人于身份认同和剧烈变革的时代语境下的写作转型,乃至在处理政治化与去政治化、商业化与去商业化、诗学与非诗学之间的冲突时,都有着相对清晰的辩证性,这或许正是接续1990年代诗歌技艺性特质和专业化的表征。他们对于1990年代诗歌的理解,既在完成之中,又在不断的自我调适里趋于更理性的超越历史的诗学探索。

[作者单位:南开大学文学院,南开大学文学院]

传统在 90 年代诗歌中的应用
——以代表诗人萧开愚的写作为例

□ 余 旸

在新诗的批评研究中,近十年来,经过相关学者与诗人批评家们之间持续的辨析与思考,对有关传统/现代,即古典诗传统/新诗问题的认知,已经推进到了一定的程度,在某些层面上,达成了一些基本的共识。最初由臧棣提出,并为之抗辩多年的著名论断——对于朝向未来写作的新诗来说,传统仅仅是在一种借用的层面上加以运用,并不能作为判断新诗成就的标准——获得了进一步澄清与深入的探究。其中,黄灿然《在两大传统的阴影下》(《读书》2000 年第 3、4 期)、王光明《传统:标准还是资源》(《湛江师范学院学报》2004 年第 5 期),以及冷霜以阐释学为中介的《新诗史与作为一种认识装置的"传统"》(《文艺争鸣》2017 年第 8 期)可以说,将这一诗学问题推进到了相当的理论深度,澄清了总是萦绕在这一视角上诸种惯常的迷思。

如果在这一点上,诗界已经达成共识,那么,以之作为前提,需要进一步反思,上述有关传统/现代问题的认知,是以什么样的角度来挖掘这一话题,也就是:有必要反思一下提出问题的角度与视域。的确,仅在新诗语言工具意义上文言和白话,或古今一体论的笼统视角下来谈论两者之间继承和发扬的关系,无疑忽视了根本上有别于古典体制的现代文学制度这一现代装置本身所带来的、根本性的断裂。但,即便如同黄灿然所展示的,从新诗创新压力的角度来谈论古典诗传统带来的阴影,概而言之,依然停留在封闭的文学场域——文学本身也是现代认识装置的产物——古典诗歌传统与西方现代传统——中展开这一问题;即便在话语建构的层面已经明晰指出:传统远非一个自明性的概念,而是一个现代性的认识装置,也正像在文章结尾冷霜所指出的一样,在对这一问题破除了惯常的迷思后,仍然需要进一步思考:

> 理解了"传统"概念的认识构造,有关新诗与旧诗、新诗与"传统",更值得考察的问题或许就变成了诗人如何在具体实践中征用、转化、改写古典诗歌中的文学、美学和技艺资源;同时,新诗在寻求自身出路、方向时,如何借助对新诗与旧诗关系的诠释来展开自我想象,而这些各异的诠释之间又形成了何种历史图景;以及,在不同时期浮现的对旧诗"传统"的话语利用,是在何种文化、社会、历史语境中生成了其效力的。①

但问题可能需要在冷霜提供的思考方向里再次打开:上述种种在古典诗传统和新诗写作之间直接进行比较、甄别而构筑的问题域——虽然以阐释学为视野,冷霜已经明确地将前者对后者的借用定义为诠释,并指出需要考察这一新诗对旧诗的诠释是"在何种文化、社会、历史语境中生成了其效力"——依然囿于新诗内部。之所以如此说,从认知上有两个理由可以申辩:首先,对于新诗写作的实践而言,不仅传统不能局限或仅意味着古典诗传统这一隅,而是指向了包含古典诗传统在内的更为广阔的、涉及经史子集但又连接了书本内外的、传统制度与文化的理论与实践空间。至此,传统也不仅限于冷霜所谓的"古典诗歌中的文学、美学和技艺资源",也更可能包含了往往泛化但又确实存在的、经受现代认识装置诠释过的传统思想文化渗透的诗人主体的伦理与人格修养;更重要的是,还一直存在着许多晦暗不明的、贺照田意义上的作为"无"的、潜含在两者得以发生有效诠释的社会历史中介部分,而这一关键的部分，就恰好内在于较为风行的、柄谷行人"认识装置"这一概念"装置"的构造中。

"认识装置"这一概念出现于日本思想家柄谷行人《日本现代文学的起源》一书中。由于不满1960年代左翼政治运动失败后知识分子退到日益丧失"否定性的破坏力量"的"文学"中，并有意无意把"外面的政治"与"内面的主体"对立起来，柄谷行人借助"认识装置"这一概念，揭示出"日本现代文学"的制度化性格，指出认识装置的自我遗忘、颠倒的属性。在他看来，被"现代文学"不证自明地视为本质的"自我""表现"等特征恰恰是它掩盖其真实起源的结果。不过，在揭示包括了"内面主体""风景""深度"等诸种看似自然的观念其建构性特征后，进一步需要反思的可能是这一遮蔽性的建构何以发生？其遮蔽的可能性又是什么？如何突破这一限制？柄谷行人的解构主义姿态突出了认知装置作为建构的宰制性一面，却缺少对这一认知装置的制度化过程详尽的历史分析，只是泛泛地指出它们与"言文一致"等现代政治与文化制度建立的关联性，也就不太能为更好突破这一装置的制度化限制提供更好的思考空间。与此类似，运用柄谷行人认知装置这一解构性认知破除了对传统作为新诗评判标准的迷思后，仍然需将传统这一嵌在现代社会历史文化的肌体中作为新诗写作资源从可能性的角度加以反思：作为主要以文化典籍方式出现，但在当代的社会思想文化生活与实践中还残存着诸种印痕的传统，实际上以具备生发潜能的"星火"状态嵌于现代社会变动的历史进程中，本身依然具有改变我们的认知、参与现代发展的丰富可能性。因此，在对作为一种认识装置的传统有所觉察与警觉后②，并不意味着新诗写作对传统的思考与实践就此止步，只是时刻警醒我们——新诗的写作者与研究者——自身建构的传统其限度所在，理解构成这一认知装置的历史机制，从而促使其在当下具体的新诗写作的历史实践与理论中具备启发性。

当下，有两个理由——一峻迫、一迂远，促使对"传统"的已有认知需要更进一步。

从较为迂远的方面来说，涉及如何看待"现代性的未完成"这一臧棣借用的哈贝马斯的断言。对臧棣来说，谈及"现代性的未完成"，意味着已有的对传统的使用都只能是在借用的层面，而且，出于对传统诗歌的有意疏离。这一借用，在诗人批评家臧棣看来，只是很偶然地一种行为，似乎不能成为新诗写作中的一种重要与根本的方向。但需要考虑的是，首先，在与西方欧美列强国家的碰撞中引发的、朝向现代化的普遍努力中，中国的世纪之变在很多地方有别于绝大多数非西方的处于现代化进程中的国家，这无疑因为中国这一国家自身所具备的特殊性：它背负着几千年来古老文明的历史负累，作为具有自己完整的文明高度（如何看待这一文明，如果不从普泛的爱国心的角度来看，负面的看法也同样存在）的泱泱大国，它的现代化不太可能像其他许多国家一样。为应对西方现代性崛起而通过回溯自身文化传统并进行策略性地再阐释，以便实现自身现代转化的，这样一种重要的努力，不可能仅如臧棣在表述对传统的借用时，是一偶然行为，依靠个别天才的创造力。可以肯定，在此后相当长的历史时段内，有关传统的认知仍然也必将是一种经常性的努力与发展方向。当然，这只是一种较为普泛的总体性趋向，具体如何对传统进行转化进而拓展自身的意涵，仍然需要一种将之置入具体的历史实践中加以把握与揭明。需要着重提出的是，上述社会思想或者文化政治上借助传统完成的现代认知，当然不能直接对应为新诗写作上对传统的转化与运用。但从学科间的互动交流，社会、历史与学术生活的交融与互动来说，传统无论作为一种当下社会政治或者历史发展可资借力的资源，还是潜在地作为可以激发创造与想象力的语言与文化的宝库，或者作为当代诗人深厚的伦理与人格修养的资源——正像张枣所说："任何方式的进入和接近传统，都会使我们变得成熟、正派和大度"，它都向我们的双重身份——无论作为国人中的普通一员，还是新诗的写作者或研究者发出了动人的邀请。

比起这一朦胧性的预测，另一个理由则相当峻迫，就是：当代正在从事诗歌写作的实践者中，存在着特殊的一群诗人——他们普遍出生于20世纪70年代初或者中后期，尽管早年写诗的抱负有过多次因地因时制宜的调整与变化，尽管困扰于不尽相同的家庭与社会关系中，屡次试图破轨而出但最终依然以写诗为志业，他们现在普遍面临着所谓持续写诗的"中年危机"了。某种意义上，他们处于百无聊赖但又时刻寻找突破冲动的时刻。其中相当一部分诗人，在寻求破解这种既是精神危机也是诗歌写作危机时，更多依凭直觉，而非深思熟虑地思考，依然诉诸的主要资源之一，依然是传统。

这样一种危机感，掩饰在当下由鲁迅文学奖、《诗刊》《人民文学》和各种地方政府支持的，看似繁盛实则枯槁的诗界生态下，好像盛宴下的深渊，而深渊，由来已久。但愿这种危机感，并非危言耸听，仅为个人的一孔之偏见。但万一，我是说万一，并非感受与观察的偏差与失误，确实指向一种真实的写作境况——即使是局部的真实，那么，这样一个年龄段的诗人——60年代末到70年代初或者中后期出生的诗人，其危机的性质究竟如何呢？为什么这批诗人，写作固然千差万别，但是不期然间，似乎在当下这一时段共享这一危机感呢？

点明这群诗人的年龄段，并非单纯强调代际差异，而指的是混杂了生命阶段差异在内的带给写作的真实困境。一方面，这批诗人大多在高校里度过了相对较长的学习期，现在大多嵌入了当代中国社会的关系网络中（即使仍然留在"半社会性质"的高校成为教师，那么面临的压力与环境，也非学生时期所可比拟），成为人父、人夫与单位的中层领导或安稳的资深阶层。当代社会生活作用于个人的种种变化与压力——中年后的人生压力与社会动荡期相互叠加震荡，他们并没有豁免权，同样传导并缠绕到了各自的身心。这一实际生存与生活的状态，具体来说，就是家庭生活好像暂时获得了安定，但个人精神反而交织着困顿、动荡的极度饥渴。人生忧患中年始，这一随年龄而来的人生与生活状态的转变，带来的感情的苍茫、浑浊与心态的沧桑，蕴涵着精神上的深刻危机：情感上无聊中闪烁火线，精神上时时倾跌又好像很平稳，忽冷忽热而最终又似乎转化为漠然，窒息幽闭但又能呼吸自如。这一危机可以从最初的日常受困（当从姜涛的《剧情》《友情诗》与丁丽英的《过年》等诗中看到）转变为风行的出游（包括了各种类型的出差、出国、旅游）的枯窘，自然或风景似乎都暂时不能取代精神的危机、身心的茫然兼及困倦。进入职业吧，它在更多的意义上展示的只是拉金所谓的"癞蛤蟆"——我想，这部分诗人，并非在近几十年内阶层急遽分化中的底层，从一种更为根本的区分上算是中下层吧。职业很难如流水线工人诗人许立志那般产生意义，即使是压倒性的否定意义——即便少部分诗人进入高校，卷入了学术的生产流水线上而且与有荣焉地担任了线长，或其他涉足较深有较多的人生体验的专业领域，但研究与生活的割裂恐怕也很难产生韦伯意义上"志业"的精神安顿感。如果专业不能承担精神的慰安者与生产动力，漂浮与颠簸在专业外的日常生活之岛上，部分诗人模糊地依赖着自以为是的自由主义或左派印象来容身，部分诗人则无疑地转向了更为有效地提供精神支持的传统类型的宗教来寻求生活中的人伦日用与精神支持。当代种种精神不安的症状早已烟花爆炸般地绽放在社会大众群体里，迭经事故、多历波折的敏感诗人又如何能豁免呢？生活与精神的双重困顿都展现为诗歌的危机，对于这样一部分继续以诗歌为业的中年诗人来说，来自个人生活与社会的压力，却将更大的危机与无力感传递到他们继续进行下去的诗歌实践上。在这一时间段内，他们或多或少都已经出版了一本或两本诗集，但对个人已经出版的诗集，连同周边共同写作朋友的诗，都发生了时过境迁、物是人非的过时感与不匹配感。除了少数自鸣得意的诗人以外，这部分诗人们会有一种基本的感受——允许我以一种概括性的印象语言来描述这一危机感：过去的诗歌情感虚浮、认知有限，态度也较为单一。并非他们过去的情感表达是虚假、不真诚的——他们也曾受前辈诗人的影响，写过看似复杂的、具备一定长度、体现他们结构与认知能力的诗，可是突然，而后是长期地，他们厌弃了出现在眼前的诗。那么，这一感受显然暗示着他们的生命意识已经发生了变化：他们觉得诗——首先是自己的，然后是视力所及的——格外单薄、生命状态简单，缺少褶皱，这类感觉似乎在怂恿他们去认同臧棣的基本判断：诗歌，作为一种知识话语，就批判的力度和深度而言，无法与其他人文话语，比如历史或哲学相比较。但他们依然觉得：诗歌首先需要历史与中年生活的厚重，需要具备展现个人内心的幽微与风暴，他们的意识中出现了真正的阴影，他们需要真正能够触及当下生存背景与历史境况的诗，而生活与精神上的困苦，也展现为诗歌上出路的东游西觅。一句话，他们需要成熟。当然，有了这种危机感，不是说他们此前诗歌不在倾诉虚无、孤独，诸种现代主义以来的根本主题，而是说这种情绪与主题，虽然已脱出了为赋新词强说愁的阶段,但在很多时候依然像孤魂野鬼、飘飘荡荡,寻找不到真正的可以依附与把握的、与他们当下的历史与生存能够共鸣的虚无、孤独的暗影与褶皱。为了突围这一困局,除了继续保持对当下社会历史与生活的把握与探索,好像传统,似乎依然作为一种逃脱不掉的幽灵徘徊在意识中。我想,正是对这个既是"景深"又是出路的寻找,是很多诗人自觉不自觉地转向传统的幽井中探寻与打捞的直接动机?

所以,尽管上述诸位学人及相关批评澄清了有关这一问题上的某些迷思,类似的认知,如同手电筒,仅仅是照亮了幢幢暗影中的有限部分。也许需要借助其他的相关的知识领域将之撬动,进而能够扩展在这一问题上的光亮度,而关键则在于如何拓展已有的对包括古典诗在内的更为广阔的传统的认知。这里有必要介绍一下当代诗人萧开愚"通古"的实践,他对传统的某些启发性的认知与实践,对当下有志于从传统获得启迪的新诗实践者或许有所裨益。

还在写诗之初,作为活跃于四川的诗人,萧开愚免不了受时潮影响。庞德对中国古典诗歌的现代改写启发了柏桦、张枣、欧阳江河等转向"发明传统",已为诗歌公案,实际上,流风所及,也直接影响了中医专业出生的萧开愚。《尧或跖》一诗是对李白《古风·其二十四》直接、现代的改写,而《李白》一诗更像李白同代人对其人其文知人论世诗的评论,既亲切而又口语自然,这样一种发展出来的对古代诗人的现代体会在组诗《向杜甫致敬》的第四首中登峰造极。在这一节长诗中,个人江西之旅的体验,与对陶渊明短暂官宦后退隐生活的现代想象,陶在江西的《桃花源》写作相互叠加,从而使陶渊明有关权力与生活的透视兼具了现代生活的质地。在《传奇》一诗,萧开愚直接将唐僧师徒四人西天取经的故事改造成为新时期以来向西方学习的改革开放,其中唐僧师徒四人分别对应成为80年代末以来在改革前进过程中呈现出来的不同类型的知识分子。同样,中国向西方学习的现代化过程,则在勾践卧薪尝胆的传统历史经验的烛照下获得了幽微的理解:

> 讲汉语仅仅为了羞耻,
> 当我们像啤酒,溢出
> 古老语文的泡沫,就是
> 没有屈辱感,也没有荣耀。
> 牙膏、馅饼、新名词
> 引文和人类精英
> 之类蠢头衔换掉了嘴巴的
> 味觉,谁肯定呢,
> 这不是勾践的诡计?③

但是,萧开愚对传统的理解与化用,并不仅仅止于直接内容上的转化。他对古代诗歌文化的理解,无论从诗人的身份、诗歌体式到诗人较为成熟的语言伦理角度,都在"通古"的意义上弥补与丰富了新诗长久以来所缺少的东西。

在诗论中,萧开愚针对90年代诗坛流行的"从边缘出发"的说法嗤之以鼻,很明确地以"主流"自任,主要是从督促人和世界建立联动关系的考虑中语言秩序所含有的伦理关系的角度来"追求合乎时宜的语言性格"。这样的一种出自对"表演个性的语言、离开非个人情绪的传统"的回避,表现在对诗人合乎适宜的身份的追求上,源于萧开愚那一对早已污名化的传统官僚诗人处境的积极体认:

> 帮助我国诗人成熟性格和风貌的唯一位置是
> 官僚位置,承担职权的位置,儒家传统挥之不去;
> 不是皇帝和人民(人民是皇帝的嘴脸),不是无所
> 顾忌的超专业知识分子(我国的超专业知识分子
> 如同官僚,斟酌实用价值),只是斡旋实效的
> 官僚。④

收入蒋浩为之编辑的《萧开愚专辑·收拾集》里的《雪的诡计》一诗,该诗写于2001年,较为明显地展现了萧开愚的这一认知:

> 他们是一天接着一天,一夜接着一夜
> 揣摩这一盘棋的残局,双双已经认输,
> 别一盘和这一盘一样,双双已经认输。

这里认输的双方,其中的"他们",指向的就是陷入具体的社会政治改革困局中,无论具有左派还是右派

倾向的政治家，萧开愚恰好是从"斡旋实效的官僚"的角度，对这类政治人物获得了某种积极的认同。相比陷于困局无力改变局势而变得无聊的"这批智慧而又高傲的人"，"有人在发明更凶猛的畜生"，而自居于"边缘"的人——尤其是20个世纪八九十年代的部分诗人，则遭到了穷形尽相的辛辣漫画：

> 有人像被抛弃的分币在世界之外忙乱，
> 笑呵呵的，穿着云的衣裳，拎着啤酒，
> 和多余交媾，像示威一样生肾盂肾炎，
> 头顶戴着一只羊角，而脚后跟跟一长串
> 不消化的边缘，噢呼啸的悬崖和空碗！⑤

除了上述对传统诗人的现代阐释外，萧开愚对传统诗歌体式还有一个可能概略但却极具实践性的现代认知。按照已有研究，汉代各种文体已经完备⑥，而不同的诗体，因为写作对象的性质不同而承载不同的社会伦理。比较起来，写于2003年的《1979，我的一场对话》，由于清理个人与1970年代以前的那个时代的关系，这一从个人出发抵达社会的议题，公共性尤强，主题便显得较为庄重、严肃。在写作的时候萧开愚便有意识地将其对应为赋体，无论措辞还是形式，都吸纳了这一传统诗体所强调的特征：形式整饬，修辞富丽堂皇。到了《致传统》这一诗，相对私密，词语修饰就腾挪一变为小令，更不用说他的那些叙事长短诗了，随主题的轻重公私、对象的亲密疏远而——变化。

对萧开愚来说，这种对诗歌体式的认知与拿捏，还在20世纪九十年代进行诗歌写作时，就有一清醒的认知。当时，众多活跃的诗人比如张枣、柏桦、陈东东等人强调语言的自我生成性，反对文学中某种熟识的表达程式，追求诗歌语言的可能性。在当时就试图沟通古今的萧开愚看来，作者必须知道他在干什么，他想干什么：

> 不同的作家想要干的事情必须不同，除非他有意不与别人区别开来，否则他在文学判断力主持的文学批评中就不能得到同情。严格地讲，作家想写什么就写什么，想怎么写就怎么写，只会偶致文学的"奇迹"；如果作家谋求文学的奇观，则不能只是想写什么就写什么，想怎么写就怎么写，他得雄心孤胆踩水过海，在限制内企图无限。⑦

正是建立在"写什么"这一主题可比较性的基础上，萧开愚试图在新诗与古典诗传统之间建立连续性，把诗歌史看作一个古今纵贯的技术对话系统，无论是古诗还是旧诗都处在可以比较和评判的范围内：

> 综括地说，古典文风利用惯例，所谓字、语气和诸形式要素的典型运用模式，是个古今纵贯的技术对话系统。……新诗终结了古诗共创共用体式而基于共用体式自成文风的旧套，作者独创独善个人体式并基于个人体式自成文风；这项改变也不鼓励诗人成为例外。从已有表现看，这项改变把古诗共享公器自成文风的常态变为新诗的例外，没有废黜或纵向或横向的技术对话这"在关系中存在才是具体存在"的共热组织，仅支点变成了独创独善个人体式并立足个人体式自成文风。这项改变未把今日例外变为今日目标，所以诗，没有逸出批评所需的比较范围，还能判断。⑧

基于这一对传统诗歌的体式认知，萧开愚对传统应酬诗有了别样的发现与理解，而这一发现，当然也与他对中国古典诗人官僚身份的体认有关系。

与其他批评家强调诗歌的读——写机制之间的中介环节不同，从创作角度出发，萧开愚重新阐释古典诗的应酬诗体系，试图调整诗人内在的主体意识，改善这一状况。像许多批评家提及的，由于印刷术的出现，新诗遵用现代化的生产、传播和反馈系统。在这一现代读写系统中，写作对象要么是个匿名读者，一个大的、类的概念，取消了限制，不再是具体的存在；要么就被幻想为理想读者，仍是一个类的模糊概念。因此，"献给无限的少数人"才变成现当代诗歌史上最为经典的神话之一。而在古典诗的应酬体制中，写作的读者相当具体、明确，作为官僚体系的诗歌作者明确知道是写给谁的，人际的分寸、心性、友情等种种伦理秩序自然渗透到诗里。而且这也与古典官僚诗人安顿身心的方式有着莫大的关联，除了自然山水之外，友谊，也即古典诗歌中频频召唤的"知音"，无疑也是他们诉求的主要方式之一。虽然萧开愚认为:"统治古典诗歌的应酬体制"也有其弊端,但"读将现场融洽隔离得恰如其分的应酬诗"却能够"体会得到积极的绵远",显现出"运思深邃的勾结"⑨。显然,这样一种关系脉络中展开的应酬诗,并非当下也越来越风行的致某某的标题党诗体,徒有标题而较少纳入深邃的运思。而萧开愚把对应酬诗的现代阐释转化为个人的写作实践:

> 我写纯诗。更狭窄的纯诗指的是应酬诗,狭窄的纯文学指的是委约作品。我爱读的也是这类作品,它们接受质检和评比。⑩

写于2008年的《留赠拉斐尔》一诗,最能见出萧开愚这一方面的幽邃用心,全诗如下:

> 搬回温特士尔八年,成就很大,
> 买了住宅,到处是窗子、柜子,
> 抽屉多,配合你们的多语种吧,
> 备用的,藏着太久也就忘记了;
> 最大的建设是两个孩子,她们,
> 在地上要玩几年直到不好意思。
> 丁娜何必后悔呢,工作当旅游,
> 把可怜的申辩翻成定性的证据,
> 虽然,帮助的未必是什么好人;
> 富裕时间最好,把菜谱变成菜。
> 拉斐尔有点麻烦,从图书馆回
> 到书房,看见尽是古代的漂亮,
> 看窗外,对楼窗里的三个女孩
> 常常只穿内裤活动,干扰思想,
> 思想转弯,迂回在汉语的迷廊。
> 谜团吗,你要就有,正如猜想,
> 正如坐着埋头写文章,多无聊,
> 为幽深的书店,花匠般的店员,
> 更别说图书馆深山般的珍籍部,
> 你一定要雕琢一个像样的句子,
> 叨光以至于留宿。幸运挡不住,
> 像环扣,楼边的小溪流得清秀,
> 白天不听起夜听,叫愚溪正好。⑪

该诗写给国外认识的一位有志于研究柳宗元的外国朋友拉斐尔。两人因译诗而结缘,相交较深。萧开愚了解对方的生活处境与思想困扰,因此赠诗显得既温暖又幽邃,带有苦中作乐的风趣,包含有心领神会的调侃,也不乏了解世情的宽慰。这种深谙世故同时又温暖、宽慰的成熟心智,几乎难以在当代新诗中找到;萧开愚却通过对诗人官僚身份的体认,把握了被《新青年》的作者批斥为游戏之作的应酬诗要领,获得了对传统诗歌的深邃理解。而传统的应酬诗的机制转化到当代新诗的创作中,为以批判与唯美为基调的当代诗歌增添了别样的成熟心智。

应酬诗在萧开愚那里得到重新转化,也与他对传统诗歌功用的现代理解有关。对比古典诗传统与新诗,新诗也有可以从古典诗传统汲取之处。按照唐君毅的中西诗歌比较观:"中国诗的好处,是在幽微放远处'为吾人的精神提供一休憩的场所',不像西诗,崇尚表达和表现,讲自己如何如何。"⑫从这一角度来检视新诗,可以发现当代新诗精神气度存在有待扩展的地方:

> 这二十几年来的散文体诗有个外面的针对性,像短跑,比爆发力和冲刺速度,头尾硬邦邦的,中间部分短直,不敢隐曲、懈怠,也硬邦邦的,红领巾和团员味道极重。不好的时候,像三句半,酸溜溜的。⑬

出于对诗歌语言秩序包含的伦理秩序的关注,萧开愚反身依附宋诗的批评传统,强调诗中"学与理"的统一,与之相对的"村俗气"则指隔绝于整体道理,诗中的见识和气质支离破碎,结果就是"……兴成盲动,观成看怪,群成鬼混,而怨则啼笑皆非;完全的风马牛,意思不起来"⑭。从这个角度来看,萧开愚认为许多当代诗歌"写得非常好,很优美,用字非常典雅,而且纯粹是从汉语自身的经验出发来写作者现在的生活经验的诗",可这还是让人感觉"不够",就是因为当代诗缺乏层次感,也缺少其他方面考虑的参照:

> 虽然大家都知道要描写本地的经验,描述本人的经验,但现、当代大多数作品还是缺乏参照

性。文学作品应该跟我们现在的生活息息相关的某些背景有关,不要说美学的背景,社会的、政治的背景,伦理的、道德的背景,只要跟我们的精神、某种我们所追求的东西相关联,应该跟这些东西形成一种对应的,对照的,甚至是对称的关系。⑮

当代诗歌中新出现的底层写作现象,就由于缺少对社会整体关系的辨析把握,在他看来,往往表露出"村俗气"来:

> 以此自责,许多批评家推崇的拍摄底层现实的诗歌,我还是佩服不起来。缺少内向辨认的政治和道德的外向征服,不能自动具备修辞的说服力。以他人的痛苦为燃料,难免成为他人的灰烬,从幽微与迷离找到自我和自我的影子,或能获得通向他人的起点。⑯

上述种种有关对包括了古典诗在内的传统的理解,在萧开愚身上集萃,从文本的实践层面强化了萧开愚"通古"的能力。最后不妨以新诗集——收集、整理、改写他早年诗歌习作的《陡岵之歌》——中的《青蛙》,来看一下萧开愚在化用传统展现个人困境方面达到了何种高度:

> 快快失望哟,这机械臂的肉股
> 玲珑再现了先人,
> 展览猥琐了前景。
>
> 猪猴混,庄子说,出川游
> 秘密武器是健忘症。
> 愉快尺素,浅交薄幸。
>
> 厌务农者也有今日,立在桥头
> 不及快跑穿过合唱团。
> 音响头皮麻痹分辨率。
>
> 相反蛙鼓,孕妇傲人的腹部
> 调高星夜挺姿,夜阑啊,
> 停啊,内扰密集如将息。
>
> 片面的熬夜本能出自
> 破除的迷信,白天哑巴的
> 跳水运动员正逢时。
>
> 遮拦那些没出口的、压强的
> 争宠、报晓蔫儿的高低音,
> 反之加入进去幻听一村。

这首诗,写于1989年,再现了萧开愚这段时间某种过渡的矛盾心态。这一内心冲突,源于"前往与返回"(萧开愚早年自编诗集的名字)的出游窘状。川人远游,自有传统,远有司马相如、扬雄、苏氏兄弟,近如郭沫若、沙汀、巴金、何其芳,都离开峻险屏障中的四川盆地汇入时代的政治文化中心舞台,成为某种魅惑的心理原型。对这一文化线索,作为川人的开愚心有戚戚,《蜀道》序言及日常言谈中多次提及,而这种由文学而渗透政治进而进入文化中心的出游心态,在1980年代后,幽灵重现在当代颇为轰动的、以川人为主的"第三代"诗歌运动中。虽然这次川人出游,"宵夜穿越",并不必然指向文化与政治中心的北京,反而有可能是1980年代末期颇具召唤力的淘金之地海南;虽然截止到了1980年代末,诗歌历巅峰而衰的迹象已露端倪,但是诗歌作为文化中心的幻觉依然浓厚,所以在1985年前后出游几乎是诗人中一普遍现象,但川籍诗人们的心理暗示则意外地衔接了传统而收获尤为丰赡。果然,囿于四川盆地,"第三代"中的川籍诗人的行状格外醒目与显豁,他们以灼热的才华、勃勃的野心,混合青壮期无法宣泄的荷尔蒙,搅破了以北京朦胧诗人为主的诗坛格局。那众声喧哗中响亮的叛逆口号,样式各一、富含实验气息的诗歌文本,隐然分庭抗礼于北京为主的北方诗歌,甚至他们还从方言的角度发明出了煞有介事的"南方诗歌",对垒于北京为主的(一直沉默不言的)"北方诗歌"。可以说,1980年代中期前后的诗歌江湖,的确提供了一种供文化幻觉滋长的活跃舞台,困在中江的萧开愚,他和诗人朋友们的出川游,自然也在历史热潮中留下了一些活跃的影子。

诗潮应时而退,昔日青葱的"第三代"诗人已届中老年。这些年来，无论诗人自身，还是相关的批评家，也零碎地泄露了江湖乱象背后的更多消息：部分人开始追忆并贩卖过去的游历故事，诗人钟鸣则在《旁观者》中频频指点他所属意的诗歌才俊，以成全诗人个体对峙时代的诗歌神话与念念不已的"南方诗歌"之梦，或躲在东征西引的古文与混杂的方言背后对时代加以巫师般的嗅查；也有诗人追踪溯源，试图勾勒一个头尾俱全、有中心又包含边缘的运动，并在这一叙述中自然安插好了各路好汉的秩序与座次。频频辗转在成都、海南、北京、武汉等地的萧开愚，对于那段江湖游历少提及。且值得注意的是，他汇入这股潮流，不是从重庆、成都这些城市重镇，而是从较为偏僻的中江加入，记忆更为隐秘，也较多感受到了出游带来的犹疑与虚幻：某种临界状态的尴尬。《青蛙》一诗触及了那一敏感、复杂时期的尴尬感受。他选择了一个剧烈的内心冲突的呼吁作为突破口：

　　快快失望哟，这机械臂的肉股
　　玲珑再现了先人，
　　展览猥琐了前景。

自我呼吁，要求这不能克制的肉股，尽快地失望。失望什么呢？玲珑再现哪些先人？下一节的诗揭秘了"出川游"，这一走出盆地迈向更大舞台的愿望，比照川籍的古代名人，即是投射，也像是发现。但回顾游历种种，不免黯淡了前景："展览猥琐了前景"，其残酷真相就是：

　　猪猴混，庄子说，出川游
　　秘密武器是健忘症。

短短两句，萧开愚调用文化传统的高超能力臻于极致，极大地扩张了诗歌的内涵："猪猴混"是对《西游记》的化用——在其后写作的《传奇诗》里，萧开愚将唐僧师徒四人西天取经，对应为改革开放向西方学习的当代历史进程，而在1992年以后的市场经济中，以悟空为主的四位古典原型各自找到了自己当下的历史角色。但在《青蛙》中，"猪猴混"既预示着后来他诗中阐释揭示的意义，更突出了出游过程中诗人交往之间的苟合与权属的猥琐关系，"出川游"贯穿了川地长久以来的政治文化线索，同时在下一句中，萧开愚反向调用并改写了庄子那句"相濡以沫，不如相忘于江湖"的内涵，清晰地呈现出诗歌出游的尴尬感觉与悲凉坚硬的事实："愉快尺素，浅交薄幸。"

对出游烦扰的发现，冲突于"厌务农"的本能。这样一位"厌务农者"，面对出游已经裂变出的阴影与尴尬，不期然地遭遇了夜里鼓噪的青蛙合唱团，因之起兴而投射，移情到这些"白天哑巴的跳水运动员"上。白天，它们一声不发，扑通跳水，扮演行动派；夜晚则鼓噪不已，麻痹头皮的轰鸣，"正逢时"配合上思绪烦乱的多思者，汇合为这样的一个祈愿：

　　停啊，内扰密集如将息。

那么，青蛙这样"片面的熬夜本能"者破除了什么迷信，因而提供给这个桥头偶遇的内扰者什么启示？萧开愚说，它们反而是遮拦：

　　遮拦那些没出口的、压强的
　　争宠的、报晓莺儿的高低音，
　　反之加入进去幻听一村。

矛盾绽开，启示醍醐灌顶，诗人与诗歌都获得了一个暂时的止息。当然，萧开愚将不得不面对破晓后的漫长白天，而后来的诗歌发展轨迹也没有完全遵循这一"幻听一村"的启示，只是在走出四川、上海、辗转异国又返回中国，往返于开封、北京与上海等地的二十多年后，萧开愚又续接了这一启发，将其从记忆的废墟中定型。

萧开愚"通古"的认知与实践，尤其是这样一种从政治与伦理的角度看待古典诗人进而认识到了传统以外的可资转化的途径与方法，无疑突破了"征用、转化、改写古典诗歌中的文学、美学和技艺资源"的范畴，只有将传统置入更为广阔的社会历史视野中才成为可能。而对于渴望从传统深井中获得突破已有危机的契机的诗人而言，这也许会提供更为积极的信心、更为广阔的视野吧。

注释：

① 冷霜：《新诗史与作为一种认识装置的"传统"》，《文艺争鸣》2017年第8期。

② 柄谷行人在书中也提示了存在对现代文学这一认知装置具备前瞻性的人物的存在："当然，时常有'想象力'丰富的研究者，冲破隔绝于我们眼前的薄膜，'深入'到现代以前的文学中去……"，参见柄谷行人著，赵京华译：《日本现代文学起源》，生活·读书·新知三联书店2006年版，第137页。

③ 肖开愚：《肖开愚的诗》，人民文学出版社2004年版，第198页。

④ 萧开愚：《回避》，《此时此地》，河南大学出版社2008年版，第384页。

⑤ 萧开愚：《萧开愚专辑·收拾集》，见蒋浩主编的《新诗》丛书2002年第2辑，第45页。该书为非正规出版物。

⑥ 陈民镇：《文体备于何时——中国古代文体框架确立的途径》，《文学评论》2008年第4期。

⑦ 肖开愚：《纷纭当中的慎独——一种总体文学批评原则的可能性》，《郑州大学学报（哲学社会科学版）》2007年第2期。

⑧ 萧开愚：《姑妄言之》，《此时此地》，河南大学出版社2008年版，第380页。

⑨ 萧开愚：《回避》，《此时此地》，河南大学出版社2008年版，第383页。

⑩ 萧开愚、钱文亮：《现在位于过去与未来的连接处》，《芳草·文学杂志》2010年第1期。

⑪ 萧开愚：《留赠拉斐尔》，《联动的风景》，重庆大学出版社2011年版，第81页。

⑫ 萧开愚：《诗不必只有散文体》，《此时此地》，河南大学出版社2008年版，第430页。

⑬ 萧开愚：《诗不必只有散文体》，《此时此地》，河南大学出版社2008年版，第430页。

⑭ 萧开愚、钱文亮：《现在位于过去与未来的连接处》，《芳草·文学杂志》2010年第1期。

⑮ 萧开愚：《要好玩，但还不够》，2001年12月4日在北大讲座的录音整理稿，转引自诗生活网站，网址：http://bbs.Poemlife.com:1863/forum/add.Jsp?forumID=14&msgID=2147483615。

⑯ 萧开愚：《相对更好的现实》，《此时此地》，河南大学出版社2008年版，第426页。

[作者单位：西南大学新诗研究所]

"在非诗的时代展开"

——20世纪90年代女性诗歌的新质

□ 董秀丽

年代的印记是诗歌的标签,这就意味着特定时代的诗歌难免会受那一时代的影响,注定会打上那一时代的胎记。20世纪90年代的女性诗歌自然也不例外。在这个大众消费文化盛行的非诗时代,女性诗人却以自己美丽的坚守使女性以诗歌的方式得以展开,为我们呈现出不同于以往的、具有鲜明异质性特征的诗歌文本。很多90年代女性诗人都意识到,处于大众消费文化时代的女性诗歌,受制于大众消费文化的支配与宰制,这是一个无法改变的事实。所以她们主动地适应大众消费文化的语境,并借助大众传媒发展女性诗歌,表现出女性诗歌与新媒体的互动。

据此看来,大众消费文化并非一味地扮演反面角色。首先,在某种程度上,女性诗歌与大众文化不仅有着对抗的关系,还有着合谋的关系,这也是90年代女性诗歌体现出一些有别于80年代的新质的重要原因。其次,90年代以来,越来越多的女性诗人能够以比较专业的精神对待诗歌写作:在她们那里,诗歌不再是消愁遣恨的工具,也不再是青春期苦闷的泄露口。再次,大多数90年代的女性诗人已经具有非常自觉的专业意识,她们对诗歌技巧孜孜以求的不懈探索和对阅读的重视,都表现出女性诗人的专业意识和专业精神,这也是90年代女诗人得以实现对80年代女性诗歌的明显突破,并形成不同于80年代女性诗歌的新质的重要原因之一。纵观90年代女性诗歌,仍是有传统背景和现实活力的诗歌,是承续的诗歌,反思的诗歌,有包容性和更大可能的诗歌。

一、女性诗歌与新媒体的互动

在20世纪90年代中期以后中国互联网发展迅速,对这个时代的冲击让人难以想象。1996年中国的互联网用户只有10万,但2008年7月中国互联网协会(CNNIC)《第22次中国互联网发展状况统计报告》显示,截止到2008年6月底中国网民数已经达到2.37亿①。这样的增长速度使得网络充分渗透到社会生活的各个方面并产生了革命性的变化。网络这种新兴媒体与流行音乐、电影、电视、广告、时装表演、选美大赛等共同构成一种大众文化。大众文化从诞生之日起就在时间和空间两个向度上向传统精英话语的传统地盘侵袭。随着互联网的出现,传播媒介实现了由纸质媒体向电子多媒体的飞跃,而作为网络这一电子媒体产物的网络文学也随之诞生,作为大众文化样式之一的网络文学不断得以创新和扩容,其"领土"前所未有地扩张。

"最能体现互联网给文学带来变化的,是网络上诗歌的繁荣。"②1993年起诗人诗阳使用电脑创作诗歌并通过网络大量发表,作为网络文学的一个分支的网络诗歌也宣告诞生。随后,在更多的网络诗人推动下出现了网络诗歌的勃兴。除了90年代诗人自发创办的几个大型诗歌网刊,如网络诗歌月刊《橄榄树》(诗阳、马兰、鲁鸣)、网络诗刊《界限》(李元胜)等诗歌网刊外,21世纪初诗人创建的诗歌网站更是如雨后春笋般涌现出来:诗生活(莱耳、桑克)、诗江湖(南人)、诗歌报网(于怀玉)、丑石(谢宜兴、刘伟雄)、轻诗歌网(刘湛秋)、新诗代(海啸)、扬子鳄(刘春)、第三条道路(林童)、一行(严力)、女子诗报(晓音)、今天(北岛)、时代(九歌)、翼(周瓒)、蒲公英、独立诗歌网、乐趣园诗歌社区以及其他诗歌网站。此外,还有10万个以上的网页信息和上百个网站,商业性网站中的诗歌社区也有上万个。如果说上述提到的诗歌网站的创建只是诗人一种自发的民间行为的话,体现的是民刊在网络上的突起,比如《新诗大观》《界线》《诗歌报》等。它们凭着多年的雄厚实力,使诗歌在网络上四处开花;那么随后部分官方著名的诗歌刊物也纷纷开设网站,并因成熟诗歌作品的大批涌现和纸质诗刊与网络版的互动而引人关注。官方诗歌刊物网站的加盟对网络诗歌起着指导性的作用,大大促进了网络诗歌的发展,且有效改变了网络诗歌纷乱无秩序的状态。另外,各大诗歌网站年终也经常推出年度优秀作品或优秀网络诗人选集等,无疑加快了网络诗歌前进的步伐,这使中国的网络诗歌进入多元化时代。

在网络诗歌勃兴的90年代,女性诗人以其特有的风姿竞相亮相于互联网中的各个文学网站,90年代女性诗歌表现出与互联网这个新生媒体的积极互动。在网络这个自由、平等、共享、具有民间特性的电子平台上,女性诗歌创作出现了非常繁荣的景象。因此,互联网不仅为女性诗歌提供了广阔的发展空间,也为女性诗歌的繁荣和女性诗人群体的异军突起提供了载体和平台。"在诸多以诗歌为母题的网站中,亮出女性诗歌旗帜的论坛主要有:核心诗歌网中的女子诗报论坛(晓音、唐果等主持);诗生活网站中的翼·女性诗歌论坛(周瓒、穆青、翟永明等主持);中国女诗网(严家威、小羽毛主持)。在这三家被称为三足鼎立的女性诗歌论坛中,除中国女诗网外,女子诗报论坛和翼·女性诗歌论坛均是由女诗人主持,女性写作的纯粹女性诗歌集结地。"[3]

在女子诗报论坛和翼·女性诗歌论坛这两个均以互联网为第一现场的纯粹的女性诗歌阵地,聚集了中国诗坛上最广大最优秀的女性诗人。她们不分地域、不论代际,也不做某一种诗歌主张和风格的限定,女性诗人自由地遨游在网络中,构筑着自己的网络诗歌世界,展现着女性诗歌写作的丰富性和可能性。女子诗报论坛的主持人是女诗人晓音,在女子诗报论坛中活跃着300多位女性诗人,她们从五湖四海汇聚到论坛中,既有来自国内各省市的女诗人唐果、丰收、白地、尘埃、施玮、王小妮、丹妮、李轻松、李见心、赵丽华、马莉、七月的海、黄芳、周薇、如水人生、紫衣、罗雨、安琪、荆溪、西叶、梦乔、丁燕、李明月、寒馨、李云、李小洛、巫女琴丝、君儿、唐小桃、冰雪莲子等的聚集,还有身居海外的华人女诗人施雨、施玮、虹影、井蛙、马兰等的纷纷加盟。这些女性诗人年龄跨度大,既有60后,又有70后和80后,不分年龄、不论地域、不分国界,在网络这个平台上以自己的写作方式,自由地进行着风格各异的诗歌创作。多种写作方式的共存与并立成为女子诗报论坛的突出特征,这也使其成为互联网中包容性最大的一个女性诗歌论坛。

而在诗生活网中的翼·女性诗歌论坛的周围也聚集了一大批优秀的女诗人,如周瓒、翟永明、穆青、安歌、曹疏影、唐丹鸿、丁丽英、与邻、胡军军、吕约、伊索尔、弱水、白度、明迪、西平、阿芒、山桃花、张稀稀等。相对于女子诗报论坛而言,翼·女性诗歌论坛更强调理论性和学术性,而且还积极介绍西方诗学理论,翻译和研读西方诗歌。翼·女性诗歌论坛中的女性诗人们"在诗歌创作上的理论意义远远大于诗歌文本的'文化型'格调"[4]。这主要是由该诗歌论坛的主持人周瓒所决定的。周瓒以其学者型的写作和诗歌批评影响着众多的论坛参与者,这使论坛中的众多女性诗人在进行诗歌写作和诗歌实验的同时,也十分注重对于诗歌写作及诗学理论的研讨。总体来看,翼·女性诗歌论坛倡导写作上的宽容,但在宽容之中还试图探索和建立严肃的批评标准。用女诗人穆青的话来说:"我们无意于建立话语霸权,也决不想自立山头,我们的愿望,是能够切实地建构女性写作的共同体,建构一方自由交往和真实批评的空间;拒绝浮华的互相吹捧,拒绝不负责任的随意贬斥,也拒绝封闭性的自我欣赏。我们希望诗歌写作和理论建构共同前进,互相补充,互相监督,最终能够为中国的女性诗歌提高高质量的文本和有价值的批评话语。"[5]

除了女子诗报论坛和翼·女性诗歌论坛这两个纯粹的女性诗歌网站外,还有许多网站也汇集了大量的女性诗人,如严家威、小羽毛主持的中国女诗网,莱耳主持的诗生活网,马兰主持的橄榄树网等,这些诗歌网站都成为女性诗歌的集结地。这些女性诗歌网站和女诗人群体以磅礴浩大的女性诗歌阵容以及女性诗歌独具的魅力与坚韧,在网络这个虚拟的世界里顽强地舞动着女性诗歌的生命与力量。除此以外,在互联网上还有一些活跃于网络的"游侠女诗人",如水晶珠链、上善若水、网络妖精、游踪、马兰、小棉袄、宇向、匪君子、尹丽川、沈利、宇舒、燕窝、子梵梅、鬼鬼、梦乔等。这些女性诗人并不固定于某个网站或论坛上发表诗作,她们散在地出现在各个诗歌论坛和网站中,也游离于整个女性诗歌群体之外,以独立自由者的写作姿态在网络中尽情邀游、书写诗歌,因而她们的诗歌创作显得更为随意自由、个性张扬。无论是聚集在女性诗歌论坛中的女性诗人群体,还是如同游侠一样在网络中漂泊的单个女诗人,她们都昭示着女性诗歌创作群体的不断强大,也在互联网上绽放着女性诗歌的生命。

可以说,女性诗歌与新媒体的互动,使其在互联网中得以尽情地绽放,也使女性诗歌呈现出一些新的特征。网络是一个庞大的多媒体,它为众多女性诗人提供了一个展示和交流的平台,但网络作为一个新生体,同时又考验着传统女性诗写者的一些思维方式,改变着传统意义上的诗歌的写作、阅读和传播方式。正如吴思敬先生所说:"诗歌传播新媒体的出现,是诗歌传播史上的一次深刻变革,它在改变了诗歌创作方式的同时,也改变着诗人书写与思维的方式,并直接与间接地改变着当代诗歌的形态。"⑥我们看到,女性诗歌因网络而有了新的艺术元素和想象的空间,并且形成了与纸质媒体诗歌不同的特色。如网络上的女性诗歌在表达情感时更加即时而张扬,也更加个性化,而女性诗歌亦因网络文化的切入而使其在表达的主题及表现形式方面有了更多的拓展与创新。但是完全消弭公共空间和私密空间的界限是互联网的突出特征,这种特点对于女性诗歌自身来说也是一把双刃剑:一方面,当网络文学颠覆了传统范式和权力话语之后,女子诗报论坛、翼·女性诗歌论坛等这种过去只能以隐秘和民间方式存在的诗歌平台能够在互联网这个自由、平等、共享的电子平台上得以自由地发声和发展。这些女性诗歌的论坛无论在选稿范围,还是在作者的覆盖面上,与纸质期刊相比,都占有明显的优势,这使得女性诗歌创作群体得以快速的发展壮大,而且大量女诗人能够以发帖的形式自由发表作品,这种自由焕发她们无限的艺术探索激情和写作的活力。另一方面,"大量良莠不齐的诗歌作品泥沙俱下,貌似自由的民间写作也容易引发某种集体狂欢热症,造成女性主体性的另一种迷失"⑦。

二、女性写作的个人化选择

在商业文化和消费主义的全面进逼之下,诗的声音显得越发单薄而微弱。90年代的诗歌写作开始了有深刻意义的转变,诗人们告别集体乌托邦式的群体写作而进入个人化的写作。80年代的诗歌承载了太多的责任与使命,与其说诗人的写作是一种个人行为,倒不如说是一种集体行动。因此80年代的诗歌更多的是意识形态背景下的集体文本,而非个人文本。90年代的诗人们在一夜之间就抛弃了曾经强加于诗歌和诗人身上的重负,开始追求一种独立的个人写作意识,他们的"写作有意避开对峙的话语系统,拒绝成为带有任何意识形态神话色彩的艺术仪式"⑧。这标志着80年代集体诗歌写作方式的解体和90年代普遍的个人化写作倾向的出现。综观90年代女性诗歌文本,我们不难发现90年代女性诗歌也出现了个人化倾向。正如谢冕所说:"在90年代,诗的确回到了作为个体的诗人自身。一种平常的充满个人焦虑的人生状态,代替了以往充斥诗中的'豪情壮志'。我们从中体验到通常的、尴尬的、甚至有些卑微的平民的处境。这是中国新诗的历史欠缺。在以往漫长的时空中,诗中充溢着时代的烟云而唯独缺失作为个体的鲜活的存在。"⑨

很多女性诗人敏锐地感觉到了在90年代这个大众消费文化的时代,群体歌唱式的集体写作已风光不再。在这个非诗化的时代,诗歌正面临着一场重要的变革,进入了一个微观、多元的个人化发展阶段,以往那种宏大写作已不能表现当下泥沙俱下的复杂社会现实。要适应时代而又不被这个高度商品化和物化的时代所同化成为其体制的一部分,那么只有改变和突破以往的诗歌观念和写作方式,采取个人化的经验表述方式。除了时代转型的因素外,90年代女性诗歌的个人化写作也是顺应女性诗歌自身现代性变革的一种需要。众所周知,女性诗歌在90年代已经出现了种种写作的困境和危机,如身体写作的狭隘性日益彰显;写作题材取向的单一、写作技巧的粗制滥造和审美取向的媚俗等方面都存在着严重的危机,上述局限甚至一度使女性诗歌写作陷入困境。因此,在90年代特定的时代背景和女性诗歌自身现代性变革的合力因素综合作用下,女性诗歌必然要在90年代这个特殊的年代里,在诗歌观念和功能以及诗歌写作方式上，实行一种个人化的现代性变革，开始一场个人化的也是现代化的先锋艺术实验。于是90年代女性诗歌以个人化写作的方式，走进当代大众文化的艺术视野中。

如果说80年代女性诗歌还有统一的主题和风格特征，如女性诗人大多关注女性生存处境，从女性视角向传统的道德、伦理发起挑战，以自白风格为特征；那么90年代以来的女性诗歌则充分体现了个人化写作的特征，每个女诗人都是作为一个独立的写作个体出现的，都有自己独特的写作风格。在众多的女诗人中，王小妮始终是一个独特的存在。在近二十余年的诗歌创作中，她始终不为外物所动，坚持着个人化的诗歌写作，这使她越写越好，最终成为女诗人中的佼佼者，至今无人可以超越。无论是"女性诗潮中坚"的封号，还是近年来在文学和评论界频频获奖的荣誉，所有的这些对于她来说都是一种被动接受。她所做的只是做回自己。因为王小妮坚信自己的哲学："事情只有从每个生命个体的角度去理解，才变得有意义"，"语言在后，体会在先。左右皆是人，自己就是自己。不要以身边的东西为参照物"。在王小妮看来，"诗人是个人主义者"，"而诗，只满足小众，首先满足了写诗的人自己，它就足够了，不能要求它不胜任的"[10]。在王小妮那里，诗歌创作本身对于诗人而言无疑是一种最个人化的也是最深刻的精神生活。如王小妮写于1996年的《与爸爸说话》组诗，通过个人化的感受来写一个平凡男人的在世存在，经由做女儿的亲历得以渐显："他在狭窄的暗处活着，在暗处的那个人，才是我真正的爸爸。"

王小妮曾说："诗，是我的老鼠洞，无论外面的世界怎么样，我比别人多一个安静的躲避处，自言自语的空间。"[11]在这个自言自语的个人化空间中，王小妮为读者奉献出最个人化的诗歌。正如"第二届华语传媒大奖·年度诗歌奖"授奖辞中所说：她置身于广袤的世界，总是心存谦卑，敬畏生活，挚爱着平常而温暖的事物。她迷恋词语的力量，并渴望每一个词语都在她笔下散发出智慧的光泽和悠远的诗意。她的写作充分体现了诗人在建构诗性世界时面临的难度，以及面对难度时诗人所能做的各种努力。她的语言简单而精确。王小妮的很多诗作，不仅表现出女诗人内心的宽广、澄明、温情和悲悯，也昭示出她在诗歌语言和诗歌节奏上的不凡禀赋。她良好的诗歌视力，充沛的创作能量，使得身处边缘的她，握住的也一直是存在的中心。

马莉的诗歌写作也体现出鲜明的个人化特征，在80年代就已经步入诗坛的她从来不为潮流所动，不参与任何诗歌流派，不参与各种诗会，不参与各种争鸣，执着地进行着个人化的写作。进入90年代，她"依然作为单独的人在行走"。马莉诗歌的原动力更多的是来自梦想而非现实之境，因为她始终相信真诚的诗人都是为自己心灵的渴望而写作。她"依靠自身的智性和心灵的极光，挖掘被遮蔽的幽暗之物，发现生活中投影到内心深处的印痕"[12]。面对不断更迭的诗歌潮流，她既不选择日常与流俗，也不选择肉欲与色情。马莉选择的是缓慢，在这个飞速的时代，马莉的姿态无疑独特的，马莉说："我选择缓慢，就是昆德拉所说的缓慢。是的，除了缓慢，还是缓慢。缓慢不是以一种悠慢的节奏应对生命的短暂，缓慢是一种写作姿态，是生命的尊严与豁达，我用缓慢以去蔽，以敞露，从而接近日常的光芒，切实实践着我内心的诉求；诗歌是一种极具私密化的个体劳动。我认为这才是一个在日常中进入写作状态的诗人的绝对良心。"[13]

正如著名诗人梁小斌所宣读的"首届中国新经典诗歌奖"授奖词所说："诗人马莉是我们这个躁动岁月里安静写作的典范。马莉诗歌从一块'白手帕'的飘扬开始，直至抵达《金色十四行》，其全部凝望均表达了天下经典诗歌的一个基本奥妙，这就是：在一定的尺寸上燃烧。马莉的贡献在于她把当代女性的日常生活提升到一个智性的高度，而令世人瞩目。马莉的诗歌恢复了中国古代女性词人的典雅传统，这个典雅来之不易，几乎要被暴戾撕碎。马莉诗歌精神里无处不在的纯净之光，终于演变为中国当代女性诗歌的一个重要母题。马莉的诗歌尺度自给自足，无限柔韧，并且如此多娇。正如诗人自己所说'光芒，并不需要光芒的照耀'，我们完全赞同。"

90年代的女性诗人都表现出个人化写作的探索，她们更关注个体的命运走向，更加关注对个人的心理、内心世界的展示，并由此对人类的灵魂进行更深广的探索。如鲁西西和阿毛都是具有个人化的心理书写向度的女诗人，鲁西西的诗以表现日常生活中的平凡事物为主，她以女性特有的敏锐与对于现实事物的穿透力,表现了平凡女性丰富深厚的内心世界,同时在诗歌语言的选择与诗歌艺术的建构上有着自己独到的追求。跟鲁西西的诗时常表达一种喜悦之情不同,阿毛的诗则以痛苦的情感为主色调,往往表达一种行进在路上的焦虑感,并时有对自由意志与精神的寻求,只是这种追求往往没有结果[14]。此外,唐丹鸿、小安、吕约、虹影、胡军军、穆青、周瓒等女性诗人的诗歌都体现出一种新鲜的活力——她们的写作风格各异,可以说都是相当个人化的,从词语的选择、节奏的控制,甚至是整首诗的氛围,都是极个人化的,有时甚至很私密化。

"个人化写作是一种真正的生命的涌动,是个人的感性与智性、记忆与想象、心灵与身体的飞跃与踊跃,在这种飞翔中真正的本质是人获得前所未有的解放。"[15]宏观上看,女性诗歌的个人化写作标志着90年代女性诗歌诗多元化写作格局的建构与形成,因为个人写作意味着每位诗人在诗学观念、美学趣味与写作风格的无穷差异存在着理论上的可能性。正如诗评家罗振亚所言:"因为'个人写作'的另一种说法就是多元化,诗人们在个体生命体验、经验转化方式和话语方式诸方面的不可通约性,令任何概括都难免挂一漏万、捉襟见肘。"[16]但与此同时,个人化写作对于女诗人来说其实也是一种挑战,要将诗歌写得真正既具有风格和素材的个人性,又具有人性和精神的普遍性,其实是需要女性诗人历经相当艰苦的磨炼。真正的个人化写作是建立在个人生命体验与生命提炼、个人文化修养、艺术修养和哲学沉思的基础之上的。固然一个诗人只有在自我建构的世界里,心灵才能飞翔、高蹈,获得真正意义上的独立自主与解放;但一些女诗人的写作由于太重视观念的独创性和抒情主体的情绪的力量,过度沉迷于自我的世界中,从而将个人化写作推向极端,甚至导致其沦为一种私语化写作。这是这些女诗人对个人化写作理解的褊狭所致,她们将其绝对化、褊狭化,甚至将个人化等同于私人性、私密性。毫无疑问,这些女诗人在追求个人化写作的同时却忽视了个人化写作的真谛:个人化写作"其意义在于自觉地摆脱、消解多少年来规范性意识形态对中国作家、诗人的支配和制约。摆脱对于'独自去成为'的恐惧,最终达到能以个人的方式来承担人类的命运和文学本身的要求"[17]。

三、女性诗学理论的探索与构建

90年代女性诗人与以往各个时代的女性诗人最大的不同之处在于,她们中的绝大部分既有自己相对成熟的诗歌观念,又能将敏锐的感觉和表达力,与良好的知识储备、思辨能力较好地结合在一起。这一点成为90年代女性诗人区别于以往女性诗人的独特之处,也成为她们最大的优势。这不仅使这些女性诗人后来的创作优势越来越明显地表现出来,而且使众多的女性诗人越来越热衷于女性诗学理论的建构。或许在惯常的思维习惯中,女性一直被看作是感性与柔弱的代名词。传统观念认为,相对于男性而言,女性的感性多于理性。但是这一论断,早就应该被改写和纠正。回顾以往的女性诗歌创作,我们确实看到了诸多具有感性表征的女性诗歌文本,透过这些文本的感性外衣,我们也能够依稀看到闪烁在这些感性文本之内的智性火花。无论是现代女诗人陈衡哲、冰心、林徽因、方令孺、郑敏,还是当代女性诗人晓音、周瓒、翟永明、李见心,她们在自己的诗歌创作中或有意或无意地都在追求着诗与思的交融。但是,我们不得不正视这样一个事实,与男性诗人多如牛毛的智性文本相比较,女性诗歌的智性文本可以说是凤毛麟角。诗歌文本智性的提升一直是女性诗人有待于解决的问题。而且,很多男性诗人同时还是优秀的诗歌评论家,他们在进行诗歌写作的同时,还进行着积极而自觉的诗学理论建构。而长期以来,女性诗人在诗歌批评领域始终缺席。这种长期缺席的境况与其说在是由于女性的思维特点使然,不如说是女性诗人没有意识到女性诗歌理论的建构对于女性诗歌写作的重要性所导致的。因此,女性诗歌理论的贫乏,使得长久以来女性诗歌的写作一直处于感性阶段而难以上升到智性写作的高度。

直至20世纪90年代,很多女性诗人意识到女性诗学理论的建构对于女性诗歌的重要性,并试图建立一个新的女性诗学理论体系。如晓音在《女子诗报》创刊时曾提出女性诗人的理想是要建立一个新的诗歌审美体系。而事实上,一个完整的女性诗学理论体系的建构,不仅需要有感性的诗歌创作者,更需要有智性的理论力量的加入——诗歌评论者的积极参与。二者就如同诗歌的双翼,缺少任何一只翅膀,女性诗歌都无法实现飞翔的梦想。女性诗歌只有实现诗歌创作与理论力量的多向度结合，才能构筑起坚实的女性诗学理论体系。因而，我们看到，在90年代女性诗歌批评的园地中，涌现出了很多女性诗人的名字，如郑敏、崔卫平、周瓒、翟永明、安琪、蓝蓝、罗雨、黄芳、晓音等，她们既是优秀的女诗人，同时又是优秀的女性诗歌评论家。她们的出现改变了以往女性诗歌在发展的同时女性诗歌的评论却明显缺失的局面，为90年代的女性诗歌注入了理论力量——她们以优秀的诗作与理论批评进行着女性诗歌理论的探索，共同建构着当代女性诗学理论体系。

以往的女性诗歌都是由男性诗歌评论家评论的，然而，大多数男性诗歌评论家对于女性诗歌的评价和认知都是狭隘和片面的，这难免会让女性诗人有隔膜之感。比如翟永明就对此有深切的感受："事实上，仍然存在着一种对女作者居高临下的宽宏大量和实际上的轻视态度"，甚至当"涉及到对具体作品的分析评价，就会有许多限制性及大打折扣的方式。通常对女诗人的作品评论有一种定见"[18]。由此可见，这些男性诗评家对女性诗歌更多的是从社会学的角度或妇女问题考察及女性内心世界分析等方面作定向研究，很少从纯粹的诗歌价值和艺术的基本要素上对女性诗歌文本进行具体的分析。因而，很多男性批评家或是把女性诗歌等同于女权主义诗歌；或是认为女性诗歌是过度的"自我抚摸"，与社会脱离等等，进而影响到女性诗人的创作。这些男性批评家对女性诗歌的评论，虽然看到了女性诗歌的不足，但却没有真正深入地去理解女性诗歌。如果说男性诗歌批评者是因为性别、所处社会地位等各方面的原因而对女性诗歌的理解存在隔阂的话，那么，在90年代身为女性的女性诗人兼诗歌评论者的加入，无疑对于女性诗歌及其批评的健康发展起到了助力的作用。由于相同的性别以及自身丰富的诗歌创作经验，这些女性批评家对女性诗歌的解读和批评更加贴切到位。因而，我们看到，90年代女性诗人在建立起女性诗歌大厦的同时，也在试图建立起与之相应的理论文本和批评系统。

进入90年代后，郑敏不仅仅作为一个诗人，更是作为一名学者、诗歌理论家而受到诗学界乃至学术界的广泛关注。郑敏在诗歌创作和诗歌理论上获得了难能可贵的双重收获。她对当代中国诗歌现状与思潮发展的批评，既有理论深度又有现实针对性。如她在90年代连续发表的《中国诗歌的古典与现代》《世纪末的回顾：汉语语言的变革与中国新诗创作》等一组重要的理论文章，批评五四以来的新诗传统割裂了中国现代诗歌与母语传统的联系和中国当代诗学的语言论转型倾向。上述这些诗学观点在中国当代诗坛与学术界引起了很大的争议，引发了一场关于传统与现代、诗歌语言问题的遍及诗歌界乃至整个学术界的广泛论争，且一直延续到21世纪的今天。此外，郑敏在学术上是专攻西方文学的，其创作也多受西方现代文学及其理论的影响。90年代以来，郑敏将德里达的解构主义理论同中国新诗批评结合起来，"郑敏的诗与诗学是解构理论在汉语语境中寻求遇合的一个典型例证"[19]，"她对解构理论的读解中探索汉语新诗理论，在中西视野中融会贯通中国新诗，是她在诗学理论上的独特贡献"[20]。郑敏在诗歌理论上的建树，既是学者的学术研究，更是诗人在创作上自觉探索的写照，对20世纪诗歌的研究具有重要意义。

对于女性诗歌，郑敏也提出了自己的建设性批评意见，其诗学观点主要集中在《女性诗歌，解放的幻梦》和《女性诗歌研讨会后想到问题》两篇论文中。首先，郑敏认为西方的女权主义理论确实为女性诗歌带来了新的血液，丰富了女性诗歌的内容，使它走出了单纯的爱情主题、母性主题、婚姻主题。但是由于东西方的差异，这种生硬的移植和套用也为女性诗歌带来了负面的影响。如80年代中期以来女性诗歌中反观自我的女性自白与直接不讳的身体书写，郑敏对此提出了批评，她认为以身体写作来解构男性中心观念的压抑，这是无可厚非的，也是西方女权主义运动采取的一个重要的文化策略。但是西方的女权主义理论对于中国的女性诗人来说，毕竟是移植的。因为当西方的女权主义者在反对阳性中心时，我们却在寻找阴性的世界，"一个愿意向阳性退赔若干领土的阴性国度"[21]。因为中国并没有真正意义上的女权主义运动，所以当女性诗人退守到女性之躯并将身体书写作为反抗男权中心的唯一策略，将民族的女性书写局限于女性一己的身体感受范围之内时，那么，女性诗歌也仅仅就是中国女性解放的幻梦而已。其次，郑敏认为"女性作为独立自我的发展既是女权运动的重要课题,也是女诗人成为出色的诗人的关键"[22]。但是女性作为独立自我的发展并不是简单地回到性别上的封闭的自我,而是应当开掘女性的深度自我。这种女性深度自我不是通过单纯的爱情主题、母性主题、婚姻主题就能到达的,它要求女性完全参与到人类命运的思考中去。女性诗人如果完全参与了人类命运的思考,那么在自我的深广度上与男性作家不再有高低深浅之分,那时就没有必要再从性别上考虑作家了。因而在郑敏看来:"今后能不能产生重要的女性诗歌,这要看女诗人们怎样在今天的世界思潮和自己的生存环境中开发出有深度的女性的自我了。"而"只有在世界里,在宇宙间进行精神探索,才能找到20世纪真正的女性自我"[23]。综上可见,郑敏在诗歌理论上的建树,既是学者的学术研究,更是诗人在创作上自觉探索的写照。郑敏对80年代中期以来女性诗歌的身体写作和自恋倾向和由此形成的固定的书写模式的中肯批评,推进了女性诗歌的写作及女性诗歌的健康发展。

周瓒这位毕业于北京大学的文学博士,不仅学识渊博,才智过人,而且具备深厚完备的知识和理论体系。向卫国曾评价道:"给周瓒以自信和自知的能力的,是她深厚的'知识底色'。她的学识渊博,许多诗歌论文和评论都见解不凡,深刻而独到。实事求是地说,在女性诗人中有如此深厚的理论功底的,迄今只见周瓒一人。"[24]作为女性诗人,周瓒被誉为翟永明的当然的继承人,作为诗歌评论者,周瓒在21世纪被评为十大新锐诗评家之一。除此之外,她还是诗歌史研究者。作为一个新生代的女性诗歌批评者,她能够跳脱当时的历史情境,通过自己的理性思考,对曾经纷争不断的女性诗歌评论进行了反思和批驳。应该说,周瓒对当代诗歌和诗人个体都有自己的研究,但周瓒的着力点更多的在于为女性诗歌正名,对以往女性诗歌批评的一种评定和反思,从而消除以往批评不当所引起的对女性诗歌的误解。因而,洪子诚称周瓒为"女性诗歌的守护者"[25]。

周瓒认为目前评论界对女性诗歌的理解和研究不足,在批评中存在着对女性诗歌、女性意识的简单化理解,而且解读的方式是一种非常男性化的自以为是的方式。为此她写了《女性诗歌:自由的期待与可能的飞翔》《女性诗歌:误解小词典》《九十年代以来的女性诗歌》等一系列学术论文,为女性诗歌正名。

首先,周瓒认为诗歌界一直以来都把"女性诗歌"这个概念简单化、狭隘化了,而且对女性诗歌不成熟的批评话语已经蜕变成衡量写作的标准,这对很多女性诗人产生了一定的压力。为此,她提出应该把"女性诗歌"作为一个批评概念的主张。一方面,她申明"女性诗歌"这一概念界定的必要性,是"对于历史和现实状况的体认和反抗,有一种性别意识作为前提,这种性别意识首先当然也是做强烈地有女性诗人感知"[26],强调要通过这一概念"进行质疑和再阐释,以纠正或扩展人们对它的理解"[27]。另一方面,则指出女性诗歌这一概念不是标签,而是一个"诗人的集合",是优秀的女诗人的集中但不是诗歌写作的集中营;是在批评中发现诗歌中存在女性意识、女性的性别经验、女性写作的独创性,并通过批评、开拓、培育和丰富这种经验,推进独特的女性诗歌的文体、风格的形成。周瓒"将'女性诗歌'从80年代的那种作者'身份'、诗歌类型学的认定转化为具有孕育、生长的写作意义上的概念"[28]。周瓒认为,女性诗歌包含两方面的含义:一、诗歌中有能够被称作"女性意识"的经验;二、这些经验正在被写作者不断地开拓和丰富,并最终赋予完美的或具有独创性的形式构造,而且,富有独创性的形式还可能构成独特的女性文体和风格[29]。

其次,在学界对女性诗歌固有成见的前提下,为批评界对女性诗歌的误解正名。在《女性诗歌:误解小词典》一文中,周瓒主要列举并批评了诗歌评论界对女性诗歌的一些误解,特别是男性批评家对于女性诗歌的不当评价。在此文中,她为"翟永明""自白话语""性别意识"三个女性诗歌的关键词目正名。周瓒认为从性别批评的角度看,诗评界对翟永明诗歌的误读与曲解非常有代表性,很多诗歌批评一方面总是给翟永明的诗歌贴上"性别问题"的标签,另一方面把女性诗歌牢牢框定在一个被简化和粗鄙化了性别阐释模式中。很多诗歌评论者在考察诗人的创作阶段性历程时,没有细致地考察诗人精神历程的复杂转变,更没有抓住诗人作品中的感性因素,因而导致片面的误读。对于"自白话语",周瓒肯定了臧棣对于女性自白话语评价的合理性,有些女诗人也确实是仅仅将自白当作写作的内趋力；但同时她也指出在关于女性诗歌的批评中"自白话语"这个词语渐渐成了一种诗歌缺陷性的描述。事实上，批评家们也应该认识到女性诗歌也有通过自白话语实现诗歌内涵的扩展的可能性，如她们开创了一种跟自白性，跟自我反省，包括性别意识有关的另外一种风格——关注日常经验，很直观地表达一种对日常生活的批判。周瓒认为，当我们在分析女性诗歌中自觉的性别意识时，我们不能回避由文化史所构造的各种权力关系，性别立场中包含着种族的和阶级的冲突。她认为女性无法真正摆脱历史政治各种问题的影响，她说："我们挖掘不同历史时期的女诗人的时候，在我们呼吁大家关注'女性诗歌'的时候，我们也无法逃避历史的、政治的、社会的各种各样的问题，我们必须把诗人的创作置于整个社会的大环境之中。"⑤可以说，周瓒以其理性的诗歌批评和诗学主张为我们界定和廓清了许多有关女性诗歌批评方面的概念，在学界对女性诗歌固有成见的前提下，对批评界对女性诗歌的误读进行了纠偏，这种全新的女性诗歌评论的声音为女性诗歌及其批评开辟了另一方天空。

在90年代以前，写诗同时又从事理论和批评工作的女性诗人是相当罕见的。这种境况在90年代得以打破，90年代汇集了许多优秀的女诗人，她们既是同时又以诗歌评论者的身份出现在诗坛。除了上述的郑敏、周瓒外，崔卫平、翟永明、安琪、蓝蓝等女诗人在创作的同时也进行诗歌批评，她们以自己的诗歌与诗学理论共同建构女性诗学理论体系，这是90年代女性诗歌区别于以往的一个突出的异质性特征。但值得我们注意的是，虽然90年代的努力在理论上投入了一定的力量，但相对于男性诗人而言，这些女诗人的诗歌评论和诗学观点，感性还常常凌驾在理性之上，其理性的支撑点还是略显单薄。同时，我们也不得不承认女性诗歌在理论力量上一直比较匮乏的事实，而女性诗歌如果要真正实现女性诗学理论建构的理想，还需要更多理论力量的注入，只有这样女性诗歌才能构筑起自己的理论大厦，走得更远、更稳健。

综上可见，伴随着大众消费文化时代的到来而引发的中国社会文化的转型，加之女性诗歌对自身诗歌传统的传承以及西方女权理论的不断引进，这三者的相互作用是20世纪90年代的女性诗歌呈现出多元化景观主要而直接的原因。90年代的女性诗歌，无论在写作主题、思想内涵，还是在技术的运用等方面都发生了深刻的变化，呈现出区别于80年代女性诗歌的异质性特征。90年代的女性诗人在承传传统文学和女性诗歌自身传统的基础上，既书写出了大量的表现出鲜明而强烈的女性意识和女性情感体验的女性诗歌，同时，女性诗人写作队伍的壮大和写作上的差异和特质，使其诗歌表现主题和技艺追求各异，呈现出独特的个人化风格，因而使90年代的女性诗歌呈现出爆发式的多元景观。可以说，90年代的女性诗歌创作超乎以往任何时期，它以一种盛势和锐利的姿态矗立于中国诗坛，成为一股不可忽视的力量。这种爆发式的、多元的繁荣景观，既充分标示着中国当代女性意识的觉醒已转化为女性写作的主动与自觉，也标志着女性诗歌写作不断走向成熟。如果说，作为女性诗歌自身传统的80年代女性诗歌是一粒种子的话，那么在90年代文化转型期宽松、自由的社会环境的呵护和西方女性主义理论的不断滋润下，90年代的女性诗歌已经成长为一棵顶天立地的参天大树。

注释：

① 《第22次中国互联网发展状况统计报告》，详见http://www.cnnic.net.cn。
② 陈霖：《文学空间的裂变与转型》，安徽大学出版社2004年版，第243页。
③ 肖晓英：《互联网中的女性诗歌》，http://www.ksbs.cn 2007-8-30.
④ 肖晓英：《互联网中的女性诗歌》，http://www.ksbs.cn 2007-8-30.
⑤ 戴锦华、穆青、周瓒、贺雷：《女性诗歌：可能的飞翔》，http://news.xinhuanet.com/book/2003-02/27/content_748187.htm。
⑥ 吴思敬：《新媒体与当代诗歌创作》，《河南社会科学》2004年第1期。
⑦ 乔以钢：《中国当代女性文学的文化探析》，北京大学出版社2006年版，第174页。
⑧ 臧棣：《后朦胧诗：作为一种写作的诗歌》，王家新、孙文波编：《中国诗歌九十年代备忘录》，人民文学出版社2000年版，第201页。

⑨谢冕:《丰富又贫乏的年代》,《文学评论》1998年第1期。
⑩王小妮:《半个我正在疼痛》,华艺出版社2005年版,第223页。
⑪王小妮:《诗不是生活,我们不能活反了》,《半个我正在疼痛》,华艺出版社2005年版,第217页。
⑫马莉:《马莉自述》,《今天》杂志http://www.jintian.net/today/?action-viewnews-itemid-17272-page-4.
⑬马莉:《马莉自述》,《今天》杂志http://www.jintian.net/today/?action-viewnews-itemid-17272-page-4.
⑭邹建军:《90年代以来湖北诗歌写作的三种向度》,《文艺报》2006年11月7日第7版。
⑮林白:《记忆和个人写作》,《花城》1996年5期。
⑯罗振亚:《朦胧诗后先锋诗歌研究》,中国社会科学出版社2005年版,第165页。
⑰王家新:《夜莺在它自己的时代:关于当代诗学》,《诗探索》1996年第1辑。
⑱翟永明:《"女性诗歌"与诗歌中的女性意识》,《纸上建筑》,东方出版中心1997年版,第231页。
⑲张桃洲:《诗思与诗学言路的共通性》,《诗探索》1999年第1期。
⑳霍俊明:《〈朝圣者的灵魂——郑敏诗歌创作与理论研讨会〉综述》,《诗探索》2004年Z2期。
㉑郑敏:《女性诗歌:解放的幻梦》,《诗刊》1989年第6期。
㉒郑敏:《女性诗歌:解放的幻梦》,《诗刊》1989年第6期。
㉓郑敏:《女性诗歌:解放的幻梦》,《诗刊》1989年第6期。
㉔向卫国:《现代性汉诗谱系学——边缘的呐喊》,作家出版社2002年版,第216页。
㉕洪子诚:《透过诗歌写作的潜望镜·序》,周瓒:《透过诗歌写作的潜望镜》,社会科学文献出版社2007年版,第1页。
㉖周瓒:《透过诗歌写作的潜望镜》,社会科学文献出版社2007年版,第131页。
㉗周瓒:《九十年代以来的女性诗歌》,《扬子江诗刊》2005年第1期。
㉘洪子诚:《透过诗歌写作的潜望镜·序》,周瓒:《透过诗歌写作的潜望镜》,社会科学文献出版社2007年版,第1页。
㉙周瓒:《九十年代以来的女性诗歌》,《扬子江诗刊》2005年第1期。
㉚周瓒:《女性诗歌:误解小词典》,《透过诗歌写作的潜望镜》,社会科学文献出版社2007年版,第131页。

[作者单位:哈尔滨师范大学文学院]

1990年代诗歌边地书写中的生态意识
——以于坚、沈苇为中心

□ 马春光

1990年代以来,中国当代诗歌在告别了1980年代运动化、集体化的写作状态后,进入一个多元化、个人化的写作时期。在这一宏观背景下,诗坛由现代都市中心向地域性的边缘扩散,云南、西藏、新疆、青海等文化地理意义上的边地呈现出诗歌创作的持续活力,"基于边地的诗歌书写"构成一个值得关注的诗歌现象[①]。如果说1990年代之前诗歌的边地书写有特定的写作重心,它们或倾向于对民族风情和地域文化的展示,或颂扬人们改造极端自然环境过程中的主体精神,那么这种书写模式在1990年代以来的诗歌中发生了转变。其中,于坚的云南书写和沈苇的新疆书写具有某种典型性。他们有不同的问题意识、书写面向和艺术气质,云南和新疆边地的自然与人文景观在他们的诗歌文本中呈现出不同的面貌,然而两位诗人书写了相似的生态问题并表达了共同的生态意识。于坚常年生活在云南,他的诗歌常以代言人的身份书写云南独异的自然景观和文化内涵,以多元的地域性对抗单调的现代性。与于坚的土著身份不同,沈苇出生于浙江湖州,1988年移居新疆,沈苇的诗歌探索是在1990年代的新疆语境中展开的,边地经验成为他必须面对、处理的诗歌内容。移居新疆之后被认为是沈苇"诗歌写作的真正开始"[②],这在某种意义上说明新疆边地经验对他不言而喻的重要性。"'边地'意味着远离城市与现代工业文明,是万千物种保持勃勃生机的原生态沃土,是展示朴野之美和生态和谐的诗意空间。"[③]通过对两位诗人1990年代以来诗歌文本的细读分析,会发现他们诗歌中自觉的生态意识,他们以敏锐的诗歌嗅觉,植入更细微的边地日常,洞见边地的生态问题并展开诗性的反思,以诗的方式回应时代进程中的问题,并提供了极富启迪性的诗性智慧。

一、生态危机的敏锐洞见与诗性反思

1990年代中国经济的腾飞深刻地改变了城乡面貌和地方生态,敏锐的诗人捕捉到经济扩张对自然生态的侵害,对生态问题及其根源进行批评和反思。早在1980年代中期,于坚就在《那人站在河岸》中对"臭烘烘的河流"有所警示:"那人的爱情/一生一次的初恋/就在这臭烘烘的河上开始/一开始就长满细菌/口痰和粪便糊在上面/是他自己的口痰/是他的城市的口痰。"在这里,被污染的"臭烘烘的河流"作为初恋的背景,消解了人们心中"关关雎鸠,在河之洲"式的情景相融的美好爱情想象,赤裸裸地呈现出生态环境的恶化以及由此造成的精神困境。在以往的诗歌中,自然山水或者作为人的背景出现,或者被赋予象征化的意义,譬如同样面临被污染而"死去的自然水域"。闻一多《死水》中的臭水沟是主体(时代、国家)情绪与精神的投射,而于坚改变了诗歌的思想路向,他剔除了自然的隐喻枷锁,直接指向人类与自然的关系本质。随着1990年代中国经济的高速增长,生态污染成为摆在人们面前的棘手问题。于坚置身云南边地,虽然远非生态破坏的中心区域,但他敏锐地捕捉到人类对自然生态的破坏正汹涌地来袭。被称为"云南自然地理标识"的滇池、怒江面临着严重的生态威胁,1996年,于坚的长诗《哀滇池》奏响了滇池被污染而"死亡"的生态哀歌。滇池是云南境内最大的淡水湖,被誉为"高原明珠",然而伴随着城市的快速扩张和人口的激增,滇池已经面目全非:

哦　千年的湖泊之王！/大地上　一具享年最长的尸体啊/那蔚蓝色的翻滚着花朵的皮肤/那降生着元素的透明的胎盘/那万物的宫殿　那神明的礼拜堂！/这死亡令生命贬值/这死亡令人生乏味/这死亡令时间空虚/这死亡竟然死亡了/世界啊　你的大地上还有什么会死？/我们哀悼一个又一个王朝的终结/我们出席一个又一个君王的葬礼/我们仇恨战争　我们逮捕杀人犯　我们恐惧死亡/歌队长　你何尝为一个湖泊的死唱过哀歌？//法官啊　你何尝在意过一个谋杀天空的凶手？/人们啊　你是否恐惧过大地的逝世？（于坚《哀滇池》）

"湖泊是自然景色中最美也是最富表现力的一部分。它是地球的眼睛；凝视湖中，人能够衡量出自己本性的深度。湖边的水生树木是它周围纤细的睫毛，四周树木苍郁的群山和山崖是突出于其上的眉毛。"④然而这一切关于湖泊的美好想象与回忆，已经被无情谋杀。滇池的破坏是对人与自然关系的重创，是我们赖以生存的自然的"死亡"，这是一种振聋发聩的自然体验，它终结了传统视野中根深蒂固的天长地久的自然观念，直接导致了人的精神生态的紊乱。"我再也想不起你的颜色/你是否真有过那些湖蓝、碧蓝、湛蓝、深蓝、孔雀蓝"，在某种意义上，滇池的"死亡"构成中国当代自然生态破坏的一种象征化图景，于坚以高亢的笔调表达了他的愤慨与痛楚。

相对于滇池，位于新疆的罗布泊更加令人扼腕叹息，曾经的中国第二大咸水湖如今成为荒无人烟的大片盐壳。沈苇在诗歌中感叹罗布泊的消失：

那消失的一滴却不再回来/罗布泊在死去/移居一个垂危的词中——一具词的空壳//它的死亡/是道路、城池、驿站在死去/是胡杨、芦苇、果园、麦田在死去/是死去的沙漠再死一次！/是时光的一部分、我们的一部分/在——死——去——（沈苇《罗布泊》）

同样书写湖泊的"死亡"，于坚的声调更加高亢，充满着愤慨与追问；而沈苇的声调则异常哀婉，充斥着凄凉与绝望。两位诗人都敏锐地意识到湖泊的"死亡"给大地、人类带来的深刻影响，他们基于对地域自然风物深沉的爱而喊出了生态保护的最强音。

在以经济理性为主导发展观念的指引下，自然生态在某种程度上被遗弃、被遮蔽，生态危机正是在这个过程中积聚成型的。于坚目睹了因城市建设而砍伐一颗棕榈树的场景，他将之视为一个重大的事件：

那一天新的购物中心破土动工　领导剪彩　群众围观/在众目睽睽之下　工人砍倒了这棵棕榈/当时我正在午餐　吃完了米饭　喝着菠菜汤/睡意昏昏中　我偶然瞥见　它已被挖出来　地面上一个大坑/它的根部翘向天空　叶子四散　已看不出它和木料的区别/随后又锯成三段　以便进一步劈成烧柴/推土机开上去　托起一堆杂石/填掉了旧世纪最后的遗址（于坚《事件：棕榈之死》）

这更像是人类城市化进程中的一个"精神事件"，是城市化的新世纪对"旧世纪"的吞没与掩埋。在于坚那里，棕榈树是具有内在生命的、类似于精神家园般的存在，它的被砍引发内心的强烈悸动。"'树'的形象预示着隶属于神的世界的田园牧歌一般的生态，是神与人共享的家园感的象征。而现代人则堪称逆神明而动，建造的钢筋水泥的城市世界，覆盖了神所种下的'众树'。"⑤在这个意义上，于坚以极度克制的、反隐喻化的语言铸造了一个巨大的时代隐喻。

于坚对生态问题的反思，不仅仅是建立在生态破坏的显豁现实之上，他还以锐利的诗歌之眼，洞见日常生活中人与自然关系的细微层面。如在《鱼》一诗中，诗人将钓鱼、杀鱼、吃鱼的过程客观细致地呈现出来，但在这一过程中，人的贪婪、残暴与自然的忍耐、包容形成鲜明的对比：

我们确信　用不了几下　就能制服它/按下头　抠住腮/潜伏在日常器皿中的凶器　水果刀杀机毕露/把那层黑光刮掉　刀子　无比快活地戳进它的肚皮/我们目睹它收缩　伸直　挣扎/在最疼的时候　它也守口如瓶/切它　戳它　把蓄谋已久的革命　施在它身上（于坚《鱼》）

在平静客观的叙述中,《鱼》包蕴着抒情主体激烈的情感诉求,夹杂着因对人类行为的反思而激荡的自审意识。更进一步说,这首诗的价值在于,它如此细腻地呈现了杀鱼这一通常被遮蔽在诗歌书写之外的非诗意行为,就是为了唤醒人类对自身欲望与行为的反思意识,这恰恰是人与自然关系的根本症结。若干年后,同为云南诗人的雷平阳写出《杀狗的过程》,可以看作于坚这一诗歌路径的演进。

于坚诗歌中所书写的生态破坏现象,也是身在新疆的沈苇所面对的。在写于1995年的《春天》一诗中,沈苇为我们呈现了一个肮脏的春天:"春天从污泥浊水中爬了过来/从老工厂的废铜烂铁中爬了过来/拖着一个无与伦比的肮脏的尾巴。"(沈苇《春天》)"污泥浊水""废铜烂铁""肮脏"等,为我们呈现的是一个被侮辱与被损害的春天,它失却了春天应有的美好。如果说这首诗中的春天尚显笼统,那么在《混血的城》中,一种基于羔羊生命视角的地域书写,裸露了其鲜明的生态批判与反思意识:

> 从小西门到二道桥,从一种繁华/到另一种繁华,我的听力拒绝喧嚣/但我记住鼓声,咚咚咚发自城市的胸膛/是真正有力的心跳。还有——/孜然飘香,送来烤肉的尖叫/一串肉在火上尖叫就是一只羔羊/在火上尖叫,是一百只羔羊在火上尖叫/——多少羔羊葬身人的口腹之坟/"啊,愿你们安息。"我低声默祷(沈苇《混血的城》)

烤肉飘香代表了新疆所特有的地域饮食文化特色,但我们显然不能仅仅从文本的表层把握它的地域性,"地域性并没有掩去诗人对个人及其经验独特性的注视。相反,在很大程度上,地理环境帮助诗人更深入地认知个人经验及其特性。沈苇是一个对生存有着复杂体验的人,而不是抽象地描述一个类型化的地域风物的诗人"⑥。在这里,沈苇的诗歌视角植入了生命体验的内部,并且是在生命共同体的维度来审视地域化的生存图景。或可以说,"多少羔羊葬身人的口腹之坟"将地域经验上升为一种普泛意义上的生命体验,是对羔羊生命特有的敏感和悲悯,包蕴着对人类中心主义的隐微批判。值得注意的是这首诗的抒情姿态,"我"不是作为西域风景猎奇者,而是拒绝了社会学意义上的繁华,将关注的视角聚焦于被"烤肉"(隐喻了典型的新疆地域特色)所遮蔽的羔羊。在这个意义上,羔羊既是实写,又构成典型的象征形式,它隐喻着人类因口腹之欲而疯狂屠戮的各种动物。羔羊包蕴了牺牲、弱小等生命特质,诗歌最后所传达的忏悔意识,正是生态文明建设所需要的生存态度。

不管是对云南边地的滇池、棕榈树等自然景观的生命观照,还是对鱼、羔羊等动物的细微的生命同情,两位诗人由显豁的地域经验出发,上升到对生态问题、生命本质的思考,其中裹挟着或隐或显的生态批判与反思意识。在日常生活、日常事物的细微处甄探时代的症结,揭露时代发展中的生态问题,两位诗人在不同的地域进行着相似的诗学实践。他们在对生态问题的批判与反思中潜隐着对生态正义的思想诉求,即强调人类对自然生态系统中其他物种的责任,强调人类应当把自己看成生态系统中平等的一员,不对其他物种任意践踏摧残。两位诗人在诗歌中表达出对生态正义的自觉捍卫,透射出深邃的生态思想。

二、生命共同体:诗歌的伦理转向

在现代人狭隘的自然观念中,大地以及其中生长的一切动植物只是有待征服与改造的对象,并由此滋生了经天纬地、人定胜天的改造自然的雄心壮志。而随着现代生态观念的萌生,人们在吸收古代天人合一自然观的同时,趋向于对生命共同体的伦理认同。受特定地域文化的影响,于坚和沈苇在诗歌中追溯前现代的生命观念与生态意识,或赋予自然以某种神性,或以抒情主体的谦卑姿态与自然万物对话,契合了生态文明理论中生命共同体的伦理诉求。于坚认为:"在云南,山峰、河流以及负载着一切的大地,自古以来一直被当成人崇拜和敬畏着。神灵住在大地之上,而不是天国或者寺庙里。神灵住在青山中、流水上、岩石上、丛林深处、山洞、湖泊之内,这是不言自明的事,人们天生就知道。即使彻底的唯物主义流行于这个世界,依然没有完全动摇人们对大地的迷信和敬畏之心。"⑦无独有偶,沈苇也曾说过:"事实上,人与自然是一个共同体,如果把树看作是我们的亲人,那么一棵树的死亡也是我们身上的某一部分在死去。"⑧正是这种生命共同体的内在观念,赋予于坚、沈苇诗歌鲜明的生态伦理色彩。

实际上,从1990年代的诗歌中,我们可以看到沈苇内在的生命伦理价值立场,他扬弃了人类高高在上的主宰性,以平等化的态度看待人类之外的一切生命,这是一种潜在的生命共同体观念。"反穿兽皮的鼓。每一个鼓上/都有一个动物的亡魂/每一个鼓上,都有一个紧张的时代/它自成一体并自圆其说/四周风景委身于它。"(沈苇《鼓·颂词》)兽皮做鼓是漫长的人类社会中自然而然的行为与做法,鼓是人类的发明,它被视为人类对抗自然、激发群体斗志的一种精神力量,诉诸人的主体性力量的高扬。沈苇对这一命题的提出,在不动声色中揭示了人类对动物世界乃至整个世界的操纵和利用,重在反思人的理性力量对自然生命的戕害,诗歌在谦卑情绪和反思语调中,传达了生命平等的伦理观念。

生命共同体的观念是建立在消解人类中心主义的基础之上的,它要求尊重自然生命的本性,弃绝人类高高在上、控制一切的态度和行为。沈苇的《鳄鱼》构成了我们反思人类中心主义、纠正人类偏见、建构生命共同体的思维起点:

我理解一条鳄鱼的丑陋之美/在一次兴奋和一次安静之间/是它对血腥的嗜好/我们逃避它的嘴和锋利的牙/但无权冠以"残暴"二字/它呆在沼泽中,游弋,交媾,杀戮/正如我们对人间有所留恋/徒劳地怀着朦胧的渴望(沈苇《鳄鱼》)

在传统文学思维中,鳄鱼具有相对稳定的形象内涵,它是残暴的形象化肉身,甚至被高度抽象为一种野蛮与侵略文化的象征。这首诗很容易让人想起海明威的《老人与海》,其中的鲨鱼就被冠以残暴之名,老渔夫和鲨鱼之间虽败犹荣的斗争被看作人类本质力量的胜利。在某种意义上,残暴是人际思想观念在鳄鱼身上的投射,它在某种意义上将鳄鱼自身的天性歪曲为人间的某种品质,恰恰是泛化的人类中心主义的表现。"在人与自然的关系中,诗人表达了对人类自身弱点的嘲讽和谅解,而诗人在替人类请求谅解并且承担着自我批评的职责。"⑨沈苇的诗以一种非人类中心的思维、以鳄鱼为思维主体,显示了人类在面对自然时的谬误。

于坚的名作《对一只乌鸦的命名》在某种意义上与《鳄鱼》秉持着相同的诗思方向:对日常惯性思维的反省,对长久以来形成的词语自动化隐喻方式的清洗。在于坚看来,"乌鸦不过是普通的鸟,也无'祥'与'不祥'之说,更和'黑暗势力'扯不上关系,是一代代'语言的老茧',不断通过民俗、历史、社会、心理等各种途径把它文化化,形而上学化了,而随着'乌鸦'这一词语的象征、隐喻化,'乌鸦'意象也逐渐背负上许多'莫须有'的罪名与恶名"⑩。乌鸦、鳄鱼在人类的认识中"先在"地携带了厄运、残暴等因素,而于坚和沈苇在他们的诗歌中对其进行了彻底的清洗。

对动物隐喻意义的清洗,是为了敞开更本真的动物生命特性,只有这样,才能实现生命共同体之间的和谐共融。于坚总是以细微的洞察力发掘我们这个时代人与自然之间更复杂的关系,《避雨的鸟》微妙地反思了现代语境中人与自然的关系,通过日常生活中一个戏剧化的场景,揭示了鸟儿与人类之间关系的异化:

一只鸟在我的阳台上避雨/青鸟 小小地跳着/一朵温柔的火焰/我打开窗子/希望它会飞进我的房间/说不清是什么念头/我撒些饭粒 还模仿着一种叫声/青鸟 看看我 又看看暴雨/雨越下越大 闪电湿淋淋地垂下/青鸟 突然飞去 朝着暴风雨消失/一阵寒颤 似乎熄灭的不是那朵火焰/而是我(于坚《避雨的鸟》)

"我"的希望(飞进我的房间)和行为(撒些饭粒,模仿叫声)遭到了青鸟的拒绝,青鸟在"暴风雨"和"房间"之间选择了前者——这在某种意义上是动物对人类的一种拒绝,暗示了人与自然关系的深度异化,青鸟给抒情主体带来长久而深刻的精神震颤。于坚的这首诗与《庄子·至乐》中关于海鸟的寓言故事形成了遥远的呼应。《庄子》讲述了这样的故事,"海鸟止于鲁郊,鲁侯御而觞之于庙,奏《九韶》以为乐,具太牢以为膳。鸟乃眩视忧悲,不敢食一脔,不敢饮一杯,三日而死。此以己养养鸟也,非以鸟养养鸟也。夫以鸟养养鸟者,宜栖之深林"。具有讽刺意味的是,现代人貌似已经深悟《庄子》"以鸟养养鸟"的观念,但现代工业文明摧毁了鸟儿"宜栖之深林"。在钢筋铁骨的楼群之间,鸟儿失去了家园。

不同于于坚对青鸟的召唤,沈苇选择了与自然万物交流的更主动的方式。与一只蚂蚁的交谈为我们提供了具象化的细微生命图景,同时也是"内宇宙"向自然敞开的某种象征:

> 我俯下身,与蚂蚁交谈/并且倾听它对世界的看法/这是开都河畔我与蚂蚁共度的一个下午/太阳向每个生灵公正地分配阳光(沈苇《开都河畔与一只蚂蚁共度一个下午》)

交谈、倾听、共度内蕴着平等化的生命视角,"太阳向每个生灵公正地分配阳光",蕴涵了一种生态主义的自然观。在这些诗句中,人不再是高高在上的情感或意志的主宰,而是万物平等。遥想莎士比亚在《哈姆雷特》中喊出的极具人文主义的名句,"人是宇宙的精华,万物之灵长",沈苇显然消解了这一观点。阳光是公正的,蚂蚁是一种象征,象征着宇宙中所有的生灵与人类应该是一种平等化的处境。"诗人的情感赋予,敦促着文本对喜悦与艰辛的生命和命运形态的观照,在突破人类中心主义局限的同时已有言外之旨,那分明是对普通生命的尊重和生命关怀。"⑪于坚和沈苇在诗歌中书写了在面对青鸟、蚂蚁时的两极化的情感与心灵体验,这在某种意义上形成一种微妙的呼应。如果说于坚诗歌敞开了人与自然关系的问题,那么沈苇则为我们提供了弥合这一缝隙的方法,既充分发挥人类的主体性,又要求人类保持足够的谦卑与宽容。两位诗人共同采取了物本主义的书写模式,"它和'人本主义'相反,运用主客异位的手法来颠覆人类中心的视角。虽然,最终'物本主义'的'物'依然来自诗人的想象和营造,但是其特点在于它有意采取一种冷然抽离的态度,把人当作观察和批判的对象"⑫。书写模式的转变在深层上是一种思维方式的转变,它昭示着对新诗发生以来人本主义诗学传统的纠正与改写,并在中国古代生态智慧与西方当代生态文学的融合中提炼出一种综合的生态诗学。

三、生态理想的建构

在经济发展与生态问题的矛盾冲突关系中,新疆、云南等边地是一个复杂的存在。一方面,它们作为欠发达地区,1990年代以来迎来了史无前例的工业化开发,其中滋生的生态问题令人警醒;另一方面,它们又因独特的自然生态和多样化的历史文化,成为建构生态理想的"原乡"。于坚和沈苇植根于复杂的地域现实,在与现实、历史的对话中尝试建构我们时代的生态理想。

于坚的深刻在于,他在诗歌中建构了一个复魅的自然世界和神性的精神世界。于坚的诗歌契合了中国传统思想中天人合一、道法自然、"天地与我并生,万物与我同一"的自然观,但他的诗又是从1990年代以来的社会现实出发,"试图在当代语境里,唤醒记忆,唤醒道法自然的伟大的文明"⑬。受益于云南独有的自然文化和诗人独特的诗歌触角,于坚诗歌中的自然是充满神性的。如他对怒江的书写:

> 大怒江在帝国的月光边遁去/披着豹皮 黑暗之步避开了道路/它在高原上张望之后/选择了边地 外省 小国 和毒蝇/它从那些大河的旁边擦身而过/隔着高山 它听见它们在那儿被称为父亲(于坚《怒江》)

这是神性的河流,它不仅是人类生存的某种背景、自然审美的特定对象,而且是具有生命质感的神性自然。"云南诗人不是从观念和书本中获得诗歌的灵感,我们是从大地上,是从对故乡世界的倾听中,接近了诗歌之神的。我以为,云南诗人天生就会懂得海德格尔所谓的'人诗意地栖居在大地之上'。"⑭于坚所谈及的,是云南边地独有的地域气息对于诗人的馈赠,是充满灵性的山水、动物、植物对诗人精神的引领,如《阳光下的棕榈树》:

> 我看见那些绿色的手指/为春天之水洗净的手指/在抚摸大理石一样光滑的阳光/白色的阳光像高大的圆柱在它们之间挺立/并从那儿向高处上升/直到整个蓝色的穹顶都被撑开/它们像朝

圣者那样环绕它　靠近它/像是触到竖琴　我看见那些手指在颤抖/那时我看不见棕榈树　我只看见一群手指/修长的手指　希腊式的手指　抚摸我/我的灵魂像阳光一样上升(于坚《阳光下的棕榈树》)

"手指"是棕榈树枝叶的象形书写,"白色的阳光""蓝色的穹顶"是在营造一种生态的和谐,而"竖琴"则赋予诗歌一种类似于天籁的音乐性。很显然,在于坚这里,人的高高在上的主体性消失了,他关注到棕榈树的自在性、内在性,"我"和棕榈树之间是一种精神的相互领悟,这是一种"主体间性"。这一刻,他感受到了自然的神奇、自然的威力以及与自然一起燃烧、一起鸣响的那种通电似的震撼,那种个体与生态整体的原始联系,以及对自然神性的重新确认。对诗人而言,人与自然的关系,不是主次的地位关系,自然时时与我进行精神的往复交流,各个生命之间平等交往、互相应和的关系。这是共同体验的生命,人、植物、动物、风、流水、神相互趋近、相互依偎,达乎一体,但又保持着各自的本质。

如果说于坚诗歌的抒情主体是一个上升的通灵者,那么沈苇诗歌中的抒情主体则是一个充满悲悯情怀、在世界万物面前保持谦卑的形象,在《自白》一诗中,背离人群、返回旷野的抒情姿态已然清晰可见:

我看不见灰色天气中的人群/看不见汽车碾碎的玫瑰花的梦/我没有痛苦,没有抱怨/只感到星辰向我逼近/旷野的气息向我逼近/我正不可避免地成为自然的/一个小小的部分,一个移动的点(沈苇《自白》)

返回旷野,是现代人内心深处异常坚定的一种声音。沈苇诗歌中透射出某种独特的领略自然的神力,这是一种难得的精神领悟。体悟到生命个体的卑微,融进浩瀚的星辰和无垠的旷野,正契合了中国古代天人合一的思想。沈苇以自己切身的生命体验汇入这一思想传统,在沉稳笃定的语气中彰显生存智慧。

生态理想的建构,在某种意义上是一种生态乌托邦的个人化营造,它的价值在于传递特定的生态观念并给读者以生态化的思想洗礼。于坚和沈苇诗歌对生态理想的建构,并没有太多生态理论的支撑和参照,而是倚重于对地域的长期而深刻的观察体悟和生命体验,在生命经验的浇筑中参透自然万物之间的共生互融关系。在这一意义上,诗人以直观的诗思抵达了生态诗学的中心,这恰恰是诗歌的荣光。

四、结语:作为方法的边地与生态

1990年代以来,沈苇陆续出版了《新疆诗章》《新疆词典》《植物传奇》等边地书写的诗歌、散文集,几乎建构起一个新疆的生态系统全景图。而于坚则持续深入开掘独特的"云南经验",在日常化的琐碎书写中营筑起神秘化的高原王国。或可说,于坚和沈苇以个人化的诗歌书写,悄然地实现了诗歌审美方式的革命化转变。"从'五四'到20世纪80年代,对文学文本中'地域性'内容谈论的背后总是挺立着威严的启蒙话语,似乎所有的'地方性'问题都将成为有待拯救改造的对象。"[15]1990年代以来,中国经济的飞速发展引发了生态环境问题,与此同时,边地文学显示出持续的活力,并以其鲜明独异的地域文化特色和生态智慧实现了对工业文明的批评以及对生态未来的初步想象。文化地理学意义上的边地成为文学书写、文学研究的中心,成为文学经验的核心输出点。当历史进入21世纪,生态写作蓬勃发展,蔚为大观,于坚和沈苇在1990年代诗歌中的生态探寻,被追认为生态诗歌的重要构成。当下,生态文明建设是社会发展的重中之重,而如何在充满生态多样性的边地寻找生态文明建设的有效方案,于坚、沈苇等诗人的边地书写为我们提供了极其丰富的思想资源。"生态文明建设显然不是一个未雨绸缪的理念,而是如同为重症病人康复提出的基本方案。把生态与文明结合在一起构成一个概念,说明了人类已经认识到自己对自然的伤害。这个概念说明,人类已经不再把生态仅仅视为自身索取和利用的对象,而是将它与自身的命运紧密结合,并通过一种对生态的挽救性干预将之纳入文明的谱系。"[16]这一切都提示我们,边地、生态不仅仅是诗歌书写的背景和思想,而是诗歌史演进的结构性力量,深刻地影响了1990年代以来的诗歌史进程。生态意识作为研究1990年代以来诗歌的视角与方法,可以借此窥见诗歌史内部更驳杂的图景和更细致的纹理,并释放更多的思想资源和美学可能性。

注释:

①参照洪子诚《中国当代新诗史》(北京大学出版社 2005 年版)和程光炜《中国当代诗歌史》(中国人民大学出版社 2003 年版)等对"西部诗歌""新边塞诗"的描述。

②耿占春:《失去象征的世界》,北京大学出版社 2008 年版,第 189 页。

③王光东:《新世纪以来中国生态小说的价值》,《中国社会科学》2020 年第 1 期。

④梭罗著,王家湘译:《瓦尔登湖》,北京十月文艺出版社 2007 年版,第 188 页。

⑤吴晓东:《后工业时代的全景式文化表征——评欧阳江河〈凤凰〉》,《东吴学术》2013 年第 3 期。

⑥耿占春:《失去象征的世界》,北京大学出版社 2008 年版,第 220 页。

⑦于坚:《正在眼前的事物》,云南人民出版社 2004 年版,158 页。

⑧沈苇:《植物传奇》,作家出版社 2008 年版,第 89 页。

⑨耿占春:《失去象征的世界》,北京大学出版社 2008 年版,第 223 页。

⑩罗振亚:《1990 年代新潮诗研究》,河北大学出版社 2014 年版,第 117 页。

⑪罗振亚:《靠文本的"翅膀"飞翔:沈苇诗歌及其隐含的诗学问题》,《扬子江诗刊》2018 年第 2 期。

⑫奚密:《现代汉诗中的自然景观:书写模式初探》,扬子江评论》2016 年 3 期。

⑬胡亮:《窥豹录》,江苏凤凰文艺出版社 2018 年版,第 103 页。

⑭于坚:《拒绝隐喻》,《于坚集》第 5 卷,云南人民出版社 2004 年版,第 55 页。

⑮何言宏等:《谈沈苇》,《名作欣赏》2015 年第 1 期。

⑯范可:《人类学视野里的生存性智慧与生态文明》,学术月刊》2020 年第 3 期。

[作者单位:山东大学人文社科青岛研究院]

词语作为开端

——20世纪90年代诗歌表意方式之一

□ 范云晶

"和旧体诗写作中词语承担的任务大不相同,现代汉语诗歌中的词语更具有命悬一线的特性:它被诗人驯服、吁请和抚摸,却被迫承担着凸显更为晦涩、更为复杂难缠之现实的重任。"①这一艰巨的任务在20世纪90年代诗歌中体现得更为鲜明。语言与现实之间这种复杂难缠的关系,致使词语不能也不适合作为某一现实或者事物的确指和终点,它只是诗歌进入现实再小不过的入口,提供一种可能,从此处进入,便是无限广阔的世界。就20世纪90年代诗歌而言,其多义性和丰富性主要借助具有非确指特征的时间词、地点词、事物词,以及不完整语句的开放性和多变性来获得。

一、以时间词和空间词作为开端

指称时间和地点的词语不妨简称为"时间词"与"空间词"。这两类词语的共同点在于:二者看似具有明确所指,但由于其本身具有可供填充的容器特性,而暗藏容纳多种事物的可能。时间词通过其中包含的纵向长度而潜藏着多样性;空间词则借助空间拉伸可能与场景的媒介作用,暗含着人事的动态变化,同样具有填充多种事物的可能,从而获得多变性。诗人借助时间词和空间词横纵时空的延展,将诗歌言说向度引向多元。

首先是以时间词作为开端。将时间词作为诗歌主题或以时间入诗,并不是新诗,当然更不是20世纪90年代诗歌所独有。这样的情况在古典汉诗以及现代汉语诗歌的其他发展阶段也较为常见。但是20世纪90年代诗歌时间词的功能和作用却有其独特之处,主要体现在两个方面:一是时间词往往不作为主题或者写作重点出现,更多只是没有过多预设和固定内涵的时间。它更像是一个用以言说的容器,其形状并不是最重要的,关键是容纳之物,这就与古典汉诗时间词的功能和作用大不相同。古典诗歌中的时间词携带更多预设情感和预想内容,情感指向和基调都较为单一和固定。比如涉及春、秋等季节一般与思念、伤悲等情感有关,其内容也大都不超过女子思夫、游子思家、旅人思乡等主题。以具体日期命名的诗作,多因时间本身所蕴含的固定意义而喻指清晰,比如《九月九日忆山东兄弟》《元日》《七夕》等等。二是20世纪90年代诗歌的时间词即使包含特殊时间,其言说内容也不遵循古典汉诗所呈现的预设情感内涵铺展,或者不是以此时间词为单一言说向度,其意义的辐射面和多样程度,远远超过了古典汉诗与其他发展阶段的现代汉诗。意义言说更具开放度、复杂度和广博度。

90年代,以时间词为题的诗歌很多,此处以较为活跃的诗人创作为例加以阐说。较为典型的有王家新的《一九九八年春节》、欧阳江河的《另一个夏天》、柏桦的《十夜,十夜》、臧棣的《七月》、肖开愚的《1997年12月2日夜》、树才的《90年9月15日》、俞心樵的《纪实:1995》(组诗)、黄灿然的《夏夜》、孟浪的《千年一九九七》、王寅的《炎热的冬天》、西川的《此刻》等等。不妨以西川的《此刻》为例。某一个季节、一个月或者几天更具纵向延展可能,"此刻"仿佛短得容不下太多言说,然而,西川却打破了这一既定看法,融入更多内容:

此刻,一个男人扛一口棺材走在街道上
他衣扣敞开,他浑身冒汗
星光溅落的街道被他踏响
黑魆魆的屋顶和红纱灯是他曾经梦见

我们同居在此有着海洋和沙漠的星球
　　……　……
　　此刻,有一个人正在成为毕加索
　　另一个人正在成为毛泽东
　　世上的父亲们久病成医,而青年一代
　　要求他们否定自己一生的奋斗
　　我们同居在此有着海洋和沙漠的星球
　　……　……
　　此刻,一个男孩把脚伸到被子外面
　　他充满爱怜的祖母赶忙把被子给他披好
　　这样一个小人儿应该飞翔在街道的上空
　　带着生活的激情和灵性
　　我们同居在此有着海洋和沙漠的星球②

在这首诗的每一节最后,诗人都用了"我们同居在此有着海洋和沙漠的星球"一句作为回旋,除了增加一咏三叹的音乐效果之外,在意义扩展、不同事物的勾连与整合方面也起到重要作用。不同国籍、不同空间、不同场景、不同事件和不同人物由于同居在星球这一大空间,以及"此刻"这一短暂时间的限定,而并置在一起,完成了意义的扩容与延展,丰富了诗歌的表现内容。

再如欧阳江河的《另一个夏天》③。从题目上看,夏天虽然时间跨度并不小,但仍可算作可以精准命名时间的词语。其预设内容应该是发生在夏天,或是与夏天密切相关的人与事。但是本诗中的夏天,由于修饰词"另一个"的出现增加了其他言说可能。既然是"另一个",就意味着还有"这一个",两者以一显一隐的方式存在。"另一个"的出现,超出了单用夏天涵盖的内容,主要体现为时间上的延展和内容方面的纵深。除了"闷热的午后""下雨"等词语的使用能看出是夏天之外,更多内容超越了夏天这一具体时间:有的内容与题目完全无关,如"注视的、闭上的/眼睛。如此多的劝告和宽限。/但是惩罚的脚步比结局更快地来到桌面,/表明人们对世俗欢乐的向往/是多么急迫:他们将固执己见";有的部分看似有关,实则以隐喻的修辞方式言说无关之事,如"当我们/在闷热的午后走到树荫下面,/将剧情中的几个次要角色包括进来……/呆在一加一的简单生活里会显得比较乐观。/但是悲观的抒情的肉体却更为雄辩,/它拒绝了人类天性的引导,/长久地沉溺于对未知事物的迷恋"。诗人所说的夏天并不是这一个或者另一个,而是所有的夏天。诗人只是以借代的方式,用夏天喻说时间,长及一生的时间感才是言说重点。因此,"另一个夏天"的诗意和时间的长度远远超过了季节的长度。它只是提供了一个言说契机和具体时间,只是一种开端,并不决定言说的走向与结局。

作为开端的时间词可以通过两种方式实现意义的容留与延展:一是现在时间,这一部分大都是实存的,是诗人的亲身经历;另一方面是诗人通过想象来延展和到达的时间。后者往往通过回溯式联想或展望式想象两种方式进行。回溯式通常是古代和过去的时间,展望式则具有畅想意味,其指向是未来。时间词的最大优势在于:可以借此将诗歌的言说内容和意义指向涵括在多个层面中。借助于此,诗歌在获得介入现实层面的表象意义的同时,还可以通过其所可能勾连生出的联想和引申意义,完成言说向度的拓宽,从而挖掘出更多的意义和内容。

其次是空间词,也可称作"地点词",属于空间的扩充。空间词大致指向了四种空间:一是近处的实在和实存空间。比如翟永明的《咖啡馆之歌》《小酒馆的现场主题》,欧阳江河的《咖啡馆》,张枣的《在森林中》《到江南去》,孙文波的《在路上》《铁路新村》《在无名小镇上》,于坚的《在钟楼上》《上教堂》,臧棣的《在楼梯上》,杨克的《天河城广场》,小海的《咖啡馆》等等。二是远处的实在和实存空间。所谓远处可能是古代,是异域,也可能是未来。比如臧棣的《远处》、吕德安《曼凯托》等等。三是诗人虚构和想象的空间,比如张枣的《西湖梦》、欧阳江河的《空中家园》等等。第四类较为特殊,看似是有边界的实存空间,但是又无法具体界定,既带有实存性质,与诗人的居住地有关,又具有一定的虚构性,其大小无法计数,其面积也无法测量,更多是与诗人在精神上达成契合。这类诗歌较为典型的有张枣的《世界》《祖国》《祖国丛书》,王家新的《祖国》,孙文波的《祖国之书,及其他》以及其他与故乡有关的诗歌。

以实存空间的近处场景为例阐说这一问题。杨克的《天河城广场》通过对广州天河城广场商业化和物欲化的描述,完成了对广场原有意义中庄严、肃穆与崇高特性以及政治隐喻的解构,完成了语义的重说。杨克笔下的广场既不具有原来的政治色彩和崇高性特征,也不是巴赫金笔下的狂欢化场所,而是纯粹的商业场所,人生百态都显现在其中:

> 在我的记忆里,"广场"/从来是政治集会的地方/露天的开阔地,万众狂欢/臃肿的集体,满眼标语的旗帜,口号着火/上演喜剧或悲剧,有时变成闹剧……//而褥热多雨的广州,经济植被疯长/这个曾经貌似庄严的词/所命名的只不过是一间挺大的商厦/多层建筑……//那些匆忙抓住一件就掏钱的多是外地人/售货小姐生动亲切的笑容/暂时淹没了他们对交通堵塞的抱怨/以及刚出火车站就被小偷光顾的牢骚……//毛料。挺括。比西装更高贵/假若脖子再加上一条围巾/就成了五四时候的革命青年/这是今天的广场/与过去和遥远北方的惟一联系④

在诗歌的结尾,诗人借助对特殊衣服和装饰物的怀念,完成了充满商业意味的"变异性广场"与曾经的神圣场所的对接。实现了对广场原有崇高性的还原。这首诗的言说始于广场,又终于广场。另一方面,诗歌开端言说的广场既是又非结尾处的广场。在叙述推进过程中,那看似毫无变化的场所已经完成了多重意义的扩充。

欧阳江河的《电梯中》论及大都市拥挤、忙碌、追求速度的现代病,对于人们趋之若鹜的盲从心理进行了不留情面的嘲讽,同时亦不乏对权力的拷问,其意义涵容同样很大。诗歌最后一句意味深长:"整座城市压在你的身上,超出了/心脏病的重量。为什么是在天空中?/苹果突然坠落,电梯来不及下降。"⑤

无论是《天河城广场》还是《电梯中》,这些具有明确标识的敞开或半敞开空间更像是现代社会的缩影,更具有符号性和象征作用,浓缩了世事百态与时代变迁,已然超过了空间词本身的意义。

20世纪90年代诗歌中的近处大都属于公共空间,这是诗人们主动向外敞开,渴求容纳更多新生事物的鲜明体现。这在翟永明和欧阳江河的自述以及诗歌文本中,都有着鲜明的体现;远处比近处更具有延展优势。远处的异域、过去或者未来时空与近处的现在时空对接,可以衍生出更多的内容,吕德安的《曼凯托》便可以很好地说明这一问题;相对于近处和远处,带有鲜明幻想与虚构特征的空间词,在意义填充与言说向度扩展方面则更具有优势:写实与想象内容形成叠加,扩展意义的言说层次,增加诗歌容积。欧阳江河的《空中家园》⑦便是写诗与幻想兼有之作。诗人以虚构的方式,虚拟出一幅都市人位于半空中家园生活的场景。这就自然引起读者对于都市人实在家园现状的反思与担忧。再加上诗人颇具隐喻意义和启示性的词语组合与意义传达,直接呈现和隐藏其中的内涵都浮现于诗行。诗人借此想表达的是,对现实家园的异变的深深忧虑,以及对由此引起的都市人失重、无所适从、无所依傍的不踏实感的担忧,就像居住在半空;与蕴含想象意味的空间词类似,1990年代诗人对于祖国、故乡等兼具肉身与精神双重家园特性的空间的书写更是具有多层次、多意义的特点。限于篇幅,此处不再展开论述。

二、以指称人、事、物的词语作为开端

与时空词一样,指称人、事、物的词语同样可以作为开端词,引出诗人想要表达和言说之物。首先是以指称人的词语作为开端。这里所说的"人"可以是朋友,也可以是远在外国或者属于历史的陌生人。无论是朋友还是陌生人都可以统称为"对话者"(或潜对话者)。与自我内心的和解与争辩不同,这类诗歌通常运用第二人称"你",既有一种亲近感,又保持适当的距离。以指称人的词语作为开端词,其作用至少有三个:一是怀念与哀悼;二是沟通与交流,即借助某一人物,与自我进行对话和潜对话,使得二者在思想和情感上相互映照,形成互文;三是通过这种对话或者潜对话,表达自己的看法和想法,最终完成自我内心的辩驳、诘问与自省。通常情况下,这三个作用复合存在,才使得诗歌具有超越单纯纪念人物的敞开性和复杂性。

王家新的《帕斯捷尔纳克》⑧便是体现这三种作用的经典诗作,且由浅入深。在诗歌开篇,诗人首先表达了哀悼之情:"不能到你的墓地献上一束花/却注定要以一生的倾注,读你的诗/以几千里风雪的穿越/一个节日的破碎,和我灵魂的颤栗";接下来诗人以潜对话

的方式,完成彼此之间的映照,包括思想和生存境遇:"终于能按照自己的内心写作了/却不能按一个人的内心生活/这是我们共同的悲剧……"通过与帕斯捷尔纳克对话,诗人完成了自辩与自省,"把灵魂朝向这一切吧,诗人/这是苦难,是从心底升起的最高律令/不是苦难,是你最终承担起的这些//……这是痛苦,是幸福,要说出它/需要以冰雪来充满我的一生"。

借助指称人的词语展开对话的语义扩展方式有两种:一是诗人和(潜)对话者交流可能引出超越指称人本身所包含的其他话题,比如张枣的《跟茨维塔耶娃的对话》、臧棣的《在埃德加斯诺墓前》、孙文波的《给小蓓的骊歌》、肖开愚的《向杜甫致敬》等,通过与知音、亲朋、作家和古人的对话,引出诗人对于自我、对于写作、对于现实等方面的看法,拓展言说空间。二是通过对话,可能产生超出创作主体与被书写者对话之外的再生话题。这是因为谈话本身就具有敞开性、多变性和不确定性。比如张枣的《献给C.R.的一片钥匙》《春秋来信》,翟永明的《莉莉和琼》,张曙光的《尤利西斯》,钟鸣《羽林郎》,欧阳江河的《茨维塔耶娃》《十四行诗:给玛利亚》《1991年夏天,谈话记录——致玛利亚》等。

以肖开愚的长诗《向杜甫致敬》为例。按照题目的展开逻辑,诗歌的书写重点应该是杜甫,至少也应该是与杜甫有关的事件与情感,比如诗人的看法以及对自身写作的启示等等。然而事实并非如此。诗歌侧重摹写现代生活,而对杜甫着墨很少。这首诗歌融合了诗人的现实生存经验、写作理想、诗歌抱负以及异域经验,表达了对于90年代中国社会愈加消费化、市场化与欲望化的反讽和担忧,以及诗歌传统之根遗失的焦虑。在向古代大诗人致敬的过程中,诗人对于古今、中外的文化以及社会现状的思考全部显现出来。这首诗与其说是向杜甫致敬,不如说是以杜甫为典型范例,呼唤传统,反思现代。

借助实存或者假想的谈话对象,诗人们或者以直接对话的方式,或者以非直接对话的方式,与对话者或者倾听者(有时可能包括创作主体自己)进行交流,在思想交流过程中,对话者之间因存在各种相同或相异的特性,产生思想火花的碰撞,从而在诗歌的内部产生意义的膨胀。

其次是以指称事、物的词语作为开端。很多时候,事与物这两者的边界并没有那么清晰。指物之词大致有三类:一是看似平常、内涵清晰的明确之物,比如欧阳江河的《雪》《墨水瓶》《纸币,硬币》,森子的《废灯泡》等等。诗人借助这些指物之词并穿透其表面与物的固有意义,挖掘其可能存在的隐藏内涵;另一种是本身就蕴含多种敞开可能的指物之词,比如张曙光的《小丑的花格子外衣》,翟永明的《脸谱生涯》,张枣的《望远镜》,孙文波的《脸谱》《梦中吟》等等。这些词语所指之物本身通常具有变形(放大、望远等)、装扮或虚构特征,能够挖掘并呈现固定意义之外的其他隐藏内涵。

森子的《废灯泡》借助物与物的某些共同特性,运用连续转喻的修辞方法,实现灯泡与其他物的多次组合,阐明了灯泡的基本功用、模仿功用和象征功用,并把言说重点由灯泡转向废灯泡,再由废灯泡转到其他相关内容之上,引发了诗人与读者的深入思考。"灯丝断了,它从光明的位置退休……/宁为玉碎,不求瓦全/灯的死法如此悲壮/除此之外,灯还有什么用?/象征,对;模仿,对/它是从生产线下来的太阳的模型/它饱满的真空形成小宇宙/发明家爱迪生对它情有独钟/光和玻璃是乌托邦的建筑/在每一家庭的理想国里……两年前,城里的灯泡厂关闭了/厂区地皮卖给房地产开发商/生产线上的女工被安置到医药商店/调侃的人也许会说:现在/我们需要的是药,不是光。"⑨灯泡的基本功用是照明,带来的结果是光明;灯泡可以并借助发光特性,与太阳勾连,成为太阳的模型(模仿功用)。还可以借助发光和透明特质与乌托邦勾连,转喻为隐藏暂时快乐(易碎)的理想国。由灯泡变为废灯泡时,就意味着灯泡与无用联系在一起,曾经的光明、温暖、制造快乐的乌托邦幻象等一切特质和功用都将失效,新的模仿和象征功用随之出现:对废灯泡的抛弃和执行死刑就像人们对"昨天的理想"的埋葬。而多个废灯泡所导致的恶果——灯泡厂关闭转喻为对现实的观照和反讽:被需要的不再是光,而是药。

除了具有实际意义的指物之词外,还有一种不具有实际意义的指物之词,比如张枣的《悠悠》。"悠悠"一词并不是具有明确指向的物,它在词性上属于形容词,更多用来修饰那些具有明确所指的名词。张枣一方面借助"悠悠"可能包含长久、遥远、众多、从容自在以及荒谬等多种含义的特性,实现诗意言说的复杂与含混;另一方面又将"悠悠"进行实化处理,将并不明确的意义通过细节描摹的方法将其意义坐实。正是在"悠悠"一词本身内涵的不确定与诗人刻意写实化处理的间隙,意义变得更加丰富,也更加难解。欧阳江河用"暧昧"一词来评价它:"暧昧性在这首诗中与其说是洋溢于字面义的、多米诺骨牌放的联想效应,不如说是作者精心考虑过的一种结构,一种'裸着器官'但又让人'全不察觉'的深层结构。这是一首对字词的安排做了零件化处理的诗作,作者有意在通常不大被人注意、不大用力的地方用力,因此,在若隐若现的文本意义轨迹中,暧昧性是如此委曲地与清晰性缠结在一起,以致我们难以判断,暧昧本身究竟是诗意的透明表达所要的,还是对表达的掩饰和回避所要的。"⑩全诗如下:

> 顶楼,语音室。
> 秋天哐的一声来临,
> 清辉给四壁换上宇宙的新玻璃,
> 大伙儿戴好耳机,表情团结如玉。
>
> 怀孕的女老师也在听。迷离声音的
> 吉光片羽:
> "晚报,晚报",磁带绕地球呼啸快进。
> 紧张的单词,不肯逝去,如街景和
> 喷泉,如几个天外客站定在某边缘,
> 拨弄着夕照,他们猛地泻下一匹锦绣:
> 虚空少于一朵花!
>
> 她看了看四周的
> 新格局,每个人嘴里都有一台织布机,
> 正喃喃讲述同一个
> 好的故事。
> 每个人都沉浸在倾听中,
> 每个人都裸着器官,工作着,
>
> 全不察觉。⑪

这首诗主要处理了声音与时间⑫两个主题。"语音室"、"耳机"、"磁带"、女教师的声音、"喃喃讲述"以及"倾听",都可以看出诗人是在言说声音。而"晚报""夕照"则着重表征时间。诗歌的主题之一是在写声音,但这里面说到的声音并不单一,而是具有复合性。诗歌中的声音由语音室磁带播放的声音、女教师迷离的声音、倾听者不自觉发出的喃喃声,与语音室外晚报叫卖的声音等多种声音构成。词语"悠悠"本身所暗含的长久、遥远等意义与时间有关,却与声音关系不大。能够与声音产生联系的,不是"悠悠"的意义,而是抛开意义之后的声音——汉语在声音上特有的节奏与韵律,而意义变得可有可无。从与时间主题的勾连角度说,"悠悠"的存在意义和作用更接近现代汉语中的拟声词。诗歌的主题与"悠悠"之间意义形成的抵牾,使得这首诗的意义表达更加暧昧不清,也更具阐释与阅读价值。

三、以不完整语句作为开端

所谓"不完整语句"主要指诗人刻意悬置或者删除之后,语句以某些成分残缺的方式存在。诗人以此作为起点,展开诗意言说。语句成分残缺的方式主要有三种:一是施动主体(主语)和受动主体(宾语)其中一个缺席。比如多多的《我读着》,张曙光的《我们所说的和所做的》《看电影》,欧阳江河的《傍晚穿过广场》,张执浩的《尾随一株白菜出城》,麦芒的《这是》,森子的《烧树叶》《去快餐馆的路上》等。此类成分残缺,可以增加诗人言说的自由度和包揽诸多事物的可能性。二是主语和宾语全部删除。比如多多的《依旧是》,于坚的《事件:谈话》《事件:铺路》,梁晓明的《进入》《问》《重逢》,宋琳的《感恩》,张曙光的《致——》等等。施动与受动主体全部缺席,更突出了动作/行为、态度或者事件的重要性。三是全部实指意义成分的缺席。比如默默的《了》等等。

多多的诗歌《我读着》在主谓语都固定的前提下,由于诗人把阅读相对固定的对象书置换成父亲,并融合了怀乡、死亡等多重思考而生出"异端",使"读"成为一个开放、包含诸多可能,具有"柔韧性"⑬的词语。诗歌也因此变得开阔、深沉而忧伤:"十一月的麦地里我读着我父亲/我读着他的头发……/我读到一个男孩子的疑问……/我读到一张张被时间带走的脸/我读到我父亲的历史在地下静静腐烂。"⑭

从题目上看,张曙光的《看电影》属于主语缺席,宾语固定的典型文本,固定只是一种表象,这之中又有灵活多变的阐说空间。多重意义的生成主要依靠主语和宾语的变化来实现。通过对看电影主体的多样添加,诗人为读者画就了一幅由电影引出的个人记忆与成长图。同时,由于看电影主体的变化,这幅生动鲜活的成长图还融合了个人之外的,他者的情感经验与心灵印记。"一部电影是/一个盛大的狂欢节,在里面/我们寻找着各自的位置/角色,悲哀和欢乐,以及/——假如还存在着后者——/从童年起我们就熟悉的一切/一张美丽的脸,一次历险/或一段让你的心感到疼痛的/爱情,虽然并不长久,但总是/唤起我们的退思或向往/人类生活的缩影……"⑮作为宾语的电影本身蕴含的固定(艺术表现形式限定)与变化(具体内容的不固定)特性,又为诗人展现的个人与集体精神生活图景增加了更丰富的线条、场景,从而使得这首诗歌的核心内涵溢出"看电影"的边界。通过看电影,诗人得以了解自我、了解他人、了解生活以及由诸多细节构成的现实与虚拟世界的集合。这首诗,既可以作为主语缺席的范例,又可以作为主语和宾语同时缺席的典型文本。在主语和谓语同时缺席的情况下,可供填充的意义会更多。

相对于主语或者宾语单一缺席作为诗歌的言说起点,主语与宾语同时缺席对于诗歌语义生成敞开性的意义更大。张曙光的另一首诗《致——》可以很好地说明这一点。全诗如下:

> 十年过去了,为来临的新时代欢呼
> 而怀旧却成为不可宽恕的罪愆
> 如今我们的身体发胖,挤压着嗓音
> 却仍旧痴迷于一个个虚幻的影像
> 似乎岁月并没有使愚钝的头脑清醒
> 而只是带来更多的悔恨和忧伤
> 不合时宜的人,无可救药的落伍者
> 我们赤裸着双脚行走在冰冷的月亮上
> 但有谁理会这些微不足道的存在
> 当人们把目光投向遥远的地平线
> 那里巨大的可口可乐罐子取代了
> 棕榈树,构成时代最为时髦的风景
> 它只是成为一种象征,让每一个人
> 亢奋,并最终感受到生活的美好
> 十年过去了,十年或更久远的时间
> 我们的生命变得黯淡。当第一次
> 见到你,你的目光像秋日的天空
> 明澈而忧郁。房间里堆满着杂物
> 心紧缩着,仿佛射进一缕阳光⑯

在这首诗歌中,诗人用破折号取代了本应明确或者悬置的宾语,颇具意味。从诗歌内容上看,这首诗的抒情主体应该是包括诗人在内的老派人物,诗歌中"我们"的频繁出现和使用可以证明这一点。面对时代出乎意料的变迁,"我们"充满了感慨与忧伤,想向什么致敬,却又不知该向什么致敬。此处破折号的运用,恰好说明诗人想表达却又无法表达,想说却又无从说起的尴尬抒情状态:诗人想对美好的过去致敬,以表达老派人物的缅怀与留恋之情,但是那些美好的记忆早已过时,与这个时代格格不入,如果大声宣布向其致敬,显得过于做作和矫情,因此诗人说"怀旧却成为不可宽恕的罪愆";诗人也想向"来临的新时代"致敬,由于自己的老派,又不屑于违背自己的意愿假意言说,所以无话可说,或者不知道有何物值得致敬,只能感慨与自哀。所谓的"致",其实什么都无法"致"。在"想致"与"无法致(无从致)"的两难选择之中,诗歌表达了对时间消逝之感和对于时代新变化的不适之感。

无论是以时空词、指称人、事、物的词语,还是以不完整语句作为言说起点,其最大的共同点在于,撷取了诗歌中所包含的多变性和动态特征。本文在典型诗歌文本的细读过程中,已经多次涉及这种多变性,此处重点言说动态特征。20世纪90年代诗歌的动态特征在以动作/行为作为写作切入点的诗歌中,表现得更加显豁。除了上述列举的文本之外,孙文波的《聊天》《地图上的旅行》《骑车穿过市区》《散步》,张曙光的《公共汽车的风景》,沈苇的《坠落》等等也都很典型。这些诗歌或者借助所写之物本身所具有的动态特征,或者在时空词以及指称人、事、物词语之前或之后,增加"上""去""到"这类表征动作/行为的词语,将静态视角变为动态视角,使得意义多变。

沈苇的《坠落》通过一个从九层楼坠落之人的视角,观察并细致描摹了多个人的生活现状,折射出人生的多样化与生活不易,并借此表达了对那些被生活琐事腐蚀心性而自甘堕落的精神"坠落"者,和以"坠落"方式自戕者的双重批判,完成了对肉身坠落与精神坠落的双重反思。孙文波借助散步的过程,着重描写的是和诗友交流对于写作与词语的看法。张曙光的《公共汽车的风景》,通过不停行驶的公共汽车来打量车窗外的大千世界。移动的目光与静止的目光所看到的同一景象并不一定相同,诗人借此传达事物的不确定性与可变性,以及对存在本身以及所谓中心和意义的深深怀疑。

需要说明的是,动态特征同样可以带来诗歌言说的多变性,但是这个多变性与敞开的多变性有所不同,更多是通过诗人目光移动所造成的事物或场景的位移获得。由不同原因生成的多变性加诸20世纪90年代诗歌,使其具有不确定性、动态性以及可变之综合美感。

无论是时空词,指称人、事、物的词语还是不完整语句,作为一首诗歌语义铺展的开端,只能决定诗歌的言说起点,却无法完全左右意义发展的走向与终点。较为常见的情况是,在诗意言说和词语组合过程中,语义已经偏离了其原有内涵,其走向变得丰富而多元。

[本文系教育部人文社会科学研究规划基金项目"20世纪90年代诗歌的语言策略与表意方式研究"(项目编号:19YJA751009)阶段性成果。]

注释:
① 敬文东:《词语的三种面目或一分为三的词语》,《扬子江诗刊》2013年第2期。
② 西川:《西川的诗》,人民文学出版社2002年版,第244~245页。
③ 欧阳江河:《透过词语的玻璃》,改革出版社1997年版,第106~108页。
④《诗刊》社选编:《中国年度最佳诗歌1999年》,漓江出版社2000年版,第96页。
⑤ 欧阳江河:《透过词语的玻璃》,改革出版社1997年版,第97页。
⑥ 可参见欧阳江河和翟永明的自述(欧阳江河:《谁去谁留》,湖南文艺出版社2005年版,自序;翟永明等:《黑夜诗人的变化与坚持——翟永明访谈录》,《中国图书评论》2013年第10期。
⑦ 欧阳江河:《透过词语的玻璃》,改革出版社1997年版,第34~35页。
⑧ 王家新:《王家新的诗》,人民文学出版社2001年,第76~78页。
⑨ 森子:《森子诗选》,长江文艺出版社2016年,第37~38页。
⑩ 欧阳江河:《站在虚构这边》,四川文艺出版社2018年版,第81~82页。
⑪ 张枣:《张枣的诗》,人民文学出版社2010年版,第259~260页。
⑫ 欧阳江河:《站在虚构这边》,四川文艺出版社2018年版,第80~99页。
⑬ 范云晶:《词语的多副面孔或表意的焦虑——以孙文波诗集〈新山水诗〉为例》,《南京理工大学学报》(社会科学版)2015年第4期。
⑭ 多多:《多多四十年诗选》,江苏文艺出版社2018年版,第198~199页。
⑮ 张曙光:《午后的降雪》,重庆大学出版社2011年版,第148页。
⑯ 张曙光:《午后的降雪》,重庆大学出版社2011年版,第142页。

[作者单位:内蒙古大学文学与新闻传播学院]

"火"的升阶书
——1990年代中后期诗歌语象的建构

□ 张凯成

在1990年代中后期之前,当代诗歌写作中出现过以"火"为核心的语象群,其中最为典型的是"1950—1960年代诗歌"。得因于其时特殊的社会语境,"火"语象本身带有了更多的人为属性。列维-斯特劳斯曾在研究南美洲神话思维时,发现其中存在着两种"火":一种是天上的、破坏性的火,另一种是地上的、创造性的火,即烧煮用的火①。尽管不能就此判断"1950—1960年代诗歌"中的"火"完全属于后者,但它所具有的人为因素则使其充满了"制造(创造)"的意味。与列维-斯特劳斯的"烧煮之火"相区别,此时期诗歌中的"火"存在于特定的时代容器——"高炉"之中,而它所"烧煮"的对象并非维持身体机能的食物,而是集合了社会群体意志的"圣物"——钢铁。如诗句:

> 红火炉内火熊熊,/火里铜胚条条红,/哪怕浑身汗如雨,/保证轧机不停工。//不怕炉内火焰凶,/烘钢工人赛武松,/铁钩穿透炉中火,/火中取宝最威风。
> ——《驯服条条金火龙》②

> 小高炉,象宝泉,/铁水源源汇成川。//小高炉,象笔杆,/蘸着铁水画乐园。
> ——《小高炉》③

> 白云深处搭帐篷,/铁炉建在高山巅,/拉起风箱火焰高,/炼出铁水象山泉。
> ——《铁水滚滚似火龙》④

这些诗句描绘了熊熊燃烧的高炉之火,铁水及其所包含的建设热情则成为燃烧的唯一产物。此种写作建构出了火焰与高炉之间的固定关系,正如张光昕所看到的:"在意志亢奋炼钢年代,火的诞生不但提供了制造钢铁的热能来源,而且一手促成了浪漫主义豪情火苗般的扶摇直上……"⑤正是在这一"浪漫主义之火"中,"燃烧"被锻造成固定的状态,火本身所内蕴的时间因素也饱含了群体意志,从而更多地趋于单一与平面化。同时,此时期诗歌中的"火"语象由于框圄在理想化的"此在"情形之内,历史性因素并未过多地渗入。

可以说,"火"语象在1950—1960年代的诗歌写作中具备极强的生产功能,它不仅生成了集体的文本,而且直接构筑出生产行为本身的集体化图景。由于烧煮行为的持续存在,火与其烧煮之物渐趋融为一体,直至成为火自身的产物——巴什拉意义上的"火的食物":"也许,火就像有生命的东西那样进食的想法在我们的无意识所形成的看法中占有主要的地位。"⑥因为"火"与其生产物的相互同构,由"钢铁"所形成的群体意志自然也赋予在"火"这一主体语象之上。或者说,1950—1960年代诗歌中的"火"语象构筑出了一种群体性的生产制度,使之具备了公共的势能。此处的火所表现出来的生产性与巴什拉认知体系内的火之功能相类似,但二者在属性上又有着根本的区别。前者更多地作为人造物附着在主观意念之中,而巴什拉的火则带有元素的性质,在其生产动能的推动下,形成了光、酒精、食物、灯等诸种物质,这些物质均成为火的对象物。较之巴什拉来说,蒂利亚德将火的作用进一步扩大,甚至把它置放到了"自然界序列"的首要位置——"这个序列包括:居于天使或所有创造物中的上帝,居于星辰中的太阳,自然力量中的火,一国之君王,头部之于身体,公正之于美德,狮子之于兽类,雄鹰之于鸟类,海豚之于鱼类。"⑦在这一序列中,火与上帝、太阳、君王等主体相互同构,极具统治力。

由于不同物质本身所具功能的相互差异,火的动能在不同阶段便带有了相异的阶层属性。同时,得因于一定条件下各物质之间的相互转换,火本身便具备了升阶的可能,这为考察行为主体的精神历程提供了基本的视角,也为认识1990年代中后期诗歌创造了新的空间。1990年代中后期诗人们首先在变动的社会现实语境中承受着时代的重力。王晓明注意到:"到90年代中期,公众的注意力已经明显朝改革社会经济甚至仅仅是改善个人物质生活的方向偏斜了。而一种视个人物质生活的改善为人生最大目标的狭隘的功利意识,也就在社会各阶层顺理成章地蔓延开来。"⑧此种现象尽管在1990年代初期的社会现实中已经出现,但由于其时诗人们过多地受限于断裂的境况,他们更倾向于将精神姿态的变化处理为隐形的状态。而到了1990年代中后期,随着经济制度改革的持续行进,人们的物质需求极大地超越了其本有的精神空间,错动的现实际遇使得"物质/精神"的对抗由隐形走向了显在,诗人们普遍表现出对社会现实的反思与批判。"年代""时代"等词语较多地出现在此时期诗人们的写作之中,共同指向了其时的社会语境。如诗句:

……对这个时代/我能说些什么?那么多的垃圾,充斥着/每一片洁净的天空和港口/或每一座舞台。
——张曙光《小丑的花格外衣》⑨

远远地,从风云陡起的天空下/升起一个审判的年代,/强烈有如音乐,迎面又错过去了……
——王家新《纪念》⑩

在一个并不缺少信仰、但却缺乏/信仰的能力的时代,假如你就是/永生,那么继续关好你的车门吧。/感谢你的美意!而我想步行回家。
——臧棣《不可能的永生》⑪

悬在两个时代脱钩的瞬间/谁能抽身而去?嘶叫的火车/抑出世纪最后的狂飙,被挟持者/在轮子间紧张验算距离
——陈超《博物馆或火焰》⑫

社会学意义上的"年代""时代"在1990年代中后期的诗歌写作中成为拒斥、审判、反思的对象,这便根本区别于1950—1960年代诗歌的精神姿态与思维方式,同时使得二者之间形成了某种悖反性的关系。

就诗歌写作来看,两种不同时期的诗歌可能具有内在的对应关系,这一现象在现当代诗歌史上也有所存在。如张桃洲就看到了1940年代诗歌与1990年代诗歌之间的对应——主要表现在"中年写作""诗学策略与诗歌技艺""文本结构"等层面⑬——他尤其通过分析诗歌写作中所运用的"戏剧化""反讽"等手法的相似性,进一步明确了二者之间的对应关系,并确立了一种现代的诗学观念。正是这种现代性的比较意识,为深入探察两个时期之间的"对应性"提供了有效的方式。与1950—1960年代相比,建构于1990年代中期社会语境之上的"火"语象抛弃了浪漫主义的激情与公共属性,从而染上了"不洁"的因子,具备"吞噬"原在情感的强大效力。巴什拉曾从爱情的角度分析了"不洁之火",指出"这不纯洁的火——孤独的爱情之果,在它产生时已打上了俄狄浦斯情结的烙印,应对此感到惊讶吗?……俄狄浦斯情结从不曾得到更好、更完整的表白;如果你未点燃,惨痛的失败会使你痛心疾首,火将留在你身上。如果你燃起火,斯芬克斯会吞食你"⑭。并强调了它所具有的"吞食自我"属性。1990年代中后期社会语境中正存在着某种"不洁性"——如"充斥着垃圾""需要审判""缺乏信仰能力""即将脱钩"等——由之生成的火便自觉地型构出了"吞食自我"的表达空间。

除了"不洁"的现实外,历史的置入更增加了火的精神向度。无论是"……不,历史只是/一堆肮脏的文字,在时间的风雨中变得模糊/没有人会从中挖掘出真理"⑮(张曙光《小丑的花格外衣》)、"历史一次次扬起骑者的滚尘/在历史里一个帝国的意志形成,却失陷在/对它自己的叙述里……"⑯(王家新《纪念》)等诗句中所存在的"叙述中的历史",还是"恰恰相反,与河流无关,/历史其实更像一幅油画。/这比喻同样出自比

例:/或者说,宇宙有时会静得//像一座美术馆,适合展示/各种各样的创作"(臧棣《照耀,或驳柏拉图》)[17]、"我的身体将照亮一座石砌的空城/和一部古代的历史,对于依靠想象生活的人们,/我已和这冲天的火光在永恒中完美地联姻"[18](西渡《狄多》)等诗句中所凝构的"风景化的历史",抑或是诗句"……而我的脑袋里出现的是银行;/它的玻璃旋转大门,钞票在计算器里/快速清点着,整齐地排队。这是市场经济/的宪兵。我知道,我们的历史正在由它们书写"[19](孙文波《星期天上午与傅维东拉西扯聊天》)所展现出的与现实"肉薄"[20]的"日常化的历史",历史均不同程度地进入了此时期诗人们的精神空间。尽管不能就此做出1990年代中后期诗歌写作具有历史化倾向的简单判断,但由历史所生成的写作意识则构筑出了此时期诗歌的基本维度。

笔者曾看到1990年代初期诗歌写作中所存在的历史化问题[21],同时指出其时的历史化并非明确的历史意识,因为其中的历史更多地作为一种写作策略而出现,尤其当面对1980年代诗歌所构筑的非历史化空间时,诗人们需要摆脱由之形成的影响焦虑。而到了1990年代中后期,诗人们挣脱了作为策略的历史,使其本身增添了立体的维度,由之形成的历史意识则具备了空间化的可能性。较之1950—1960年代诗歌来说,1990年代中后期语境中生成的"火"语象自然带有时间层面的延展性,而空间化历史意识的加入则使其超越了既有的精神向度,营构出了一种历史/现实的对位空间。这里的历史与现实正诠释了"火"语象的双重性,它在现实的基础上生成,饱含了现实的精神实体。在当代诗歌史上,历史与现实几乎成为各个时期诗歌均要面对的问题,但它在这些时期更多地作为隐性要素包含在诗人们的意识之中。随着社会转型的发生,1990年代的诗歌写作无疑遇到了解构性的力量,而在1990年代中后期表现最盛。历史与现实在此并非作为单独的现象,而是组合成了"历史/现实"的结构体,进而移置到1990年代中后期的社会语境之中。当然,此时期的诗歌写作也并非对二者的简单重提,而是在既有写作经验的基础上,针对"历史/现实"这一结构性问题进行了深度反思与重构。正如张桃洲所看到的:"对80年代(主要是中后期)诗歌的'纯诗'化或'非历史化'倾向的不满,是上述诗歌主题得以出现的动因之一。这时期(指'90年代诗歌'——笔者按)诗人们努力的一个重要方面,就是重建或修复诗歌与历史、现实的联系……"[22]姜涛也将"对'非历史化倾向'的拒绝"看作"1990年代诗歌"的突出特征,认为其写作"恢复了面对历史现实的处理能力"[23]。尽管二者的论述对象是作为整体的1990年代诗歌,但用其来观察1990年代中后期诗歌所处理的"历史/现实"问题,自然带有着深刻的合理性。还需指出的是,这种"重建或修复"客观上呈现出了1990年代诗歌与1980年代诗歌之间的连续性[24],这同时对有意制造二者之间"断裂性神话"的行为进行了观念上的纠偏。

基于先锋诗的困境与其可能性的思考,陈超将秉持着"揭示生存/生命"理念的先锋诗歌看作"另一种火焰或升阶书":"在此,火焰在燃烧中拥有着自我澄明和敢于自我焚毁的双重性质;而'升阶'的姿势,之所以有价值,乃是因为它涉及诗歌结构诸意向间自身内部的抵抗、摩擦、互否、互动、张力力量的牵引。"[25]——他在道明先锋诗歌写作本质的同时,也将火焰的燃烧属性有力地呈现了出来。这种燃烧包括"自我澄明"与"自我焚毁",继而具备着升阶的力量与启示。1990年代中后期诗歌中所构建的"火"语象,即包含着观念上的"升阶"意味,尤其表现出了对1950—1960年代诗歌中"火"语象的超越与重构。可以说,此时期诗人们在"火"中凝视,于身份的偏转中探求着语言的可能性,逐步建构出了诗歌语言的权力空间。此外,他们还借助微弱的烛火来映照自我的心境,在体察"历史/日常""主体/客体"等结构关系的基础上,建构着新的想象维度。

[本文系国家社会科学基金青年项目"20世纪中国新诗语象变迁研究(1917—2000)"(批准号:21CZW049)的阶段性研究成果]

注释:

① 列维-斯特劳斯著,周昌忠译:《神话学:生食和熟食》,中国人民大学出版社2007年版,第251页。
② 郭沫若、周扬编:《红旗歌谣》,红旗杂志社1959年版,第294页。

③郭沫若、周扬编:《红旗歌谣》,红旗杂志社1959年版,第306页。
④郭沫若、周扬编:《红旗歌谣》,红旗杂志社1959年版,第308页。
⑤张光昕:《昌耀诗歌的文本气质研究》,中央民族大学2010年硕士学位论文,第89页。
⑥加斯东·巴什拉著,杜小真、顾嘉琛译:《火的精神分析》,河南大学出版社2016年版,第83页。
⑦蒂利亚德著,牟芳芳译:《莎士比亚的历史剧》,华夏出版社2016年版,第15页。
⑧王晓明:《导论》,载王晓明编:《在新意识形态笼罩下——90年代的文化和文学分析》,江苏人民出版社2000年版,第11页。
⑨张曙光:《小丑的花格外衣》,文化艺术出版社1998年版,第169页。
⑩王家新:《王家新的诗》,人民文学出版社2001年版,第143页。
⑪臧棣:《燕园纪事》,文化艺术出版社1998年版,第73页。
⑫陈超:《无端泪涌》,中国青年出版社2015年版,第32页。
⑬参见张桃洲:《论新诗在40年代和90年代的对应性特征》,《中国现代文学研究丛刊》,2000年第4期。
⑭加斯东·巴什拉著,杜小真、顾嘉琛译:《火的精神分析》,河南大学出版社2016年版,第25页。
⑮张曙光:《小丑的花格外衣》,文化艺术出版社1998年版,第169页。
⑯王家新:《王家新的诗》,人民文学出版社2001年版,第141页。
⑰程光炜编:《岁月的遗照》,社会科学文献出版社1998年版,第264页。
⑱西渡:《雪景中的柏拉图》,文化艺术出版社1998年版,第82页。
⑲孙文波:《孙文波的诗》,人民文学出版社2001年版,第71页。
⑳该词语出自鲁迅《野草》中的《希望》篇——"我只得由我来肉薄这空虚中的暗夜了"。他在此强调的是委身于空虚中的"暗夜"状态,以及由此生成的"掷身"搏斗的复杂情感(《野草》,载《鲁迅全集》第二卷,人民文学出版社2005年版,第181~182页)。
㉑张凯成:《1990年代初期诗歌语言的基本形态及其局限性——以"广场"语象的分析为中心》,《华中师范大学学报(人文社会科学版)》2019年第6期。
㉒张桃洲:《众语杂生与未竟的转型:1990年代诗歌综论》,《长沙理工大学学报(社会科学版)》,2010年第6期。
㉓姜涛:《可疑的反思与反思话语的可能性》,《诗探索》1999年第3期。
㉔姜涛看到,1990年代诗歌中所建立的两种谱系("知识分子写作"与"民间写作")正提供了一种"历史连续性","即90年代诗歌非但不是对80年代的超越和断裂,而恰恰是80年代两种诗歌走向之间的冲突的再度延续,只不过在'反思'一方看来,其中一方('知识分子写作')借助非正义的手段(文化霸权)蓄意遮蔽了另一方的存在"(《可疑的反思与反思话语的可能性》,《诗探索》,1999年第3期,第59页)。
㉕陈超:《先锋诗的困境和可能前景》,载《打开诗的漂流瓶——现代诗研究论集》,河北教育出版社2003年版,第10页。

[作者单位:首都师范大学文学院]

中国"抗疫文学与文学抗疫"专题论坛综述

□ 李 涵

为了总结现阶段抗疫文学与文学抗疫的成果与经验,推动未来抗疫文学与文学抗疫研究的深化,2021年4月17—18日,由国家社科基金资助,中国新文学学会、华中师范大学文学院、中国语言文学一流学科联合主办,刘醒龙当代文学研究中心、《新文学评论》编辑部承办的"中国'抗疫文学与文学抗疫'专题论坛"在华中师范大学逸夫国际会议中心隆重召开。本次会议参会人员以中国新文学学会常务理事、副会长等学会骨干成员为主,同时邀请全国各地的青年会员代表,还邀请了中国作协、湖北省文联的作家领导以及来自省内外高校的专家学者、媒体记者等。华中师范大学党委书记赵凌云同志,中国新文学学会会长黄永林教授,中国作协党组成员、书记处书记、副主席李敬泽先生,中国作协创研部主任何向阳女士,湖北省文联主席、著名作家刘醒龙先生等百余人以线上或线下方式出席此次会议。17日上午举行会议开幕式和大会主题发言,下午分别进行了两场分组研讨,18日上午举办第三场研讨会和大会闭幕式。在三场研讨会中,与会专家学者分别从"抗疫文学"与"文学抗疫"两个层面对大会主题进行阐释,在文学创作、批评、研究、传播、经典化等方面进行了较为深入的探讨。每场研讨会发言完毕由评议人发表评议感言。最后由北京师范大学文学院教授、中国现代文学研究会常务副会长刘勇先生进行大会总结,中国新文学学会常务副会长兼秘书长李遇春教授致闭幕词。

会议开幕式由教育部青年长江学者、华中师范大学文学院副院长、中国新文学学会常务副会长兼秘书长李遇春教授主持。在开幕式上,黄永林(华中师范大学)首先代表中国新文学学会,向出席此次会议的各位来宾、专家、学者表示欢迎,指出中国新文学学会勇于承担社会责任和政治使命,希望以学术研究的形式为抗疫作出自己的贡献,并因此成功申报"国家社会科学基金哲学社会科学学术社团资助计划"的立项资助名额从而举办此次会议,意义重大。李敬泽(中国作协)在致辞中将我们面对新冠肺炎疫情所进行的抗疫斗争,习近平总书记所提出的"生命至上、举国同心、舍生忘死、尊重科学、命运与共"的伟大抗疫精神,与新中国建立以来所经历的斗争、所体现出的人民精神联系起来,对会议的重大意义做出了肯定。刘醒龙(著名作家)发表了题为《伟大的陪伴》的讲话,从其个人作为一个普通人在武汉关闭离汉通道期间的见闻与感受,以及作为一个作家在疫情中对疫情的书写这两个方面,阐述了"抗疫文学与文学抗疫"的会议主题。赵凌云(华中师范大学)在致辞中首先代表学校,学校党委、行政,向各位专家莅临学校、莅临此次论坛表示了热烈的欢迎和衷心的感谢,并介绍了华中师范大学在学术研究及抗击疫情两方面做出的努力与获得的成功,最后从习近平总书记强调要讲好中国抗击疫情故事的要求出发,肯定了这次论坛的重大意义。

在大会主题发言环节,华中师范大学原校长、中国新文学学会原会长王庆生担任主持人。何向阳(中国作协)在发言中提及在疫情暴发初期的较短时间段里中国作协做出的一系列举措,并提出对未来书写疫情作品的期待,是要有一颗英雄的心,既要表现恐惧,又要战胜恐惧。谭桂林(南京师范大学)发表了题为《抗疫文学的灵魂在人性的揭示》的讲话,将会议主题放置在全人类层面,指出在漫长的人类文明历史中,人类与瘟疫,或者说人类与灾难这样一对关系,还是应以"文学是人学"的形态出现:抗疫文学的灵魂在于人性的发露,抗疫文学成败的根基在于人性揭示的深刻与否。

汪政（江苏作协）介绍了江苏省作协以及江苏文学工作者在文学抗疫方面做出的努力，并提出五点思考，认为抗疫是中国文明的组成部分、世界文明的组成部分、现实生活的组成部分，是人的抗疫，是一个独特的文本。汪政指出目前我们还处在"痛"的阶段，后疫情时代如何"痛定思痛、熔铸经典"才是未来抗疫文学的发展方向。魏建（山东师范大学）介绍了他在疫情最严重时期面向湖北一线医护人员完成的一场线上讲座，在这场题为《一种医患冲突的文学表达——以鲁迅小说〈药〉为例》的讲座中，通过《药》的故事及其隐喻，他提出了"医患关系"的话题并进一步联系到疫情时代"医"与"患"的思考。李继凯（陕西师范大学）介绍了毕淑敏《花冠病毒》等有关病毒、瘟疫的文学作品，建议从灾难文艺、灾难文学角度拓宽抗疫文学研究的学术空间。

一、抗疫文学与文学抗疫的双向思考

与会专家学者多将会议主题分为两个层面来思考，即"抗疫文学"和"文学抗疫"。刘颋（《文艺报》）明确指出这是两个关键词：文学抗疫的重心在"抗疫"，是以文学服务于抗疫，不仅要看到文学书写，还应看到书写文学的人；而抗疫文学的关键则在"文学"。刘颋以刘醒龙的《如果来日方长》为例，指出如何展现一个普通人面对这样一个重大历史事件时所产生的恐惧，以及如何克服恐惧，由普通人变得不普通的过程，才是文学应该做的事。

有专家以阶段划分的方式，突出从文学抗疫到抗疫文学的发展。蔡家园（《长江文艺评论》杂志社）将抗疫文学写作分为前疫情时代、中疫情时代与后疫情时代三个阶段，指出作家不仅要以在场姿态见证、记录历史，还要拿起放大镜和显微镜来观察时代标本，冷静审视和记录生活，他表示期待未来有更多写作者的加入。

还有学者从宏观与微观两个角度入手，点明文学抗疫与抗疫文学的双向思考如何为作家创作提供了不同的侧重点。从抗击疫情的宏观层面来看，如何平（南京师范大学）指出文学抗疫应被理解为一个国家的文明动员机制的一部分。李雪（集美大学）指出抗疫文学将个体命运放到群体命运当中书写，通过灾难叙事激发出民族忧患意识和民族的凝聚力，强化了国家和民族共同体的建构，因而具有重大意义。王秀涛（《中国现代文学研究丛刊》杂志社）指出从抗疫文学与文学抗疫两个层面的实绩来看，我们今天的文学仍然具有参与时代、介入现实的能力，特别是非虚构作品发挥了见证历史、重塑民族精神的重要作用。肖向东（江南大学）围绕长篇报告文学《生命之证》展开细读，提出"文学能不能抗疫"这个问题，他认为文学作用于人心，能够在精神上参与强有力的抗疫。

从国家到个人，从中央到地方，结合对抗疫各个微观层面的观察，徐文海（中央民族大学）关注到疫情书写中英雄与普通人的话题，认为抗疫文学在进行宏大叙事的同时不能忽视掉一些具体的东西。还有学者从地方抗疫文学的视角出发来谈论会议主题，如谢廷秋（贵州师范大学）评论贵州的抗疫文学作品时指出其带有脱贫攻坚的特质，因此急需与其他地区进行深入交流来实现突破。吴道毅（中南民族大学）则以吕翼的中篇小说《逃亡的貔貅》为基础提出彝族文化视域对抗疫的深层次文化思考，关注到了少数民族抗疫叙事的重要实绩。

二、走向世界与经典的后疫情时代文学书写

当谈论到具体的抗疫文学作品时，专家们也提出了一些针对创作不足之处的批评和实现创作突破的期待与建议。

首先，学者们着眼于抗疫文学作品蕴含的丰富价值。周新民（华中科技大学）通过分析刘诗伟、蔡家园的《生命之证》和刘醒龙的《如果来日方长》两部抗疫文学作品，提炼出"科学理性精神""全景式描写""史证传统和实录精神"，以及"家国情怀"四个关键词。叶李（武汉大学）认为新冠病毒导致人类承受了各种形式的"失去"，使我们得以反思"人类中心"和"极度膨胀的个人中心"所带来的危机，并尝试重建一种有机的整体和理想的社会秩序，中国的抗疫文学因此具备了世界性和人类性。李永东（西南大学）认为瘟疫作为一种灾难，在文学中以极端题材形式呈现，使其对于人性的表现也达到了极致。金雅（浙江理工大学）则意在挖掘疫情书写作品中体现的中华民族大美人性和大美精神。

另外，参会学者们也深入探讨了现阶段抗疫文学

作品中存在的问题。李雪(集美大学)在发言时指出,当前的抗疫文学写作在一定程度上存在着扁平化的现象,这些没有展现出多少文学情怀或是文学悲悯的作品可能造成读者心理上的二次伤害。叶李(武汉大学)认为在当下的灾难文学、灾害叙事中,灾难常常被置于一种工具化的地位,如果说灾难对于人而言是健全和常态的异化,那么将之作为特殊工具去使用就是一种二重的异化,如此匆忙而过度地把创痛转化或升华为一种精神资源,反而使创痛本身的深刻内涵、生命之重被轻化了,我们的抗疫文学作品因此缺乏更深刻的说服力。张弛(湖南师范大学)则提到他在疫情期间阅读学生抗疫创作比赛小说作品的经历,他发现很多创作者在面对"文学与疾病/灾难"的重大主题时,经常显得非常拘谨和陌生,致使作品乏善可陈。

在对抗疫文学的价值和问题都有了一定讨论的基础上,学者们不约而同地谈论到目前抗疫文学作品中的经典缺失问题,并针对如何创作出具有经典意义的作品,提出了他们的建议。哨兵(《芳草》杂志社)强调我们要在文学和美学的范畴下讨论"抗疫文学与文学抗疫"。他表达了对现阶段作品中经典缺失的担忧,指出创作需在两方面做出努力:一是要强调写作的个人性,希望写作者们尽可能地表现个人化的发现,避免将生活二手化甚至三手化;二是要突破事件大于文学的模式,在美学的范畴里对人性进行极致表达。樊星(武汉大学)则认为我们的抗疫文学是能够产生经典的,将中国的抗疫文学创作放到世界文学范围内来考察,与世界灾难文学经典如加缪《鼠疫》等进行比较,自觉挖掘出一些新的亮点,写出个性,不失为一个产出经典的好方法。

对于抗疫文学经典作品应该具有的品格,学者们也提出了自己的观点。岳凯华(湖南师范大学)提出疫情书写的"五度":要找好切入疫情的角度,要拓宽择取材料的厚度,要开掘确认题材的深度,要能够体现人间大爱的温度,以及要提升思想立意的高度。李雪梅(三峡大学)建议书写的重点应放在探究"关于过去的现在记忆"上,提出抗疫文学文本中要有三个层面的表达:一是书写社会意义上的疫情之殇,灾难受害者作为想象的共同体,恐惧体验和英雄主义的行动表达往往会以悖论的形式呈现出来;二是抒写个人意义上的生命体验,其中人性的复杂性和对善的伦理期待共存;三是书写历史意义上的记忆之场,在重新认识人与人、人与自然、人与世界的关系中建构反思的伦理和总体性的视野。毕海(中央民族大学)通过分析《抗疫团》和《逃亡的貔貅》两部作品,提出抗疫文学应有的三点叙事品格:一是呈现真实的历史,保留个人的历史记忆;二是反映并弘扬伟大的抗疫精神;三是要有一个总体性视野,能够反映当代文学或者时代的总体性。刘波(三峡大学)认为抗疫文学应该具有一种更内在的审视意识和反思精神,形成一种多维度、多层面的,而非片面、单一的叙事。阎浩岗(河北大学)则聚焦于抗疫文学创作的实录性质,认为创作者要尽量做到全面,而拒绝带先入之见和过于明显的主观意图,否则作品会呈现出一种有选择的遮蔽或是夸大了的事实。

针对后疫情时代抗疫文学书写的拓展方向,刘芳坤(山西大学)提出了三个重要视角:一是家国情怀中的海外视角,特别是疫情之下海外华人文学带有离散体验的独特书写;二是非专业写作中的记忆视角,指明一些非全景、大众的文学书写也具有抗疫文学的价值;三是后人类文化或者说控制论视野中的生活视角,后疫情时代的文学创作应当探索跨界写作或具有"超文学"性质的形式创新。叶李(武汉大学)则认为在未来的文学创作中应最大程度去恢复人以及人类的痛感,给创伤和疼痛以本体性的地位,才能实现一种超越性。肖向东(江南大学)指出未来的抗疫文学写作应静下来,进入理性的回望,把"人类命运共同体"这样一种生存哲学以文学的形式表达出来。蔡家园(《长江文艺评论》杂志社)认为未来的抗疫文学创作要实现突破,可以从三方面入手:一是生命化,"瘟疫"一词与生命息息相关,书写抗疫需要生命意识的关照才不失为理性的思考;二是心灵化,只有将疫情下的生活充分对象化,经过心灵内化,才可能摆脱过于狭隘的功利性,张扬文学应有的诗性;三是寓言化,瘟疫带有极强的隐喻性,所以抗疫可以是心灵寓言、文化寓言甚至精神寓言,从而成为一种抽象意义的精神象征和哲学式的呈现。张丽军(暨南大学)还提出了制度实践层面的具体建议:一是要强化当前报告文学、非虚构文学的价值,如设置"中国非虚构文学奖"等举措;二是后疫情文学书写应该加大反思的力度和书写的精神深度,在空间上把中国的抗疫和世界各地的抗疫结合起来,在时间上放入历史生态危机的背景下,从自然美学中汲取力量来创作。李雪(集美大学)认为好的抗疫文学作品要有一种精到的艺术构思,而不应当是浅显的口号式创作。王秀涛(《中国现代文学研究丛刊》杂志社)则指出未来的抗疫文学写作重点在于民族国家间话语争夺、意识形态斗争、关于人类共同体的表达等各个大的方面,这是一个挑战。张弛(湖南师范大学)希望未来的抗疫文学创作在关注宏大主题的同时,也能够回到烟火人间的真实中来,从而避免陷入一种自我视野的封闭之中。张光芒(南京大学)则在发言中提出了"文学抗疫的三重愿景":拒绝遗忘、发现盲点和塑造潜在的英雄。

三、抗疫文学研究的文学史视野

"灾害/难书写"是许多与会学者探讨抗疫文学时自觉引入的文学史参照。如阎浩岗(河北大学)认为灾难题材文学有三种写法:鼓劲儿型、反思型和实录型。他指出,一般而言,灾难进行的时候,需要鼓劲儿,也需要实录,灾难过后则需要反思。刘波(三峡大学)注意到灾难文学书写的主体意识有一个变化过程,从单纯的情绪的发泄,到中和的理性的回望,作家们经历了从"及时性的现象的呈现"到"相对立体的专业化的书写"转变。

而将抗疫文学作为灾难文学的表现形式之一,意味着不仅可以对抗疫文学创作进行跟踪式批评,也可以从文学史视角出发进行史料整理与研究。

张先飞(河南大学)认为首先需将抗疫文学看作一个文学事件,探究其发生、发展的背景,并同时看到其中蕴含的中华文化价值在抗疫过程中发挥的巨大作用;其次需要及时进行文学史史料的收集、整理和史料库的建立,特别是口述史记录不容忽视。但红光(江汉大学)同样关注到史料收集的问题,他联系到茅盾和邹韬奋在1936年组织的"中国的一日"文学征集活动以及"大跃进"时期的新民歌运动等文学史事件,认为对当下"抗疫文学与文学抗疫"活动的研究,也可以以类似历史经验为参照。樊星(武汉大学)提出了"能不能将抗疫文学写进文学史教材"的问题,指出我们应该关注如何在宣传、研究和教育中,将抗疫文学提升到一个新高度。

从抗疫文学的文学体式入手,与会专家也尝试在不同文体的写作传统中总结抗疫文学的独特贡献。如刘波(三峡大学)就关注到疫情发生以来,抗疫文学在文体形式上的变化,从早期的日记体到后来的长篇非虚构作品,抗疫文学发展呈现了一个循序渐进的过程。在诗歌文体方面,罗振亚(南开大学)指出抗疫诗歌在创作中面临的难题源自新诗抗疫功能与诗歌质量的矛盾,提出诗歌应该"突围",那种诗歌大于文本,事件多于文本的现象,应该尽早成为历史。李建周(河北师范大学)做了题为《历史现场的诗意症候——以欧阳江河〈庚子记〉为例》的发言。他以文本细读的方式对《庚子记》做了详尽的分析,首先肯定了欧阳江河"幽灵写作"的气质,其次在诗歌虚构的语句中挖掘出了强烈的现实感,最后对于诗歌知识谱系的杂合性质做出了辩证的批评。岳凯华(湖南师范大学)则关注到一种特别的抗疫文学文体,即在党报、党刊上面发表的评论文章,他指出这一种理性度很高的创作也是抗疫文学的重要组成部分,在文学抗疫的方面也具有重大贡献。

另外,在世界文学视野中,还有学者将现阶段的抗疫文学与世界文学经典并置,从中看到了中国抗疫文学的独特性。刘早(中南财经政法大学)通过比较普希金《瘟疫流行时的聚会》、加缪《鼠疫》等世界瘟疫书写经典,指出在我们的抗疫文学作品中,瘟疫主题不是一个写作工具,由于作者用精神和肉体去真切地感受瘟疫与死亡带来的恐惧,才在作品中留存下真实的生活、鲜活的生命和痛彻的思辨,从而形成了一种全新世界图景下的新文学形式。李永东(西南大学)以杰克·伦敦的短篇小说《史无前例的入侵》为例,提出"瘟疫(灾难)"作为一种装置,与人类命运共同体连接产生的各种关系,所带来的前瞻性、想象性的反思机会值得我们特别探究。

在抗疫文学的文学史价值方面,张均(中山大学)认为此次疫情给他提供了一个对文学三边关系(国家、知识分子和民众)反思的机会,他指出这是一种思维方式重新调整的过程,可能会对以后的创作与研究产生建设性的作用。何平(南京师范大学)指出由于2020年的疫情蔓延的时间之长、波及的人群之多,致使全球化时代背景下的世界格局发生了巨大的改变,在这样的灾难中进行抗疫文学创作,对于时间的把握很重要,既要求作家在极短的时间内迅速地以文学的形式做出回应，又要在相对长的时间内，打磨出文学经典来。朴婕（武汉大学）在发言中谈到面对新冠病毒时"文学何为"的问题，她在此基础上进一步思考，近年来，中国不断应对来自世界逐渐加剧的恶意，污名化中国行为的蔓延，实质上也可视为一场"全球瘟疫"，而通过文学来建构中国，为中国正名，正是文艺实践在疗救意义上的有所担当。张森（湖南师范大学）首先看到了这次疫情的常与变，指出新冠疫情不同于以往历史上的任何一次灾难与瘟疫，但人类在这次疫情中的种种表现却又有着很多的延续性；其次从文学批评的角度出发，将疫情发生时产生的大量对抗疫文艺的批评，与抗战文艺时期沈从文对"差不多现象"的批评相联系起来，指出未来的抗疫文学创作要能够兼顾文艺的宣传性与经典性、共性与个性。桫椤（河北省作协）指出抗疫引发了文学对人本身的重新关照，他认为文学要回到人的本体意义上来对待人，一切的文学创作都应该围绕人性、人道、独立、尊严、激情和理想等方面来进行，偏离这个方向就会沦为一场纯粹的文字游戏。

四、文学抗疫与抗疫文学的传媒研究视角

疫情书写与传播媒介的交互现象，得到与会学者的普遍关注。何平（南京师范大学）特别指出发生于电子媒介时代的新冠疫情，与历史上的其他灾难相比有着巨大的不同，这种差异给衡量抗疫文学书写的方式、标准等都带来了极大的影响。沈嘉达（黄冈师范学院）认为作家在面对疫情时没有缺席，而作为评论者、研究者，作为出版者、媒体人，同样有责任和使命，从美学、传播学等多方面、多角度的对抗疫文学进行深入研究。围绕疫情书写传播的具体物质媒介问题，与会学者纷纷提出了具体实例。刘颋（《文艺报》）提到一位武汉本土网络作家开放付费写作平台，进行了每天6000字更新的无偿网络写作，类似平台负载的巨大浏览量，在抗疫文学中不容忽视。刘艳（《文学评论》杂志社）指出疫情期间作家、民众在自媒体平台上发布的原创内容值得关注，需进一步研究它们对于公共危机的应对、决策和治理，以及对民众心理疏导方面发挥的作用。对于此类非专业写作在疫情期间的大量涌现，张弛（湖南师范大学）认为是构造了另一个文学空间，如微信朋友圈里就有许多相比纯文学更加真实、鲜活的文字。因此，他认为对疫情时代借助电子媒介进行"朋友圈式的狂欢"现象也应给予理解，当人类进入一种"封闭式、地洞式"的生活状态时，这些行为方式未尝不是对抗拒生命虚无作出的努力。李勇（郑州大学）也注意到一些非文学工作者的创作十分有力量，应该进行研究上的同步记录与整理。

从文学传播与接受的角度来看，不同媒介平台的切换使得大众接受产生了相应的改变，呈现出一种"流动性"特质。刘江伟（《光明日报》）从一个新闻工作者的角度出发，讲述了《光明日报》等报刊媒体在疫情期间发挥的作用，强调了他们对以报告文学作品为主的抗疫文学作品在刊发、翻译、出版等方面给予的关注与支持。刘艳（《文学评论》杂志社）认为在新冠疫情时期，自媒体成为疫情信息发布的最主要媒介，在公共危机应对中的作用得到极大凸显，网络平台带来的极高阅读量是它的最大价值，因此，也格外需要加强规范管理与有效治理。还有学者将抗疫文学与网络文艺联系起来。桫椤（河北省作协）指出在信息时代的疫情中，互联网和网络文艺在疫情防控中处于毫无争议的优势地位，媒介革命给人类社会带来了福音，也对传统文艺形成了一个新的挑战，更创造了一个发展机遇。此外，还有学者从建立传播平台的角度提出了有关抗疫文学发展的建议。张丽军（暨南大学）认为在武汉这样一个可以称为"中国抗疫的中心"的空间，中国新文学学会可以打造一个中国抗疫文学研究中心，由会刊《新文学评论》杂志组织专栏，提供一个供研究者进行思考与讨论的平台。

论坛闭幕式由华中师范大学教授、中国新文学学会名誉会长张永健先生主持。刘勇教授在闭幕式上做了题为《文学是精神的疫苗》的真切发言。首先，他祝贺论坛成功举办，并表达了对会议主题的肯定。其次，他论述了文学的根本价值是"无用之用"的观点，明确指出无论是抗疫文学还是文学抗疫，本质上都是借助文学实现对人类精神的慰藉、鼓舞和滋养，都体现了中国自古以来便始终承续的"文以载道"的文脉，都体现了文学对守护人类精神世界、构筑人类精神家园的重要价值。此外，他还借用日本哲学家梅原猛《日本的森林哲学》一书中的观点，提出要重视生态平衡、人与自

然关系的平衡。最后他指出,文学的价值是以持久而绵长的力量逐渐显现的,所以文学抗疫不是一句应景的口号,它将永远伴随着我们人类的发展。

中国新文学学会常务副会长兼秘书长李遇春教授致闭幕词。他对各位参会、办会人员为会议付出的劳动表达了感谢,继而对会议成果做出了高度肯定:首先,通过各位领导、专家学者的研讨、发言,抗疫文学和文学抗疫本身的历史地位和价值得到了充分的评价。其次,学者们始终坚持一种开放、包容的文学研究视野,不仅关注到了现阶段国内的抗疫文学创作,还在研究的时空范围上实现突破,将抗疫文学在空间上与世界文学经典并置,在时间上放入整个现当代文学的历史脉络当中,甚至更进一步关注到网络文学、校园文学,更年轻代际的写作等,极大地拓展了研究空间。最后,针对抗疫文学研究,专家们从灾难文学研究、文学史研究、文体研究和传播媒介研究等视角切入,提供了新颖的研究角度。他还指出,这次会议可能仅是一个开端,提醒着中国现代文学研究会、中国当代文学研究会、中国新文学学会等与现当代文学相关的学术团体,在未来可以将研究目光投向"抗疫文学与文学抗疫"这一专题。各文学团体团结合作,推动"抗疫文学和文学抗疫"研究的进一步发展,是我们身为文学研究者的责任和义务。

[作者单位:华中师范大学文学院]

中国"抗疫文学与文学抗疫"纵横谈

谭桂林 汪 政 魏建 刘勇

抗疫文学的灵魂在人性的揭示

谭桂林（南京师范大学文学院教授）

"抗疫文学与文学抗疫"这一主题的提出，其重要性不仅要在文学层面上，也不仅在学术层面上，而是更要在人类未来命运的思考层面上来理解。目前，全世界都在忙于抗疫，有的已经初见成效，有的还在水深火热之中。在水深火热之中的民族固然需要别人的帮助纾困，但初见成效的国家也不可能独善其身，只要哪一方有所松懈，就有可能功亏一篑。所以，新冠疫情是一个世界性的问题，是全球性的公共卫生事件。既然是世界性、全球性的问题，每一个民族都深深地承受着这一瘟疫的纠缠与压抑。就像二战一样，各个民族都承担着战争的苦难，二战题材在战争结束之后的几十年中乃至今天都仍然成为人类文学的一个取之不竭的故事源泉，许许多多新的思想体系和理论观念在二战之后如雨后春笋般出现，无疑也是受到二战的触发与催动。这次新冠疫情涉及的国家远超二战，在有的国家因疫死亡的人数甚至超过了二战的死亡人数，可以想见这场疫情带给世界的影响将会有多么的广泛与深远。在这样的境况下，不远的将来，或者说在疫情结束之后，必然地会有一次文化思想创造性成果的大暴发。正如西方文学尤其是好莱坞的二战题材电影曾经主导了全世界的二战想象，新冠之后，谁来主导新冠灾难的叙事话语和想象图式，谁来提供关于新冠疫情之后人类社会治理与文化发展的理论资源，这都是各种文化传统和意识形态所关心的重大事务。文化的不同，经验的差异，意识形态的对立，必然地会导致竞争。回顾历史，在二战叙事的主导上，作为参战国的中国已经输给了西方，展望未来，关于新冠疫情这一必将改变世界格局与文明发展趋势的全球性公共事件的叙事主导，中国以什么样的方式和品质来建立起自己的影响力与主导性，这无疑是攸关人类命运的重要话题。因而，疫情之中来谈抗疫文学和文学抗疫，它的意义，从目下来看，这是学术上的首开风气，首创议题，体现了学术团队的强烈的社会责任感，体现了团队敏锐的学术洞察力。从长远来看，这也是民族前行的必然，是文明发展的必须。作为亲身经历着新冠疫情的学人，我们应该具有这样的未来意识。我们不能说武汉是新冠最早的源头，但我们可以说武汉是人类抗击新冠疫情最早的战场，面临如此来势汹汹而又诡秘莫测的新冠疫情，人性的软弱与坚韧、卑微与高尚、自私与博爱，社会的松散与严密、障壁与关联、溃败与重组，等等等等，都在这个特定的时间、特定的场域突然暴发和共同呈现。所以说，武汉作为抗疫的重地，抗疫的许多问题、现象和政策都曾在这里展开、实践，忧郁、焦虑、困惑、绝望、亢奋、悲哀等等，抗疫中人的种种情绪也曾在这里交替迸发，因而在武汉来讨论抗疫文学，可谓适得其所。

人类和瘟疫的抗争，贯穿整个人类文明发展的历史，包括抗疫在内的灾难叙事也是人类文学史上的一个重要主题，有着悠久的历史传统，但每一个时代的抗疫都会有自己的时代特点。这一次新冠疫情更是体现着数据化时代里的各种人类从来没有经历过的生命体验，全球化与民粹主义、公民权利与国家治理、疫情管控与个人隐私、舆论监督与私人写作等等，都是这个时代新冠疫情引发的种种新问题，需要学界进行深入考察与探索。可以预想的是，这场灾难恰如人类历史上所遭遇的每一次灾难一样，都将激发起学术界的极度关注。当然，在专业分工已经极其琐细与严格的今天，不仅是医学科学，包括政治学、社会学、经济学、伦理学、历史学等等，对疫情的观察都会有自己独到的视域与关注点。那么,文学的独到视域在哪里?在这个问题上,我还是奉持那个传统的"文学是人学"的观念,坚信抗疫文学的灵魂在于人性的发露,抗疫文学成败的根基在于人性揭示的深刻与否。如果说政治学侧重考察抗疫的治理方式,社会学侧重研究抗疫过程中的群团关系,经济学侧重分析疫情所带来的物质生产与供求模式的转型,伦理学侧重关注疫情带来的人际关系的变化,那么,文学,也只有文学才真正关心人的内心世界面对疫情肆虐的恐慌、忧惧、无奈,以及在这种情绪中所潜伏的人性的异变。政治学、社会学、经济学甚至伦理学也可能关注到人的问题,但这些学科关心的是群体的人,是民族的人,只有文学才真正关注到个体的人,血肉的人。在去年疫情最严重的时候,我找了一些瘟疫与灾难题材的片子来补课。看了那么多的片子,我觉得真正感人的还是写人性的作品。譬如韩国影片《釜山行》,同样的僵尸片,但它之所以感人至深,就在于影片写出了一个卑微平凡的普通人的担当。在突如其来的僵尸恐怖中,男主人公和大家一样的逃难,危难之中只想保护好自己的女儿。他和那些同行的乘客不一样的是,他在紧急关头还保留了一点人的理性,知道要合作才能有机会抵御僵尸的攻击;他在危难之中还坚守住了人的高贵,不负和他一起联手抵御僵尸攻击但终被僵尸吞噬的同行者的托付,无论如何艰险也不放弃这个同行者怀有身孕的妻子;当他被僵尸攻击,在即将变成僵尸的生死瞬间,他还维持住了人性的尊严,在意识存留的最后刹那,宁愿毁灭自己,也不变成僵尸去危害自己的亲人。影片中的这个男主人公是一个极其普通的人,他的个人生活正在烦恼之中,事业处于低谷,家庭也不和谐,正是因为这点保护女儿的责任感,这点人性的高贵与尊严,让我们深深地感动于这份平凡中的伟大。影片的结局最为感人,幸存的孕妇拉着女孩的手穿过死亡隧道,堵在前方的士兵正要开枪,这时女孩的歌声响起来了。僵尸是不会歌唱的,艺术,这个只有人类最为美好的精神标志迅即划清了人与僵尸的界线,最后,孕妇和女孩获救了。这种在灾难中想救出自己,想保护女儿的普通人,让我们从他的命运看到了自己,看到自己的卑微与努力,同时也看到自己可能的勇敢与高贵。所以,我觉得抗疫文学与文学抗疫是两个层面的事情。文学抗疫,是指的文学作为社会的一个行业对抗疫的参与和介入,这是历史叙事,不妨宏大点,抗战时期有所谓文学下乡、文章入伍的口号与实践,我们今天也可以呼吁文章上线、文学入心,让文学真正在整个社会的抗疫活动中发挥出重要的作用,谱写出一部轰轰烈烈的文学抗疫史。抗疫文学则是指文学的抗疫叙事,文学的抗疫叙事与历史的抗疫叙事有所不同,文学的抗疫叙事乃是通过文学的形式表现社会对疫情的心理感受和精神指向,以及揭示疫情将给人类生命带来的长期影响的种种可能性。它的灵魂乃是对人性的深度揭示,它的关注对象永远都是个体的人,唯有在一个个独特的个体命运的展开中,我们才有可能真正认识到新冠疫情对人类文明演化所造成的深远影响。所以,那个曾经将加缪的《鼠疫》与法西斯对犹太人大屠杀联系起来的批评家费尔曼曾经指出:"要想成为真正历史的,它必须是文学性的。"因为,文学性恰恰是一种"肉身化的历史见证",能够以一个个不可化约的具体生命,以身体的差异、身体之于理论的他性、身体对理论的物理反抗来呈现和还原历史的真实场景。

值得指出的是,在新冠时代里,抗疫文学叙事中的这个个体或许与前此文学中的所有个体都会有所不同。瘟疫作为一种致死或者不致死的疾病,它最大的特征也是最为恐怖的特征在于它的快速传染和大范围的流行。因而,在人类与瘟疫的抗争史上,对付瘟疫最有效的办法就是通过人为的政策和治理,实施阻断、隔绝与封闭。阻断、隔绝与封闭不仅是肉身的,而且是信息的。因而,人类文明史上人类与瘟疫的战斗,本质上也是人类与信息的博弈。在人类文明的各个不同阶段中,这种博弈其性质、形态也许并不一样。在古典的农业文明时代,不论是逃离疫区,还是被封闭在疫区,人们对瘟疫的信息了解是不全面的,在莎士比亚时代,政府通告市民的通行方式就是在市区的中心地段张贴防疫告示。信息的有限性使得人们将瘟疫归之为天遣,而高发的死亡率也更加深了人们关于命运的无常感。所以,曾经三次躲过瘟疫的幸运儿莎士比亚在悲剧《李尔王》中写李尔王对他的女儿里根和女婿康沃尔的诅咒就用到了"瘟疫"一词,而对命运无常的叹息更是贯穿在莎士比亚所有的戏剧结构中。中国现代文学中也有写瘟疫的作品,譬如彭家煌的《奔丧》就写到20年代末曾经在湖南等地流行过的"虎列拉"(霍乱)一家人中母亲、两个兄弟、两个侄儿都在两三天内死于瘟疫,但由于当时中国还没有进入工业时代,公共卫生事业还没有发展起来,作者写到了瘟疫的恐怖,也还是停留在感叹命运的无常和人的贫穷和软弱上。尤其是作者写到瘟疫流行的时候，父亲还在召唤儿子赶紧带钱回来，处理后事，可见那个时代人们对抗疫的科学意识的缺陷。到了工业时代，城市化的群居生活使得瘟疫的传播更加便利，而公共卫生的医学进步使得遭受瘟疫袭击的人们生发了在灾难中主宰自我命运的自我意识，同时通信技术的发达也增强了人们获取更多信息的欲望和可能。但抗疫有危机管控性质，这种抗疫性质规约了人们与抗疫信息联系的独特性，人们在隔绝中能够获取的信息是被给予的，被选择的，因而也是不完整的；被选择和被给予的信息层层累积，一旦被信息接收者内化成自我精神中的行为原则和道德指令，极权和专制也就随之产生了，这也就是人们往往把加缪的《鼠疫》看成德国纳粹政治的象征的一条通道。而在这次世界流行的新冠时代，信息技术的巨大进步使得人与信息的关联发生了深刻的裂变：一方面，防疫管控的大数据运用要求人们让渡自我隐私的大部分权利，你的个人信息被嵌入到国家疫情治理的大体系中受到严格的监管；另一方面，社交自媒体的兴起则帮助人们在一定程度上突破权力对信息的控驭，增强了获取多方面信息的能力。所以，如果说在古典式的农业文明时代，人们因为信息的欠缺而导致恐惧与无奈，在工业化时代里人们因为信息的被给予而产生精神的异化与焦虑，而在大数据时代，人们则是在信息的爆炸中感受着前所未有的孤独与迷茫。在隔绝的生存状态中，获取的信息越多，人们越是无所适从，在虚拟的社交空间里，人们的距离越近，心灵就越加孤独。这种生存状态对精神造成的创伤性影响，对社会群际关系所造成的撕裂，甚至比瘟疫本身还要可怕。以形象的方式去展现这种撕裂，以想象的方式去捕捉这种创伤，正是在这一点上，抗疫的文学叙事显示出了它的重要意义，一种别的方式无法取代的意义。因为只有具象化的文学叙事才会真正关心人的这种前所未有的精神困境，才能切实地去感受和揭示这种人性的细微但又深刻的变异。所以，抗疫文学的灵魂在于人性的揭示，这既是一种期待，也是一种必然。

痛定思痛　熔铸经典
汪政（江苏省作协副主席）

这个课题在开始的时候举行过一个课题论证会，当时很多专家的发言对我很有启发。这个课题涉及两个方向，抗疫文学与文学抗疫。去年在湖北的时候，李遇春教授就跟我讲，这个课题可能需要许多省市的文学工作者的合作与支持以完成对全国文学抗疫的调研。所以，我这里也稍微花点时间介绍一下我们江苏省作协以及江苏的文学工作者在文学抗疫上所做的一些事情。当然在一个省的层面，与何向阳主任刚才从中国作协的国家层面是不能比的，但是江苏，当在武汉疫情发生之后，按照国家的部署立即驰援武汉，在这一过程中也出现了很多感人的事迹。文学工作者也在第一时间就投入到了抗疫，报告文学作家周桐淦先生当时就主动请缨到武汉前线去。因为当时武汉有规定，国家有规定，江苏在武汉的前线指挥部也有规定，去武汉采写不容易。如果不是组织安排的话，个人前往是不允许的。但是周桐淦决心非常大，不断地向省作协、向中国作协、向江苏省委宣传部包括江苏在武汉的前线指挥部联系，最终获得了批准。他应该说是我们江苏唯一一个赴武汉抗疫前线采访江苏抗疫医务工作者的报告文学作家。后来他的作品在《人民日报》刊载，他的长篇报告文学也已经列入江苏省作协的重点项目扶持工程。

抗疫后期，江苏省作家协会还组织了几十位作家奔赴全省的许多医院以及在抗疫当中取得了经验的一些人和地方，也就是说响应总书记关于抗疫的人民战争、阻击战、总体战的号召，先后采写了好多人，以及好多单位、社区等等，最后形成了几十万字的报告文学。我们原来认为这样的报告文学可能因为采写与撰写的匆忙在质量上可能是不尽人意，一开始是想等以后再花时间进一步打磨再说，但结果却出人意料。看了以后我们非常激动，既为作品中的人和事所感动，也为作家们的倾情奉献而感动。报告文学的艺术水平超过了我们的想象，省作协决定将于近期出版。

下面我重点说说抗疫文学。为这次论坛我拟了个题目——痛定思痛，熔铸经典，其实我们现在还没有到"痛定思痛"的阶段，还处在"痛"这个阶段。因为从世界的抗疫形势来讲，依然还在抵抗新冠疫情的过程中，还没有到"痛定"的时候，"痛"还没有"定"。因此，在"定"了以后如何来"思痛"可能还是一个需要假以时日的问题。从文艺史，包括学术史的角度来讲，对某一重大事件或重大事变的表现、思考需要一具漫长的过程，不论是文艺成果，还是思想成果来得都比较慢。按照现在常规的造词方法，应该用"后疫情时代"一词去概括疫情过去后的一段时间。可是,现在这个后疫情时代还没有到,我们仍然处在疫情时代。所以,高质量的文艺作品和学术作品可能都要在"痛定"以后。这虽然是历史的经验,但这种经验在当代正在改变。因为世界进入了文化自觉时代,比如我们在"痛"的时候就已经开始"思痛"了,在进入"痛定"的创作之前就能够思考我们如何在"痛定"后的创作问题了。

那么,如果需要超前思考的话,我有这么五点想法向诸位专家请教。

第一,中国今天的抗疫是中国文明的组成部分,必须打通古今文明,寻绎文明旧影,定义文明创新。新冠疫情是中国第一次遇到,但中国文明这么多年,并不是第一次遇到灾难。中国历史上是一个多灾多难的国家,但在许多天灾人祸中,中国没有倒,没有亡,自有其文明的原因。正是在对灾难的抗击中,我们不断淬炼文明,不断积累文明。所以,中国这次能如此,一方面要提炼创新的价值,另一方面也要从中读解出传统。只有这样,才能将作品写厚。

第二,中国今天的抗疫是世界文明的组成部分,必须打通中西文明,彰显人类文明共性,突显中国独特价值。在世界性的灾难面前,没有人能置身其外,也没人能独善其身。既然是同一个大的共同体,总有相通的东西,不同文明在抵御灾难时都积累了经验,增长了智慧。所以,抗疫文学要有人类意识与世界意识,有文明间的对话。只这样,才能将作品写广,也才能显示中国价值的独特与力量。

第三,中国今天的抗疫已经成为当下生活的组成部分,到时必须拉回视线,关注疫情和抗疫对日常生活的改变和改变了的日常生活,发现生活的新的意义。这大概是后疫情时代或后冠时代要关注的方面。文学不能永远停留在疫情与抗疫中,不能永远是疫情思维与抗疫思维,否则,痛就永远没有定的时候。所以,要走出来,回到日常生活,回到细节,去发现疫情与抗疫作为生活的意义以及疫情后背后生活的意义。而这,恰恰是文学化的关注方式。

第四,中国今天的抗疫是人的抗疫,应该尽快从事件转向人,塑造形象,勘探复杂的人性。文学表达不能停留在事件中,而要将人置于前景,以人作为故事的驱动者。而这人是丰富的,我们固然要写英雄,但不能止于英雄。面对灾难,我们也有怀疑、忧虑、悲伤、恐惧,有文明,也有野蛮,有美好,也有丑恶,有爱,也有恨……总之,人性是复杂的,复杂的人性诞生复杂的人物,中国要贡献灾难文学新的人物形象。

第五,中国今天的抗疫是一个独特的文本,期待多元的、深度的解读,更期待这一独特文本的艺术转化。德里达说文本之外再无他物。我们要将抗疫与疫情当作文本,当作景观,去解读,多角度地解读,这需要多学科的参与,需要思想与学术。而知识与思想的解读往往是文学的基础,通过解读发现深度创造的可能。前期的抗疫文学更多是素材的、即时的与纪实的,我们更期待后期的提炼、创造与想象。而一旦创造,抗疫与疫情就会在更多更高层次被审美运用,从而形成从写实性抗疫文学到形而上思考与多维审美表达的创造序列。这已经为世界灾难文学所证明。

刚才谭桂林教授以二战为例,说中国也是二战的参与国,但是一直没有拿出足以跟世界经典相媲美的抗战文本,或者说战争文学。这里面有许多问题值得探究和思考,如何表现战争,如何表现灾难,包括如何表现瘟疫与疾病,我们的文学做得确实还不够好。好在我们现在已经开始认真地、自觉地思考这些问题。我国是最早发生疫情的国家之一,又是第一个将疫情控制得很好的国家,相应地,也应该有责任、义务和担当,拿出能够与世界的疾病文学、灾难文学传统媲美的,能够进入世界文学经典的抗疫文学。我们不能止步于目前抗疫文学取得的成绩,终究要超越作为素材的抗疫文学,进入作为创造的抗疫文学。

一种医患冲突的文学表达
——以鲁迅小说《药》为例

魏建(山东师范大学文学院教授)

我今天主要是向大家汇报,去年武汉抗疫期间,我做了一件与我们这次会议议题有关的事情。去年三月九日,国家援湖北医疗队山东队副队长曹英娟博士托人转给我一个邀请,让我给医疗队的医护人员做一场有关文学的讲座,当然是线上讲。我问具体希望我讲什么,他说只要能缓解医护人员的精神压力就行,我答应了。我接受这个任务,不仅仅是要为抗疫出一点力,更是想借这个机会向抗疫前沿的白衣天使们致敬。那些日子我和大家一样,我们通过互联网、电视等媒介了解了武汉前线那些医护人员的动人事迹。这一次我又通过和我的联系人,包括记者和他们传给我的我讲座的一些截图等信息,让我更了解了那些医护人员。当时让我最感动的,不仅仅是他们把自己置于生与死的边缘,还把自己置于几乎精神崩溃的边缘。为了这个讲座,我仔细考虑了两天。我究竟讲什么,既有利于缓解这些医护人员的精神压力,还得让他们感兴趣?我只能讲我自己的专业,还得找到与他们专业的共同话题。最后,我决定讲鲁迅的《药》。

我多年教书的经验是,接受者感兴趣的,往往是在熟悉的内容和陌生的内容之间。已经熟悉了,肯定不愿意听;完全陌生的东西,听不懂也就不想听。我觉得鲁迅的《药》是他们熟悉的,因为他们中学都学过这篇课本。而且他们是医生,小说写的治疗肺病的内容,不仅他们熟悉,而且正是他们当下的工作。他们恐怕陌生的就是我的讲座题目。我的题目是:"一种医患冲突的文学表达——以鲁迅小说《药》为例。"我这个题目就是要对鲁迅小说《药》做出自己的解读,而医患冲突又是医护人员熟悉而特别关心的。他们一定期待我把这篇他们熟悉的小说讲出新意,而且他们也特别关心鲁迅的《药》如何与医患冲突有关。于是,去年三月十七日晚上七点,在云端的"雨课堂",我为国家援湖北医疗队在武汉的六家医院的医护人员做了这场讲座。我的讲座分三个部分,第一个部分的标题是:《药》写了怎样的一个故事;第二个部分是:鲁迅为什么要这样思考医患关系;第三部分是:《药》的医患冲突是如何表现的。

第一部分我讲《药》写了怎样的故事。因为我的听众熟悉这篇小说,所以我没有口头复述小说的情节,主要展示我的课件。课件上的内容是"买药"和"吃药"两个场景的绘画作品。我让他们借助这些画面回忆小说所写的故事。然后我提示他们,"买药"和"吃药"组成了为肺结核病人华小栓治病的故事。这个故事属于文学的疗救主题。我又特别强调整个小说《药》是一个大故事。这个大故事也是疗救主题,但是随着故事的转化,主题也深化了。这些我后面再讲。这里我只讲《药》写了怎样的故事。小说先是写为华小栓疗救的故事,后来写华小栓疗救失败的故事。但这只是小说《药》大故事的一部分,我把它称为"前故事"。这个前故事到了小说的前半,基本讲完了。华小栓吃了药,后来死去了。如果小说这样结束,《药》肯定是一个普通的疗救失败的故事,不过是批判愚昧而已。这是当时一般普通作家所表现的内容。然而普通作家止笔的地方,往往是鲁迅开始施展自己思想和艺术才华的起点。

他把这个疗救失败的故事逐步深化,悲剧也深化了。我给他们说,为华小栓疗救的前故事写完之后,鲁迅开始写了新的故事,组成新的场景,写出了后来的新故事,但是我们仔细看就会发现,鲁迅延伸的故事和人物实际上在小说的开头已经开始了。在讲座时,我把课件重新调回到第一个场景,让他们注意第一场景绘画作品里那些凌晨赶来看杀头的人,提示听众这些看客有没有"病"。

我接着再讲第三个场景,新的故事主要是夏瑜的故事。茶店里人们无聊的谈资是"药",人血馒头蘸的血是谁的?"药"的提供者就被引出来了——来自夏瑜的生命。康大叔还讲了夏瑜在监牢里劝牢头造反,牢头打了他。康大叔讲这个故事时现场的反应,这是我给我的听众讲的重点:现场所有人,都站在夏瑜的对立面。我特别分析了夏瑜说的那两句话,"这大清的天下是我们大家的"和"可怜"在茶馆听众那里的反应,从而解读鲁迅是如何把这个故事从华小栓患病的故事深化为愚昧国民集体"患病"的故事。我又讲了人血馒头"药"如何转化成"医者"夏瑜,这些看似健康的人如何是心理疾病的"患者"。然后分析鲁迅如何构置了这篇小说的主要冲突——心理疾病患者与其医者势不两立的故事。

那么第四个场景写的是华小栓母亲和夏瑜母亲清明节给自己儿子上坟的故事。这个新故事表现的是什么?我给他们讲,《药》这篇小说的故事是不断建构和延伸的,其疗救主题和悲剧内核也是逐步深化的。这上坟的场景,我觉得是对这一特殊"医患冲突"及其悲剧内涵的深化和拓展。"患者"最初是华小栓,后来扩展到这些愚昧的病态的看客;"医者",也就是疗救者,先是夏瑜的血,后来引申为夏瑜讲革命道理的疗救行动。小说先是写了华小栓吃了夏瑜的血,疗救者的血没有换来被疗救者的生命。那么疗救主题的转移和深化发生在监牢里。夏瑜给牢头阿义讲革命道理,牢头打了他。心灵疗救者成了被疗救者的敌人。这一"医患冲突"又扩展到了茶馆里。茶馆里的其他人都是愚昧的病人,当然不理解夏瑜这疗救的道理,只能认为他"疯了",所有被疗救者都与疗救者势不两立。那么这第四个场景最重要的深化就是,连夏妈妈作为亲生母亲都无法理解亲生儿子的正义性,从而深化了小说的悲剧性。

这一场景还是小说疗救主题及其悲剧性的扩展。

起初悲剧只是华家的,后来读者知道了悲剧还是夏家的。再后来华家母亲和夏家母亲一起上坟的时候,无法不引起读者关于"华夏"的联想。小说中的华大妈和夏大妈走在了一起,从隔膜到交流,说明两人心灵的接近。夏大妈为什么误解儿子?因为她和华大妈,和茶馆里的人都是一样的,他们都是心灵疾病的"患者",他们只能站在与疗救者的对立面。这一部分我最后总结道,这篇小说主要不是总结辛亥革命失败的教训等,而是告诉我们当时的中国人都病了,这些病人反而以为给他们疗救的人是疯子,被疗救者想吃掉疗救者,"医者"成了"患者"最大的敌人。这就是《药》的故事所隐含的鲁迅独特的疾病叙事和疗救主题。

我讲的第二部分的标题是"鲁迅为什么这样思考医患关系"。这一部分我没有讲鲁迅为什么立志学医,也没有讲鲁迅为什么弃医从文,因为那些医护人员在中学都学过。这一讲我重点讲了三个问题,第一个问题是告诉大家鲁迅当年学医虽然时间不长,但是他学得非常认真。我在课件上展示了鲁迅当年的医学笔记。事后我看到转给我的那些听众在群里的反馈信息:那些听课医生的议论,他们特别震惊于鲁迅的医学笔记画图画得那么好,笔记做得那么认真。我讲的第二个问题就是,医学成就了鲁迅。正是因为他学医学得认真,所以医学成就了鲁迅。医学成就了鲁迅社会改造的思想,特别是国民性改造的思想。我又讲,医学的知识给鲁迅带来了什么,医学的视野给他带来了什么,医学的原理特别是解剖学的原理、病理学的原理给他带来了什么等。这些大家都明白,这里我不用细说。我讲的第三个问题:医学如何成就了文学家鲁迅。主要是讲医学如何影响了鲁迅的形象思维特点和他观察生活、表现生活的习惯,使他如何习惯于总是像医生一样盯着一个个病态的人和整个病态的社会,如鲁迅所说:"我的取材,多采自病态社会的不幸的人们中,意思是在揭出病苦,引起疗救的注意。"在此基础上推出了《药》的医患冲突来源和成因。我从当时反馈的信息来看,我讲的第二部分的内容,这些医护人员议论的不太多,对我讲的有关改造国民劣根性等内容没有议论,相比较而言,我讲的这一部分他们还是对鲁迅当年的医学笔记最感兴趣。

我讲的第三部分是,《药》的医患冲突是怎么表现的。我先给他们说,你看小说只关注小说"写了什么",这还不是文学解读;关注小说"怎么写的",才更接近文学解读。这一部分我主要讲了两个问题。一个是鲁迅建构故事的艺术。我给他们说,鲁迅小说有很强的震撼力,很多人认为,这种震撼力,源于鲁迅思想的深刻。我告诉他们这样理解是不够准确的,因为思想的力量本身并不能直接转化文学作品的感染力。很多思想极为深刻的思想家也写过小说,但是大部分并不成功。把鲁迅小说中的动人力量单纯理解为作者思想的深刻,就忽视了鲁迅小说叙事的艺术。鲁迅小说的成功很大程度上来自他高超的叙事艺术。他借助高超的叙事艺术生动地传达了他的深刻思想,是他把故事讲得让读者觉得很深刻。一般小说家是讲完一个故事就完了,鲁迅却能让他的故事延伸新的故事,随着故事的不断建构,他不断调动和扩大读者的联想力和想象力,从而把读者引向越来越深刻的思考。《药》就是始于一个疗救失败的故事,最后完成于一个更大的、忧愤深广的疗救失败的故事。如果人血馒头能治好肺结核病人,这个故事就没意思了。人血馒头治不好肺结核病人,而病人家属和病人偏偏相信能治好,最后又治不好,这就有了故事性。那么小说的反愚昧主题就深化了。但是,这只是《药》的原始故事,是以后所有故事的基础。如果这篇小说只是写了华老栓夫妇多么愚昧,这个故事就缺少衍生性和建构性。《药》的故事从一开始就告诉我们,作品中涉及人血馒头的所有人都认为,把人血馒头拿来当药吃能治好痨病。也就是说,他们都是愚昧的。这就是原始故事衍生出来的,成了以后新故事的基础。新的故事又衍生出来新故事。所以鲁迅小说不是单线索的起承转合的故事形态,而是多向度的层层建构的故事形态。从华老栓给他儿子治病的故事,衍生出了夏瑜为革命洒热血却被吃掉的故事;然后就建构成了一个集体"患病"、需要疗救的启蒙故事;这个集体需要疗救的故事又建构了"患者"与"医者"势不两立的故事;这个"患者"与"医者"势不两立的故事又建构出了华夏大地上普遍发生的故事,最终完成了疗救者疗救失败,与被疗救者同归于尽的故事,产生了《药》的大悲剧。第三部分的第二个问题我讲了《药》的隐喻。鲁迅小说如何借助隐喻不断调动读者的联想力、想象力,把一个疾病的普通救治故事转化成"医患冲突"的悲剧。"药"的本身就是隐喻、"华""夏"也是隐喻……这些在座各位都知道,时间也到了,我就不说了。汇报就到这里,谢谢大家。

文学是精神的疫苗

刘 勇（北京师范大学文学院教授）

非常荣幸能够参加由中国新文学学会和华中师范大学文学院共同主办，刘醒龙当代文学研究中心和《新文学评论》编辑部共同承办的中国"抗疫文学与文学抗疫"专题论坛。特别感谢李遇春教授给我这次宝贵的学习交流机会，在此我还要代表中国现代文学研究会，对此次论坛的举行表示热烈的祝贺和崇高的敬意。

我认为这次论坛的主题非常好，从我的角度来看，文学抗疫尤其好。抗疫文学是比较明确的，就是对抗疫的文学书写，而文学抗疫就意味深长，令人深思了。什么是文学抗疫？是指疫情来了，灾难发生了，我们赶快去读文学经典吗？当然不是。疫情来了，再经典的文学也不如疫苗管用，那为什么文学抗疫更有意义呢？这就引发了我们对文学根本价值的思考。

文学的根本价值是什么呢？就是无用之用。我认为抗疫文学毕竟是少数人的创作，相对来说文学抗疫就是大家的事情了。文学的作用在于精神层面，它至少有两个层面的意义：一是文学作为一种修养，它能够提升我们每个人的心智，它能使人的思想成熟，使我们的精神健全，养成我们健康的生活方式，正确的生活态度；另一个层面，文学它会引导和启发我们大家更好地摆正我们人类与宇宙之间的关系，更好地对待我们赖以生存的地球的生态和谐与平衡。惟其如此，人类才能最大限度地避免包括疫情在内的种种灾难的侵袭。这里我还想讲一个意思，文学特别能够让人类对自己进行反思，病毒来了，灾难来了，不是一味地去指责病毒和灾难，而是更多地反思我们自己的所作所为有什么问题；不要只想着病毒和灾难侵害了我们，也多想想我们人类有没有对包括病毒在内的自然界、整个宇宙有所侵害。文学是潜移默化，深入人血脉的一种素养，它不是活学活用、立竿见影的东西，它需要长期地养育和浸润，文学"无用之用"的特点和价值就体现在这里。

无论是抗疫文学还是文学抗疫，本质上都是借助文学实现对人类精神的慰藉、鼓舞和滋养，都体现了中国自古以来便始终承续的"文以载道"的文脉，都体现了文学对守护人精神世界、构筑人精神家园的重要价值。

多少年来，特别是近些年来，在与宇宙、自然的关系中，人们越来越自信了，人们登月球、上火星，整个宇宙似乎没有人不能去的地方。但这次疫情告诉我们，人类其实是非常渺小的，非常脆弱的，一个新冠病毒一下子感染了多少人，一下子死了多少人，一下子让全世界的经济倒退了多少年。那些令人震撼的数字，让我们人类一下子冷静下来，清醒下来。我认为这次疫情最重要的价值，就是给人类带来了深刻的反思，人类必须重新思考人与人、人与群体、人与社会、人与时代乃至人与宇宙的关系，人类终于意识到，在大自然面前需要有一次"伟大的纠错"。面对病毒，除了加强管理、完善政策和发展科学技术等等，更重要的是，人要提升自我的文化素养，加强自我的精神健康，提高用不断丰富和强大的精神世界来抵抗无常世事的能力，而这些都与文学有着密不可分的关系。

其实对人的思考，对人与宇宙关系和人在宇宙中位置的思考，绝不是在疫情期间才产生的话题，这是中外作家始终关注的永恒命题，是很多文学经典表达的精神意蕴。五四新文学从开始就是以"人的文学"为起点的。什么是"人的文学"呢？1918年12月周作人在《新青年》发表的《人的文学》体现了五四一代人的某种共识，一百多年来，我们是如何理解"人的文学"的呢？主要有两个方面：一是对中国几千年"文以载道"的传统，特别是不注重个人的倾向进行了反省；二是对西方文化强调人的自由、个性与解放给予了接纳与传播。这篇文章直接体现了五四新文学最重要的两个元素。但今天在全球疫情复杂的局面之下，我们回过头来想一想，一百多年来，我们对"人的文学"认识准确吗？正确吗？完整吗？

实际上，我们完整看待五四先驱所提出的"人的文学"，他们反对的是"文以载道"的"道"，并没有反对"文以载道"的功能，古今中外，没有不"载道"的文学，"载"的什么"道"，是可以思考的；"人的文学"高扬人的自由和个性，但从来没有放弃人的时代性、社会性。因此，我们以往对"人的文学"的理解是不全面的，不准确的，是需要反思的。疫情告诉我们，人类需要个性，但也必须要群体与公德；人类要自由，但也要遵循共同的规约。

我在日本京都做过两年客座教授，结识了日本著名哲学家、思想家、京都大学教授梅原猛，他的代表作《森林思想》给我深刻的启发。他认为日本在这个世界上最值得骄傲的是它的森林覆盖率，而其中他真正的思考是揭示了日本人对树木的尊崇而反映出的人与自然的关系。尽管日本向大海倒核废水引起了巨大争议，日本还在远海滥杀鲸鱼，但毕竟日本在发达国家当中保留了相当高的森林覆盖率。二十世纪九十年代中期，梅原猛创作的话剧《吉尔伽美修》由当年的北京青艺演出，我为此还写了一篇剧评在《中华读书报》发表，这个剧强调的是人类杀死了森林之王招致报复的故事，这和梅原猛的《森林思想》是一脉贯通的。

我自己有一次在首都图书馆讲座。主办方打出的广告把我讲座的题目写成"一方水土养一方人"，而我在讲座开始的时候特别强调，我的讲座不叫"一方水土养一方人"，而是"一方水土一方人"。一字之差，含义是有很大区别的。"一方水土养一方人"强调的是这方水土对这方人的养育；而"一方水土一方人"强调的不仅是一方水土养育的一方人，反过来，一方人也养育了这方水土。这里更注重的是互养互动的关系，而这才是生态平衡、宇宙和谐的本质。我在北师大做过十多年的文化院长，对北京文化有所了解。早些年北京颐和园昆明湖的水一度不那么碧波荡漾了，圆明园里的福海甚至干涸了，究其原因，是当年慈禧太后在这两个湖之间挖了一个大水池，因为没有名，所以后来被填掉了。这个大水池是养着昆明湖和福海，把大水池填掉，就等于把昆明湖和福海的肺割掉了，把它的肾割掉了，那湖里的水还会多吗？以水养水，才能达到生态平衡。人要达到这样一种环保意识，要能形成人与自然这样一种和谐关系，是需要高度修养的，特别是文学与文化的修养。

疫情期间，在武汉会展中心的方舱医院，一位年轻人躺在病床上专心看书的照片在网络上走红，他手捧着一本厚厚的学术著作，是《政治秩序的起源：从前人类时代到法国大革命》，大家之所以会被这一幕击中，是因为看到了人在病毒侵袭时的从容、坚强，感受到了人身处危难之际的那份可贵尊严。我们应该庆幸，人类还能选择阅读，还能通过文学来抵御疾病，还能通过文学与文化去寻找那处无法囚禁思想的精神避难所。

当然，文学的价值不是一下子就能作用于现实的，它的意义和影响会以一种持久而绵长的力量逐渐显示的。我们中国自古就有"腹有诗书气自华"，俄罗斯也有一句著名谚语"一个人读不读陀思妥耶夫斯基，是可以从脸上看出来的"，说的就是文学对一个人精神气质的内在影响，甚至是对整个民族的精神气质的内在影响。人类需要文学，并不是疫情来袭时才需要，而是一直都需要；鲁迅在《呐喊》《彷徨》《野草》中所倾注的人生体验和现实追问，在今天依然是绕不过去的话题，为什么绕不过去？因为从五四以来的中国人的精神困境和社会问题依然存在，我们依然需要通过鲁迅其作，走近鲁迅其人，去感受鲁迅作为中国文化守夜人的清醒和自持，面对当下复杂纷繁的国际局势，这份清醒和自持对于中国具有重要的现实意义，还有一个令人注意的现象，鲁迅绝大多数作品的结局都是一个：死亡。不是人物的死就是动物的死。鲁迅为什么如此普遍地写到死亡？难道是鲁迅欣赏死亡吗？实际上，鲁迅如此多地写到死亡，恰恰是因为鲁迅在思考如何更好地活着！只有体悟过死亡的痛苦和绝望，才会真正懂得活着的价值与意义，这是向死而生；具有精神相通的是，余华的《活着》令人非常揪心，作品中的亲人一个接一个地死亡，这才让人明白能够平淡地活着，甚至哪怕是孤独地活着，都是那么的可贵，这也是一种向死而生；海明威的《老人与海》那句"人可以被毁灭，但不可以被打败"，无论对个人还是国家，都始终是强有力的精神信念。

今天，我们共同探讨了抗疫文学和文学抗疫，这两个话题把文学在人类命运重大关头的两个基本使命都谈到了，尤其是文学抗疫，它不是在抗疫的时候才想到文学，而是应该让文学永远成为提升人们思想境界、精神健康的元素，这不仅仅是文学的价值，更是人类真正的智慧所在。

一个国家的发展，一个民族的振兴，当然要比经济，比高科技，比综合实力，但归根到底，比的是文化，包括文学的素养。所以"文学抗疫"不是一句应景的口号，它永远伴随着我们人类的发展，这也是当下的疫情给我们的启发。

我的发言就到这里，谢谢大家！

刘醒龙长篇新作《如果来日方长》大家谈

□ 於可训　赵学勇　陈思和　等

日常生活与世道人心
於可训（武汉大学文科资深教授）

我们在云端相见很难得，借此机会我向大家表示问候和感谢，我就先在前面抛砖引玉了。我拿到这个作品的时间比较长，作品的题目很新颖，讲的内容很吸引人。读的过程中我的心情是很复杂的，很感动，也很沉重。如果大家看得细致的话，会发现第259页记载了我们家的那一段故事，醒龙只是寥寥几句，但是我读那几句像是翻过一座山那样艰难。因为我在新冠期间遭遇我老伴去世这个事情，所以我读这本书的感情非常复杂。一是很感动，另外是很沉重，这种沉重无以言表，不是一般性地说我掉了个什么东西，损失了多少钱，那是没办法表达的程度，我在这儿也不再重复我这种心情。

整本书读下来，我觉得醒龙对武汉抗疫斗争有一种特别的感觉，因此他有一个特别的描述角度。现在报刊的新闻报道很多，一般来说着重的是英雄事迹，这是着眼于宏大的方面去讲述伟大的奉献牺牲精神。但是武汉抗疫斗争是很微妙奇特的一场战斗，就像病毒一样看不见摸不着，它时时刻刻在身边威胁你，让你感到紧张、恐惧。它是一种死亡的威胁，却是看不见摸不着的，渗透在日常生活的细节当中。所以就是这场斗争，你要说伟大，它在历史上也写下了宏大的一笔。但是在日常生活中，我们是身当其中的人，是亲历者，所以仔细琢磨一下，其实就是过日子，每天的吃喝拉撒睡。以前的吃喝拉撒睡是一种很简单的自然行为，早晨起来睁开眼睛洗脸，然后就吃早点，去工作，又回来吃中午饭，晚上睡觉。

但是现在每一个小时、每一分钟、每一件细小的事情，对我们来说都非常艰难，比如说要吃药，以前到医院去拿药就行了。我老伴身体不好，有一次要拿药，那个时候正是抗疫非常紧张的时期，我只好去报告学校。学校领导非常关心，然后医院联合我们院里的突击队，又联系院里领导，加上老干管理处的一些领导，几个部门一起关心这个事情。我们从头到脚全部装备起来，就非常紧张，然后他们冲到陆军总医院去把药取回来。说老实话，在那一瞬间我的感动真是无法言表的。

那些人离去的时候，我跟我老伴站在仓库门前，热泪盈眶，确实是非常感人，冒着生命危险就为了取一点药。取药在平常是极为正常的事情，现在这么一点小事儿就这么紧张。疫情暴发之前，情况不明的时候我家已经开始戒备了。有一次也跟老太太们一起排队买了一点菜，要到我们附中门口去取，虽然没有多远的路，但是我家里非常紧张，我也很紧张。除了戴口罩，还用塑料胶布把自己包裹得严严实实，就好像战场上受了重伤的伤员一样，战战兢兢地把菜取回来，回来还担心了14天，14天以后看到没什么问题才放心。我只是用我的亲身经历讲这场抗疫斗争，和历史上任何战斗、任何历史事件不一样，它不是那种面对面的凶恶的敌人冲过来，喊"同志们冲"，然后拿一个手榴弹。它不是那种战争，它就是摸不着的。你正当其中的时候，每一秒钟都在紧张，这样一种东西靠宏大叙事解决不了问题。

醒龙是抗疫斗争的亲历者，同时他又是亲历者当中的亲为者，因为他自己参与了很多，所以他有独特的感受，能够找到一个特别的角度，这个角度不是叙事学的问题，而是心灵感受的问题。叙事学从日常进入的叙事文本很多，那么醒龙是从抗疫当中去亲力亲为这么一个角度找到叙事方式，用日常生活的每一个细节组合起来讲述这一场伟大的抗疫斗争。我觉得这一点是我读的时候感受最深的,里面有很多感人的细节,我就不重复了。

其中也有一些特别富有诗意的,比如湖北武汉的洪山菜薹很有名,是很珍贵的一种食用品。它在醒龙的家里成了一个爱情信物,在冰箱底层的那两根菜薹花开花了,冰箱里开花不是在自然界开花,是所有的营养集中到最后的一瞬间,开出小花了,然后拿它做情人节的礼物。这是一个何等感人与何等悲壮的事情,所以我确实是非常感动。又比如说醒龙写到的两瓶衡水老白干,咱们在座的很多会喝酒的,或者喜欢喝酒的,知道那是比较高度的白酒。我们在下放的时候,曾经偷喝过宿舍附近卫生站的那些酒,那医用酒精是75度,它能消毒,这个酒没有75度,但差不多也可以拿来消毒,用这个酒消毒也是世界历史上的一个奇谈。

所以这些东西它看似很平常,很细微末节,放在抗疫斗争历史当中,是非常感人的事情,是非常惊天动地、震撼人心的事情。醒龙他抓住许多重要的生活细节,这些细节也体现了我们抗疫斗争的一种精神本质的状态。不是说你了不得,就把军装穿起来冲锋,而就是过日子,每天照常吃喝拉撒睡,说明你还是处在一种生命存在的状态,你的生活还是在延续。如果中间有哪一个环节、哪一秒钟出了问题,你可能就全盘崩溃。这一点是醒龙这个作品让我非常感动的,因为许多事情我都至少是知道,很多事情都亲历过。包括有些抗疫志愿的工作,有时候我们也尽力参与过,所以这场斗争是局外人很难体会得到的。

我不敢说这个作品在世界文学史上能与《霍乱时期的爱情》相比,马上就成为经典之作,但这是一个非常独特的作品。可能迄今为止世界文学史上找不到这样的作品,它的独特性本身就是它的价值所在,这一点我有一个很高的评价,所以我读的也非常认真。

另外一点,醒龙写这个东西不是像新写实叙事那样静态的,不是零度情感、没有情感介入的。恰恰相反,他全部的身心、全部的情感、全部的思想意志都在细节当中,而且有很多议论非常精彩。他能够把历史上发生的,包括类似的,或是相近的,比如抗洪斗争这些事情融合起来。这里面对人心的那些细枝末节的一些表现,醒龙下了很深的功夫去体会、去观察,写出来

确实入木三分,因为抗疫是很奇特的战争,人心是很复杂的,你不能说哪个是英雄,不能说哪个是狗熊,人人都怕死,英雄也怕死。英雄也有妻子儿女,也有家庭,所以要用相对标准来衡量,用一个人的标准来衡量,这些都是了不得的英雄。所以像这些东西,包括对抗疫斗争的态度,对志愿者、对于社会、对于政府的态度,他是做了比较客观的分析,不是很急着去抨击,不是冷嘲热讽,也不是随意去贬低什么东西。

我觉得武汉抗疫斗争虽然只是在武汉发生的一件事情,但牵动全国,牵动世界,也显示出咱们社会的一种状态,显示出人心的一种状态,显示出人性的一种状态。在这一点上,醒龙还是有很深的功夫,不是静态地把他知道的事情罗列起来,因为记载是很容易的。要从里面见出世道人心,那是要下点思索的功夫,思考的功夫。所以在这一点上我特别敬佩醒龙,工作做得非常有价值,也留下了一份历史的记录。知道在这样一种大难来临的时候,不是大难来了各自飞,是在飞的过程当中怎么互相救助,你的翅膀拖着我的翅膀,你的头颅挨着我的头颅,咱们一起来看大难。这是很感人的历史场面,留下这样一种历史记录,我觉得将来的文学是受用不尽的,对将来的文化史书写也有很重要的意义和价值。

总而言之,一个是通过日常生活细节来重述非常伟大的抗疫斗争,另外一个是通过这场抗疫斗争来议论世道人心。这两点是我目前得到的感受,我就抛砖引玉说这么多,谢谢各位。

一部有温度的、有热度的散文集

赵学勇(陕西师范大学文科资深教授)

非常荣幸能够参加此次研讨会,这也是我学习的一次机会。首先很感谢刘醒龙先生,非常及时地奉献上这部作品,我前天收到这本书之后在认真拜读。看的过程当中,我就感觉到有这么几点。第一个体会是刘醒龙是完全按照一种非虚构的写作方式写,写的都是武汉在2020抗疫期间最普通的人和事,最真实的人和事。就像於老师刚才说的是一些极其细微的事件和人物,他通过生活细节的描写,夹杂着一些非常精彩的、个人的体验和议论。比如说在第179页,他就谈到"武汉战疫拼的是人间烟火,守的是市井街巷,最激烈

的讨伐是最落寞的闲愁，好到不能再好的胜利是亲人们手牵着手想去哪里就去哪里"。像这样非常的感人，可以说这是作者的感怀书写，它给人以非常深刻的思考，这是对《如果来日方长》的一种点睛之笔。这是我的一个感受，就是对非常细微的、琐碎的人和事的一种描写。

第二个体会是我感觉到《如果来日方长》是一部有温度的、有热度的散文集，可以说是在非常平淡的叙事当中感情饱满的讲解。《如果来日方长》书名意味深长，包含着对一个特殊年代的特殊事件当中的人、事的描述。就像作者所说的，疫情是一面很特殊的镜子，照出人间百态，没有一样是特殊的。书名它意味着过去、现在、未来之间的一种时空联系，以及在这样一种时空联系当中，人们的生存方式、精神和情感状态。所以我想它包含着作者深沉的思考，以及对未来的忧患和担当。他把这样一个思考深深地融汇在书名当中，这是我的一种体会。

第三个体会就是我感觉到渗透在这部作品字里行间的是通过日常生活中的人、事的再现，来折射出作家的思考，以及对这种突发事件的评价，作者有他非常鲜明的情感倾向性。比如在第191页，醒龙先生说到武汉战疫是史诗级的义举，既然是史诗级的义举，它体现的是作者对这种灾难的悲悯和悲悯性情怀。比如说这样的苦痛惨烈，正是中华文化最为看重的春秋大义，1000多万人生在江南，却在春到江南的时候，毅然决然地将日子过成没有春天的春天。我看到这样的话非常感动，它把人的心一下子和武汉民众的心拉在了一起，把读者拉回到了刚刚过去的武汉的场景当中。那么如何书写这样一部以"没有春天的春天"为背景的史诗，这个正在成为人类文明的一道难题。

我想醒龙先生以他自己的书写方式回答了这道难题，他把这样一场灾难当作人类文明进程当中的难题来看待的，所以对人类的苦难以及苦难中的人的生存意识、生命意识有了深层次的思考。因此从整体上来看，这部作品是对人类遭遇的重大灾难，以及在灾难面前人的行为、心理、精神状态的一种深度思考。他又是通过小人物在重大事件当中各种各样的经历来思考的，就使得这部作品不仅具有一种可感的、可亲的阅读感受，同样能够引发读者思考，这是我感受最深的一点。

第四个体会是我觉得这部作品在文体上很有特点，借用季羡林先生的一句话，他说真正能够代表五四以来文学高度的是散文，在百年的中国文学发展当中，散文创作的成就可以说相当不俗。从文体上来看，散文应该是有文体的觉醒，散文意识的觉醒。散文文体应该具有这样几个特点：一是求真，讲心里话，要情感真切；二是感人，以情动人，尤其是以细节尤为重要，要有暖意，要有暖色；三是平实，平实是一种境界，这个境界有的时候是很难达到的一种心境，一种达意的方式。我感觉在醒龙先生的《如果来日方长》当中，都有非常突出的体现。从整体上来看，它是在一种朴实的叙述当中，不乏深沉的哲理思考，值得我们反复体味。所以应该说这样一部作品是他给文坛奉献的很难得的一部作品，特别是当这场大灾难还在世界肆虐的时候，它的时效性以及价值和意义就显得更加的珍贵。

中国经验及其世界意义

陈思和（复旦大学文科资深教授）

大家好，很高兴能参加这个会议。我前两天刚收到这部著作，因为遇春兄第一次寄过来我没有收到，第二次寄到家里我才收到。我今天早上开始读，整整读了一天，到现在我读到第6章"洪荒之力满江城"，我一天都沉浸在这种情绪当中，醒龙兄在《如果来日方长》里面营造的抗疫氛围，让我感觉又回到了去年武汉这样一座城市里面。

武汉对我来说，是一座非常神圣的城市，是一座英雄的城市，而且武汉的作家们都是非常了不起的。作家们都有他们的良心和责任，因为我们面对的是史无前例的灾难，所以从每一个角度去描述都可能不全面，都可能是局部的、片面的，但是我们希望有越来越多的作家加入描写抗疫当中。这样的话，我们面对的抗疫会越来越真，它的真相会越来越清晰地呈现在我们面前。

所以我非常高兴看到醒龙兄的作品，非常有分量和厚重，而且经过了时间的考验，痛定思痛的反思。所以我读了以后特别沉醉在里面，今天有点拔不出来，觉得在阅读过程当中仿佛又一次回到跟武汉人民一起在受煎熬的灾难氛围。打开这本书的第一页，我就感觉被吸引,他在第一页写了一首歌,歌词写得非常好,他说"今年的水仙花不开,今年的江城谁不悲",后面的内容也是非常感人。大家都知道水仙花是一种象征,它可以象征冰清玉洁、不食人间烟火的那种美丽;但这种美丽是精神上的美丽,却被突如其来的灾难打垮了。可能醒龙兄家里水仙花确实没开,但我觉得水仙花在这本书里充满了象征意义,因为一个美丽的幻象被打破了,于是读者跟作者一起进入到今年的江城悲惨、严酷的灾难现实当中,跟着作者一起去观看和感受,去理解这种受难。我一边读书一边思考我跟这本书到底是什么样的关系?当然不是评论家跟阅读文本之间的关系,因为我们没有资格来讨论这么伟大的、世界的著作,尤其是像我不在武汉,遥遥看到抗疫情况的;也不是一个局外人来了解或者学习武汉抗疫的故事,我们每个读者都不是局外人,我们都在承受这样一场突如其来的灾难。武汉当然是比较早,受的损害比较严重,但其实从今天来看,全世界各国也都经历了这么一个过程,可能很多地方还远远超过武汉承受的非常的命运。所以我觉得从某种意义上说,这是有普遍意义的,他是在为全人类遭受的灾难留下一笔信息,告诉大家武汉人民是怎么生活的,怎么在灾难底下用一种坚韧不拔的信心,或者说是一种极其了不起的耐心,忍受着各种煎熬来熬过抗疫的过程。

所以我觉得这本书它的立意非常高,我们每个人从中都可以得到自己曾经感受到的一种绝望、恐惧,包括一种信心,一种在灾难中、在煎熬中感受到的信心,所以非常感谢醒龙兄能够及时描述刻画了这一系列的、具有个性又具有共性的一种人类的情绪,我觉得这是了不起的。

刚才我听了於可训兄的发言很有感触,因为他也是武汉中人,他也是在灾难中,当然我们每个人都有经历,但是在武汉的市民肯定是感受更加深刻。他刚才说了一点我非常赞同,伟大的抗疫不是通过真刀真枪,不是在前线大声呐喊,当然我们的医务人员很多都在前线,但更多的人是通过一个消极的方法——自我隔离,自我控制,自我忍受。上海张文宏医生说叫"闷",我们自己闷在家里就把病毒也"闷死",是通过这样一个消极的方法去抗争的。醒龙兄讲了一个故事对我很有启发,他讲到英国在牛顿那个时代发生黑死病,大家就去请教一个德高望重的老先生看怎么办。老先生劝他们不要走,就把这个村封住,全村的人就在跟死神搏斗,就在村里老老实实跟死神搏斗,直到最后一个都死掉。经过了一年多时间,三百多人,最后剩下八十几个人,这样一个自我隔离的方法早就出现了。三四百年以后到今天,其实我们还在使用这样一个办法,这个办法是管用,至少能够在消极程度上遏制新冠病毒传播,使这个病毒没有办法更猖獗。

中国的经验就是这样,所以我觉得这里有一个深刻的哲理内涵。人们看上去是软弱的、消极的、自我克制的,可是这样的生活恰恰是一个伟大的事情,伟大的抗疫工程。这样辩证的关系,我觉得在这本书里写得特别好。而且我特别感觉醒龙兄在写这个问题的时候内心其实很紧张,可是他在表述上还是有从容不迫的心态,比如他小孙女跟爷爷的对话,比如我看到的并不是那种被焦虑笼罩的惶惶不可终日,或者说是要死要活的状态。醒龙兄他的心胸比较开阔,他照样锻炼身体,照样练字,照样写作,照样安慰孩子,在情人节还能找出菜薹花送给太太等,非常有情趣。

那么即使在这样一个大难临头或者是生死一线的过程当中,他没有被那种琐琐碎碎的生活困难所击倒,靠什么东西来支撑它?就是靠一个信心,靠一个能够战胜病毒的信心。其实我觉得这个作品蛮难写,他写的东西都不是强烈的有故事性,有戏剧冲突的东西,都是平平淡淡的。但在平平淡淡当中,我们看到武汉的普通市民他们的一种伟大精神,一种了不起的精神。从这个角度来看,我觉得这本书不仅仅是在真实的角度保留了抗疫的伟大事件的某一个侧面,同时也保留了作者比较从容良好的心态。我的感受就是这样,谢谢醒龙兄给我们创造了一部好作品。

"一"与"一千万"
——刘醒龙笔下的武汉抗疫记录

蒋述卓(暨南大学文学院教授、广东省作协主席)

非常高兴能在云端上跟大家相见,再一次读到刘醒龙老师的新著,也是非常激动。醒龙兄能够在疫情过后静下心来,通过自己的感受写出长篇散文《如果来日方长》,我觉得这是奉献给我们文学界的一部不可多得的武汉抗疫记录。所以我发言的题目就是"'一'与

'一千万'——刘醒龙笔下的武汉抗疫记录"。刘醒龙的书写视角独特，以自己一家的抗疫历史来写出1000多万武汉人的抗疫历史，我觉得这个角度是非常好的。

他自己在书里早就写道，武汉战疫就是一个史诗般的义举，所以每个人都是英雄，就是说整个1000多万人的武汉的坚守和战疫，其实每个人都不容易。他正是通过自己一家人的感受，包括他自己的一个感受，来写出平凡人的抗疫史，而且也是1000多万武汉人的抗疫史，我觉得是非常难得的。毫无疑问，武汉的战疫是史诗级的义举，这是一种春秋大义，所以1000多万人身在江南，却在春到江南的时候毅然决然的将日子过成没有春天的春天，这是他的一个感受，这是他把自己放在武汉人的一员当中，然后又以自己的思考，加上各种信息来源来写整个武汉的抗疫史。所以他最早接受记者的采访说将来等到抗疫胜利一定要在这里立一座纪念碑。当时他这种采访还遭到了一些争议，但是从他个人来讲，从出于要写出武汉人民的这种英雄气概，把人民放在中心来写武汉抗疫的这个角度我觉得就非常好。

从文体的书写来看，他就从自家的水仙不开花，又从自己的眼疾到在关闭离汉通道之前不断去看病，还到泳池游泳，一直写到他二十几年的老白干最后的用途，还有冰箱里的菜薹花作为情人节礼物送给妻子，还有自己和小孙女之间的对话，以及疫情过去之后，他们一家人到院子里散步，但是回来之后谁都不说话，因为一个人也看不到，这样的经历和感受，他是跟每一个武汉人的感受是联系在一起的。所以它就有着非常感人的细节，而且是从一家人的抗疫把整个武汉写出来。

所以他歌颂的我觉得还是大写的人，也是整个武汉的人，这里面他也穿插写到医生、护士，像谭护士长；里面也写到志愿者，写到诸多普通人，包括将隔壁邻居家的红窗帘拍成视频制作到手机上，然后发出去的小姑娘；而且也写到了他的太太帮志愿者送菜上门，残疾人很郑重地出来鞠躬等等。这一些让人看到以后，你觉得这76天的度过，确确实实是不易的。如果没有我们整个国家，没有政府，没有我们人民的自觉，这是做不到的。所以他也写武汉的战疫，就是国家在，政府在，人民在，文学也在。他还写出了自己写的歌词，包括他的好朋友阎志，捐了很多方舱医院，这些看起来都是非常感人的。当然他自己在抗疫当中也做了很多的贡献，包括跟朋友联系，很多人寄来口罩和防护服，这些在他的文章当中是轻描淡写地在写，但实际上当时要做到这些是极其不容易的。

其实刘醒龙也是站在抗疫的最前线做出了很重要的贡献，我当时跟他在疫情期间还有微信来往，他也讲过了一些故事，我都为他感到骄傲。我也问过他，我说你还好吗？他说还好，每天吃一包连花清瘟，提高自己的免疫力。我说他做的真是不容易，所以我觉得他的书写角度，有心里专注人民，专注整个武汉的人民，所以也就是从个人的感受去写，更能够打动人。用佛教的说法是月映万川，一个人的月亮映在万川上就变成了万。那么实际上从他个人一家子来看，我们也看出了整个1000多万武汉人民的战疫历史，这是真真切切的，我相信这本书如果翻译成外文，国外人也会很真切地去接受它，感受它，会把整个武汉当作一座英雄的城市去敬佩和崇拜的，这是我的第一个感受。

第二个感受就是它很真实，用事实说话，它里头用了很多的数字，包括患病的数字和国外的一些数字，它都用事实来说话，还有用真情来感人，用细节来暖人。平淡当中建筑坚强，日常当中建筑坚守，我觉得这是他这部长篇散文一个很重要的特点。比如用事实说话，武汉人为什么能做到？他举了一两个例子，比如一个5岁的小孩，当她找不到妈妈的时候，她要出门，她知道戴好口罩做好防护出门。还有小孩家里有亲人染病去世了，他会给他盖个被子坚守三天，直到把饼干全吃完也不出门，为什么？他说外面有病毒。从这两个细节就可以看出来，这是在用事实说话的。更不要说整个的武汉人民他们所做的这一些，他们实际上每天都在一起，包括志愿者去送菜上门。还有人说这是假的，但这是切切实实的，不能因为你没拿到，就说是假的。我觉得他是对这个事实说话澄清了一些标准，比如他讲殡仪馆那些尸体，为什么当时会堆积很多？因为殡仪馆工作人员都没有防护服穿。他们如果去焚烧尸体，就很可能会被感染，所以当时的工作也就停下来了。一旦第一批防护服来了，防疫指挥部就给了殡仪馆的工作人员，而不是给其他的人。

我觉得他的这个长篇散文，带有日志，又带有笔记，又有思考，所以文体上也是一种创新。总而言之我觉得它是很有个性的文学创作,必定能够获得我们文学界的好评。我再一次衷心地祝贺醒龙老师,也祝贺我们文学界能有这么一个好作品出世,谢谢大家。

叙事视角与文化差异

孙 郁(中国人民大学文学院教授)

非常高兴在这里跟大家见面,我是昨天读完了刘醒龙先生的这本书,因为前一段时间偶然的机会读了去年的几本关于抗疫的书,加上这一本,给我留下了非常深的印象。以前我对灾难书写注意得很少,我印象很深的是有一年去美国,一个美国博士生写了一篇关于晚清中国的灾难叙事的博士论文。现在这篇博士论文还没有翻译成中文,当时在一个会议上我看到它的内容提要,作者基本上是从传教士的角度来看中国乡村的一些灾难,是一种外在的视角。

这个很让我惊讶,就是关于疾病与中国近现代以来的文化问题。到后来我们都知道关于鲁迅先生那一代人,他们也写到疾病,但是没有写到瘟疫。他写到疾病基本上就是一种内视角,我们中国人自己的视角,而不是传教士那样一种视角。那么鲁迅先生他们这一代人的这种叙事,我觉得他的整个国民性和中国文化,还有走向现代化的、现代性的、关于现在问题的思考是联系在一起的。所以鲁迅之后关于灾难的书写,很多人是延伸鲁迅的,比如阎连科写的《丁庄梦》中艾滋病这种灾难,基本上是延伸这样一个传统。再还有就是像史铁生这样的面对疾病,他是一种哲学的思考。当然我们更多的知道关于灾难描写就是加缪的《鼠疫》,这种存在主义的视角。中国人到了新中国以后,关于灾难描写的东西是很少的,因为我们从 2003 年的非典到现在就是新冠,尤其是这一次这么大的灾难,我们怎么看它,国内书写的作家们是有分歧的,同一个地区人的感受也都不一样。

刘醒龙先生他提供了自己的独特视角,有两点我印象很深。第一点就是他的信息,他提供了很多我们在主流媒体的报道上看不到的一些信息,包括志愿者口述当志愿者时内心的恐惧心理。比如金银潭医院有一些保洁工人当时跑掉了,这就是恐惧对每个人的影响。还有各种奇闻,比如一个大男孩看护一个病重的女孩子,他半夜打电话给年轻的女朋友帮忙要卫生巾等等,在我们正常的日子里,这是不可思议的事情。我们觉得很奇怪的是,在那个时候这种故事都出现了,还有未被提及的一些医院,像湖北中西医结合医院,刘醒龙写到全武汉市共有 10 多万医护人员,依法依规上报疫情的唯有张继先,过去我了解得不多,有的甚至完全不知道,看了这个书,我觉得这些信息都很有意思。还有刚才蒋老师也谈到了防护服,最先获得此物的竟然是殡仪馆的工作人员和大医院的清洁工等等这些细节。这些丰富的信息就使我们对武汉的战疫有了更立体的、多样性的了解,我觉得这个非常令人感动。

第二点就是刚才诸位老师也讲了他书中的这种思考,他的书中不断掺杂着各种各样的思考,因为非常的事件刺激了人,人们在日常生活当中认为不是问题的,现在都成为问题了。所以他谈到牛顿无所事事的思考,人在无所事事的情况下才能思考一些存在的本原的问题。这个是很有意思,在这个时候才去思考那些我们过去是具有盲区的一些存在,这时候它被穿越穿透了,就是说人进入了感知世界的极限里面思考另外一些问题,以及我是由社会来确认存在与否等等带有哲理性的一些思考。

另外还有他对于陪伴理念的提出,我觉得这是个典型的东方式的儒家的生命哲学,他提到了在这种大的灾难面前的陪伴。我记得《鼠疫》里加缪写到中国人瘟疫的时候用送瘟神的办法,端木蕻良先生写人面对疾病的时候,是用巫事,我们老家东北的这种巫文化来驱逐灾难,我们在现代文学里面偶尔能看到这样的书写。那么在刘醒龙先生的这本书里面,它对于"人间情就是陪伴"的这种观念的提出能显示出他的一种温情,一种东方式的战胜苦难的方法。

尤其是他关于人道主义的思考,在第 262 页,关于欧洲地区的文化基础,它是建立在原罪上,一代又一代,只要有人出生,就无法避免产生贪婪、嫉妒、傲慢、仇恨等等原罪。中华文化圈对人的理解是以人之初、性本善为出发点,信奉善对恶的包容改造。他说 2020 年新冠肺炎疫情空前大流行,东西方文化命脉不同,各自采用的应对方式也不同。在新冠面前西方社会崇尚群体免疫,淘汰老弱病残,留下健康青壮,将人性的裸奔表现得淋漓尽致。在东方,中国率先垂范,通过群体的巨大努力,自觉与不自觉的隔离封闭,动用一切财力、物力和人力将新冠病毒传播链强行斩断,用拼命的科学、科学的拼命使得人道的苦行具备更胜一筹的幸福感。这个就是他文中的这些思考。

在这种大的历史事件面前,这种思考我觉得非常有价值,那么我的结论是什么?我觉得中国有文字记载以来的历史,我们这个民族的苦难,我们的灾难是很多的,但是记述得很少,偶有记叙都是语焉不详。自古以来我们道德的话语,就是远离了日常生活,所以当年周作人先生的感叹就是汉代人怎么生活,吃饭的时候用什么,我们不知道他们怎么做的、怎么生活的。因为没有人去记载它,后来是考古学家的发现,通过出土等等的途径,我们才慢慢知道这一些东西。文人记载得很少,鲁迅整理魏晋时期的这种乡邦文献,大量的是日常生活的礼仪、丧葬的、假取证的这些东西。我们相当长一段时间对灾难的记叙是单一的,每一次大的历史事件都缺少深入的反思。时光流逝过去以后,许多血与火的印记都被忘却了。

其实作家的使命之一就是留下历史的记忆,当然历史的记忆是由无数人的片段,无数人的记忆的一种综合,既有外在的视角,也有内在的视角,也有存在主义哲学,也有儒家的视角,有批判的精神,也有建设的一种精神,这是无数人的记忆的一种综合。在非常态的生命体验里,那些在日常生活中未有过的感知,可以刺激我们重新来打量生存哲学,以此来提高我们的认知水准。所以刘醒龙先生在写这本书的时候,尽量用一种综合的视角来展示生活。但同时他又没有认为自己就掌握了真理,他也感觉到人是有限的,期待有更伟大的作家。他说他现在写的一些东西就是用相对艺术的文学元素,对未来的某个文学天才做一些预备,更伟大的作家来利用这些素材写出更伟大的作品。当一个作家意识到自己的有限性时,他才可能慢慢地摆脱思维的惯性,去接近无限的可能。我想这也是刘醒龙先生写这本书的意义。

我的四点想法
吴　俊(南京大学文学院教授)

我谈四点自己的想法。这部作品我收到以后全部都看了,感觉从内容和写法上来说,它算是一部文学实录,但因为内容的深广,其实我们可以借用诗史的概念来说它是一部文学诗史。从两方面来看,一是全面立体、整体性地呈现内容,二是即时的、情感的,也是思考的作品。所以是一部具有诗史品格的文学作品。说它是文学实录,因为它用文学手法再现历史。看上去是在写武汉抗疫的日常生活,但是从这部作品的思考向度来说,它更多的是对未来的一种哲思,因为他明显把武汉人的经历,抗疫的整个过程,放到自然跟人类的关系的历史当中,包括它的延长线上来思考的。这样的话,这部作品其实是有一种深度,而不是一种完全实录的、功利的所能概括得了,这是第一点想法。

第二点,刚才赵学勇老师、蒋述卓老师提到了这部作品的文体创新。那么我想把这个稍微发挥一下,因为我们一般讨论文体的时候,主要是从技术面上来讨论,比如说它的日志性、个人性、片段性,作为一种修辞的纪实,或者纪实强化了修辞等等之类。文体创新从技术上看是一方面,但还有另外两方面,我觉得是应该考虑的。文体创新其实跟我们的文化观念有关,这部作品非常明显地触及了我们日常人在灾变当中的情感表达方式,而这样一种情感表达方式恰恰是我们文体的内在驱动力。这是第二点,就是非技术层面的。

第三点,它其实体现的是人类面对或者陷入灾害当中的一种价值伦理,因为不管是中国还是西方的文体,是跟什么样的情感场景,跟价值思考、世界观直接相关的。那么尤其在这一点上,我觉得文体创新的最高内驱力是它的价值伦理观念。所以从文体创新角度来说,我觉得它是一种文明书写,就代表了我们中国人以武汉抗疫期间的武汉人为代表的一种文明境界。所以我是觉得文体创新至少可以从技术层面、文化观念层面和世界观价值层面来讨论。

第四点,刚才也有一位老师提到,这部作品在我们网络传媒时代也好,或者在一个世界文学的构架当中也好,我觉得应该是注重对于人情共感、世道人心的一种普遍性内容表达的这样一个特点。就是从文学作品来说,它当然是一个特殊性的呈现,但是从情感表达跟思考来说,它还是有普遍性的。所以它对于世界文学的贡献是我们应该要探讨的一个方向,因此现在我觉得也可以借助我们现在的中国文学走出去的制度化的设计。我就谈这些粗浅的想法,再次向各位老师问好,祝大家健康。

全息记录与叙事伦理

张清华（北京师范大学文学院教授）

谢谢遇春的邀请，非常高兴在云端见到各位。我记得去年冬天一个偶然的机会在杭州巧遇了醒龙兄，那个活动上面他的发言让我印象很深，其中有一些内容大概就出自这本书，他亲历了武汉抗疫的痛苦而又非凡的历史，它有非常多的经历和感受，通过他的讲述感动了非常多的人。我拿到这本书以后可以说是一口气读下来，因为太有吸引力了。虽然我们没有在武汉经历疫情的过程，但是我们在别的城市也都能感同身受，所以读了以后非常的感慨，我也受到刚才各位老师发言的启发。

我从这样几个角度简单谈一点感受。第一点就是关于灾难写作的问题，灾难写作可能是从《圣经》开始，贯穿了古今中外文学历史的一个主题。从薄伽丘的《十日谈》到克莱斯特的《智利地震》，到加缪的《鼠疫》，到马尔克斯的《霍乱时期的爱情》，还有很多当代的文学作品。在中国也有很有意思的例子，比如说《水浒传》开篇的第一回就是张天师祈禳瘟疫，作者通过一个巨大的灾难的预言来发起的。中外的文学历史当中都有这样的描写，但是中西文化的差异使得我们处理方式很不一样。因为我们没有基督教背景，没有罪感文化，也没有末日情结。我们是一个典型的东方宗法社会的文化，所以我们关于灾难的书写，一般来说会把它政治化、社会学化、伦理学化，而不太可能把它哲学化和宗教化来处理。那么关于洪水、瘟疫、地震、饥饿的处理，对于中国作家来说很不一样，在醒龙兄的作品里面，我注意到他是能够把很多中外的文学资源、灾难写作的这些经典作品潜藏于笔下，作为他的叙述背景，而且更多的强化了生命伦理主题。这个主题我觉得可以说是恰如其分，恰到好处，它可以融合中外文学当中关于灾难写作的不同向度，能够找到一个共同点，那么灾难转化为一个生命的处境，激发出一个生命伦理的视角。

由此生发出关于生活的思考，关于人生的思考，关于人性的思考；由此也展开了这样一部纪实散文的书写。我注意到作品的封底给这本书的定义上架建议是纪实散文，我觉得定义是很准确的，它还不像是一个非虚构，或者报告文学之类的作品，它比较散文化，有总体性的考虑，但是它并不着眼于一个虽然叫非虚构，实际上还是有很强虚构意图的写作。他避开了这种写作，从个人的生命处境延伸为一个城市的抗疫处境，然后再延伸出更多思考。刚才述卓老师说的一与一千万，实际上我认为他的这部作品还是有构思在里面，它的六七个章节我觉得分别是从疫情的突如其来，然后谈到健康，健康是抗疫的第一资本；再谈到情谊，包括各地朋友和不相识的人群对于灾区的这种关心和支援；然后谈到公共理性和道义问题、社会的公益问题，生发出更多的重要思考。所以它虽然看起来是带有很大的信息收集和随意铺陈的一种写法，但是总体上还是有很强的构思和匠心。如果说让我给这样一部作品下一个判断的话，我想它首先是疫情期间的个人生存，乃至于延伸为一个公共生存，是关于武汉这座城市的一个全息记录。所谓的全息记录，我认为是一部文学作品最珍贵和重要的属性，因为其他任何的记录，影像记录也好，历史文献记录也好，政治记录也好，都不能完成以人为本的、以个体生命为本位的一种全息记录，而文学的一个特别重要的使命就是全息记录，在这部作品里面我们可以看到个体生命的感受，它的忠实记录。

在疫情巨大的压力之下，个体生命的这种具体处境，它是细节的和日常的记录；普通人的，甚至就是小人物的记录；各种各样的人性本原、人性缺点的普通人的记录，是真实而不虚夸的一种记录。有老师也提到了关于恐惧的书写，我觉得如果这个时候我们回避了恐惧，也就意味着我们不会去真实地面对历史记忆、个体记忆。而且我特别感到这种真实，就是里面书写到了很多人的这种过度反应、过激反应，甚至也写到了一个跳楼的老人。这些我们在经历疫情期间，从各种信息媒介当中也不断看到各种情景，包括人在高度压力下的麻木、慌乱、绝望，乃至于各种幻觉反应。有的人坚定地认为自己病了，你反复跟他讲没病他都很难相信，我觉得都是特别准确和逼真地写出了疫情期间人们的经验，但是他也很好地平衡了这些东西。只是去书写非理性的那些反应，我觉得也是不全面的。在醒龙的作品里面，他也写到了人的坚定和信念，我认为也是客观的。在两者之间，包括一个人身上同时有着恐惧和信念，两种东西都在，这就更加真实地反映了现实的这种敏感的和不同的信息。这是第一点。

第二点，我认为是伦理的思考和担当。伦理、生命伦理、精神伦理、公共伦理，这些内容都有涉及，就非常深入地展开了这部作品应有的内在的思想和主旨。首先是面对疫情当中的个人，写出个人行为伦理以及它所涉及的必然会延伸出来的公共伦理，还包括媒体的责任。我们过去思考得不多，但是这次武汉疫情非常重要的一个问题就是暴露出媒体的公共伦理，特别是自媒体的伦理。现在这个社会发展很快，我们过去简单认为大量的自媒体就是给更多的社会阶层，更多的个人提供了一个发声的机会。但实际上自媒体的信息发布有很多的问题。10万+是他们造出来的一种传播力，传播的效果。但是在10万+里面究竟是否包含了真相，还是说也包含了偏见，甚至包含了纯粹的商业动机，流量经济等等。那么这些东西一旦掺入媒介传播行为当中，它也会产生出一个强烈的公共管理的问题。作品当中写到这一部分。"殊不知史无前例的战疫在挑战一个国家的实力，一个民族的素质，更是用从未有过的严酷手段检验每一类人的教养，每一个人的品行，多少个达到10万+的东西，被当成真相加真理。"事实上这类山呼海啸的10万+，更像1998年的大洪水和2016年的大暴雨，这些我觉得是非常发人深省的，值得我们共同关心和思考。

在很多细节处涉及了写作者作为一个公共知识者角色的作家，因为作家是能够写作并且发声的，他们也同样面临一个公共伦理的担当问题。我注意到里面特别强调了科学理性，一直不遗余力地凸显科学理性，以钟南山这样的年事已高，但是表现出了极大勇气和智慧的这些医生，他们身上所表现的科学理性，对于教育公众，对于支撑我们能够战胜所面对的来势汹汹的疫情，能够提供巨大的理性力量。我觉得这种凸显也是非常必要，可恰如其分的。

最后简单地谈一点，关于这部作品的实录写法，是散文的这种写法，也就是说它是按照信息和事实的绵延相对自由地铺展它的叙事。我感觉这里面密度特别大，速度也特别快，对于写作来说非常有挑战性。一部作品它的叙述节奏很重要，这部作品给我的感觉就是信息量扑面而来，那么如何来掌控它？这个就显示出很大的功力，因为醒龙是一个叙事高手，也是在语言方面非常精湛的一位作家。过去我在读他的作品时有非常深切的感受，在这部作品里面，我觉得他改变了自己以往的写法，他以往的写法是很有章法，很从容不迫的，但是这部作品里面我觉得他尊重了客观的生活节奏，以及在疫情当中信息涌流，还可以说爆炸性地像江河横溢般的一种速度和容量。他是尊重这样一种信息流经验的密集和充沛，这样一种客观的、实际的经验，所以他充分压制了自己的主体性，有意识地凸显了抗疫经验的客观性，这也是对于历史和个体经验的尊重，但总体上我觉得还是体现了非常强的统摄力，体现了一个成熟作家应有的笔法。

我的感受大概就是这些，也再次感谢醒龙兄给我们提供了这样一部非常真实的作品，它的经验价值，甚至超过了他的文学性，就是说在书写这部作品的时候，醒龙兄是牺牲了自己作为一个大作家的主体性，克制了自己写作主体性的这种冲动。这个给我们尽可能原生态地保留了大量的历史信息和个人记忆。如果没有这样一部作品，可能很多历史细节，包括我们自己的亲身经历也都很快遗忘。但是读这部作品的时候，所有的经历和经验都回来了，历历在目，所以非常感谢醒龙。

长篇散文的优点与弊病

高　玉（浙江师范大学文学院教授）

各位老师晚上好。因为我收到这个书比较早，所以我非常认真地读完了。有很多零星的感受还不成形，我就讲自己感受比较强烈的几点，前面老师们说了我就不多说了。

第一点是关于长篇散文的问题，这是我第一次听说长篇散文这个词，我觉得刘老师这个作品在文体上有开创性，当然我想肯定也会有争议。我们过去讲小说的时候讲长篇小说、中篇小说、短篇小说，还有微型小说。那么未来会不会讲长篇散文、中篇散文、短篇散文和微型散文，会不会有这样的说法？假如以后这些概念流行开来，我想刘老师功劳是非常大的，这是我想说的第一个问题。

第二个点是内容上的，就是写关闭离汉通道之后武汉普通人的日常生活，就写出了一段中国惊心动魄的历史。特别是写人的心理，写人的身体状况，写人与人之间关系的变与不变。作者说疫情是一面镜子，照出了人间百态，没有一样是特殊的；说所有的人情世故在特殊的环境里面，都充分表现出来了。我们其实都是过来人，还记忆犹新，我觉得很多人性中的美好的东西在这部作品里面都很充分地表现出来了。我们今天读这个作品还是感觉到非常感人，作者写了很多细小的事情，日常生活中很普遍，但是在这种特殊的环境下特别有意味，写人的感觉写得很细。当然出于可以理解的原因，我觉得还是不够充分。我觉得这部作品总体上还有"分享艰难"的模式，有一些痛苦以及痛苦的原因，我相信作者也有他绝对切身的感受，但是可能因为身份而回避了一些数据，这是可以理解的，但我觉得这在一定程度上影响了作品的深度和广度。对于这么大的事，我觉得应该有所反思甚至批判，包括自身的反思，自身的批判，当然也有对外国的批判和反思，对外国的批判反思这个作品中有一些，但这不是作家表现的重点，这是我想说的第二点。

第三点，我觉得在写法上很高明，刘老师的中短篇作品，包括长篇作品我也读了很多，但是我觉得这个作品有些地方写得很含混模糊，它的好处是可以做多种解读。比如他讲了很多故事，这些故事它有时可以剥离作品的主题来进行单独的解读，进行独立的解说，所以我觉得这是一种很高明的写法。关于新冠，我相信世界上一定会产生很多文学作品，而且一定会产生很多伟大的作品。我相信《如果来日方长》这部作品将来在中国文学史上、世界文学史上都有一定的地位。

第四点，我觉得这部作品有思想，散文最重要的特点就是要有思想，不能太浅层次。古今中外伟大的散文都有思想，而且散文的思想比小说的思想便利的地方在于可以直接议论，这是它优于小说的地方。作品中有很多议论，我觉得这个很精辟，很深刻。

第五点，关于资料来源的问题，刚才好多老师都讲了，这里面有很多数据，我们当时都很关心，但是第一次读小说看到有一些数据，我们现在读起来都已经开始有点读不懂了。所以刚才有人也说到翻译成外语，我想外国人读起来恐怕更困难了，可能以后需要注释，有一些事如果不加注释的话，后人恐怕很难看懂，外国人就更难看懂了。有些数据给我感受很强烈，我第一次看到有一些可能还是很机密的数据，但有一些数据跟我印象中不一样。

最后我想说一点，我觉得有一些小地方还是值得改进。第一，我觉得重复的东西多了，比如说事的重复，有一些事前后都讲了，还有一些句子的重复。另外整个作品它的主题是非常明确的，但是我觉得到了第五、第六章的时候主题好像不是特别明确。因为它是散文，跟小说不一样，这个是可以理解的，但有很多事不交代前因后果，似乎没有讲清楚。还有一些语言我觉得可以斟酌，还可以进一步提炼。比如说"朋友的儿媳"这样的称呼，说一次是可以的，但如果比较长的篇幅里面，说这个人物始终用"朋友的儿媳"来称呼，总觉得有点怪怪的。再比如"酒是不要脸的水"，这样的句子我不认为很美。我觉得说一次它有一点粗俗的幽默，但是说多了，就觉得幽默可能慢慢变少了，粗俗慢慢变多了。最后是结语，我觉得这部作品有《鼠疫》的因素，但还不是《鼠疫》，我希望刘老师能够写一部比《鼠疫》更伟大的作品出来，谢谢。

疫情书写中的生存哲学

王本朝（西南大学文学院教授）

各位老师好。前面老师发言的意见我都完全赞同，到这个时候基本上就有点重复了。我觉得这个书应该是一个有情怀，有思想，有创新的一部大书，应该说今天我们读到的这部散文，是刘醒龙老师在这个时代贡献的一个在文学史上不可忽略的可以大书特书的一部著作。

大家对这本书的思路方式，它的历史性，它的思想，它的艺术创新方面谈得比较多了。我就谈读了以后我感受最深的，就是作者刘醒龙老师对特定的一个空间，对关闭离汉通道以后的武汉76天里面人的生活方式、生存状态，人的情感状态，人的生命状态的把握，尤其是他写出了人的可承受生命之重的状态。我们知道张爱玲写过一个短篇小说叫《封锁》，写上海封锁以后人性的飞扬。我们看过卡夫卡写人性的不可承受生命之重，但是我们看到刘醒龙老师他的东方人眼光，我觉得他有特定的不同于西方作家的，把握这个世界的一种智慧。

这本书写出了中国人在这种百年未有之大变局，尤其是疫情背景下，所彰显的那一种可承受的生命之重,人性的可承受生命之重的那种状态。这是一种传统哲学和传统文化在现代的本土化,这是传统的现代化和西方生命哲学的中国化的一种融合,背后显示了醒龙老师对人生的存在,生存哲学的体悟。我想起鲁迅的《野草》,他面对这些状况,怎么来描写人的生存状态?当然它更多的是象征意蕴的,而刘醒龙《如果来日方长》更多的是纪实性的,但是它背后有相同的对生命、对存在的一些思考,而在思考的体验的主题的把握的这种角度是不一样的。

可以说今天我们这个时代在某种意义上接触鲁迅,对《野草》的生存哲学可进一步的思考。在言说背后显示了刘醒龙老师的当代性、未来性。我觉得这个书在这一方面是一本大书,未来我们在研究灾难、人性、人的存在的文学主题的时候,这本书是不可忽略的,是有贡献的书。其他的意见我赞同,包括前面提到的艺术文体的创新,它的夹叙夹议,将叙事说理融合起来,把说理融入叙事之中,通过叙事来呈现说理的依据并相互交流的一种方式,显现了我们白话文在叙事说理上取得的一个高度,这是它的一个重要的特点。我的发言大概就讲这个意思。谢谢大家。

怀着后怕的回思,带着爱意的恳谈

施战军(《人民文学》主编)

咱们这一拨开会的人当中,我可能是最早的读者了,也是读得最细的一位了。我确实是一字一句地把这部书的书稿读完了,可以说读的过程里心态是太复杂了,我无法像刚才各位老师那样,像孙郁老师也好,还是清华老师也好,或是像高玉老师、本朝老师他们这样从文学史和中外文化的这些方面来说这部作品的价值,我只是一个感性的读者,我完全被书裹进去了。

在裹进去的过程里,备受心灵的煎熬。同时读着读着就会长舒一口气,是这样的感觉。首先可能还是跟我和醒龙的关系很亲近有关系,我把他当大哥来看。另外一个一直是关于武汉的,关于全国的这些故事,一个一个人的故事,我都是从一开始一直在看的,但是一直不敢说话。我甚至都不敢和刘醒龙在那个时候有交流,不知道哪句话说出来就失了分寸,或者就让自己有某种崩溃的情绪出来。

这部书补上了当时的那种遗憾,我的一个突出感觉事实上就是这样的,我没有写在我审读报告里,但是心里面是这样想,它是"怀着后怕的回思,带着爱意的恳谈"。我们以后可能会从文学史的角度,从理论的角度分析出这个书很多特色,但我首先觉得这是这样一部书:"怀着后怕的回思,带着爱意的恳谈。"

这部书的特点,我觉得老子的"见素抱朴"能够用以描述。我们都知道醒龙他虽然是以现实主义的创作为主,但他事实上是一个文体家。他从80年代到90年代,再到后来的创作,一直是一个文体家的一种探索。当时他的小说、散文也有很多探索,《抱着父亲回故乡》等等,但是这一部书确实不一样,我们无法用那种完全是分析文章的方式和心态来对待这部书。我觉得那样有可能对这部书构成某种伤害。这部书,人拿在手里是要怀着忐忑和心疼的,因为我们读过很多关于抗疫方面的书,那些抗疫书都是另外一种表达。

但是这部书确实是赤诚相见的一部书,个人、家国、地球等等,都是一种自然的统一。在这部书里,它是感性的生命记录,感性的体验记录和理性生命思考的统一。它不仅仅是个人、家国、地球的统一,它有很多细节,为什么说它是一种见素抱朴?举个例子,第158页和第260页这两个地方分别都写到了,前面是写一个武汉人将要崩溃了,第260页是写武汉有序恢复对外交通。那么第158页写崩溃的时候想什么呢?想到了解放军,我当时审稿看到这个的时候眼泪噼里啪啦就掉在书页纸上,1998年抗洪、唐山地震,包括汶川地震这些都是解放军来了,大家心里就踏实了。解放军什么时候来?就在除夕之夜,我这个数字记得很清楚,450名子弟兵来了,到了的一刹那,真的是一道闪电划过的感觉。

武汉有序恢复对外交通那一天醒龙写得就非常舒缓。他是写孩子背课文,此前武汉市布置孩子们朗诵《赵州桥》,我觉得交响乐的感觉就真正出来了。醒龙就为背课文发挥了好多,我们就知道他在那时候的心情已经张扬到什么程度,他就关于这个桥等等有很多的感触,我们都能理解,都能接受,都想拥抱他,就那种感觉。

除了这两处之外,还有很多非常精彩的地方,比如说他通过医生,通过天使之眼看到了那个时候人的分类,已经感染者和尚未感染者,人类突然重分了。在那个时候不是说一个所谓的思想家,或者一个作家等等,他就一个妙手偶得。这是生命给他带来的,所谓的哲思、哲理等等,这就是事实给他带来的世界本原的东西。

还有一处我也是看了以后突然就顿住,我后来无数次用到那个地方,有一句话叫生气完毕。世上的好多事都可以用"生气完毕"四个字来解决自己心理上的那种郁结。我是学到了"生气完毕"四个字,这个感觉跟解除管控也差不多。

他在特别时间里的细微的心思和特别空间里的大事小情,是这部书里面最精彩的地方。比如说翻手机通讯录,那天说要找人治病也好,还是什么防疫物资也好,反正手机通讯录翻的过程里面翻到了已经去世的,比如说陈忠实、红柯等等。他在事实上写自己的小家,也就外延到单位,到社区,甚至整个武汉,但是你看他的感触,好多的举动,好多动作等等,事实上都带着一种人类共通的东西,所以它承载的是一种连接的命运和人生的态度,也装载着天际的他者。用现在流行的话说,是国之大者这样的格局,所以他才会有那样的一些议论,那些议论非常好,他说到了人最聪明的方法是什么,人最笨拙的作为是什么。

我觉得醒龙本身是一个独特的作家,他写出自己与家人,事实上也写出了武汉,写出了湖北的体感和心力,体感很重要,这是一部有体感的书。很多我们看到的抗疫的书都没有体感,但这部书处处都是体感,它所有内容已经生发到很深远的地方,依然有体感,同时能够感觉到他的心力,他心上到底有多大的劲儿,这个时候他能上到什么程度,那个时候他又突然生出多少力量,那就是我们跳跃的,就像体温表一样的东西,就像我们看心跳的波纹一样,是那样的感觉。

所以就是这部书,事实上我刚才说的是"怀着后怕的回思,带着爱意的恳谈",他确实是在深情磊落地跟亲友说说话,然后肝胆赤诚地跟人事交心,其实就是这部书的一个最重要的价值。那么见素抱朴这样的格局和情怀就全有了,所以他能感动我们,能够代入我们。可能在今后若干年的时候,我们能好好研究这部书,在他新的创作成果里边,看到他作为文体家的另一面。谢谢大家。

文体奥秘与洋葱式结构

周新民(华中科技大学人文学院教授)

各位老师好。今天是2021年5月5日,我记得去年武汉有序恢复城市交通不久,醒龙老师带着我、遇春还有其他两位老师一起到藏龙岛去,到莲子湖岛去,主要是看这个作品的一个原稿,在那个时候我们和他关于这个作品有一些细节上的交流。到今天这一年的时间里面,我已经两三次谈到对这部作品的一些看法和想法,对前面老师们的观点我深表认同。

由于时间关系,我简单谈一下我的观点。我觉得从文学作品的文学性来看,它最为重要,或者是最为突出的特点,就在于把这种日常视角和宏大叙事有机交融在一起。事实上我们回忆起来关于这种抗疫文学的叙事,很难把日常生活的诗学和宏大叙事有机地交融在一起。比如老师们谈到《霍乱时期的爱情》和《鼠疫》,其实这两个作品里面又分别代表了疫情书写的两种不同的路径。

《霍乱时期的爱情》代表的是一种个人化叙事,日常生活场景叙述这样一种路径。《鼠疫》是一种宏大叙事路径,它讨论的是什么问题?是人的本质的问题。怎么样把日常生活化的叙事和宏大的叙事有机的交融在一起,这的确是很难做的一件事情。毫无疑问,《如果来日方长》在这一方面是做得比较好的,我就不展开了。

怎么样把日常的生活化叙事和宏大叙事有机的交融在一起?我注意到它的写法上面很特别的一种方式,一种洋葱式的写法。它几乎每个章节的每一部分,实际上是按这样的思路进行下去的。首先谈的是家庭的生活场景,对日常的普通人的情感,那么这些事情是由此作为章节的开头。

第二层就开始写到什么呢?就写到和我有关的人,那么这些人和我交往的,或者给我的信息里面所传达的情感是什么?再向外扩展一层就是社会的生活场景,以及对很多问题的一种思考。这样的由己往外的洋葱式的结构,保证了散文能够把日常生活的叙事和宏大叙事有机地交融在一起。我就简单讲这样一个观点,我后面可能会有文章谈到这样一个话题。

文学是生命的舟楫

□ 刘 勇 解楚冰

人类历史上经历过无数次深重的灾难,包括这次全球范围的新冠疫情,不仅前所未有地造成了对人类生命财产的冲击,也前所未有地带来人们心灵的巨大创伤,正因如此,灾难也加强和促进了人类反思自己生存环境和精神重建的意识。所谓的"灾后重建",不仅仅是重建基础设施,恢复日常生活的秩序,恢复身体的康健,更主要的是重建人的心理健康,重建人的精神信念。而在灾难促使人的反思中,文学始终是在场的,它根植于深广的历史和鲜活的现实之中,牵连着人类共同的命运。日前,由中国新文学学会和华中师范大学文学院、中国语言文学一流学科联合主办,刘醒龙当代文学研究中心和《新文学评论》编辑部共同承办的"中国'抗疫文学与文学抗疫'专题论坛"成功举行。此次论坛不仅非常及时,而且具有特殊的意义,几乎是最早从文学的角度集中探讨疫情的论坛。此次论坛使我们认识到,疫情不仅给人类带来巨大的灾难,它还警示人类应该如何形成积极的生活态度和健康的生活方式,这是更为重要的事情。论坛的主题关涉文学在人类命运重大关头的两个基本使命:一是以疫情为主题的抗疫文学不仅集中呈现了人在非常态境况下的生存状态和精神风貌,而且作家的创作使人们认识到痛苦不会因为时间的冲刷而消散,它在人类精神文明史上将留下深沉的刻痕,甚至形成了一种遥远的共振与呼应;二是"文学抗疫"概念的提出具有更为深远的现实意义,它揭示了文学更长久、更广泛的生命关怀,无论何种年代,无论灾难以何种方式降临,文学总是以不同的艺术形式反映生活的本质,启发人们如何面对灾难,承受灾难,超越灾难。人与文学的相遇,归根结底是人与自我的相遇,人生无数个难以为继的时刻,总有文学留存于人们的心中,予你抚慰,渡你困厄。

一、文学是精神的疫苗

人类的发展史,是与蒙昧对抗的文明史,同时也是与灾难博弈的抗争史、生命史。灾难作为人类社会历史进程中无法回避的创伤,进入文学领域则成为一种创作素材,聚合为一类文学母题。此次论坛的主题之一是抗疫文学,它作为一种即时记录灾难、反映抗疫现场的文学样态并不是今天才产生的,古今中外,关于人与疫情生死相搏的文学创作从未中断:薄伽丘的《十日谈》表现了民众在瘟疫笼罩的阴霾下乐观向上、反抗黑暗、追求现世幸福的人文主义精神;加缪的《鼠疫》真实地展现了一批心怀良知、肩负道义的勇者在瘟疫面前奋起反抗的无畏精神;迟子建的《白雪乌鸦》表面上书写了灾难中人们的恐慌与无助,但实际上蕴藏着人类的坚定信念与守望相助是可以战胜一切困难的光明旨意;毕淑敏的《花冠病毒》在表现人身处危难之际的无奈与悲悯的同时,深刻反思了人类如何汲取内在的心理能量、建构强大的精神支撑等重大命题。抗疫文学直面人性的复杂,不粉饰生命的脆弱与局限,读来不免沉重,但作品的底色都充满着救赎与希望,传承着人类生生不息的战斗精神,这类创作把个体命运放置在国家、民族乃至全人类命运的宏大背景中,彰显了中华民族的凝聚力和向心力。目前的抗疫文学主要倾向于纪实类,但我们有理由相信,随着后疫情时代的到来,创作者将提炼出更有时代意义、更具思想深度的叙事角度,将创造出具有世界眼光的中国故事。

这次论坛的另一个主题文学抗疫的含义则更为丰富,更具有历史性、当下性乃至前瞻性。何为"文学抗疫"?是指疫情袭来,灾难发生,我们赶快去读文学经典吗?当然不是。疫情暴发,再经典的文学也不如疫苗管用,那为什么文学抗疫不容忽视,甚至更有意义?

这就引发了我们对文学根本价值的思考。文学的根本价值是什么？是无用之用！文学之所以蕴藏着抗疫的社会功用，主要在于文学的双重精神价值：一方面，文学作为一种修养，它能够提升人的心智，促使人的思想成熟、精神健全，从而培养正确的生活态度和健康的生活方式。文学经典会开阔人的视野，赐予人饱满的精神和积极乐观的心态，让人理智、全面地理解问题，从容、豁达地面对命运的波澜和生活的苦难。我们中国自古就有"腹有诗书气自华"，俄罗斯也有一句著名谚语"一个人读不读陀思妥耶夫斯基，是可以从脸上看出来的"，同样，读不读《红楼梦》，读不读鲁迅也是能从一个人的脸上看出来的，说的就是文学对一个人处世心态、精神气质的内在影响，甚至是对整个民族精神气质的内在影响；另一方面，文学会引导和启发我们更好地摆正人类与宇宙之间的关系，促使人类进行反思、内省。病毒爆发，灾难袭来，不是一味地去指责病毒和灾难，而是更多地反思人类自己的所作所为，不要只想着病毒和灾难侵害了人类，也多想想我们有没有对包括病毒在内的自然界、整个宇宙有所侵害。惟其如此，人类才能最大限度地避免包括疫情在内的种种灾难的侵袭，才能更好地对待我们赖以生存的地球，维护生态的和谐与平衡。文学是潜移默化、深入人血脉的一种素养，它不是活学活用、立竿见影的东西，它需要长期地养育和浸润，才有可能找寻到那条被绝对是非观念所遮蔽的路径，文学"无用之用"的特点和价值就体现在这里。

无论是抗疫文学还是文学抗疫，本质上都是文学对人类精神的慰藉、鼓舞和滋养，都勾连着中国自古以来便始终承续的"文以载道"的文脉，都体现了文学对守护人精神世界、构筑人精神家园的重要价值。疫情期间，在武汉会展中心的方舱医院，一位年轻人躺在病床上专心看书的照片在网络上走红，他手捧着一本厚厚的学术著作，是《政治秩序的起源：从前人类时代到法国大革命》，大家之所以会被这一幕击中，是因为看到了人在病毒面前的从容、坚强，感受到了人身处危难之际的那份可贵尊严。我们应该庆幸，人类还能选择阅读，还能通过文学来抵御疾病，还能借助文学与文化去寻找那处无法囚禁思想的精神避难所。

二、文学激发人的多重反思

在人类社会发展的进程中，特别是近些年来，在与宇宙、自然的关系中，人们似乎越来越自信：登月球、上火星，整个宇宙好像就没有人类不能抵达和探索的地方。但这次疫情对人类生命安全所造成的威胁和全球经济所遭受的重创，足以证明人类其实是非常渺小、非常脆弱的。每日不断攀升的感染人数和断崖式下跌的经济指数让人类一下子冷静下来，清醒下来。如果一定要赋予苦难以意义，这次疫情最重要的价值，就是给人类带来了沉痛、深刻的反思：一是人对生存环境的反思。人必须重新思考人与人、人与自然、人与社会、人与时代乃至人与宇宙的关系，人类终于意识到，在大自然面前需要有一次"伟大的纠错"。二是人对自我的反思。面对病毒，除了加强管理、完善政策和发展科学技术等等，更重要的是，人要提升自我的文化素养，加强自我的精神健康，不漠视他人的苦难，用不断丰富和强大的精神世界来抵抗无常世事，而这些都与文学有着密不可分的关系。

其实对人的思考，对人与宇宙关系和人在宇宙中位置的思考，绝不是在疫情期间才产生的话题，这是中外作家始终关注的永恒命题，是很多文学经典表达的精神意蕴。五四新文学从开始就是以"人的文学"为起点的，"人的文学"体现了五四一代人的某种共识。一百多年来，我们是如何理解"人的文学"的呢？主要有两个方面：一是对中国几千年"文以载道"的传统，特别是不注重个人的倾向进行了反省；二是对西方文化强调人的自由、个性与解放给予了接纳与传播。但今天，在全球疫情复杂的局面之下，我们回过头来想一想，一百多年来，我们对五四新文学所倡导的"人的文学"认识准确吗？全面吗？实际上，我们完整看待五四先驱所提出的"人的文学"，他们反对的是"文以载道"的"道"，并没有反对"文以载道"的功能，古今中外，没有不"载道"的文学，"载"的什么"道"，是可以思考的；"人的文学"高扬人的自由和个性，但从来没有放弃人的时代性、社会性。因此，我们以往对"人的文学"的理解是不全面的，不准确的，是需要反思的。疫情告诉我们，人类需要个性，但也必须要群体与公德；人类要自由，但也要遵循共同的规约。

在高举"人的文学"与思想启蒙的五四时期，人们通过宣扬生态意识为人类自我意识的确立找寻了新的路径，人与自然、人与宇宙关系的反思集中体现在生态文学这类创作题材中，生态文学的勃兴不仅仅是对自然风光的歌颂，对生态问题的回应，同时也是人对自我、对社会、对整个生存环境的检视。从广义上来说，生态文学即人对生态环境、生态问题的认识和反映，包括人在处理生态问题时的观念、情感、态度和措施。实际上，生态问题不仅局限于管理问题与科学技术问题，归根结底是伦理道德问题、哲学问题，是一种关乎诗性生活的美学问题。文学的本质是落实到人与自然的关系中，也就是说，建立生态意识归根结底是为了确保人类长久的生存与发展，通过对人与自然内耗式的相处模式的反思中，唤起人类真正的自我意识和生态意识。中国有句俗语叫"一方水土养一方人"，强调的是地理位置、物候环境对当地居民生活方式、思想观念和文化性格的影响与塑造，但在我们看来，去掉这个"养"字则更好，"一方水土一方人"强调的不仅是一方水土养育了一方人，反过来，一方人也养育了这方水土。"一方水土一方人"更注重的是人与自然互养、互动、互融的关系，而这才是生态平衡、宇宙和谐的本质。早些年，北京颐和园昆明湖的水一度不那么碧波荡漾了，圆明园里的福海甚至干涸了，究其原因，是原来在这两个湖之间有一个大水池，因为没有名气，所以就被填掉了。实际上这个大水池是养护着昆明湖和福海的，填掉大水池，就等于把昆明湖和福海的肺割掉了，把它的肾割掉了，那湖里的水还会丰沛吗？以水养水，才能达到生态平衡。但人类要形成这样一种环保意识，要能形成与自然这样一种和谐关系，是需要高度修养的，特别是文学与文化的修养。

文学对人的反思是多个层次、多个面向的，既是对五四"人的文学"理念的反思，是人对生态环境的反思，同时也是对作家，和作家笔下人物的反思。毕飞宇作为一位擅长写苏北水乡、运河的作家，从《玉米》到《平原》，展现的都是人的常态生活，即便是以戏痴筱燕秋为中心人物的《青衣》也是着重表现人的日常状态，只不过性格、处境和命运有所差异。《推拿》则不同，从常人到盲人，这种转换暗含的是毕飞宇对人的反思。书写盲人生活的文学经典并不少，茨威格的《看不见的收藏》，纪德的《田园交响乐》，谷崎润一郎的《春琴抄》，萨拉马戈的《失眠症漫记》以及柯罗连科的《盲音乐家》，都是这类题材的代表作。但《推拿》中的盲人形象和这些作品还是有所不同的，《推拿》的盲人们更普通、更具日常性，他们把推拿作为生活的平台和手段，读者也更容易从平凡、琐碎中感受到这个特殊群体的苦与乐。对于盲人而言，无论是先天失明还是后天失明，这都是他们人生巨大的灾难，但《推拿》告诉我们，这些盲人没有因灾难而消沉，而是承受着命运的考验，活出了精彩。他们的生活同样是丰富的，是充满情趣的，甚至不亚于我们能看得见的常人，他们有信念，有信仰，特别是他们有对美的追求。《推拿》中的主人公沙复明喜欢都红，为什么喜欢呢？是因为来来往往的客人都说都红漂亮，什么是漂亮呢？先天失明的沙复明永远不知道，永远也无法理解，但是人们口口声声说的"漂亮"深深地诱惑、吸引着沙复明，使他不可遏制地喜欢都红，与其说他喜欢都红，不如说他更喜欢"漂亮"，尽管他永远都不会看到都红的漂亮是什么样子。沙复明双眼看不见东西，但丝毫不妨碍他内心深处对美的追求。《推拿》的文学意义还在于，我们正常人是用视觉感受美，而盲人则是用想象感受美，视觉的感受是有限的，想象的感受是无限的。所以，我们常人对美有一种欣赏和想象，但盲人对美的想象是无限的想象，远远超过我们常人的想象力。盲人是用心看世界、用心交往，他们看起来和健全人相隔很远，但实际上盲人的心能穿越很多，能特别敏感地捕捉到我们习以为常的东西。在疫情当下的时刻，读一读毕飞宇的《推拿》对我们体悟生命的本质有着特殊的意义。

三、文学承载苦难的重量

人类与社会的发展注定是一场穿越苦难的修炼。多数人的一生总有几分难言的遗憾和苦楚，它们如砂石横亘在生命的河道，需要我们以勇气去跨越。因此，承受苦难是一种定力，甚至是一种责任，是我们人类得以不断发展的根本动力。作家书写苦难，不是简单地向读者诉苦，而是在凝视苦难的过程中，实现对苦难的超越。文学承载苦难的特质使其具有抚慰心灵的治愈作用，但文学的价值并不是一下子就能作用于现实的，它的意义和影响会以一种持久而绵长的力量逐渐显示的。人类需要文学，并不是疫情来袭时才需要，而是一直都需要：读者需要在文学作品中排解苦楚、寻找精神寄托。同时，作家在面对、承受苦难的过程中需要文学来表达情感、抒发郁结、超越个体的悲欢，从而形成文学与人生的双重融合。

我们常说，一部打动人心的作品往往浸润着作者的人生底蕴，但"人生底蕴"绝不是四个轻松美妙的字，它往往是由一个人巨大的悲哀和痛苦铸成的。大概没有一位女作家经历过萧红如此大、如此多的痛苦，尤其和冰心这位一生写爱的百岁老人相比,萧红一生都没和半个爱字沾边。冰心那代人坚信"母爱是伟大的",而到了池莉这代人则认为,母爱"一半是伟大,一半是愚蠢",但对萧红来说,她的母爱连一半都没有。萧红只活了三十一岁,这三十一岁满满承载了苦难,而苦难铸就了她文字巨大的穿透力和震撼力,这种穿透力和震撼力甚至超过了冰心。冰心活了一百岁,她一生的文字可以用一个字"爱"来概括,这可谓人生与文学的双重传奇。冰心哪里不如萧红呢?如果一定要说冰心有不如萧红的地方,那就是她的一生太顺遂、太幸福了,她得到的爱太多了。而萧红相反,她得到的爱太少了,得到的痛苦太多了。今天人们常常谈论哪个地方好,哪个地方不好,其实当人们说哪个地方好的时候,就是在谈论你的家在哪里!而萧红没有家,所以哪个地方对她来说都不好。萧红在散文《失眠之夜》中说:"那块土地在没有成为日本的之前,'家'在我就等于没有了。"但也正因为萧红的"无家情结",因为她寂寞孤独的童年,漂泊流浪的生涯,辗转波折的爱情,才赋予了她开阔的悲悯胸怀,使她思考人的生存境遇和生命意义。

鲁迅之所以能够稳坐现代文学的第一把交椅,不仅因为他对民族的命运和性格给予了深刻、全面、系统的思考,或许更重要的是,鲁迅在作品中蕴藏着他痛彻的情感经历和深沉的生命体悟。与林语堂、梁实秋、沈从文这些着重描写人生小情趣、小智慧和小悲欢的作家相比,鲁迅直面人生的大痛苦、大灾难,这种执着书写人类命运根本悲剧的追求,突出表现在鲁迅绝大多数作品的结局都指向了死亡,不是人物的死就是动物的死。鲁迅为什么如此普遍地写到死亡?难道是鲁迅欣赏死亡吗?实际上,鲁迅如此频繁地写到死亡,恰恰是因为鲁迅在思考如何更好地活着!只有体悟过死亡的痛苦和绝望,才会真正懂得活着的价值与意义,面对无可回避的生与死,鲁迅既不畏惧,也不苟活,既不避世,也不虚度,他已用生命的腐朽来印证曾经的存在,因此才能"对于这死亡有大欢喜",这是一种"向死而生"的生命意志,是一种高度成熟的文化心态上的平衡。

鲁迅这种对生命的体悟,也影响了当代作家的创作,比如死亡同样贯通在余华的作品当中,从《现实一种》到《河边的错误》,从《活着》到《第七天》,余华作品的死亡主题不断嬗变,从醉心于描写血腥、荒诞的暴力死亡逐步转变为挖掘死亡背后的生命本质,在渐趋柔和的死亡叙事中,余华多了对笔下人物的悲悯与关怀。《活着》中富贵的亲人一个接一个地死亡,但每一个死亡背后都关联着特定的社会背景,由此让人体悟到个体的生命不过是时代沧海中的一粟,在时代的悲哀面前,人只要能够平淡地活着,甚至哪怕是孤独地活着,都是那么的可贵,活着就是全部意义所在,这也是一种向死而生。余华在长篇新作《文城》中,同样延续了对荒诞和苦难的执着表现。作品描写了各种各样的苦:情感的欺骗、乱世的漂泊、亲友的离散,但人生最大的苦莫过于虚无和徒劳。主人公林祥福终其一生都在寻找小美随口编造的虚构之地"文城","文城"似乎成为一个生命的寓言,它预示着人永远追逐却无法抵达的理想不过是一座蜃楼。即便生活充满着挫败和痛苦,是一场无解的困境,但《文城》中依然存在人与人之间的真情和信赖,存在悲悯和良善,这是余华回应苦难的答案,也应该是我们面对生活、面对灾难的态度。

今年是鲁迅诞生140周年,在这样一个特殊的时刻,我们再次感受到鲁迅精神的恒久和价值。鲁迅在《呐喊》《彷徨》《野草》中所倾注的人生体验和现实追问,在今天依然是绕不过去的话题,为什么绕不过去?因为五四以来中国人的精神困境和社会问题依然存在,我们依然需要通过鲁迅其作,走近鲁迅其人,去感受鲁迅作为中国文化守夜人的清醒和自持,面对当下复杂纷繁的国际局势,这份清醒和自持对于中国的发展具有重要的现实意义。

一个国家的发展,一个民族的振兴,当然要比经济,比高科技,比综合实力,但归根到底,比的是文化,包括文学素养和文化心态。所以,文学抗疫绝不是一句应景的口号,它不是告诉我们在抗疫时才想到文学,而是应该让文学永远成为提升人们思想境界、精神健康的一种习惯,这不仅仅是文学的价值,而是人类真正的智慧所在。文学抗疫将永远伴随着人类的发展,无论灾难是否来临,人类如果能真诚、恳切地正视自我、对待他人、爱护生存空间,如果将文学、文化深入到生活的方方面面,如果能在文学经典中寻得慰藉与安抚,人类将永远不会在精神上流离失所,遗失家园,这也是当下的疫情给我们的重要启发。

[作者单位:北京师范大学文学院]

新时期小说去英雄化人物形象的人文生态解析

□ 严运桂　龙厚雄

新时期小说，一般是指"文革"结束后，尤其是1978年十一届三中全会开始至今时间跨度40多年里产生的小说。新时期小说发展迅猛，流派纷呈，波谲云诡，惊世骇俗，除伤痕文学、反思文学、改革文学等与新时期之前的社会主义现实主义小说有脉络可寻外，先锋文学、新写实文学、女性身体写作、新历史主义、纪实小说等，无不挑战我国当代文学以来形成的范式和遵循的原则，比如违背或突破典型环境中的典型人物创作理论，对人物形象着力去英雄化处理，占文坛主导地位的大多为平凡百姓、流氓土匪。虽然这些流派的创作特点有异，但在人物形象的去英雄化方面却默契地形成了一种合力，引起学界的关注与思考。

何为英雄人物？顾名思义，是指优秀的、强有力的、杰出的的人物。结合中国历史，我们常称之为英雄的人物，其实质均与国家民族事业有着密切联系：一是有大义凛然威武不屈的品质，如汉朝苏武、唐朝张巡、宋朝文天祥、近代革命志士方志敏等；二是有经天纬地治国安邦的雄才大略，如诸葛亮、孙膑、毛泽东、邓小平等；三是在事业中胆识过人有冲锋陷阵的勇气，如岳飞、戚继光、林则徐、杨靖宇、邱少云、王进喜、焦裕禄等。与这些真实的英雄相呼应，我国现当代文坛塑造的英雄形象也很多，诸如卢嘉川、江姐、朱老忠、杨子荣、梁生宝等，他们除了上面提到的英雄品质外，还富含爱国爱党、无私为民、道德高尚等正向情怀。无论生活中还是文学文本里的英雄，他们都是中华民族精神集中的体现者，也是中华民族光辉历史的象征和恒久的记忆。他们为人们的成长提供了精神源泉，几乎每个人的成长或多或少地都有过英雄情结，或学习他们的不屈与奉献，或敬畏他们的伟大与崇高，或立志自己要成为英雄，这是英雄的价值与魅力。

小说的去英雄化，就是作家在叙写主人公时，秉持某种创作理念，或尝试某种创作方法，使其平民化、生活化、复杂化、碎片化，乃至有意使其庸俗丑陋的艺术处理，它包含了非英雄化和反英雄化两种含义。《写作词典》这样解释非英雄化和反英雄化两个概念："非英雄化是一种把作品主人公从英雄人物转向普通人物的文学创作倾向"，"反英雄化是一种把作品主人公塑造成注定要失败的英雄人物的创作倾向。"[1]新时期小说文本中的主人公的非英雄化甚至反英雄化倾向十分明显：人物性格复杂多面、人物行为荒诞乖张、人生过程苦难庸常，一反传统文学作品中的足智多谋、顽强勇敢、除暴安良乃至爱国爱民等英雄形象特征，人们耳熟能详的主人公余占鳌（莫言《红高粱》）、富贵（余华《活着》）、印家厚（池莉《烦恼人生》）、小林（刘震云《一地鸡毛》《单位》）、司马蓝（阎连科《日光流年》）、白秀（陈应松《猎人峰》）、张季元（格非《人面桃花》）等无不是作家们去英雄化的具体体现。余占鳌有民族气节但匪性十足，富贵被灾难蹂躏得晕头转向，印家厚勤勉却奔波于生活琐事，小林由理想蜕变为世故，司马蓝与命运抗争却又权欲熏心，白秀善于打猎却是战场上的逃兵，张季元有革命理想却带有浓厚的个人欲望，等等，他们与我们心中的英雄有较大的落差，他们消解了英雄价值与意义。文本中的主人公要么是生活懒散、心态委琐的庸人，要么是没有理想、误打误撞、浑浑噩噩的草莽，要么是粗鄙不堪、横行霸道的流氓，纷纷登上新时期文坛的是多面君子、变态狂人、原欲使者等。小说文本对生活琐细的纠缠和对阴暗的展示，遮蔽了人生不可缺少的崇高和豪迈，文学人物形象曾经的或者说应该具备的美善价值稀薄，进而导致其召唤与激励功能缺失。

新时期小说的现实状态，是社会发展规律所致还是某些偶然的原因造成的？原因非常复杂，如果用时下概念表达，即新时期小说去英雄化人物形象大量存在是新时期人文生态的体现。所谓生态，是指"一切生物的生存状态，以及它们之间和它与环境之间环环相扣的关系"。如今，生态学理论不断延伸和扩展，形成大中小不同层次的生态系统。大的系统有自然生态和人文生态，新时期小说的去英雄化现象主要关涉的是人文生态。人文生态，是指人类以其劳动和智慧，有意识或无意识地营造出来的适合特定社会的人工环境。这种人工环境，包含有社会生态、政治生态、文化生态等亚生态系统。如果我们把人文生态比作人类发展的大河，社会生态、政治生态、文化生态等就是这条大河里汩汩的流水，而新时期小说只是大河里的一朵浪花，要了解这朵浪花的性状特点，须得从河流河水的了解研究开始，不能只孤立地盯着这朵"浪花"。所以，只有我们结合人文生态的相关因素，才有可能比较科学地探究出新时期小说去英雄化书写的本质。

一、小说去英雄化人物形象契合于社会生态系统多种因素

社会生态是指动物和人类的社会组织及社会行为与生态环境之间关系。20世纪初由美国学者帕克等人提出，其中有个方向就是指人的社会行为，文学的创作与接受等属社会行为。社会生态相关因素有社会期望、公众意向、社会动机、文化偏好、意识形态、利益诉求、人际关系、乡风民俗、社会保障、人与自然等，这些都是文学所关注的对象。事实上，任何时代由这些因素综合而成的社会大多是一个平凡的世界，新时期小说的去英雄化的人物形象处理，是从高于现实重回到现实源，使小说中的人物形象与现实中的人物几乎零距离对接。

庸常平凡是一种生存状态，也是普通大众的生活常态。从传统现实主义文学观念看，这是非典型的，写这样的庸常生活，难以创造出典型环境、典型人物。在新时期小说中，尤其是新写实小说中，庸常平凡却成为新宠。作品中的主要人物们表现为琐细卑微，或精打细算于个人得失，或朴实勤勉于家庭生计等。他们想过好日子，但没有宏伟理想；他们斤斤计较，但也曾伤害他人，他们真实得就像现实生活中的你我他。

有琐碎生活的奴隶：池莉《烦恼人生》中的印家厚，整天奔波，房子、物价、孩子、交通等，压得他无暇顾及其他。他的美好愿望在现实中无法实现，房子极为简陋拥挤，每天都要谈及物价，准点机械赶车，在没有爱情的婚姻中与老婆守着……以至于印家厚说他也能写《生活》诗，内容也只有一个字——梦。"你现在所经历的这一切都是梦，你在做一个很长的梦，醒来之后其实一切都不是这样的。""少年的梦总是有着浓厚的理想色彩，进入成年便无形中被瓦解了……他只是十分明智地知道自己是个普通的男人，靠劳动拿工资而生活。"印家厚就是我们平常生活中熟悉的某个朋友与同事，朴实真切，微不足道。面对生活磨难，且过且烦恼。

有被生活磨浊的灵魂：刘震云《一地鸡毛》《单位》中的主人公小林，刚分配到单位，学生气很浓，透着一份可爱。可单位只看你会不会"混"。体悟出人生"混"之道的小林，变得"成熟"起来。他不仅要整天"琢磨"身边的几个人，还要屈辱地为局长搬家，刷便池。到后来"吃喝拉撒睡成了生活的全部，甚至连他最喜欢看的足球都能放弃，只要老婆能用微波炉给他烤点鸡，让他喝瓶啤酒，他就没什么不满足的了"。小林日益沉沦为老于事故、卑微可怜的凡俗市民。凡社会人大多都会有这样的经历：纠结—挣扎—妥协—适应，直至把自己磨成一个合乎某些规则的形状，放到人群里，再难辨认其特征来。他的经历真实得让人无奈。

有复杂变异的个性：苏童的《妻妾成群》中的颂莲，她因丧父大学辍学嫁给富人做妾，她单纯敏感，却不愿自立自强；她清高自傲不愿屈就陈老爷，却又贪图安逸依附封建家庭；她看不起梅珊与医生偷情，可她自己又情不自禁对陈家大少爷动了心；等等。她就是一个极其矛盾体，活得没有尊严，死又没有勇气，她的这些特征不是天生如此的，是一次次的冲突造就了一次次的变异，颂莲就是各种因素动态作用、循环联结的社会生态的产物，细腻真实，充分体现了现实社会的生存逻辑。

这些新型的小人物形象没有使命意识，更没有英雄的光环，他们就处于生活化的场景中，在市井烟火当中经历着凡夫俗子的一生，他们缺乏雄心壮志的梦想，也没有改变现实的野心。他们努力平衡各种社会关系，与现实和解共生，使得社会生态保持完整，或优柔寡断、胆小怕事，或勤劳朴实、柔韧善良，或自私自利、精于算计等等，这也是普通大众的生存智慧，是合乎世理人情的。众多作家也正是洞见了这种深层次的东西才用心表现庸常的。我们看看他们是怎么说的："我爱逛菜市场，去听他们那些充满生机和乐趣的语言。他们的一些缺点和毛病，也是贫困的生活给逼的。他们从事最底层的工作，生活在恶劣的环境中，有些可能是非人的生活，但他们的生活不乏自嘲、自解、自乐，特别的原汁原味，原生态。"②——刘震云

"希望我具备世俗的感受能力和世俗的眼光，还有世俗的语言。以便我与人们进行毫无障碍的交流，以便我找到一个比较好的观察生命的视点。"③——池莉

"文学能不能有新境界实际上取决于我们对社会理解的深度。"④——格非

因此，创作者们深入社会，探究社会，聚焦于小人物生活中普遍都会经历的人生问题，虽然这些问题和经历既不曲折离奇也不具有浪漫色彩，但因其普遍性往往能引起共鸣。

二、小说去英雄化人物形象是对政治生态相关因素的反拨

政治生态这个概念，是习近平总书记 2013 年 1 月在十八届中央纪委二次全会上第一次提出来的。北大学者这样定义："政治生态是特定的政治活动系统及其所赖以存在的环境系统，是指与某种特定的政治主体运行有关的价值理想、制度体系、运行机制等内容。"⑤政治对文学的影响往往最为直接和重要。"政治对文学的影响最为突出的特点是要求文学必须关注上层建筑和经济基础，必须关注社会的运作和发展的方向。"⑥因此，文学活动制约于文艺政策，文艺政策属于政治制度和主流意识形态的有机组成部分。

新中国成立的几十年里，文学与政治配合密切。1953 年第二次文代会的政治报告中，周恩来旗帜鲜明地指出："新的文学艺术，掌握了毛主席文艺为工农兵服务的方向。既然如此，文艺就必须首先歌颂工农兵中间的先进人物。""我们就是要写工农兵中的优秀人物，写他们中间的理想人物。"⑦"周恩来的报告高屋建瓴，提纲挈领，实际上成为一个时期关于新英雄人物讨论和创作的指导思想。"⑧与之呼应的文学活动在特定历史时期，扛起"干预生活""为工农兵服务""为阶级斗争服务""为政治服务"的旗帜，尤其是"文革"的突出正面人物、突出英雄人物、突出英雄人物中的主要英雄人物等"三突出"的思想主导，于是文学创作出现了极端的造神活动，八大样板戏里英雄人物几乎完美无缺，这种极端的文艺现象，延续到"文革"结束。十一届三中全会后，"百花齐放，百家争鸣"的"双百"方针得到真正贯彻落实，尤其是 1980 年 7 月 26 日《人民日报》明确提出了"文学为人民服务，为社会主义服务"，标示着一个新时代的开启。随着文坛的政治因素主动退隐，文学家们的自由情绪也趁机释放，告别崇高、消化意义、颠覆经典等，在新时期尤其是新世纪前后的小说里相当流行，某些人性恶的因素在小说人物身上充分体现出来，对人物的刻画荒诞夸张，这些人物形象打破了社会规则，突破了人们心中传统的价值观念。

典型英雄的背叛者：莫言《红高粱》中的余占鳌是一位具有独特个性的人物，在新时期文坛上影响巨大，但就是这个形象也不是我们心目中理想的英雄。他虽然有民族精神，但他自私残酷，杀人成性。他杀了与母亲通奸的和尚，做了一个轿夫。一次偶然的抬轿经历使他不顾一切地爱上了戴凤莲，在戴凤莲出嫁回门的路上，他们在高粱地里纵情结合。为了占有戴凤莲，他杀死了以金钱和权势强娶戴凤莲的单家父子。他一生杀人越货，他表达爱恨和解决问题的方式就是杀人，连他的亲叔叔余大牙也被他所杀。在抗日战争中，他带领的一支队伍，却豁出命伏击了鬼子，并且杀了日本鬼子中的中岗尼高少将。他的抗日义举不带有任何政治背景，全然来自目睹日军的疯狂屠杀所激发的他性格中的勇猛与强悍——他不甘受人欺辱，受人压制，因而他的抗日只是一种汹涌澎湃的激情与生命力的涌动，有极强的偶然性。如果称他为英雄也是一个流氓英雄，正如有学者评价，"是典型的魔鬼式英雄，既英雄好汉又王八蛋，正气凌然而又残酷、邪恶"⑨。

制度缺失的挣扎者：陈应松《猎人峰》中的人物群

像,在贫穷、愚昧的山区纷纷登场。他们冷漠、自私、残忍到无以复加的程度:白秀,与"三突出"的英雄人物是截然相反的,虽然是一个勇敢的猎王,但却是一个怕死的逃兵,是一位失败的家长和父亲。他的两个儿子更是人渣,大儿子白大年为了弄个老婆,两次献"宝",一次是他杀国家保护动物(虎和豹结合生下的"呼")去换,二次竟然疯狂地挖侄儿(白中秋的儿子)的一双夜视眼去换。二儿子白中秋,他违反古训,冒犯禁令,一系列行为令人咋舌:为了他的女人,违禁乱砍稀有林木烧炭,还用活人祭窑,捕杀国家一级保护动物金丝猴;为了替儿子报仇,任阎王塌子千斤榨榨死了他哥哥白大年;为了让自己活得清净,他几次将亲爹扔向深崖。此外,还有基层干部的无法无德,毛村长从山外领了个金牙女人分配给了鲁瞎子;派出所所长文寇,面对盗窃的乡人被炸死的严重治安事件,他直接叫好。从乡长到村民,一群乌合之众,没有一点亮色,比现实更加丑恶,这样的营造想必有作者对政治生态的考量。

主流意识的挑战者:主流的价值观在人物形象上不是被体现而是被质疑或颠覆,如天人观(如人定胜天)完全被苦难与宿命击溃。阎连科的《日光流年》中司马笑笑和司马蓝这对父子,面对极端恶劣的外界环境和无法躲避的命运枷锁,他们的做法超出了人们的想象。为了对抗任何自然灾害所带来的死亡威胁,当村庄因为天灾人祸导致粮食短缺人畜相继饿死的灾难时,司马笑笑毅然选择放弃村中残疾的小孩子,让这些被称为"废物"的生命在残酷的自然中自生自灭(这其中也有他自己年幼的孩子),让他们去喂乌鸦,正常的人再吃乌鸦保命;司马蓝为了满足自己的权欲和驱走村庄与生俱来的死神"喉堵症",带领村中适龄青年去医院卖血卖皮,为了让自己活命请求自己深爱的女人蓝十四去城里卖淫筹钱。在自然灾害面前,极其渺小与不堪,如果"喂鸦"和"卖皮"之类行为还有些悲剧色彩,"卖淫"请求简直就是令人发指的无耻了。

在解放思想的大潮中,文学家们积极大胆地对此前影响中国文坛几十年的文学活动进行反思与质疑,类似于上述作家,他们创作出了大量有违"三突出"的人物形象,方法上的去典型化,呈现出来的主人公就是去英雄化的人物形象,且与人物相伴随的不是典型环境而是各种苦难与丑恶,"改革开放新时期,文坛迎来了新机遇,人们思想逐渐解放,创作环境宽松,创作热情被空前激发,苦难书写逐渐成了文学书写的亮点、焦点、卖点"⑩。有些小说家厌倦了以往的叙写理念与方式,比着写苦难,看谁写的更惨更残酷,涉及人物形象,看谁笔下的人物更有个性,或者更不可理喻,从而显示自己的先锋性与创新特征。作家余华在论及20世纪先锋派时曾说,"作家无一例外地加入了这场更新的潮流。在他们那里,没有统一的行动纲领,也没有统一的思想准则,他们之间惟一的共同之处是反对所处的时代,反对现有的文学规则。然后他们创造自己的时代,制定自己的文学规则"⑪。

他的观点在中国新时期小说里得到了印证,他自己就是一名立潮头的实践者。有人做过统计:"余华小说中的死亡总人数为109人,其中非正常死亡人数高达99人,近乎占死亡总人数的91%。"⑫这一组数字说明,非正常死亡占领绝对地位。其人物形象总是被各种苦与难围绕折磨,乃至非正常死亡,有的死得冷淡,有的死得血腥,有的死得荒诞。苦难环境和人物的苦难命运在小说文本中俯拾皆是。先后加入这一潮流的作家还真不少,诸如莫言、余华、刘庆邦、阎连科、刘恒、阿来、胡学文、王十月、陈应松、葛水平等,他们笔下的人物大多都会在生存困境中平庸、挣扎、苟活、消失,他们以去英雄化的人物形象表达了对新时期以前尤其是"文革"时期相关失衡的政治生态的反拨和否定。

三、小说去英雄化人物形象是文化生态运行的结果

文化生态是一定文化赖以存在和发展的环境,它的外延较为宽广,是构成文化系统的所有内在和外在要素及其相互作用所形成的生态关系。"文化生态是一种历史过程的动态积淀,是社会成员所共享的生存方式和区域现实人文状况的反映。"⑬文学活动是文化生态的有机组成部分,它也有自己的运行特点,其主要体现在文学的模糊多样性、开放互鉴性、演变异质性等方面。

文学形象的多样性、模糊性是维持文学平衡发展的基本要素。"文学形象既是体现着作家强烈主观情感的信息载体,又体现着客观物质生活的某些本质规律:文学形象既是作家个体创造的产物,又是读者共同

参与合作的结晶。"⑭作家、生活、读者都是丰富多样的,它们遇合的产物更是无限丰富。若非有硬性要求和政治任务,文学形象是不会呈现模式化的,而应是千人千面。加之文学取材于生活真实,生活无完人,故文学人物形象的雅俗、美丑并存,人物形象的所指也不鲜明,不是类似于好人与坏人、英雄与流氓就能简单概括的,有魅力的人物形象,都有一定的模糊性,让人联想想象,余味无穷。虽然,他们身上失去了崇高的光环,但他们让人觉得亲切可信。路遥的《人生》,一经问世就引起了轩然大波,高加林的出现打破了文坛的惯常思维。一个农村青年,向往城市生活是人之常情,可由于人为的操纵,他从民办老师的岗位上被挤下来,家人又设法将他弄到了城里工作,遭人检举后又回到了农村。他的人生在选择事业的同时也在选择爱情,结果竹篮打水,事业、爱情都受到沉重打击。他行为不怎么光明磊落,也谈不上不择手段;他坚韧,可善于钻营;他不鄙视农民,却不打算务农;他决绝抛弃巧珍,但内心却备受道德谴责的煎熬;他痛恨利用权势牟取私利,却又坦然接受不正之风牟取的私利,等等。"我们很难说他是英雄,却又不能说他是坏蛋,在这里采用非好即坏、非肯定即否定的简单化的判断是解析不清这个'圆形人物'的"⑮。

文学形象的建立与文学活动的包容、互鉴密不可分。"文明是包容的,人类文明因包容才有交流互鉴的动力。"⑯不同文化间的互动制约(诸如不同时代,不同地域,不同民族的文化)也维持着文化生态整体的平衡。中国当代新时期小说是一个明证,其开放互鉴的具体体现:其一,对小说发展来路的回望。我国小说从神话、志怪、传奇、话本、章回小说、现代小说等一路走来,其文学形象有鬼怪神魔、蛇精狐仙、草莽侠士、才子佳人等,他们身上有对真善美的彰显,对假恶丑的鞭挞,但都有瑕疵,即使经典形象也非后来政治语境中的无瑕"英雄",诸如曹操、李逵等。随着"文革"结束,意识形态的相对自由,去英雄化的人物形象纷至沓来,从某种意义说是对文学"初心"的回应。其二,对民间大众性文学的吸纳。民间相对于官方而言,其相关活动是平民的自发而为,与官方主流意识形态相对疏离;大众相对于精英而言,其活动是以大众消费需求为基础,与相关学术要求、行业自律有距离。民间大众性文学相较于官方关注的传统文学,更加创作自由,更能直接地反映人性人生,更能为人们喜闻乐见。它们有超乎寻常的生命力,随着时间的推移,它们之中的优秀作品会成为经典,比如《白蛇传》《梁祝》等。新时期文学无论叙述内容还是叙述方式,都能找出它们与民间大众性文学的天然关系,诸如去政治意识,人物平凡,语言戏谑等。其三,对外来文学理念与技法的借鉴。有学者认为:"就文学自身而论,大凡在文学的变革时期,横向借鉴往往为人们所重视。"⑰新时期的文学就是一个大变革时期,当国门打开,西方的文学理念和文学技法被大量地介绍进来,诸如理念上反理性和非英雄化,内容上呈现颓丧、悲观、厌世等西方现代主义文学的感情;创作技法上有意识流、变形、怪诞、魔幻等,这样一些东西涌进文坛,对于新时期的中国文坛来说,不亚于一次大地震,导致了新时期的一些文学现象与传统文学断裂。

文学形象随着文学规律的运行演变出异质性特征。齐白石曾对他的关门弟子说,似我者亡,破我者昌。文学活动是一种永远走在创新路上的社会实践活动,因此,作者只有创新才能形成自己的创作个性,才能满足读者求新求异的审美需求。由此观之,新时期以来文学形象和此前的文学形象迥异,也是作家们大胆求变创新的结果。这方面,王蒙的创作较为突出,他打破了行为结构(按事件发生、发展的外观过程来描写),实行心理结构(以人物的心理反应为圆心,按这种随机的反应、跳跃安排情节结构),他的作品《蝴蝶》《杂色》《布礼》《春之声》等几乎都采用了这种心理结构。没有完整的故事,没有合逻辑的言行,在碎片化的生活片段中,在意识的任意流动中,时空顺序颠倒,人物形象有如漾着波纹的水中倒影,显得飘忽且不完整,连一个清晰完整的人物形象都没有。诸如此类的其他作家的各种类型的变革探索,呈现的也是五花八门的各种类型的人物形象,有血性草莽者、胆大妄为者、猥琐自私者、自甘沉沦者、愚昧无知者、倒行逆施者等,但却稀见让人心生敬畏的人生楷模。他们以自身的形象,或是否定了英雄的存在,或是嘲弄英雄的言行,或是漠视英雄的价值,或是消解英雄的意义等,正如有学者评价当下电视艺术时所指出的那样:"去英雄化的创作追求出现了不少有分量的优秀作品,它摆脱了以往文艺作品中高大全的英雄形象模式，使英雄回到现实中来，对观众而言更具真实感和可信性，但作为引领社会主义核心价值观的电视艺术作品，并不能仅仅以荒诞不经的人物个性作为'增值点'，进而哗众取宠，骗取市场。"[18]其负效应相当明显。作为文学的一种创新探索可以理解，但这种风气传导给社会，社会也会失去精气神，甚至会弥漫发展成为多种社会疾病：价值观扭曲、无理想信念、见利忘义、金钱至上等；骨质软化、懦弱、无担当、娱乐至上、嬉戏成风等；甚至走向犯罪的境地，弄虚作假、坑蒙拐骗、作奸犯科等，这些于我国的精神文明建设是极为不利的。"一个有希望的民族不能没有英雄，一个有前途的国家不能没有先锋。"[19]我们应清醒地认识到文学英雄形象特殊的审美功能，因为"英雄人物智性品格的魅力能唤起不同文化身份读者的审美知觉"[20]，"崇尚英雄才会产生英雄，争做英雄才能英雄辈出。"[21]

新时期小说去英雄化人物形象所涉及的人文生态因素众多，因其关联的密切程度，本文只论及了社会生态、政治生态、文化生态等相关因素，这三种生态是开放的、互动的，甚至是互相涵养的，文学活动及其样貌特征与它们有着必然的联系，它们分别从不同角度、不同层次、不同程度地影响着文学的创作与发展。新时期小说去英雄化的人物形象现象就是由社会生态、政治生态、文化生态等人文生态因素相生、相克、相融的结果，如果从文学史的角度看，是文学发展史上阶段性表现。人文生态的变化虽然有其客观性，但主观能动的人是可以干预和有所作为的。新时期的文学如何发展，不是作家单方面的事情，而是人文生态系统方方面面的责任。所以，营造良好的人文生态，才能为文学回归其正常使命提供良好的环境。尽管新时期的小说人物形象也有不乏个性特征的，但正能量人物形象严重缺失的小说世界，会对人文生态形成消极、颓丧的渗透作用，一味地平庸、自我会影响社会的凝聚力与向心力，"如果去英雄化对英雄人物的解构最终演变为对英雄及其存在意义的全盘否定，就会剥夺大众对英雄精神的追求和向往，整个社会的价值标准与道德水平就会出现滑坡乃至逆转，大众就会失去向上奋斗的理想甚至方向"[22]。因此，文坛的去英雄化潮流必须得到遏制。习近平总书记在庆祝中国共产党成立95周年大会上提出了"四个自信"，即中国特色社会主义道路自信、理论自信、制度自信、文化自信，它们是一个有机统一体，既相对独立，又相辅相成。这就是当下文学活动的人文生态重要因素，但愿我们的文学家们能在这种良好的生态里塑造出丰富多彩、正态分布的人物群像（即不都是比现实更平庸更粗俗更狠毒的非英雄或反英雄人物），矫正"去英雄化"，防止神化英雄，认清英雄的本质特点。历经武汉新冠疫情的一位记者说过，没有天上掉下来的英雄，只有挺身而出的凡人。这种"凡人"英雄有别"高大全"式的英雄，他们或坚忍不拔、初心不改，或临危不惧、从容果决，或默默无闻、致力奉献等，但他们不是神，也有俗人情怀，甚至因此造成悲剧结局，只要他能陶冶、启迪、震撼乃至推动我们的人生，他就是英雄。基于此，小说到底要呈现何种英雄形象于社会，不是谁能定义规定的，需要人文生态与文学实践和谐共同培育，尤其是作家们要善于从现实生活中发现英雄，提炼英雄，把握时代脉搏，塑造出具备新时期特点的英雄形象，让英雄形象以艺术的真切的审美方式演绎人生，引领读者向真、向善、向美！

[本文系国家社科基金"新时期文学苦难书写及其人民立场研究"（项目编号：18BZW027）阶段性研究成果]

注释：

① 庄涛、胡敦骅、梁冠群主编：《写作大辞典》，《汉语大词典出版社》1992年版，第130页
② 周罡、刘震云：《在虚拟与真实间沉思——刘震云访谈录》，《小说评论》2002年第3期。
③ 王文初：《从池莉的创作谈作家的"根据地意识"》，《湘潭师范学院学报》2000年第5期。
④ 格非、张柠：《当代文学的精神裂变》，《文艺报》2012年9月10日。
⑤ 程美东、张伟：《构建社会和政治生态合理互动格局》，《中国教育报》2019年8月29日。
⑥ 王先霈、孙文宪：《文学理论导引》，高等教育出版社2015年版，第263页。
⑦ 文化部文学艺术研究院编：《周恩来论文艺》，人民文学出版社1979年版，第53页。

⑧王福湘:《关于新英雄人物问题理论与创作的历史考察》,《文艺理论与批评》1998年第3期。

⑨王学谦:《〈红高粱家族〉与莫言小说的基本结构》,《当代作家评论》2015年第6期。

⑩严运桂:《新世纪小说苦难书写研究热的理性思考》,《小说评论》2018年第3期。

⑪余华:《传统·现代·先锋》,《今日先锋》1995年第3期。

⑫冯阿赛:《浅析余华小说的死亡叙事》,《宿州学院学报》2018年第6期。

⑬国家级文化生态保护区:《如何管理与评价》,《中国政府网》2021年1月14日。

⑭程灿:《模糊性:对文学的深层技术性勘察》,《玉溪师专学报》(社科版),1995年第1期。

⑮刘凤芹:《坚守中的突破——路遥现实主义创作论》,《名作欣赏》2009年第10期。

⑯《习近平在联合国教科文组织总部的演讲》,《人民日报》2014年3月28日。

⑰李丛中:《在横向借鉴下纵向继承的交汇点上——新时期文学发展道路探寻》,《思想战线》1986年第6期。

⑱王玉玮:《"去英雄化"——当前电视剧人物塑造的一个误区》,《南方电视学刊》2015年第3期。

⑲习近平:《在颁发"中国人民抗日战争胜利70周年"纪念章仪式上的讲话》,《人民日报》2017年9月2日。

⑳陈娴:《跨文明视域下〈荷马史诗〉与〈左传〉的英雄品格对读》,《江汉论坛》2016年第7期。

㉑新华网 2019-09-29 https://wap.peopleapp.com/article/4641225/4523418

㉒张书恒:《去英雄化:从崇高到卑微》,《解放军报》2013年10月10日。

[作者单位:长江大学人文与新媒体学院]

虚构的热情和写实的执着

——苏童、叶兆言比较研究之一

□ 辛捷璐　杨经建

江南自古出俊杰,江苏尤甚,苏童和叶兆言更是其中的佼佼者。在五四以来的文学生态形成中,在中国新文学的发展过程中,江苏文学一直拥有显赫的地位。体现了绵延深远的江苏文脉的作家,前有柳亚子、朱自清、叶圣陶、刘半农、俞平伯、周瘦鹃、钱钟书等文学大家,继而有汪曾祺、张贤亮、吴祖光、陆文夫、高晓声、李国文等文学名家,今有苏童、叶兆言、黄蓓佳、范小青、毕飞宇等文学新锐。他们不仅提供了众多的优秀乃至堪称经典的文学作品,并因其独特的文学品质令人瞩目。可以说,在延接、贯串江苏文脉上,苏童、叶兆言是关键性节点,起到了难以替代的作用。时至今日,新时期文学经过了四十多年的探索与实践,当各种文学思潮褪去后,苏童和却叶兆言依然活跃在文坛,笔耕不辍、创作不息,在很大程度上构成了当代江苏文坛的双子星座。

本文之所以将苏童、叶兆言相提并论,是因为这两个同为江苏籍的同辈作家,具有相似的人生经历(语文老师—文学编辑—专业作家),相通的知识(中文)结构,相近的文学教养,以及由此形成的创作资质,这都使得他们具备了被相提并论的可能。在对两者进行比较研究中发现,苏童、叶兆言都视小说为一种典型的叙事艺术,同时在小说创作的叙述特征上又彰显出独特的审美差异,所谓同中求异,个性纷呈。

一、虚构与写实

苏童写了一篇随笔散文叫《虚构的热情》,诚然,文学作品都具有某种艺术虚构的属性;不过,随着时代的发展,非虚构类作品、纪实文学创作也不断涌现,再用艺术虚构来概括文学作品的属性,已经难以说清文学的问题。于是,这篇散文中的"独语"颇有一股小说发生学的意味。作者在写作过程中通过虚构手法进行创作,将内心世界通过文字展现出来,从一到百,让更多人体会其精神世界,这便是小说的独到之处。"虚构的热情"成为苏童坚定而自觉的前提,对文学"虚构"的执迷不悟的固执,甚至是对此孜孜不倦的终身追求……恰好是这一点使苏童和其他作家有所区别。

有别于苏童的作家有很多,这其中就包括叶兆言。可能是受祖父叶圣陶的平实、朴质的写实化创作的影响,与苏童的体验式创造(虚构)不同,叶的书写方式是以自身的经验为基础的,在第三代作家中叶兆言的写作功夫实在了得,往往将现实加以虚构创作。当然,这不是简单的个人经验(生活经验、文学经验、知识经验)的审美呈现,而是对个人经验的抽象、凝练和深化,也是叶兆言小说曾被归为"新写实小说"的原因。与此同时,叶兆言与"新写实小说"的差异是"常常把很实在的事情写虚",这恰好和《红楼梦》的写作手法一致,从大体上看是满纸荒唐的故事编造,从细节上考究却又是满目心酸的事实依托。我们不妨换一种思路,前面说过虚构是文学创作的一种属性,曹文轩先生指出小说文本的虚构有两种:"对现实的虚构和对虚空的虚构"[①],前者是对已有世界的调整和修改,以便让这个世界更为完美并使人向往,它是一张新的预言或警示,虽然无法被验证但我们的灵魂可以融入其中;后者是在想象基础上演绎出来的世界,如伊甸园般令人神往,既美妙使人愉悦又令人沉思。叶兆言的虚构属于前者,苏童的虚构属于后者。而无论对虚构是否"热情",苏童和叶兆言体现出不同的叙述特征,这是毫无疑问的。

二、想象性与仿真性

苏童和叶兆言不同的叙述方式特征首先体现在想象性与仿真性之别。

对苏童创作素有研究的张学昕先生把苏童小说称为"想象的诗学"②,"想象的诗学"体现在苏童小说的叙述方式上就是想象性特征。苏童所有的创作都是建立在自身的想象力之上,展现出带有古典气息意味的叙事风格,成为其创作的动力源泉。苏童凭借自己过人的想象力来对"虚空"进行全新的构建,这种写作手法不仅仅是对现实的模仿,更是对个人想象与感受的再度创造,使小说作为想象性思维的叙述载体,走向高度的艺术自觉。由于这样,苏童小说不以纯粹客观的态度来再现生活,在"枫杨树故乡"系列中作者的创作不再是对现实的书写与重现,而是对自我内心世界的全新探索与真切表达,他的写作几乎没有拘谨和困惑,更多的是依靠审美想象进行尽情尽兴的发挥。

苏童年仅二十六岁便创作了《妻妾成群》,这部作品得以问世完全在于他内心深处一闪而过的古怪欲望,即试图探寻自己内心的秘密花园,体会他人的独特生活。于是"陈家大院"就在苏童的笔下欣然诞生,他"闯入"这个虚拟空间的女性世界,借此表明他对人性和人类生存境遇的看法。而他对女性世界情感体验的缺失,以及对女性生活可能性的摹写,都源于他纯粹的"虚构的热情"。虽然他的虚构世界与现实生活存在着无法想象的距离,但"兴趣和距离导致我去写,我觉得这样的距离正好激发我的想象力"③。所以他在"对虚空的虚构"中充分体验着艺术创造的妙处。

在苏童的历史小说如《我的帝王生涯》等作品中,他徜徉于亦真亦幻的历史时空,确立自己想象性叙述的触发点和腾升处。《碧奴》这部小说的背景是在"孟姜女哭长城"的传统故事框架之上重新构造的,作者以这个故事为母本展开叙述,以自己超凡的想象力来演绎一段传奇故事。在这个全新的故事里,"哭"成为苏童创作的一个非常关键而又典型的写作要点,从名字到主体经过一系列不同寻常的改造与编排,这部"悲伤到顶、浪漫到顶"④的作品以崭新的姿态面世。苏童笔下的碧奴经历种种磨难,这些磨难是原本故事中所不曾拥有的,苏童用其巧妙的构思加以充实,使我们看到碧奴所经历的每一件事都动人心魄、困苦万分……就像刘勰所说:"神思之谓也。文之思也,其神远矣。故寂然凝虑,思接千载;悄焉动容,视通万里。"⑤苏童在异想天开中重构了一部"孟姜女哭长城"的小说文本。

苏童的小说想象性叙述的极致是《我的帝王生涯》。在这部作品中作者虚构了一个犹如白日梦般的虚幻世界,犹如水中月,镜中花一般迷离缥缈,神似"庄周梦蝶"。小说看似在描写现实,其实是在表达虚幻与妄想。苏童以端白的人生劫难折射出世人的伤痛与悲惨命运,展现人生百态,其洒脱不拘的文字与汪洋恣肆的想象,应和着端白"帝王生涯"中漫无目标的人生漂泊,从而真实表现了苏童的创作意图:"进入历史、参与历史创造的强烈欲望,也是对自身在逝去岁月里不能创造生活的一次心灵补偿。"⑥

"叶兆言的写实功夫在第三代作家中属佼佼者,但他常常把很实在的事情写虚了。"⑦"常常把很实在的事情写虚了"的"写实功夫"在某种意义上也可以用来解释仿真性叙述。叶兆言的书写方式常以自身的经验为基础,其写实能力可谓是登峰造极,他擅长于将现实加以虚构,呈现出虚实相生的意味。他的仿真性叙述既脱胎于写实性叙述更是对传统写实性叙述的超越,它虽然也是"意在笔先",也有一个业已存在的题旨,但它不再是一般意义上的对历史的、现实的生活的反映,更不是外在强加给作家的,而是作家从生活实践和人生体验中感悟出来的合理而富有启示性的题旨,它以个体生存状态与世俗生活的细节去勘探、表达人类共同经验和精神向度,使小说创作具有启示录式和讽喻式特质。

比如"夜泊秦淮"系列,似乎并不是他人为的操作叙述,而是秦淮河的人事风华无意中闯入他的笔端。这种书写方式常常使读者放下心中的防备与芥蒂,能够坦然又平静地感受江南的烟雨气息以及历史的斑驳消沉,促使读者产生共鸣。这个系列小说看上去像南京的风俗史和金陵的文化史,而"把很实在的事情写虚"又驱使他不动声色地潜入故事,在人物形象和情节设置上,以具有真实性和表现力的细节与世俗生活、日常伦理产生联系,将小说写作变成"对现实的虚构",并在"虚构"中超脱宏大叙事的历史观念,去表达自然生长的人生状态和自然组合的世界形式。

在《艳歌》这部作品中叶兆言讲述了迟钦亭和沐岚

二人的一生以及他们的家庭琐屑。一件件家常小事通过平实而客观的语调叙述而出,其中既没有大波大折,也不存在生离死别,平平淡淡、简简单单间便道尽一生。《艳歌》有一个简洁和收敛的结尾:二人即将离婚之际,迟钦亭却又遇到了初恋……作者对此未做评论,只是像一个旁观者讲述着所见所闻,并试图告诉读者:爱情、婚姻并不是一首令人激情澎湃、如痴如醉的"艳歌",而是表面并不华丽美艳的、不以人的意志为转移的生活常识。

《枣树的故事》具有明显的先锋写作意味,小说中有五个角色充当叙述者,五个叙述者各自利用与女主人公岫云的关系进入以岫云为核心的故事。诚然,五种不同的视角会形成叙述阻隔,破坏通常意义上的叙述统一性,由于"多少年以前或多少年以后……"的句式被叶兆言反复运用,为文本叙述提供了"共时态"和"历时态"时间转换的契机,以及彼此交错、相互重叠的有序叙事方式。所以,客观的阅读效果并不令人感到文本结构的混乱无序,反倒是在每个叙述者与岫云的每一种关系中,都能获得对岫云的人生故事的解读。而且,叙述上的进退有据和化出化入,实际上也给叙述带来了独特的节奏形式,体现了叶兆言致力于"对现实的虚构"的良苦用心,达到了仿真性叙述所追求的效果。

仿真性叙述走向极端的是《王金发考》、《作家林美女士》、《关于厕所》、《故事:关于教授》、"赛珍珠"系列等,《王金发考》的写法甚可以归为古人说的考辨、辨订之类。作者总是喜欢虚构出一位叙述人,无论是记者还是侦探,运用到杂闻轶事进行创作。如,《走近赛珍珠》用"我"的作家身份和农村经历链接两个故事,以及赛珍珠获得诺贝尔文学奖的事实。这类小说将文学、史传、学术考辨杂糅,将纪实与虚构融汇。在仿真性叙事这一写作立场不动的前提下,探索小说和散文、随笔如何包容的问题。时髦的说法是它们属于跨文体的写作,也有人说是它们恢复了中国文学中的"文章"传统。我认为,这已不仅涉及小说写作的仿真性思维,而是牵扯到小说观念的扩充和延展——小说是什么的问题。

总之,叶兆言仿真性叙述的成功之处在于将二十世纪八十年代的小说创作从模式化的枷锁束缚中脱离,以平淡的语调还原出真实简单而又普遍存在的日常生活,将小说与现实紧密交织,血肉相融。

三、直观化与直觉化

苏童和叶兆言不同的叙述特征还体现在直观化与直觉化之分。直观化重在"观",直觉化重在"觉",前者是非理性(诗性)的叙述,后者是理性的非理性(智性)叙述。

苏童小说叙述直观化的集中而直接的表征是叙述话语的意象性。汉语言文字是一种象形文字,"仰则观象于天,俯则观法于地"(《易经·系辞下》)的"观物取象"是它产生的基础,"观"和"象(象形)"使苏童的作品拥有了一种"直观"品质。

众所周知,每一个汉字都具有超脱自然的特性,汉字代表的就是一种原型意象,这种意象是主客体融合的产物。"汉语话语在语音、语汇、语法等方面都具有鲜明的意象性……这对于文学的具象思维和意象创造独具妙处。"[8]简单地说,在文学创作中,直观是通向美观(艺术化)的必然路径。

苏童通过想象性叙述建构了独特的艺术世界,同时,他又借助直观化叙述来表现这个艺术世界——完成从直观到美观(艺术化)的使命,这个最佳的表现途径就是意象性叙述。"意象不仅帮助苏童在小说中塑造了凄清幽怨的叙述氛围,而且它还构成了小说叙述的深层动力。"[9]

有研究者指出,《妻妾成群》中的梅珊唱戏、飞浦吹箫、陈左怀阳痿、颂莲醉酒等都是意象,一部《妻妾成群》就是一个意象集——整个就是由意象组成的,女主人公颂莲的生存感受和心绪波动随着意象延伸出去,她的命运也在象征性、虚拟性的空间背景中被宿命主宰[10]。作品中的意象不仅事关作家的直观性体验,更可以将他本身的感官结合在一起展现出来,形成《易经·系辞下》中谈到的"称名也小,其取类也大"的结构。小说叙述对意象的引入,可以将概念化语言转化为象征化的诗性意义表达,使小说富有诗化抒情意味,能更好地展现作者的表达欲望与内涵。故此,《妻妾成群》犹如长诗一般令人倍觉哀婉,如同林黛玉的葬花词,讲述年轻少女惨遭命运折磨,香消玉殒。"这是苏童的挽歌和哀歌中一个格外鲜亮凄美的旋律。"[11]

在苏童近期创作的长篇小说《黄雀记》中,牵引着整个小说叙述的中心意象是绳索。作品中的绳索发挥的基本作用是捆绑,主人公少年保润这个人物角色的本事就在于此,并乐此不疲地创造了种种捆绑手艺,这绳索捆绑过仙女、祖父以及精神病患者。绳索的作用更牵连着保润、柳生和仙女等人的命运。于是,原本作为自然物象的绳索被赋予不同含义,内化为心中之象——意象化了的绳索。《黄雀记》中的人物大都避免不了被束缚的宿命,捆绑方式的不同说明束缚方式的不同,但不是禁锢别人便是作茧自缚,虽然不同的捆绑方式有不一样的寓意,但最终都自作自受。在此,绳索象征着人与外界、人与人之间的规训性关系,可见,《黄雀记》中的绳索意象获得了超越时间和空间的本体性象征意义⑫。

总之,苏童把意象当作小说叙述要素,凭借意象化叙述而展示作品的表现力、创造力和想象力。而且,意象化叙述将苏童与其他作家区别开来,彰显了汉语小说创作独具一格的审美形态和艺术素质。

如果说苏童的直观化叙述是直接通过意象或视觉感受来"观(看)"出作家的叙述目的,那么,叶兆言的直觉化叙述是通过作者和读者的"觉(非理性感知)"去解悟作家的叙述目的。

康德曾经把"直觉"解释为"知性直观"或"先验统觉",强调它不属于感性而属于知性⑬。感性限于直观,知性限于思维,两种功能结合后会出现一种综合能力——知性直观或直觉。直觉可以令人在感受客观现象时毫不犹豫地超越个体的思维局限体会其本质内涵。在文学创作中,审美直觉既不是单纯的审美直观的意会,也不是纯粹的审美理解的思维,而是作家拥有的智性感觉能力。

叶兆言小说没有苏童的那么好读,固然可以从诸多方面去解释,但其中一个重要的原因是,他致力于把小说文本当作直觉化叙述的平台,只提供小说写作和文本阐释的可能性,以其特有的洞烛存在、勘探人生的审美感知力,去激发阅读智慧,召唤读者与文本对话,全凭先验统觉去领悟和把握。叶兆言把这种阅读效应叫作"循环阅读",他认为作品中蕴含着一个活的世界,这个世界以圆为形,"它不仅仅是让读者惊奇一下就完了,它进入阅读后应像一个螺旋形,重新阅读的话,起点就变了"⑭。长期以来,在审美直觉中寄寓价值取向的叙述方式,在叶兆言那里逐渐成形并持续产生文学魅力。

直觉化叙述首先体现在叶兆言小说叙述的平静而节制的态度。叶兆言很少以第一人称去写作,这正是因为主观语调掺杂了太多的个人情感,会影响读者的阅读体会。叶兆言最喜欢美国作家海明威,看中的就是海明威小说叙述的节制和冷静。纵观叶兆言的每一部作品,皆以历史的推进顺序从生活的方方面面细致讲述娓娓道来,颇有一股从容气概。

在长篇处女作《死水》中,叶兆言以冷静、客观的心态来叙述人世百态。大学生司徒在住院治疗眼疾期间,认识了两个年龄接近的女孩,其中一个病友一个护士;虽然,与两个女孩的相识和交往使他变成一个成熟通达的思想者,但结果他对人生和世界还是所得无几。于是,琐碎之事和无聊之人,无意义的死亡与迷惘的人生,都尽显于作者平淡的叙述语调中。在作品《五月的黄昏》中,叶兆言以林林的口吻叙述他叔叔的所见所闻,在林林平静的叙述中隐藏着过人的想象力,指引着读者不断思索叔叔的自杀原因。对于真相,林林始终不曾放弃追寻,但是千般努力仍然一无所获,留下的只是那五月夕阳下的一抹红霞似血,令人感伤悲叹、印象深刻……当小说文本以这种自在的状态表述时,对人的理性认知既是挑战又是诱惑,它暗示着世界的不可知,诱惑着人去探寻。"叶兆言就是这样,以其昏昏,使人昭昭……表现在具体的作品中就是他小说中可以经常见的二种徒劳而无功的追寻结构。"⑮恰如作品《儿歌》所述那般,小纳跟着呆子四处寻找死去的母亲却苦寻而不得,找到最后那个呆子反而莫名其妙地离家出走了,终究只是一场徒劳罢了……

上述小说的故事中都没有预设什么"微言大义",叶兆言只像旁观者一样冷静而又客观地言说世事人生,笔调节制平缓,也没有情节上的开合起落。阅读的简单和理解的困难形成了文本的叙述张力,挑起了读者探究的欲望,这也是叶兆言小说的一种叙述魅力。

"反高潮"也是叶兆言作为组织小说文本的篇章结构来运用的叙述特征。"我的叙述可能经常是在别人用心处不用心,在别人不用心处用心,因此会出现突然的断裂和省略,也会出现大幅度的纵笔细描,我永远反高潮。"⑯一方面,"反高潮"叙述没有影响小说的故事性和写实性,另一方面,给小说带来了主题意蕴和作家创作意图的不可把握性。在这种"智力游戏"中,作者以审美直觉去启迪读者,读者从作品中可以获得多重感悟和沉思。

《悬挂的绿苹果》写一位神秘男子夜间闯入女生张英的宿舍,之后众人出于好奇便查询这位男子究竟是何人,然而一直无所收获,读者唯一能看到的就是张英赶紧找人结婚。至于这个神秘男子是谁,张英为何由不情愿转而愿意嫁给那个二婚的青海男人,其中本该有的高潮情节都被叙述省略了,叶兆言只在最后意味深长地留下一句:"将来的事,还很远,没人知道。"在故事情节即将步入高潮的一刹那间调转笔锋,用一种极度冷静的方式继续讲述……可以说这部作品"不知不觉把你引向了一个更深层次上认识生活的境界"[17]。《驰向黑夜的女人》在从抗战到改革开放的动荡历史中,叙述了竺欣慰与冷春兰这两位女性闺蜜颠簸浮沉的人生经历。无论是最初的小儿女情态后来在大时代的碾压下不堪一击,还是由于历史的变迁与"运动"的冲击她们的家破人散、婚姻的几度离合,竺欣慰更是因"文革"中的"现行反革命"行为惨遭处决,她们历尽艰辛的人生和大起大落的命运,都很适合那种波涛起伏、情节跌宕的写法。但是在叶兆言的叙述下,"既无人物东奔西突的哀嚎和巨恸,亦无情节峰回路转的喧嚣与错位"[18],犹如秦淮河的流水一般沉默,寂静。《绿色咖啡馆》以篇名为场景,描写李漠与神秘女子的缠绵经历,由于小说的叙事视点只从李漠的角度出发,所以神秘女子是真实存在还是虚构加工一直是一个谜。李漠在近乎阴差阳错的经历之后恍然大悟却仍然一无所知。叶兆言并没有在小说叙述中过分突出结构意识,而是随意开始平和过渡,以"有"和"无"结尾。文本叙述体现出淡化结构却有秩序的张弛层次,最终的结果使作品回到了起点。这其实是作者的有意为之,一种叙述上的"反高潮"。而类似的"反高潮"叙述在叶兆言小说中还存在很多。

"反高潮"叙述与其说违反写实性创作的一般套路,不如说符合叶兆言的直觉化叙述原则。这种叙述形成了他的写作策略,也成为他构建小说的筋骨,增加了小说叙述的审美张力,从而使得读者掩卷沉思,产生了关于小说、关于人生、关于世界的更深层次的领悟。这既是叶兆言小说独特审美观念的展现,也是更高意义上的写实性创作。

注释:

① 曹文轩:《小说门》,作家出版社2003年版,第101页。
② 张学昕:《南方想象的诗学——论苏童的当代唯美写作》,复旦大学出版社2009年版。
③ 苏童等:《没有预设的三人谈》,《大家》1999年第3期。
④ 杨雅莲:《苏童新书〈碧奴〉重写孟姜女传说》,《华夏日报》2006年1月17日。
⑤ 张长青:《文心雕龙新释》,湖南大学出版社2008年版,第295页。
⑥ 张学昕:《想象与意象架设的心灵浮桥——苏童小说创作论》,《辽宁师范大学学报》(社科版)1998年第4期。
⑦ 王干:《叶兆言苏童异同论》,《上海文学》1992年第8期。
⑧ 张玉能:《汉语话语实践的意象性与信息时代的文学性》,《安徽师范大学学报》(人文社会科学版)2004年第4期。
⑨ 葛红兵:《苏童的意象主义写作》,《社会科学》2003年第2期。
⑩ 葛红兵:《苏童的意象主义写作》,《社会科学》2003年第2期。
⑪ 张清华:《天堂的哀歌——苏童论》,《钟山》2001年第1期。
⑫ 参阅杨经建等:《意象化叙事:母语写作的一种诗性言说方式》,《中国文学研究》2019年第3期。
⑬ 康德著,韦卓民译:《纯粹理性批判》,华中师范大学出版社2000年版,第154页。
⑭ 林舟:《写作,生命的摆渡——叶兆言访谈录》,《花城》1997年第2期。
⑮ 汪政:《叶兆言创作主体寻踪》,《当代作家评论》1990年第3期。
⑯ 林舟:《写作,生命的摆渡——叶兆言访谈录》,《花城》1997年第2期。
⑰ 陈思和等:《不动声色的探索——关于〈悬挂的绿苹果〉的对话》,《钟山》1986年第2期。
⑱ 洪治纲等:《历史背后的日常化审美追求——论叶兆言的小说创作》,《当代作家评论》2015年第1期。

[作者单位:江苏省苏州市善耕实验小学,湖南师范大学文学院]

如何拓展扶贫题材诗歌创作的美学空间
——以黄平"十八洞"系列诗作为中心的讨论

□ 马新亚

二十世纪九十年代以来,随着形式探索和诗歌本体主义理论建构的发展,我们在"怎么写"这个问题上已然达成了共识,而在"写什么"这个问题上依然存在分歧和误区,这是我首次看到湖南诗人黄平"十八洞"系列诗歌作品之后在头脑中产生的关于题材这个问题的疑虑。本来,"文章合为事而著,歌诗合为时而作"是诗歌乃至整个文学创作的应有之义,书写脱贫攻坚这场史无前例的伟大战役,描绘这个过程中涌现出来的可歌可泣的场景与画面,并提振华夏儿女攻坚克难共赴小康的信心和决心,是每个文艺工作者的责任和使命。但在当下的文学语境之下,这类题材的诗歌创作却面临着相当大的难度:很多人一谈到"颂诗""主旋律""宏大叙述"就会退避三舍,认为这些诗不是真正的诗。这种观点显然犯了二元论的错误,但也反映了当下诗歌创作领域的新的题材决定论,即书写"小我"才是正道,书写"大我"已经不合时宜。确实,与新民主主义革命时代、新中国成立之初、新时期等高扬"大我"的语境不同,当下是一个由主流意识形态话语、商业、娱乐、传媒、大众文化共同组成的多元共生的文化生态系统,要想在这个诗人身份和诗歌问题暧昧不清的时代创作出既能体现时代性、民族性,又能体现出诗歌美学精神的精品力作,绝非易事,它要求诗歌写作者必须突破旧有的写作程式,以更加个体化的方式去启动历史记忆,以更贴近土地、贴近人民的姿态去挖掘人性的深度,以更高远的眼界、更宽广的胸怀去把握时代的本质,以改变人们对这类题材诗作浮泛化、浅表化、图解化的刻板印象。由以上观点出发,我认为黄平"十八洞"系列诗作质朴自然,境界高远,堪为扶贫题材诗作中的清新之作。一方面,他的诗作能够从土地中汲取营养,对生活进行深度开掘;另一方面,又能向现实以外的广阔的历史文化领域寻求精神资源,极大地拓展了扶贫题材诗歌的美学空间。

首先,突出了诗歌的抒情特质。白居易曾用"根情、苗言、华声、实意"八个字总结诗歌,突出了情感在诗歌书写中的基础性地位。对复杂的诗歌创作过程而言,情感其实充当了总的发动系统和控制系统的职责,如何由客体到感受,再由感受到思维、想象,最后形成文字,都要靠情感来统摄;从接受过程来讲,情感也是勾连读者和作者的桥梁。从古至今,强烈而集中的情感表达都是诗歌写作不同于其他类型文学创作的标志性特征。然而,在二十世纪九十年代的叙事性和口语的冲击下,戏剧性、复调、反讽、象征成为新诗现代化的必由之路,与此相应的,是诗歌抒情性的削弱,这便使当下一些诗作沉溺于日常生活的琐碎表象之中,而缺乏对社会生活的真切体验和对人性的深度把握。在这种局面之下,黄平的"十八洞"系列诗作在个人化和文化视野中呈现了历史的真实,在情感氛围的不断渲染和诗人的主体意识不断强化的过程中将被搁置已久的抒情性从强调叙述性的现代诗学语境中凸现出来,这在一定程度上接续了中国古典诗歌的传统。在《唱响中国梦》《中国梦·十八村的故事》《在祖国辽阔土地上书写不朽的荣光》中,诗人将个体的真切体验融入时代的洪流中,以高亢的调子、激越的旋律谱写了一曲时代的颂歌,为了在一种整饬的结构中体现铿锵有力的节奏感,诗人将抒情主人公由单数"我"变为复数"我们",并用词语不断增殖的方式营造出了一种万众一心、众志成城、雄浑博大、排山倒海的气势,读起来有酣畅淋漓之感。例如,"满山遍野都是我们的旗帜啊/中国梦就是我们的急先锋/我们在江河田野/我们在城市广场/我们在厂矿企业/我们在教育科研/我们在国际国内",由"旗帜""先锋"统领,形成整体抒情氛围,后面六个场景的跳跃转换,给人一种目不暇接的眩晕之感,从而释放出了词语群体的最大势能,体现了"伟大中国梦"华夏土地上的星火燎原之势。再如,"我把梦中的记忆刻进/每一个清晨/每一缕阳光/每一个温馨的画面/每一个感人的场景/每一道美丽的彩虹/从一个清晨走入另一个清晨",连用五个由"每一个"所组成的偏正结构短语,组成整齐的诗段,在一种朴拙纯真的抒情氛围将诗人的主体意识显现。

其次,传统文化人格烛照当下生活。在现代派诗歌中,最司空见惯的是对飘动意绪、幽暗内心以及光怪陆离的世相的捕捉,它体现出一种在断裂和错位中寻找自我的内心冲动和形式建构,这种情感结构和文学表达与二十世纪以来的现代性体验是密不可分的,尼采说"上帝死了",马克思·韦伯说这是一个被"祛魅"的时代,海德格尔说这是一个事物的本质被遮蔽的"图像化"的时代,当与宏大的宇宙视野相关的目标感与归属感都烟消云散的时候,我们的文学就不再热衷于表现那些类似史诗中的英雄主义、田园诗中的牧歌情调、文艺复兴时期的人文主义等与整体性、历史性、归属性密不可分的主题,而把黑暗、断裂、丑陋、疼痛作为有效命名现代性体验的关键词。殊不知,鳞次栉比的日常细节、无穷放大的幽暗内心、虚幻缥缈的潜意识并没有准确而全面地回答什么才是这个时代诗歌的"诗与真",我们必须摒弃事物表象的无限叠加、欲望符号的无穷复制、历史想象的孱弱无力给诗性所带来的伤害,用个体化的历史想象力、文化穿透力、求真意识去打开个体、现场、历史的三维空间,在新的领域有效拓展诗歌的美学空间,从这个角度出发,我认为黄平的"十八洞"系列诗作以贴近土地、贴近人民、贴近生活、贴近存在的方式呈现出了个体在历史中的独特经验方式,他将传统文化美学精神融入新诗创作,从而在多维空间实现了扶贫题材诗歌美学意蕴的拓展。也许是有意要与现代性体验分庭抗礼,黄平将古典诗词曲常见的田间巷陌、白发翁媪、鸡犬声声、炊烟袅袅的山水田园之景移入现代诗歌,呈现出一派平和自然、古雅朴素的中国画气象。例如,《中国扶贫队长·二》中"远望处处低地里/牛羊亲吻着泥土的芬芳/山顶上的梯田总有许多幻想/山中的鱼儿四处张望/岁月老去了生活的痕迹/阿爸阿妈已被岁月改变了模样/相扶着走向梦想的远方/渐进在黎明征程的路上",诗人仅用了"牛羊""泥土""梯田""鱼儿""阿爸阿妈"几个意象的组合就把发生在这片土地上的现实巨变与亘古不变的自然山川、民俗风情联系在一起,体现了一种与传统文化"天意合一"观念相互交融的具有极大文化容量的情感空间,从而在今与古、现实与梦境、线性时间观与空间思维观的跳跃转换中,召唤出了一种与断裂性体验截然不同的情感体验方式,这种体验方式是中国农耕文明特有的时空感知方式,具有中国人思维特征和美学特征的唯一性。

最后,凸显了不拘一格的散文之美。中国古典诗歌在格律上有严格的规范和标准,进入现代之后,诗歌的创作虽在一定范围内摆脱了形式的束缚,但在节奏音律、形式结构、遣词造句等方面仍然会比其他文类更为考究,这一方面是对诗歌美学规律的捍卫,另一方面却平添了诗歌在造境上的雕琢之感,之所以说黄平"十八洞"系列诗作有散文之美,就是因为它形式灵活、不拘格套、有着一种自然天成的内在气韵,但这也并不是说它完全逾越了诗歌的本质规律,而是说它在内在情感、气韵、意境上取法诗歌的凝练性、集中性、整一性,而在外在表现形态上取法散文的灵活多变、随物赋形、收放自如,从而在一定程度上恢复了诗歌语言的弹性与张力,避免了因过分雕琢而使整体气韵不畅的弊端;另一方面,它将散文多方、多维的意境组合方式纳入诗歌,使诗歌的时空容量得以拓展。例如《中国扶贫队长》(4首)句式长短不一、参差错落,体现出一种流动的美感,诗人将散文的意境拼接方式纳入其中,营造出一幅繁复、幽深、立体的动态画面:"远处梯田重重叠叠/风声里满载苗鼓的声响/白云倒映出高山的影像……晚风拂动静夜的思想/在静夜你我静静地远望/在静夜的目光中遐想静/在静夜放飞理想的翅膀",诗人在短短的篇幅中,为我们描绘了两幅图画:一幅是由风吹梯田、苗鼓阵阵、白云印山所组成的"晴日观山图";另一幅是由晚风轻拂、月影徘徊、神思浮动的"月夜静思图",时空的变化、色调的反差、意象的跳跃,给人一种灵动飘忽的美感,但两个时空之间的拼接因整体意蕴的一致性而不显得有斧凿的痕迹;又如,这四首诗的起承转合、延宕、收拢之处皆与主体的情感节奏谐振,有着一种顺畅自然、气韵贯通、一气呵成的整体之美。

总体而言,黄平的"十八洞"系列诗作以贴地而行的感知方式,打通了自我、现场、历史的界限,在与传统文化对接的过程中实现了扶贫题材诗歌的美学空间的拓展。当然,该系列诗作也存在一些明显的不足,例如词语的精确性问题、审美的现代性问题、公共话语如何与个体经验相衔接的问题等等;但我相信假以时日,他的诗歌创作定然会有更大的突破,让我们拭目以待。

[本文系湖南省社科评审委员会课题"多维视角下中国现代文学叙事中的城乡关系研究"(项目编号:XSP21YBC006)的阶段性成果。]

[作者单位:长沙师范学院]

失落的叙事与民俗的流变
——评晓苏《陪李伦去襄阳看邹忍之》

□ 黄春黎

晓苏《陪李伦去襄阳看邹忍之》原载《天涯》2020年第6期。小说讲述了武汉一所大学的思想品德教授李伦想与毕业多年的学生邹忍之见一面，在邹忍之的同班同学叶虹的陪伴下李伦寻遍襄阳，于襄阳城与泥嘴镇之间往返辗转，一次次向邹忍之曾经的领导、同事、妻子打听邹忍之的近况，每当快要找到追上邹忍之的时候，邹忍之就成功地逃走、避开了李伦，直到李伦返回武汉也未能与邹忍之相见。

小说的叙事思路很接近唐人贾岛《寻隐者不遇》，"寻"是贯穿始终的人物活动，"隐者"是贯穿始终的目标，"不遇"是未能反转的结果，"松下"是隐者的必经之处，"问"和"言"是借问与旁叙共同完成的叙事，"童子"与"师"是可信的关系，"采药去"是合理的日常，"只在此山中"是情理之中，"云深不知处"是出乎意料。与《泰斗》的套耕式叙事、隐蔽的叙事，《陪李伦去襄阳看邹忍之》最大的叙事特点是追踪式叙事、失落的叙事，整个小说散发着与《寻隐者不遇》一样的若有所得又若有所失的神秘感、哲学感。

实际上，小说标题已经隐藏着三个问题：其一，襄阳的设置意义是什么？其二，李伦为什么要执着于寻找邹忍之？其三，"我"是谁？

其一，襄阳的设置意义。

襄阳有襄阳牛肉面。襄阳是研究生邹忍之的家乡。襄阳是离武汉不太远的一座城市。这是小说提供给读者的三个重要信息。这三个信息看起来无关紧要，但是邹忍之的人生经历真实又生动地表现了襄阳作为乡土民俗、作为现代文明、作为地域发展的深刻意义。这是一种异于常规的写作思路，常规的思路是表现"环境的人"，而这篇小说的思路是表现"人的环境"，即以小而见大、见微而知著、知人而论世。

作为乡土民俗的襄阳，襄阳牛肉面的正宗发源地是泥嘴小镇，泥嘴小镇是邹忍之从小生活、读书的地方，也是邹忍之和余小满步入婚姻的地方。泥嘴小镇有余小满经营的牛肉面馆，有刘芒种卖牛肉的铺子，还有传授烹调牛肉面技术的烹饪学院。作为乡土的襄阳，离不开襄阳牛肉面，整个故事也紧紧扣住襄阳牛肉面展开。但襄阳不是只有端上桌子的牛肉面，还有看不见的世俗人情、柴米油盐、酸甜苦辣、悲欢离合。襄阳牛肉面，让余小满和邹忍之结为夫妻，也让邹忍之走出襄阳、攻读研究生，它也迫使邹忍之回到襄阳，让邹忍之成为一个落拓的隐者。襄阳牛肉面成为襄阳最显著的民俗印记，它刻在邹忍之的人生里，也构成了邹忍之以及邹忍之身边其他人的重要印记。

这种民间风物的书写方式，以特殊的风物与地域形成高度统一、不可分割的关系，生动地表现了人的生存方式和生命情感；同时，又以人的风情不断构建、丰富地域的习俗，使地域与人之间形成孕育和反哺的互动关系。就像汪曾祺的散文、小说以典型地、大量地运用这种写法，将特有的地域形貌和风物人情结合起来书写，使山川草木与人物性格、言行、情感、命运之间构成特定的循环关系；而使人物具有典型的地域特征，又使地域蕴含特殊的人文风情，而这也就汇聚成文学意义上的"民俗"。

晓苏深谙民俗书写之精神，这种民间叙事也是晓苏自"油菜坡系列"小说创作以来日渐成熟、专注的表达策略，它可以更真实、生动、有趣、有味地还原民间的生活形态和人文风俗。一碗襄阳牛肉面，固然不像襄阳的历史文化名胜遗迹或历史人物故事那样让人肃然起敬、怀古思今,但它却是襄阳的民生里最具风味的存在形式,就像高邮的咸鸭蛋、长沙的臭豆腐,这是晓苏的明智之处,即从微观的民生和私人的体验来书写真实的现实,并以真实的现实构建民间正在变化的风情,体现民间叙事的现实价值和风俗意义。

作为现代文明的襄阳,相对武汉而言,它是闭塞的、落后的、保守的。襄阳自给自足地满足着许许多多个邹忍之,从小学到中学到大学,从少年到青年,从友情到爱情,从谋生到结婚,邹忍之都在襄阳平淡地完成了三十年来读书、工作、结婚三大履历。邹忍之三十岁之前没有离开过襄阳,邹忍之忽然考上研究生,来到了武汉。这里有一个常态化的生活动机,就是年轻的邹忍之要走出襄阳:武汉是大城市,武汉充满着热情,武汉意味着希望,也遍布着机遇,读研究生、来到武汉是邹忍之要追求现代文明的路,也是邹忍之打开视野、改善生活的契机。

邹忍之背后的襄阳,是怎样的现代文明呢?这里有两组对比:明显的一组是,邹忍之来到武汉以后,他很有激情,精神焕发,展现出了做学术的光芒,他吸引了叶虹,并且和叶虹有了自发自觉的朦胧情感,这不是一种被生活所迫的情感,而是来自性灵和自信的一种表现;邹忍之回到襄阳以后,他变成了一个沉默的、邋遢的、呆滞的、又黑又瘦的人,他连一个勉强苟全生活的人都不如。隐蔽的一组是,襄阳人的心理潜在的对比,当青年邹忍之走出襄阳,襄阳人就站在了邹忍之的对立面,刘芒种鸠占鹊巢,不再是那个友善的邻居,余小满背弃丈夫,不再是那个充满信任和幸福的妻子;当邹忍之从武汉回到襄阳,更多的襄阳人怀疑他、猜忌他、排挤他,而不能平和公允地肯定邹忍之"不光有知识,有水平,而且也有能力。他待人诚恳,吃苦耐劳,与同事们也相处融洽","不管别人怎样说三道四,甚至诽谤他,他都忍着不做声,既不争辩,也不解释"——襄阳人共同围剿着邹忍之,领导、同事乃至熟悉的人、陌生的人,都认为邹忍之是一个"思想品德有问题"的人。二〇二〇年,产生了一个网络词汇"社会死",邹忍之回到襄阳以后,变成一个被"社会死"的人,这是襄阳人的共谋合力而为,这就是既平静又可怕、既淳朴又凶恶的襄阳。

作为地域发展的襄阳,襄阳有着非常压抑的处境。襄阳不同于油菜坡,也不同于大武汉,它既不是一个相对完全意义的乡土,也不是一个现代文明非常突出的城市。它曾经是有唐一代十分重要的交通要道,是一个留下无数名人胜迹的古城,也是一个刻在无数后人心中的伟大城市,但是它在很多城市飞速发展的进程里显得非常落寞。这种地域心理,是落寞的,也是压抑的,是城市长期发展不充分的形势下逐步形成的对抗心理、敌视心理、怀疑心理。从宏观的层面来讲,它是城市之间的不平衡,是襄阳和武汉的不平衡;从微观的层面来讲,就是人与人之间的不平衡,是襄阳人与武汉人尤其是可能成为武汉人的襄阳人的不平衡。襄阳人对邹忍之的"社会死"态度,就是这种地域心理导致,反映在刘芒种身上,就是釜底抽薪、鸠占鹊巢,破坏余小满和邹忍之的美满婚姻,但是看不出刘芒种有什么愧疚,而余小满反而认为与刘芒种另结新欢是理所当然;反映在余小满身上,就是自我怀疑、自我放弃,进而不信任邹忍之,不维护自己的家庭,而她自己对此却毫无察觉;反映在襄阳领导和同事们身上,就是落井下石、群起攻之,贬低、排斥、打击邹忍之,而他们也没有留出一点心力用来反省自己、理解他人。

这个作为地域意义的襄阳,是习惯了吃着襄阳牛肉面的形形色色的人共同搭建的襄阳心理:他们对传统的牛肉面一样的地域文化抱着迷信般的固执,在面对城市发展的巨大落差和现代文明的冲击之下,他们充满了畏惧、怀疑、排斥。晓苏揭开这层面纱,以邹忍之外出求学、婚变、落拓的经历暴露出从相对安稳走向焦虑自卑的城市心理,也反映了城市发展不平衡的历史现状里襄阳的民情与风俗也正在变迁。

襄阳是一个丰富、强大、深邃的环境,襄阳牛肉面是一个真实的、典型的、传统的意象。襄阳城蕴藏着风味淳朴、处境卑微、难求发展的襄阳牛肉面,襄阳牛肉面也浓缩着在传统与现代、城市与乡土之间挣扎的襄阳城。这个襄阳城,有着独特的民俗的、文明的、地域的内涵,它不是知识分子靠自己的想象就能完成的历史,也不是学者用伦理学术就能约束的世情,甚至不是熟悉的朋友们凭印象能拼凑起来的风情:它是襄阳人世代沉淀出来的襄阳,也是随着社会发展变迁而沉浮挣扎的襄阳,它是必须深处襄阳才能理解的襄阳。李伦不理解襄阳和襄阳人,叶虹也不理解,他们都没有真正深入襄阳、深处其中，因此只理解作为伦理学学生的邹忍之、作为有友情和爱情的同学邹忍之、作为进入大城市欲求发展的青年邹忍之，而不理解一个作为襄阳读书人、襄阳老实人、襄阳男人的邹忍之。

这就是襄阳的设置意义，就是将经济的发展面貌与文化心理的变迁共同纳入普通的民生之中，共同形成深层意义上的民俗，使民俗不只是自生的、过去的、传承的形态，而是具有反映地域差异与困境的典型意义，也体现了焦虑的、对抗的、衍生的集体心理状态。襄阳牛肉面作为民俗意象，相较油菜坡系列最典型的"花被窝"意象，它就具有了更深广地反映地域发展和集体心理变迁的民俗意义。

其二，李伦为何执着于寻找邹忍之。

李伦是武汉一所大学的老师，是思想品德专业的导师，是终身以身作则实践内心道德认知的教师，他影响着妻子，改变了女儿，也决定着学生的命运。他像一本行走的伦理教科书，指点着身边的人。妻子死于疾病，也死于李伦的道德；女儿远走是为了工作，也是出于反感李伦的道德。李伦的高尚道德，还体现在很多方面：他一生都没有以公徇私，大到为女儿的工作打个招呼、说个人情，小到吃一次公家的饭、坐一次公家的车、旅一次公家的游；他坚守着对妻子的忠诚，即使妻子去世多年，即使机会很好、很多；他严格地履行作为导师的育人职责，教育学生做一个光明磊落的人、不背信弃义的人、有道德底线的人。

李伦执着于寻找邹忍之的第一个原因，是李伦是邹忍之的导师，且是一个执着于践行道德的导师。李伦作为导师特地去寻找一位毕业多年且没有音讯的学生，这是比较少见的，这说明李伦的确是一位讲师生感情的人——他不是等着学生来找自己，也没有抱怨学生为什么不来找自己，而是主动关心学生的处境，尤其是默默无闻的学生，这体现了他高尚的师德。李伦寻找邹忍之，他越执着，则越能见出他待学生用心之真诚，这一方面是反映李伦师德之可贵，另一方面是衬托整个时代普遍的道德形态。

李伦执着于寻找邹忍之的第二个原因，是他急需验证自己的教育是否让邹忍之践行了高尚的道德、重回了幸福的婚姻。当初，李伦当头棒喝，拆散邹忍之和叶虹，原因就是李伦知道邹忍之与余小满本是恩爱的夫妻，他认为自己有责任维护邹忍之与余小满的婚姻，而邹忍之也有责任践行婚姻的道德。李伦是有道德的优越感的，这种优越感来自道德的胜利感、牺牲感、舍予感。这种道德的优越感包括：李伦以妻子的牺牲成全了自己的部分道德追求，而道德的获得感也掩盖了李伦对妻子的愧疚；李伦以女儿的远走、父女关系的不和为代价实践了牺牲带来的道德感；李伦以不合时流、特立独行的言行在集体的行为面前赢得了道德的胜利感；对于弱者的同情和照顾，舍予弱者足够的关怀和帮助，也是李伦道德感的重要来源。这些道德的优越感，是李伦善良、忠诚、自信、执着的重要支撑，同时，这也让李伦很自然地从道德的角度获取了居高临下的地位，这是李伦指责邹忍之和叶虹的部分底气所在。

李伦执着于寻找邹忍之的第三个原因，是李伦其实也已经逐渐怀疑内心道德的真实价值。李伦失去了妻子，气走了女儿，赶走了相亲的对象，没有交好的朋友，没有陪伴的学生——李伦一生执着的道德让自己成为真正的孤家寡人。正是出于反省和怀疑，李伦才拉上对自己并没有那么多热情的叶虹，踏上了执着于寻找邹忍之的襄阳之行。但襄阳之行是令人崩溃的：李伦一直以为是邹忍之抛弃了妻子余小满，真相却是余小满抛弃了邹忍之；李伦一直以为道德的约束是让人活得更好的保障，在襄阳却发现，人们要么是不讲道德，要么是借道德的约束来让人活得不好；李伦一直认为自己教育学生是正确的，让学生回到襄阳也是正确的，最后才发现自己是将学生堕入深渊的始作俑者。

李伦的执着，在于教科书式的伦理道德，也在于做高尚的人、正确的事，还在于一面之缘和一己想象。这是许许多多居象牙塔之高而不能察常人之苦的思想误区，他们执着于教条，像一个与风车论剑的堂吉诃德，他们令人肃然起敬，但也让人感到迂腐可笑，最可怕的是，他们的教条思想还具有毁灭他人人生的作用。

李伦执着于寻找邹忍之，意义是深刻的。一方面，他终于从教科书编写、学术研究和指导学生的学者身份，走向了广阔的、复杂的、瞬息万变的社会生活，他从理论的教导者变成生活的学习者，从外在的研究者、观察者变成内在的被研究者、被观察者，这是他第一次逆理论的正确而求生活的真实；另一方面，他放下道德的优越感和正确感，而要拾起真实的情感，去面对一个真实的邹忍之，震惊、忏悔，代替了从前的厌恶、唾弃，比起道德的正确，他或许更明白个人的道德正确是不够的，社会广泛的道德意识才更重要。而什么是广泛的道德呢？是社会健康的发展，是集体健康的心理，是个人自由的选择，或是忠于自己的内心呢？

李伦的执着，引导了整个故事，也铺垫了主要人物的心理；安排了重要人物的命运，也构成了结局的突兀。李伦在襄阳执着地寻找，象征着他一生执着于道德教条和道德感的漫长过程，而小说的最后，也预示了一个被完全瓦解的道德观念状态。这是李伦迟到的成长，是邹忍之多年的隐藏与寻邹忍之而不遇的震撼促成的成长契机。

其三，"我"是谁。

"我"是小说的观察者，也是小说的讲述者。"我"是叶虹，是李伦的学生，是邹忍之两情相悦而未能深交的女友，是本可以与邹忍之结为夫妻同留武汉的同学，是匆匆另嫁他人过得不好不坏的女孩，是关心邹忍之而受到道德约束不再相见的陌生人。同时，"我"是李伦从执着到崩溃的见证者，也是邹忍之从意气风发的青年到失魂落魄的中年的见证者，"我"既是道德的服从者、受害者，是道德的叛逆者、讽刺者，但也是道德的合谋者、加害者。

"我"的情感与李伦的道德是矛盾的。"我"不喜欢李伦，漠视他，远离他，甚至鄙视他，讽刺他，这是小说大致的讲述口吻。"我"和李伦是几乎可以完全绝缘的关系，可以推及，李伦身边的人与李伦的关系最好也莫过于此。"我"是其中一个，也是典型的一个。"我"的态度已经最大程度上说明了李伦的生命价值，是难以被身边人真正认同的。李伦的价值，可能更在于提供了一部著作，这是"我"与他尚有联系的原因。可以推想，李伦的社会价值，于学校而言是在于提供了一部又一部著作，该是李伦个人的悲哀，也是大学的悲哀，是社会的悲哀，是许多被李伦投注了道德关爱的人的悲哀。

"我"的选择与李伦的道德是一致的。"我"受着李伦的制约，尽管明知李伦当头棒喝是有所误会，但依然主动选择被所谓的道德制约。这说明，"我"是被制约者的同时，也是一个消极的逃避者，"我"不申辩是非，也没有内心的道德，只是在外在的形象上要避免成为道德的违背者。相反，邹忍之之"忍"，则是出于内心道德的制约，他要尊重余小满的选择，保护余小满的名声，成全余小满的生活，他的"忍"是出于仁爱，而不是出于是非。这样一个内心强大的邹忍之，却在襄阳活成了目光呆滞的油腻中年人。读者或许会有很多困惑，那真的是邹忍之吗？邹忍之为什么不走出襄阳？一个人有着坚韧的仁爱之心也会目光呆滞吗？既然有内心的坚守，为何又不能坦然面对李伦？

这就是"我"的道德形象之所在：一方面，因为占据过邹忍之内心的，除了余小满，还有"我"；除了仁爱的道德，还有爱情的寄托，包括青春的激情、身体的亲密、心灵的共鸣、生活的默契、家庭的完整等等。这些希望全部覆灭以后，邹忍之忍，就不再是被迫的沉默，而是真正的绝望。这是作为爱之对象的"我"带来的毁灭意义。另一方面，"我"服从李伦的指责，"我"接受李伦的恩惠，"我"享受李伦的恩惠带来的名利，"我"了解李伦的家庭和女儿，"我"淡然于自己的婚姻，"我"嫉妒余小满的丰满，"我"讨厌刘芒种的粗俗，"我"同情邹忍之的落魄，但"我"并不是一个个性鲜明、主宰自我、追求感情的人，而是一个随波逐流、得过且过、谋求立足的城市小民。"我"是邹忍之苦苦逃避、辗转逃走、更不愿面对的人，因为这类人既形成不了内心真正的道德，也不能忠于内心真实的情感，遵守道德的约束也是为了更便于追求世俗的名利，往往更懂得敏捷地避开困扰，也善于轻松地获得利益。

而"我"的道德形象，也间接扩大了李伦和邹忍之截然不同的道德心理：正是由于"我"的存在，李伦的执着和邹忍之的逃避就具有了更大的合理性，李伦的道德心理是以己推人、以人服己，邹忍之则是以己让人，为人克己；同时，正是由于"我"这样的被动服从者、合谋者的广泛存在，才会产生李伦这样执着的道德研究者、示范者、践行者、反思者，才会产生邹忍之这样的道德受害者、失望者、坚守者。在"我"的见证之下，谁才是真正道德高尚的人呢？相信读者已经了然于心。

"我"是谁，往往是读者需要关注的问题，作为叙述者，一般都埋伏着小说精心安排的重要线索，同时也是读者解读小说悬念的特殊且有效的视角，"我"的心理和视角直接影响到小说的阐释和人物的意义。

以上三个问题，是解读小说的三个关键点，也是小说主题的三个层面。这三个问题,共同构成了小说失落的叙事风格和叙事意境,反映出了城市的发展与民俗的流变。

失落的叙事。首先是失落的叙事基调:叙事者是失落的,她失去了自己灵魂觉醒的一次重要机会,就是与邹忍之的爱情,伴随着爱情火苗的熄灭,她匆匆结婚,而且婚姻是不幸福的,此行是寻找邹忍之,即使寻到又如何呢?这种失落的心情贯穿于整个叙事,致使整个小说的叙事基调都显得非常失落,乃至伤感、惆怅。其次是失落的叙事构思:整个小说都在寻找邹忍之,但是一直没有找到,借问旁人,旁人的言说看起来指引了方向,也弥补了遗憾,但那种寻而不得的结果并不能完全抹平失落的心情,反而是增添了失落的、哀伤的心情。这就是小说一个重要的构思技巧,即逐步推进寻觅的进程、逐步强化求而不得的失落,使小说逐渐到达信息真实的顶峰,又坠入心理失落的低谷,使小说呈现出极度的反差,留给读者强烈的震撼和无尽的遐想回味的余地。最后是失落的叙事内容:邹忍之的形象是令人失落的,邹忍之求学、婚姻、工作无不令人失落,就是邹忍之本不该如此、本可以不如此,但是他偏偏如此,这就令读者产生强烈的惋惜和失落之感,甚至令读者感到悲伤、难过。

民俗的流变。与民俗的流变相对应的是民俗的沉淀,邹忍之是典型的襄阳人,其隐忍的性格既可以视为传统的、保守的、落后的精神面貌,但也可以与李伦的道德对比一见高下。李伦的道德是有过的,而邹忍之的道德是有功的。这是襄阳保守的文化沉淀出来的一种自然的道德心理。而民俗的流变,也是深广的、普遍的。包括襄阳城的知识分子和普通市民,在城市不平衡发展的压力之下,民俗也相应地演变着。小说以邹忍之人生境遇的变迁和道德的坚守,具体又真实地反映了襄阳城作为传统民俗的、现代文明的、地域心理的变迁和沉淀过程。民俗,作为一个文化概念,它往往意味着已有的、既定的、已经成熟的、相对稳定的文化面貌,包括物质文化遗产和非物质文化遗产。襄阳牛肉面,作为民生的产物、地方文化的象征,它具有一定的稳定性,也有相应的变化,它同时反映着稳定的和流动的民情,因此,一碗襄阳牛肉面也能道出悠久的历史沉淀以及瞬息万变的流变历程。

《陪李伦去襄阳看邹忍之》有典型的民间叙事特征、民俗文化元素,从题材和艺术上来看,都有很多解读的空间,而失落的叙事和民俗的流变是小说最突出的亮点,尤其是在城市发展不平衡的社会现实也正影响着民俗的沉淀和流变,它体现了晓苏以过观仁、以人观时、以静观变的小说智慧。

[作者单位:华侨大学文学院]

文学的两岸互看：是镜子，也是提灯
——评李勇《呈像的镜子：海峡两岸社会转型期乡村叙事比较》

□ 徐纪阳　刘建华

　　李勇教授的新著《呈像的镜子：海峡两岸社会转型期乡村叙事比较》（九州出版社2021年版）从两岸乡村叙事相似的发生背景出发，探讨了社会转型期中国大陆文学和中国台湾地区文学在内在精神、艺术风貌等方面的显著差异，并深入到社会、历史、文化、思想等层面，从不同的左翼传统来寻找造成这种差异的原因，视野开阔、资料丰富，颇多精到之论，是近年来中国台湾文学研究、乡土文学研究及两岸文学关联研究等多个领域的重要收获。

一

　　1949年后中国台湾地区与大陆长期分离，两岸文学沿着各自的方向发展出了不同的特色。这一现象在近30年来引发学界的广泛关注，出现了一批将两岸文学作对比研究的成果①。在中国现代化进程的链条上，由于复杂的历史原因，海峡两岸的社会发展并不同步，其中特别值得注意的是，自20世纪60年代台湾地区开始从农业社会向工商业社会转型，大约30年后大陆也进入了类似的历史阶段。与既有研究大多对比同时期的两岸文学或不同时期的同类型文学（这其中又以乡土文学最受关注）不同，李勇在时间的"错位"中找到更值得比较的研究内容，即以两岸在各自社会发生转型的时刻共同出现的乡土书写现象为比较对象。具体而言，该著所关注的是台湾地区在20世纪六七十年代由农业社会转向工商业社会的背景之下出现的乡土文学，和90年代尤其新世纪以来大陆经济发展所促成的城市化进程中出现的乡土书写。

　　如果说社会转型是展开比较研究的历史背景，那么乡村叙事则是该著的研究对象。在中国现代化转型的大背景下，乡村成为百年来中国新文学描写最早也最多的领域之一，仅就大陆而言，就先后出现了鲁迅式的启蒙主义书写、沈从文式的浪漫主义书写与赵树理式的革命书写等几种主要类型。遗憾的是，21世纪以来中国大陆的乡村叙事虽然在数量上蔚为壮观，在艺术上也有所突破，却"在理解和判断现实与历史等问题上日益陷入一种显著的困惑和迷惘"，暴露了当代作家思想的贫弱。而思辨力的不足，使得新的乡土审美表现缺乏持续发展的动力和支撑，并未在21世纪产生一种可与20世纪中国乡土文学三种经典叙事模式相媲美的新的写作模式。但是，李勇的著作提示我们，倘把视野放宽到中国全域，20世纪的乡土文学尚有中国台湾地区引人注目的"乡土文学运动"，它鲜明的理性主义和实践精神，对振奋当前大陆乡村叙事的思想疲软状态有积极的借鉴作用。

　　当李勇把目光集中到两岸的乡村叙事，他敏锐地发现中国乡土小说在世纪之交走出低迷的状态并形成新的高潮，是作家们从以先锋文学为代表的现代主义文学的困境中突围的结果，这恰与70年代台湾乡土文学发生于对现代诗及现代主义小说的批判相类似。也就是说，两岸乡村叙事都是发生于对作为其前行代的现代主义文学反思的基础之上。正因为如此，"两岸社会转型期乡村叙事"这两个在不同的时间和空间中发生的文学现象，才有了充分而必要的可比性。这构成比较研究的又一个基础。

　　比较视野的发现，源于李勇独特的学术路径。他曾长期关注大陆"新世纪乡村叙事"，已出版《"现实"之重与"观念"之轻——论20世纪90年代以来的乡村小说叙事》（中国社会科学出版社2013年版）等著作，后又逐渐将目光转向台湾乡土文学(目前正进行《陈映真评传》的写作)。由于这一独特的学术背景,其研究能横跨海峡,穿梭于两岸文学,在一个两岸乡村叙事比较的复杂架构中回应学界关切的问题。李勇注重两岸文学差异性的比较,其主要目的在于通过比较达到相互参照、相互借鉴、相互推动,以促进两岸文学和社会共同发展。该著在上述意义上使用"呈像的镜子"这一书名,具有深长的意味。

二

五四以来,中国社会文化的每一次大变动,都造成乡土文学在文化整体结构中位置的调整,带来乡土文学在题材、价值取向和美学形态等方面的新变。面对世纪之交大陆乡土文学的变化,学界虽普遍意识到"分析转型发生的内外成因,梳理和审视其精神向度、叙事形态和叙事类型在转型过程中的变异与走向",已是中国乡土小说研究极为紧迫而重要的课题②,但如何有效地表现出这种新变,批评界似乎一直未找到好的突破口。综观现有研究,多数都是在大陆文学思潮脉络中作纵向的梳理,无论是题材、审美或是作家的思想深度等,都呈现为现当代文学中的乡土文学思潮发展到21世纪的"自然"结果,这阻碍了批评家对21世纪乡村叙事存在的诸多问题的认识。正如李勇所指出的,因缺少横向的比较,学界对当代作家历史理性不足的原因探究不够,对文学思想的评价缺乏有效的说服力、对乡村叙事审美特质及发展趋势的分析还远远不够③。

有鉴于此,李勇以一种介于宏观与微观之间的视角展开论述,在历史横断面的比较中展现两岸乡村叙事的各自特色,这是方法上的创新。著作主体部分共五章。第一章从两岸乡村叙事的发生谈起,对两岸乡村叙事的异同作了总体的分析;第二章从情感、观念、立场、方法等方面对比两岸乡村叙事的差异;第三章则辨析两岸乡土文学不同的现实主义观念;第四章在左翼文学的传统中探讨两岸乡村叙事在艺术风貌、思想深度等方面产生差异的原因;第五章关注台湾乡土文学对大陆转型期乡村叙事的思想启示。每一章都将两岸文学置于特定视角下观看,在对比映照中呈现两岸乡村叙事的同与异。

正是在互为镜子的两面中,两岸文学才相互映照出彼此的特点并暴露出问题,任何单方面的考察,都很难有精确到位的概括。比如在艺术层面,李勇指出,大陆当代作家在经历了先锋文学的洗礼之后,写作的技术已经非常成熟,尤其是21世纪以来的乡村叙事也取得了艺术上的突破,甚至有超越既有的乡土文学模式、创造陌生的新乡土经验的可能性。但是如何让人信服地接受这种新的文学经验的特点,始终是学界无法解决的一个难题。而一旦李勇将大陆21世纪乡村叙事与台湾乡土文学一起推到前台进行比较,就能在区别中概括出二者鲜明的艺术特征:一是呈现的、感性的、混沌的、哀婉的;一是分析的、理智的、清晰的、刚健的。

在李勇看来,20世纪70年代的台湾乡土文学具有强烈的社会问题意识,以生动感人的细节刻画和白描手法,对美日新殖民政策操控下的台湾社会进行了深入的剖析,延续的是19世纪欧洲批判现实主义的文学传统。而大陆21世纪以来的乡村书写挟其前行代的先锋文学的现代主义之风,又融合了浪漫主义的精神倾向,基本上回避了对于现实的深度追问,而只停留于主观感受的呈现和情绪的宣泄,少有现实深度批判的力量。所谓的乡村叙事往往成为一种只有感性的"表演式的乡愁",作家纷纷从现实和历史问题的深度思考中撤退,文学多只剩下空洞的观念和道德炫示,为什么写作、为谁写作等根本的问题基本淡出。相较于台湾乡土作家在"内战—冷战"交叠背景下复杂的新殖民语境中的文学反应,大陆作家在面对社会转型期的各种社会问题时显得有些过于平静,缺乏一种积极进击的、主动干预社会的冲力和勇气。这种相互对比得出的结论,无疑是极具说服力的。

三

所谓"镜子",除了两岸文学的互看,也在理论的层面暗喻文学面对现实的姿态。在李勇看来,21世纪以来大陆文学展示的多为现实的表象和作家的感性认识,"缺乏思想深度"④。对于大陆作家来说,除了冷静的还原,尚欠缺介入现实、改造社会的热情,多是一种机械的镜像式反映。但对于台湾乡土作家而言,文学则不仅只是照出社会原貌的镜子,他们鲜明的立场、理性的思考以及强烈的社会分析气质带来的强大的思想穿透力,使得台湾乡土文学具有透视历史、瞻望未来的思想冲击力。李勇以陈映真为例指出,这种社会分析不仅仅是一种基于某种理念认识的批判,而是基于政治经济学认识的深度的探索、思考,以及积极介入社会议题的使命与担当。如果说镜子代表的是对客观对象本身的图景和认识,是一种静态的存在,那么提灯则不仅直接把社会图景本来的样子呈现给人们,还能照亮被黑暗遮蔽的东西。以此观照两岸文学,则台湾文学就不仅仅只是客观反映台湾现实、与大陆文学互看的镜子,更是照亮台湾社会发展、引领大陆现实主义文学走向的提灯[5]。

李勇正是在提灯的意义上展开第五章的论述,讨论台湾乡土文学对大陆社会转型期乡村叙事的启示,指出大陆乡土书写须借鉴台湾乡土文学的经验,重拾批判现实主义的武器,才能再建文学的责任意识、摆脱思想的贫困。这背后隐藏着李勇的价值判断,即台湾乡土文学的价值高于大陆21世纪以来的乡土书写,台湾批判现实主义的价值在大陆"无边的现实主义"之上。在李勇看来,这种价值的高低,其根本在于文学是回应还是罔顾时代的召唤,是继承还是抛弃了左翼传统。他指出,大陆21世纪以来的乡村叙事出现返回自我、逃避现实等种种问题,其原因皆在于自由主义语境下左翼精神的失落,大陆作家身上"更多的是西方式的自由主义和个人主义话语","欠缺和大陆本土现实相对话的能力"。但台湾文学却同时继承了以鲁迅为代表的左翼文学传统和以杨逵等为代表的台湾本土左翼传统,尤其是陈映真等人"对这种西方式的自由主义或个人主义'理念'保持了警惕",直面"问题"、探寻真知与正义,表现出了对社会人生的强烈关怀,从而使得台湾乡土文学以"乡土"之名真正发挥了现实主义文学的社会功用[6]。

《呈像的镜子》是一部真诚之作。在讨论文学应如何面对现实、左翼传统能否接续、文学的社会功能是否先于艺术价值等这些问题的背后,是李勇对当代大陆知识状况的深切忧虑。该著坚持左翼立场,认为文学作品应以思想取胜并发挥其社会功用,文学的艺术手法的选择归根结底是由作家的思想和精神决定的等,这些都是作者对当下堪忧的知识状况的回应。不过在该著的结尾,李勇似乎有所犹疑,试图在思想与艺术之间寻求可能的平衡,既肯定台湾乡土文学的思想贡献,也不否认大陆乡村叙事的艺术成就[7]。这虽然一定程度上消解了他对文学的社会功用的坚持,却丝毫不减损这部著作的学术价值。以我个人的学术经验来看,这种调整批评姿态的努力,与其说是思想的"撤退",不如说是推进左翼话语的策略。从这个意义上说,李勇的这部著作也正如一面镜子,映照出在当下中国谈论左翼的某种困境。

[本文系国家社科基金项目"'五四'新文学在台湾的传播与影响研究"(项目编号:19ZWX027)的阶段性成果。]

注释:

① 关于这些研究成果,李勇在该著中已做了详细评述,请参见《呈像的镜子:海峡两岸社会转型期乡村叙事比较》,九州出版社2021年版,第10~11页。
② 丁帆等:《中国乡土小说史》,北京大学出版社2007年版,第1页。
③ 李勇:《呈像的镜子:海峡两岸社会转型期乡村叙事比较》,九州出版社2021年版,第10页。
④ 李勇:《呈像的镜子:海峡两岸社会转型期乡村叙事比较》,九州出版社2021年版,第72页。
⑤ 本文并不在艾布拉姆斯的意义上使用镜与灯的比喻,以之分别象征现实主义和浪漫主义。"提灯"一说来自陈映真《鞭子和提灯》一文,意为指路明灯,参见陈映真:《陈映真全集》第2卷,人间出版社2017年版,第361~369页。
⑥ 李勇:《呈像的镜子:海峡两岸社会转型期乡村叙事比较》,九州出版社2021年版,第75~77页。
⑦ 李勇:《呈像的镜子:海峡两岸社会转型期乡村叙事比较》,九州出版社2021年版,第184页。

[作者单位:闽南师范大学文学院]

断裂后的修复
——网络旧体诗坛问卷实录(十)

□ 汉水鸿影　高语含　莫真宝　王一舸

这是《新文学评论》第十次推出关于网络旧体诗词的同题访谈。往期的访谈活动促进了新旧文学的交流，更潜在地加深了新文学界对于旧体诗词现存状况的了解。往期的访谈刊出后产生了较为强烈的反响，为此本辑将继续刊出四位当代旧体诗人的访谈实录。四位受访者简介如下：

汉水鸿影，1979年生。出生于甘肃天水，定居陕西汉中。从2012年开始自学诗词，迄今为止在《诗刊》《中华诗词》《巴山诗词》和人民日报社"人民号"等纸媒与网媒发表作品千余首。其作品以当代打工生活为主线，真实而艺术地再现当代农民尤其是女性农民工的离情别绪，尤其善于将古典的漱玉式的幽怨扩展为思念爱人、思念家乡父老、关注留守儿童、关注城乡差别等诸多方面，其作品凄美中有质朴，婉约中含雄放，其情也真，其词也秀，明丽天然，别有韵味，表现出独特的美学追求。人称其为新婉约派，并喻其为"乡愁小红"。现为中华诗词学会理事、陕西汉中市诗词家协会副会长。2017年曾入选中央社会主义学院"中华文化传承与创新"研修班进修研习。曾获2015"诗词中国·最具影响力诗人"称号和《诗刊》社"2018陈子昂年度青年诗词奖"等。

高语含，字唯止，号忘川散人、六经无字斋，1997年生于北京市，德国海德堡大学哲学系在读研究生，治西方密契哲学、道家哲学，著有《老子疏义》，译有库萨的尼古拉《窥道路向》等。诗宗玄言—山水传统，唐社、承社、铭社社员，诗文散见于各平台刊物，有《松阴扫石集》《月舟集》《岭头拾云集》等，并辑有魏晋玄言诗集《重玄集》、古贤五言集《性海玩波集》。学术类公众号"重玄之域"主理人。

莫真宝，出生于1971年9月，湖南常德人，现居北京，中华诗词研究院学术部副主任，文学博士。有诗词作品和评论发表于《诗刊》《中华诗词》《中华辞赋》《中国文学研究》等期刊。著有《张溥文学思想研究》。主编《中国文化概论》，合作主编《太平基金文库·诗词论丛》《诗词日历》，副主编《国学》(12册)、《中华传统文化》(24册)等。曾担任央视纪录片《诗行天下》文学指导、央视文化音乐节目《经典咏流传》文学顾问。

王一舸，1982年出生于烟台。昆曲作家，古典体裁文学作家。《读者》专栏作家。文艺评论人。

一、请介绍一下您走上旧诗写作之路的历程，有哪些关键节点和事件？

汉水鸿影：我出生于甘肃天水的一个普通农家，卫校毕业，打小就喜欢诗词，那时候家里没有藏书，课本就是我唯一的读物，每新学期课本发下来，我总是如获至宝，迫不及待地把语文课本通读一遍又一遍。2008年我远嫁陕西汉中，旋即成为乡村留守妇女中的一员。我性格内向，又孤身在外，诗词便成为我唯一的爱好和陪伴。

彼时网络已经比较普及了，我有幸遇到了很多诗词净友，这种即时互动的切磋与交流对我的帮助很大。可能是我的这种生存状态的个体诗词创作者在当时比较稀缺，所以我很有幸在网络诗坛有了一定的知名度，被喻为"乡愁小红"。

学诗的头几年，总想以投稿参赛来证明自己，我也有幸获得过几个有一定影响力的奖，如2015"诗词中国·最具影响力诗人"、《诗刊》社"2018陈子昂年度青年诗词奖"等。

2017年后，我对诗词多了一份理性，既不写应酬诗，也坚持无感触不动笔，不动情不写诗。

高语含：读小学时和大多数其他小伙伴一样，常常感受到被《小学生必背古诗词》支配的恐惧。这种硬性记诵+考核的模式通常很难激起人对诗词的发自内心的喜好，但当时似有些苦中作乐的心态，心想总归是逃不过的，那不如索性从其中挖掘出几丝乐趣来；当人被强迫着做自己喜欢的事时，这强迫有时也就算不上是强迫了。于是便会在诵读时尽力从中品出美感来，又想象古人吟诗作赋时意气风发的神态与铿锵顿挫的语调，在学校考核时面对老师颇为自得地表演一番——这当然免不了令老师失笑，但当时也不甚在意，且到底算是体验到些忘我的兴味了。三四年级后读梁金古温等人的武侠小说，又接触了不少武侠、仙侠主题的电脑游戏，那里面也有不少诗词，有从古人那里摘来的，也有作者自撰的，水平比不上传统意义上的经典篇目，但胜在通俗且有趣。读得多了，也就开始模仿着瞎写几笔，韵脚之外的诗律自然是完全顾不上的，只是要把胸中那股混沌而活跃的感觉发泄成文字才痛快。

第一次在真正意义上进行旧体诗词写作是初中一年级暑假，那时被父亲强拉着出游，自愧荒疏了功课，坐在酒店里甚是不忿，头脑中忽生出一句"梦系书楼难入眠"来，又有一股没来由的冲动，想着就从今天起好好写诗吧。从此便去学些浅显的诗律词律，在百度贴吧与爱好者们交流作品，对于语文老师布置的随笔作业也往往是以诗词应付之。初二后从道家开始陆续接触了些哲学书，便也写点文言文来寄寓当年不成熟的反思，以模仿《庄子》《归去来兮辞》《醉翁亭记》《前赤壁赋》之类清空萧疏的风格为主（此一审美趣味延续至今）。这种写作在初高中时常受到老师们的鼓励，并令我于同辈甚至学长姐那里收获了不少（于今日看来自是不足取的）优越感，也就一直持续了下去。

当时虽已对旧韵不无了解，但认为格律的意义本就在于增强诗的声韵美，使用今人不会读的声韵体系是毫无意义的，因而对所谓复古派颇为不屑。上大学后逐渐接触到所谓网络旧体诗坛，发现在大多数优秀作者那里，使用旧韵基本是一道默认的门槛，乃至圈内人用以自我标明、与老干体作者与初学者划清界限的身份象征。我于是经历了一番思想斗争后，终于还是心有不甘地决定换用旧韵。此后陆续参与了一些有影响的诗赛，多少算是证明了自己的实力，也陆续加入了承社、唐社、铭社等认可度较高的诗社，还与友人在本科学校民大创建了观复诗社，并在进一步的阅读思考、交流与创作实践中慢慢确立起自己的写作路径与个人风格。最近的一个节点大概是2019年秋天去德国读研，那之后我边细读边梳理了一系列道禅美学影响下的集子（包括以此为归趣的选本，如周海门《类选唐诗助道微机》、钱穆《理学六家诗钞》）与古典诗学著作（特别是《二十四诗品》《诗家一指》《带经堂诗话》），并参以今人的研究文献，对魏晋以降的玄言诗—山水诗传统及其演进的脉络形成了比较清晰的把握，也就正式将接续这一传统确定为自己主要的创作方向。

莫真宝：我写作旧诗起初只是一种断断续续的业余行为。第一，从上高中的时候起，由于阅读古代诗歌（包括词曲）相对较多，有时不免随手写几句，主要是五七言绝句和少量五古。第二，虽然大学上的是中文系，古代汉语课程里有诗词格律的内容，但是，并不记得学校是否将此内容纳入课堂教学范围，至少教师并没有在课堂上重点讲解。中国文学作品选课程上选讲了大量诗歌作品，印象中都没有从格律或写作的角度进行分析。上大学期间，无论教师还是自己，都没有进行格律诗写作训练。研究生入学考试古代汉语试卷中有分析诗律的内容，不过，即使考了84分，也并没有把这道题目回答好。第三，真正按诗律、词律来写，是2011年11月来到中华诗词研究院工作以后的事情。2011年的12月前后，写了十几首《浣溪沙》，接着学写律诗、绝句，偶或填点小词。既然从事与当代诗词创作、研究、评鉴和交流相关的工作，就应像教师写"下水作文"一样，至少能够写出四平八稳之作。彼时存了讲究格律之意，发现基本掌握平仄、押韵及对仗等格律要求，是件非常简单的事。

王一舸：我是从高中入北师大二附中文科实验班，开始对这方面有所喜好。由于此班是当时中国第一个此类的文科实验班，被坊间传为"国学班"。其实是进行了相关的教学，但是最终从事这方面专业的人也不是很多。

而我当时就开始喜好传统诗词。一开始是欣赏。欣赏的时候就会有自己也写得冲动。如果说节点，我想考上这个班是一节点。

第二件事，是我大学一年级末所写的一部戏。我大学本科在中央戏剧学院戏剧文学系，大一末的剧本写作课我写了一部杂剧，叫作《误青丝》，用的是元杂剧体例，四折一楔子。从此发现写古典剧本可以涉及，也同时开始了曲的写作，直至本科毕业的大戏写成了一个数十出的传奇本《芦叶记》。

至于诗词和文赋的写作，也都是由此方面的阅读的深化相辅相成的。我倾向于一段时间主攻一类创作。这段时间学习的营养往往对写作有一定促进。

二、请问您平时是否阅读新诗？与新诗作者有否交流？您认为旧诗与新诗应该是一种什么样的关系？

汉水鸿影：我从小喜欢诗词，2012年之前是写新诗的。我的诗友里面大概有1/5是新诗作手，也有新旧诗兼善的两栖诗人。对于新诗，我个人更喜欢有韵的具音乐美的新诗，如余光中先生的《乡愁》。新旧诗应该和平相处相互借鉴，我对此持包容开放的态度。但是，相较于旧体诗坛的老干体泛滥成灾，近年来新诗界的恶俗跟书法界有得一拼，不堪入目的器官描写和各种口水体，简直是对方块字的羞辱。

高语含：高中时有一阵子酷嗜新诗，阅读了不少西方近现代乃至后现代派的作品（这与我当时在哲学方面的兴趣也是一致的），对于那类试图以碎片化意象与多少是晦涩的语言描绘现代性经验之复杂的作品不算陌生，但最感兴趣的还是惠特曼、兰波、艾吕雅这类密契主义特质比较突出的诗人，尤其沉湎于德国浪漫派那种对于原初统一与神性事物的乡愁式迷恋，在中国新诗方面也始终无法欣赏海子以后的各种先锋派与实验派，反倒对戴望舒、卞之琳等仍部分处于古典审美语境中的诗人观感更好，尽管他们的语言在当代新诗主流眼中是不够成熟的。大学以后愈发明晰地认识到，我一向追寻的那种以诗为载体而尝试"说不可说"，或曰借助诗的媒介以传达、助发"密契合一"（unio mystica，在中国哲学语境下称为"体道""妙悟""真照"等）经验的理想，在中国古典诗词中实现得远比在新诗中圆满，于是便以全副精神投入旧诗中去了。当然对新诗也仍偶有涉猎，但会以上述的古典眼光出发对作品进行筛选和评定。最近较喜欢马蒂亚斯·波利蒂基（Matthias Politycki）的"新可读主义"写作与玛丽·奥利弗的自然诗，在我眼中他们都有意与先锋派意义上纠杂难解、充满焦虑的"现代性经验"保持距离，转而尝试在自然活泼的日常生活中把握住某些神性的时刻，契入泯合主客、"天地与我并生，万物与我为一"的澄明之境中。中国这边，我比较钟爱顾城后期一些将道禅趣味融入新诗的尝试，会拿出来常读。他那里存在一个由前期对主体自我的高度凸显到后期重视主客冥合的转向，这在《顾城哲思录》的论述中体现得尤为明显。与这种趣味最相合的外国传统其实是日本俳句，芭蕉、芜村等经典俳人的作品我是常读的，从中屡受启发。

我与新诗作者的交流不算多，不过有几位友人是旧诗与新诗都作的，偶尔会聊到相关话题。值得一提的是我本科在读其间，由我们新创办的观复诗社与民大堪称历史悠久的新诗社团朱贝骨诗社（民大有比较深厚的新诗传统）联合组织的两次"新旧诗学术争鸣现场"，先后聚焦于旧诗能在何种程度上传达现代经验、新诗有无借鉴旧诗之可能、新诗是否缺乏音乐性等问题，不仅有双方各自的指导老师与骨干成员下场，也吸引了不少诗社以外的学生参与讨论。以敬文东老师为代表的"旧诗只宜表达农耕经验"之说与我们旧体诗社这边的立场无疑是针锋相对的，通过这种讨论自然难以取得什么共识，但倒也算是增进了双方对彼此理路的了解（也更坚定了我与现代性保持距离的想法）。

旧诗与新诗间的关系无疑是个极端复杂的问题。为了便于讨论，我在此按照题材，约略将古典诗词划分为两种创作取向，一种是以传达某种密契经验或曰本体论经验（ontologische Erfahrung）为主的，受道家美学和禅宗美学的影响较深，耳熟能详的例子比如"此中有真意，欲辨已忘言""涧户寂无人，纷纷开且落""水流心不竞，云在意俱迟"；另一种则是以描绘现实或传达时代经验为主的，比如"君不见青海头，古来白骨无人收""避席畏闻文字狱，著书都为稻粱谋"，受儒家的诗教和现实主义传统影响较深。对于前者而言，我认为只要新诗始终坚持将对"现代性经验"的书写视作自己的本职，那么旧诗与新诗之间存在的就必然首先是一种本质性的断裂，它无法为在语言、形式或技法上相互沟通与借鉴的努力所克服，因为道禅美学影响下的诗词往往具有——用最老套的说法来讲——天人合一式的视野，其基调乃是一种超越性的乐感，是某种消弭了人与世界之间的一切张力后产生的浑融共化、优游自在的适意，人不再试图以其主体性认知、把握或宰制世界,世界亦将其内在的光芒毫无保留地呈现给人,大家以各自的本相"觌面相承"——"万物静观皆自得,四时佳兴与人同",以至于作者与物的存在边界都于这种至乐之中模糊乃至融化了——"其身与竹化,无穷出清新",这与现代派所关注的焦虑、被抛、破裂、麻木等经验之间近乎"上帝未死"与"上帝已死"般的差异。对于现实取向的旧诗路数而言,它可以在一定程度上贴近新诗的这种理想,但同样会面临古典意象与新事物新词语间的龃龉,因为旧诗的审美意境基本上是经典化的,现代事物、西文音译乃至一些流行语的引入,很难不破坏其和谐的古典美感,稍一不慎可能还会流于打油或口水诗。像以"车马"替代"汽车"这类做法可以在一定程度上缓和这种张力,但说到底也只是应用范围有限的权宜之计。黄遵宪、聂绀弩们的尝试在我看来与其说是为今人指路,毋宁说恰恰暴露出此一问题的不可解。当然在非本质的、更加形而下的层面上,我觉得新诗无妨吸收一些旧诗的意象、典故与趣味,旧诗也无妨学习一些新诗的镜头运用或布局手法,但新诗写古典性不可能超过旧诗,旧诗写现代性也不可能超过新诗,对彼此的过度吸纳会导致两种体式失去其之所以为旧诗、之所以为新诗的经验之内核,所以在我看,二者总的来说还是各谋其位、各司其职的好,去书写最适宜自己的那类经验,争取多出好作品,无须在对双方边界的探索上着力过多。

莫真宝:一直以来,阅读新诗和阅读古诗是一种平行的行为,可以说,阅读旧诗的经验并不比阅读新诗的经验更为丰富。上大学时,就写过一二百首类似新诗的分行习作,但那时因为生活的圈子比较窄,与新诗界缺乏交流。最近十年,我们持"中国诗歌体式整体观"来开展工作,试图把"旧诗"放在二十世纪以来的广义的诗歌背景上加以观察,来给它定位,新诗则是一个重要的标尺。为此,我们申请财政部专项资金支持项目"二十世纪以来诗歌资料整理与研究",邀请国内从事诗歌写作与诗歌研究的学者,分时段、按体裁编选作品集,其中包括古近体诗、词、散曲、创作歌词、歌谣,甚至散文诗分卷,每个阶段都包括"新诗"分卷;我们还分别筹划召开过"二十世纪以来诗歌体式互涉研究""二十世纪以来的新诗与旧诗"等为主题的全国性学术研讨会。通过这些活动,结识了不少优秀的新诗作者和研究者,彼此也有过一些交流。古代新产生的诗歌体裁在某种意义上脱胎于旧有的体裁,而新诗和旧诗在形式上是两种完全不同的诗歌体裁,甚至在性质、功能、风格、写法诸方面都存在明显的差异。新诗有借鉴传统诗歌经验的一面,施议对教授曾在《胡适词点评》一书中,揭示"中国现代新体诗创作的先行者胡适系以倚声填词的方法写作新诗,并在不断尝试中开拓诗歌创作新路的实质"。李怡、杨景龙等学者,深入研究过现代新诗与古典诗歌的关系,而江弱水教授则把他的一种著作命名为《古典诗的现代性》,试图"以现代诗学的观点对中国古典诗加以重读"。事实上,很多新诗作者都熟读旧诗且具备基本的旧诗写作能力,不少著名的新文学作家写了大量旧诗,但除了极少数以二十世纪以来旧诗为研究对象的硕士和博士研究生,当下的新诗作者和研究者对与新诗并时的旧诗普遍缺乏研究和了解;而旧诗也有借鉴新诗经验的一面,如叶圣陶就对俞平伯说过他是以写新诗的手法来写旧诗的,这跟以写旧诗的手法写新诗,相映成趣。只是前者取得的成绩较为显著,后者取得的成绩不太明显罢了。我接触的诸多新诗作者和研究者,对现代以来的旧诗多持尊重态度,至少是敬而远之。而有些旧诗作者对新诗并不了解便对之持完全否定的态度,这是令人不解的。我发现,正如旧诗研究者不能自然而然地具备新诗批评与研究能力一样,新诗评论家和新诗研究者一时也很难胜任对当下旧诗的批评与研究。现在看来,新、旧诗写作和新、旧诗批评与研究,完全属于不同的话语体系。好在新诗不断发展的同时,旧诗也正奋力追赶。新诗与旧诗长期分属于"两个诗坛",经历了互相攻击、互相排斥,和"大路朝天、各走一边"这样两个历史时期,目前,如果说要把它们整合成"一个诗坛"固然难度不小,必要性似乎也不大,但在很多场合,比如诗歌比赛、诗歌发表平台、诗歌活动等方面,新诗作者和研究者与旧诗作者和研究者同台交流的机会日益增多,开启了如有的诗家概括的"互见与互鉴"的新时期之门。通过这种接触和交流,新诗的归新诗,旧诗的归旧诗,可能是将来新诗、旧诗联镳并进的发展态势。当然,它们互补的同时,交集也可能会日益扩大。

王一舸:我平时阅读两类现代诗。一类是国内的汉语的诗歌。一类是翻译过来的诗歌。我自己也会翻译一些诗。我还是比较多的接触周围写现代诗的诗人。在高中的时候,由于北师大和二附中很近,很早就结识了当时北师大的一些诗人,当时受口语和金斯堡的影响比较多。在这之前,是比较多读民国到解放前后的诗人的诗。在大学及之后的年月,也比较广泛地接触各个类型的现代诗人,也比较多地参与现代诗的写作和活动。

古典诗词和现代诗应该是一种互相促进的关系。它们的核心都应该就是创作。但是古典诗词有一定的形式,使其材质本身体现出一定的价值感,同时创作者报偿以一定的自由度以符合其规律。相比之下,现代诗更像是一次独立而无所依傍的冒险。它的材质是更为可塑的。而相对多的自由度拼的就是对心灵和灵感的捕捉了。

三、能否对当代旧诗写作的现状做一番全景式的简介,比如存在哪些圈子、流派和风格?都有哪些代表性的诗人和作品?您自己属于这当中的哪一类人?旧诗作者是否呈现出职业和年龄上的特征?旧诗主要的读者对象是哪些人?

汉水鸿影:这个题目太大,谈谈我的一孔之见吧。据悉当代旧体诗写作者逾400万人,一线、准一线诗人1500至2000人。中国历来是人情社会圈子文化,诗词也不例外,大大小小互相交融又相对独立的圈子,如地域、年龄、学历、性别、用韵、体裁、题材、艺术取向……不胜枚举。

诗词流派粗略分类,个见有诗官派、学院派、江湖派、先锋派。范诗银和江岚、韦树定分别是中华诗词学会和诗刊社的管理者或编辑,站位高而诗风雅正,殊是难得。学者诗人段维的时政诗深邃大气尺度得当,以理论研究见长的钟振振、韩倚云、曹辛华等成为为数不多的教授作手。当代诗坛有一批长期从事诗词创作和教学的诗词大家,熊东遨先生作品,现实抚摸与自然咏怀兼有,深沉厚重和清丽灵动互动,既接通了古典的意境等艺术范畴,又在题材、主题、意象及语言上有新的开拓,允为这一群体的典型代表。说到先锋派,最知名且最有争议性的,非"李子体"莫属。至于我本人,就是一个农民诗词爱好者,属于草根派吧。

高语含:我认为,《中华诗词》和《诗刊》(含《中华辞赋》)是线下诗词的主阵地,其对当代诗词创作,起着风向标性质的引领作用。云帆诗友会是一个粉丝遍及60多个国家和地区的高端原创诗词公益平台,是观察当今网络诗词创作生态的一扇重要窗口。

旧诗作者队伍的年龄层次在快速的低龄化,银发族一统天下的局面已得到根本性改善,这是一个非常可喜的变化。但一个非常尴尬的现象是:写诗的人远远多于读诗的人,当代旧体诗的传播场域,非常狭窄。

先前的不少受访者都已就此做过比较全面的介绍了,圈子方面有人曾提出过学会派、学院派和网络派的划分,我觉得基本可以接受。有些讲法是把圈子和流派放在一起谈,比如中华诗词学会系统里的作者写的诗老干体味道偏重,学院派——也就是高校教师和诗社的作品倾向于拟古,网络派易出实验体等等,不过这些都是非常笼统的概括,比方说学院中的创新派(集中于年轻学生)与网诗圈的复古派都大有人在,这二者的区分在我看可能越来越成为一个纯粹的身份问题——是在学院还是"在野",在实际的创作取向上不那么好区分,而在基本功的扎实程度上也相差不大,毕竟都善于利用各种渠道搜集资料、学习提升。事实上,学院派和网络派间的界限有时并不很明显。不少高校诗社内相对优秀的作者也活跃于网诗各大诗社,并以网诗的资源与眼界反哺高校社团,这些人在毕业脱离高校后可能会逐渐以网诗圈子为主,但也仍然与高校诗社保持着密切的联系。就流派而言,实验(先锋)—复古(保守)的区分在今日大体仍可行,若要细分的话标准自然极多,比如语言质感上,实验体里的嘘堂、军持或可称典雅派,李子可称白话派;按体裁分,有以古风见长的,有以律绝为主的,有专攻填词的,也有诗词联赋多栖的通人;按题材分,有志在记录时代、反思社会的,有关注个体情感表达与日常生活记录的,也有像我这种试图借助诗词获取或传达某种超越性之妙悟体验的,或可强名之为"道诗派"或"禅诗派"——不过这一派尚不成气候,甚至远不能说成派:除自己之外,我所知的限于梅花堂的季惟斋先生及其部门门生、福建的陈伟强先生等寥寥数人,且这些人在具体技法上的学习路径与语言风格也相去甚远。沪上的一位友人想要以此为旨创一"内社",但至今尚未能觅见足够的同道。

旧诗作者散布于社会各行各业,也涵盖各个年龄层,其间似乎并无什么明显的结构特征,如汉语言文学系出身的里面当然不乏一流作手,但也有为数众多的庸手,而另有许多高水平作者具有与汉语言文学毫不相干的专业背景与社会身份，且老中青三代中也呈现出创作水平良莠不齐的状况，尤其年轻人虽然拥有空前丰富的学习资源与渠道，但事实上取法古风歌词、青春疼痛文学或老干体者仍皆有之。至于当代旧诗所面向的读者，首先可能会想到活跃于互联网上的一众诗词爱好者，比如《中国诗词大会》一类节目的主要受众，以及泛泛意义上的国学爱好者等等，但这一群体的鉴赏水平或许要存疑，他们中的大部分限于基础知识与美育的缺乏，可能并不具备区分当代真正的优秀作品与流俗作品的能力。再就是具备一定的古典文史哲修养，同时又对网诗有所关注的知识阶层，其中大部分当为高校学生或教师，但这类人的总体数量恐怕有限。最后就是网诗小圈子内部具有一定创作水平的作手们，这些人之间实际上呈现出一种"互为读者"的半自足状态，大家的阅读与评价无疑是对彼此创作水平最可靠的认定，在一定程度上或许也是网诗作为一个小众爱好圈子始终能保持自我更新、自我发展的原动力之一。当然，这种圈子内部的自娱倾向难免导致作手与好作品同大众之间的隔膜，但就当代旧诗创作于大众那里的认知度来看，现在尚非突破此一隔膜的时机。

莫真宝：当代旧诗写作整体上看呈现出百花齐放的状态。有学者认为，旧体诗作者群体可以分为台阁派、学院派和山林派（曾大兴：《登高知几重，太白连太乙——施议对教授访谈录》，《文艺研究》2012年第7期）。还有学者认为，大致可分为庙堂派、学院派和在野派（或称江湖派）。措辞不同，所指则一。其实，即便是学院派，也有各自为政的现象，从下面几种公开出版的旧体诗选本和著作的名称就可以看出端倪：《秋韵诗词选》《秋之韵：中国社会科学院学者诗词选》，彰显的是中国社科院学者群体的诗词；《院士诗词》《理工学人的诗与世》，彰显的是自然科学家群体的诗词；晚出的《余事集——中华当代教授诗词选》《余事集——中华诗教学会理事诗词选》，彰显的主要是高校古代文学教师群体的诗词。当然，还有诗家、学者标举网络诗词并视之为一种新的美学风格，以之为二十一世纪前十年诗词的中流砥柱，这派观点也值得重视。不同领域，不同群体都涌现出各自的代表性诗人，其姓名和作品则不便指实，也还需要时间的沉淀，需要进一步对他们展开学术性批评和学理性研究，才有可能确认其在当代诗歌史上的位置。就我个人而言，即使不是不能写作旧诗，也并不热衷于旧诗写作，未能熟练驾驭多种体式，未能表现丰富的题材。自2012年起，至今十年，至少有六年每年习作不到五首，故成绩一般，无甚特色。如果一定要说，大抵偏于传统风格，盖所学古代文学专业使然。从事不同职业的人，因其知识结构与人生阅历的差异，其诗作题材与写法多少会烙上一定的职业特征。事实上，当代学者和诗家如朱文华、胡迎建、王学泰、唐景凯、蔡世平、陈友康、李遇春、马大勇、刘梦芙等，研究二十世纪以来旧诗，往往是按作者的职业和社会身份来分类的。至于年龄，并不是区分诗人风格类型的充要条件。不同年龄段的作者群体，都既有台阁派，也有学院派，还有山林派。说到旧诗的读者对象，施议对教授有这样一个说法：新诗找不到形式，旧诗找不到读者。时常听人说：当代旧诗的作者比读者多，他们不仅不读别人的作品，连自己的都懒得读。这种说法固然有些言过其实，带有揶揄的成分，也在一定程度上折射出当代旧诗写作与传播基本局限于小圈子里的现实处境。虽然当下旧诗有时也能利用现代出版媒体、影视传媒和网络传媒进行传播，但要像古代诗词一样在今天形成大众阅读的风景，恐怕有些奢望。

王一舸：我可能不是太能把握当代的古典诗词写作，遑论其圈子、流派和代表诗人。但是我有自己的分类判断，下面我说一下我的判断。

我将写作者分为几类，一类是模仿的写作，一类是修养的写作，一类是创作的写作。模仿的写作无论在什么地方，无论在古典诗词还是现代诗上都很多。是"广泛的大多数"，现代诗上模仿某位诗人，某种风格，某个时代的，和古典诗词一样普遍。

比较有意思的是修养的写作。这类写作是一种比较特殊的现象。在古典诗词、书法和国画中比较普遍，我认为它介乎前面所言模仿和之后我会提到的创作之间。它是以一类技艺为修养，使其成为习惯，得心应手，同时具备相应的审美判断进行的写作。它是个人修养的炫技，是个人审美的延伸。但是还是经常以某些即成的风格作家为判断，只不过判断的取舍和视角不同，它不再是学生亦步亦趋地跟从，而更像是选择者，甲方，去选取甚至融合，建立自己的表达形式。但是这种建立与创作的写作还是有显而易见的差别。比如，同是写自己经历过的事情，此类写作容易寻找"成规的修辞"，而非创作的写作那种更倾向于独辟蹊径。

最后一种，即创作的写作，这就是具有作者鲜明的独特风格，提倡原创精神的写作。这类人可以说是最少的，但是影响力应该反而是大的。他们是独特的艺术家，不是靠画别人样式的人。而我一般关注的也是这类作者。这类作者虽然比较少，但是对我的教益大。切磋交流时候得到的收获也多，也直接。比如词中的李子，军持；曲中的南广勋，诗中的韦树定等。

至于作者有什么群体特征，也不是我特别能说清楚的。他们读者对象也不是我所能了解的。

四、您如何评价当代旧诗写作的成就？与唐诗宋词的辉煌时代相比如何？与当代新诗相比又如何？

汉水鸿影：随着诗词的热度日渐上升，当代旧诗写作队伍不断壮大，涌现了一大批优秀作手和优秀作品。但较之唐宋，则毫无可比性。唐宋的辉煌，既空前也绝后。唐宋，诗词是投名状是安身立命的核心竞争力。当下，诗词于多数诗人而言只是茶点罢了，他们靠其装点小清高，借此捞一点小虚荣，仅此而已。

而新诗作为舶来品，先天既无根基后天又土壤贫瘠，随着余光中等一批有韵的新诗作手作古，大量机械式码字的味寡作品充斥坊间，导致读者在雪崩式流失，作者也在分解，很多新诗写手转型旧诗写作，就是明证。

高语含：将当代旧诗拿来与唐宋作比较，对前者无疑是不公允的，因为当代旧诗仍是一个不断生成着的现象，其未来的可能性与变数均未可知，远没有走到盖棺论定的时刻。就当代旧诗创作目前为止所取得的成就而言，我认为其中的一流作品未必逊于唐宋时的一流作品，正如明清时的一流作品不必逊于唐宋那样。唐之于近体诗，宋之于词，固然有着开发新体裁、确立新规范的创制之功，但这都是外在于作品本身的历史意义，应当在评价诗的纯粹审美价值时剥离掉。就此而言，明清诗词乃是唐宋之制的守成者，但其中的佳作亦足与唐宋佳作比肩，于当代旧诗而言我以为情形类似。之所以明清乃至当代诗词在社会认知中仿佛显得"远不如"唐宋，其一是毕竟时日尚浅，未如唐诗宋词那样得到经典化——这一过程依赖于时间的沉淀，更依赖批评家们对后人佳作的不带偏见的自觉挖掘与褒扬；其二是传世作品太多，于是乎泥沙俱下，佳作每每湮没不显；其三则大概是一些读者甚至作者自身的崇古与自卑心理所导致的，认为现代人先天不足，再怎么究心于国故，也难望古人之项背，这在我看来是一种非理性的态度，它其实并不怎么新鲜，更像是中国古人一贯的厚古薄今心理在当代的延续。就此而言，杜少陵的"不薄今人爱古人"一句极为精当，可以砭世论之弊。

莫真宝：客观地说，当代旧诗写作取得了一定的成就，与古之作者相比，绝大部分作者是业余选手，可以不论，其中也涌现出一部分具备了入流水准的作者。不过，与唐宋辉煌时期相比，当代旧诗写作众声喧哗，缺乏风格独具的大家，缺乏公认的引领风气的领袖人物，暂时未能沉淀下来批量的可堪经典化的作品。新诗自诞生之日起，很快就掌握了诗坛的话语权，无论在文学创作领域，还是在学术研究领域，或是学校教育领域，都成为当之无愧的主流诗体，新诗创作与新诗理论批评之间形成了非常密切的共生关系。与之相比，即使除了极个别时段之外，旧诗写作始终在场，取得了一定的成绩，其整体形势却依然长期被文学管理机制和学术研究机制排斥在外，其精神气质与艺术水准，与并时新诗相比，都存在一定的差距。这种现象近二十年来逐渐有所转变，但距离形成旧诗创作与旧诗理论批评良性互动的局面，距离旧诗写作重回文学现场，重回文学批评与文学研究的主阵地，恐怕还是任重而道远。

王一舸：这是需要两方面说。一方面，我认为一代有一代的文艺。唐代的诗，宋代的词，元代的曲就是今天的电影、电视剧、网剧。它在那个时代不但是社会焦点，吸引最好的人参与，而且，也是最关键的，它在当时是新的文艺，是日新月异，刻求创制的。而后人以此为修养的，不一定能够完全理解前者创造者的状态，更遑论其从事创作者的群体状态。但是依然会有人好之，使其成为自己接触世界和表达心灵的手段，甚至唯一手段，并取得成就。这就是另一方面问题。

当代古典体裁诗词写作的人蔚为大观。有了创作者的参与度基础，自然就会产生"高手"，甚至"大神"。而当代又有更为焦点化的"新文艺中心"。所以，这个事情要从不同层面来理解。现在的人在诗词修养和知识占有上，甚至远胜昔人，但是清人的诗好，人们还是言必称唐诗。现在也面临这个问题。

在现在刻求创制，胜古概今者也有，但是有点独孤求败的意思。

其实可以做个这样的比较,就是以现代的客观社会影响力而言,似乎没有哪位诗词作者有北岛、顾城、海子这样级别的影响(毛泽东除外)。但是如果将这些现代诗人放到历史的坐标来看,大概也很少有人愿把他们和李杜苏辛相提并论吧。

五、在当代语境下,旧诗写作面临的最大问题是什么?您认为旧诗在未来会有怎样的前景?很多人认为旧诗是一种落后的文体,它无法有效地表现现代人的社会生活和思想情感,您对此有何看法?

汉水鸿影:旧诗写作最大的流弊是泥古不化和标语口号,而泥古者,以年少者居多,老干体,顾名思义,中老年写作者占"压倒性优势"。当然还有用韵的两极分化的对立,我相信对于后者的争议慢慢会消失,毕竟,不管用什么韵,写出好诗才是王道。

我对旧诗未来的前景,持审慎的乐观态度。旧诗的出路,在创造性传承和创新式发展。我认为旧诗创作的正途,是当代诗词要姓当代,应当把握时代脉搏,注重现实书写,为时代画像、为时代立传、为时代明德。

一批90后诗人由于从小得到良好的传统文化滋养,学识才情俱现,正在成为诗坛的中坚力量。

熊东遨、杨逸明等诗人出古生新、化典无痕、接地气有灵气的诗词创作,理论研究和诗词教学,很好地回答了"旧诗是一种落后的文体,它无法有效地表现现代人的社会生活和思想情感"的问题,从来没有落后的文体,只有固化的思维方式。

中国过去是,现在是,将来也是诗歌的国度,诗歌的需求是旺盛的,前途是光明的,旧诗也是。但旧诗创作和呈现形式不能抱残守缺一成不变,随着5G时代的来临,VR沉浸式融媒体技术,或将有助于旧诗与时俱进的高频展示和精准传播。

高语含:这个问题在前面实际上已经有所涉及了。我的意见是旧诗所蕴涵的古典审美趣味趋于固化,这为意象和语词的选取确立起了一套典范,它在很大程度上排斥不够"典雅"的语词使用与工业乃至后工业社会中的诸多景观,它同山河风月、草木鸟兽的联系远强于同钢筋水泥、齿轮马达的联系,这是不可否认的。就我个人的观察而言,这一点决定了旧诗在表现现代经验的维度上先天不如新诗(这一点在当代旧诗作者中无疑是个争议话题)。另一方面,旧诗相对于新诗的主要优势正在于这套已经相当完善的古典规范,其所能引发的审美体验是新诗所不可取代,也不可(至少是在同一维度上)超越的,新诗在其面前唯有另谋出路;倘若主动放弃这一优势,旧诗也就失去了其能于当代继续与新诗分庭抗礼的根基。所以我一贯的看法其实是,与其要在旧诗的框架内尝试新词语入诗等等,还不如干脆抛开这一体式而改投新诗阵营。由此而论,可以说旧诗写作目前面临的最大问题即在于其根深蒂固的古典性,但其机遇也恰恰同样在于这种无可取代的古典性。因此,我认为旧诗在未来继续保持活力的真正途径,即是不断延续并复归于古典美学,以这种美学的立场去体验、书写今人与古人所共同拥有的那些经验。古人可以在山水游赏中感到形神超越,可以为社会底层所受的不公正待遇感到愤慨,可以在乱鸦斜日中兴吊古伤今之叹,可以因与亲友恋人分居两地而受相思之苦,今人也一样可以。至于有一种观点认为已经于现代生活中绝迹的物象不宜再入诗,比如鱼书雁信、红烛罗帐等等,我是不敢苟同的:美学境界的营造中自有所谓的"体验之真实",这与"客观之真实"从根本上无涉。举例而言,若是于山水行旅中悠然神会而起濠濮间想,即便手持碳素登山杖(甚至直接什么都没有拿),脚穿耐克鞋,我个人在将其入诗时也毋宁选择"竹杖""青筇""谢公屐"之类表达,而将原封不动地描绘客观现实看作是滑稽可笑甚至是有伤风雅的处理方式,因为二者背后的象征意义——文化美学韵味截然不同。

莫真宝:当代语境下的旧诗写作,面临的最大问题是写作者的综合素养不足、投入精力不足的问题。身居高位、阅历丰富的作者,往往劳于政务或商务,缺乏时间钻研,他们跟大众一样,传统文化与传统诗歌的根底较浅;文史研究者的文化功底深厚,却往往一辈子钻在书斋之中,人生阅历较为单调,且多半以从事的狭隘的专业研究为务。他们大抵视诗词写作为"余事",造诣有限,就是很自然的事了。旧诗包括传统文化语境中培育出来的一系列诗歌体裁,要求作者具备与之相匹配的文化功底与语言能力,当今年轻的旧诗写作者固然有可能凭借才华闪亮一时,但若文化素养跟不上来,终究难乎为继,这便是二十一世纪之初很多非常有特点的网络诗人昙花一现的原因。当前,以年轻的硕士、博士为新生势力的旧诗作者群体,学古之风甚浓,日益成为旧诗写作领域的重要力量。在未来社会,旧体诗将长期存在,在某些方面也可能实现局部突破,甚至有可能出现学贯中西、才华横溢的杰出作者赓续旧诗的生命力。只是作为曾经辉煌过的文体,其辉煌时代终究已经成为过往。说到当代旧诗的表现能力,旧诗作者一直在努力写作当代题材,努力"表现现代人的社会生活和思想感情",这从每年得到政府和商家支持的层出不穷的诗词比赛、诗词采风、诗词研讨、诗词出版活动中涌现的作品和被谈论的作品中可见一斑,但论诗不宜以题材定其高下。旧诗作为多种传统诗歌体裁的统称,这类体裁本身固然无所谓落后不落后,只是今人普遍缺乏古代文人那样的生存语境,缺乏古代文化精英的传统文化修养与文言文修养,难以像古人那样自由驾驭它罢了。我们应当看到,当下也有个别优秀作者多方汲取西方诗歌思想和现代艺术表现手法,将它"移植"过来丰富旧诗的写作手段,在保存旧诗传统韵味的同时,赋予其新的气质与活力。我们有理由期待,旧诗正一步一步坚实地走向属于它自己的未来。

王一舸:还是我上面所说的"文艺焦点非此"。另一个就是从事古典诗词写作的人在大群体方面也有些参差,共识也不统一,话语和创作现实的水平和意识也不均衡。不过在网络时代和传播时代的大背景下,许多事情也都是变局。未来的前景不可期。

古典诗词不算很落后的问题,因为至少中国的现代诗一直没有处理好长诗和叙事的问题。并且人类的个人体验,人性等是古今以一的主题。表达社会生活和思想情感也不是太大问题,可能对名物的叙述稍微受点影响,别的几乎没有。重要的还是"门槛"。有些文体"门槛"是需要稍微注意的。当然,现代诗要写得好,"门槛"在里面。

六、您认为旧诗写作者应该具备怎样的禀性和知识结构?比如需要阅读哪些书籍,增加哪些阅历,培养哪些品格?

汉水鸿影:文学就是人学,旧诗也是。不管什么样的文化层次、阅历学养,只要你有诗心,只要爱好诗词,都可以写诗,都不妨碍你成长为一名真正的作手。诗可以是阳春白雪,也可以是下里巴人,至于看什么书,不一定只看诗词专著,什么书都可以看,功夫在诗外。当然,当下的出版物多如牛毛泥沙俱下,我也没钱买那么多,更没有时间,所以我只看经典名著,比如《脂砚斋重评石头记》我就看了十多遍。

高语含:前面说过,不同流派旧诗写作者的路径具有相当大的差异,因此也很难归纳出普遍理想的禀性、阅历或品格,对此只能泛言一二,比如要哀乐过人、敏感细腻、沉潜好学之类。至于知识结构,不同路数的要求自然也不同,但既然是写作旧诗,那么充分了解并掌握旧诗所使用的语言、审美系统及其文化语境就是普遍必要的,这要求作者对传统的国故之学有一基本之了解,不说熟谙四部,至少也要具备达到底线的词汇量、不坏的语感与满足平时需求的人文常识积累,此外便是尽量多读与自身路径契合的集子、选本与诗话(词话)。西学类的书读了当可开阔视野启发灵感,但对于旧诗写作并非必须。

莫真宝:这是一个很难回答的问题。旧诗写作者禀性各异,创作造诣的自我期许各异,对知识结构的要求难以整齐划一。有志于成为诗人者,理想的状态当然是学贯中西,通今博古,且能成为社会政治或经济生活中举足轻重的人物,他还需要拥有诗歌写作的才华,和终生不衰的对于诗歌写作的兴趣与写作实践。至于一般写作者,不需要拥有特殊的阅历,不需要培养特定的品格。至于在阅读方面,至少要阅读基本的诗学常识和诗歌史知识类著作,不赘。此外,似乎可以留意这样几部书:一是萧统编的《文选》,特别是诗的部分,它是按诗歌类型来划分的,共二十三类,可以借此了解唐代以前古诗的类型与写法;二是郭茂倩编的《乐府诗集》,可以借此掌握乐府歌行的基本知识;三是方回编的《瀛奎律髓》,这是唐宋五言、七言律诗的合集,也是按类型来分的,可以借此了解多种类型的近体诗及其作法;四是随性之所近,重点研读两到三家著名诗人的专集。还需要对以上几种图书的相关研究著作,悉心加以揣摩。只有做足继承的功夫,才能谈创新,只有通过创新,才能谈传承与发展,否则,任何有关创新的言论和行为,都是轻狂之举,必无实效。

王一舸:首先,我不完全认为古典诗词和知识有非常紧密的联系。实际上,我认为感受度和接受能力更为重要。而知识是人们能够吸收养分的重要一种,它有助于激发灵感,有创作的"酵母"的作用。但是如果没条件读书,那么生活、工作和复杂的经历都可以有相同的作用。

所以题目中所云阅读书籍,增加阅历,都是同样作用。主要要培养的,还是一颗擅于捕捉和感受的心灵,擅于注重体验的身体,擅于深入思考的脑子。

七、旧诗是否特别重视渊源和门户?当代的任何一位诗人,都能从某位古代诗人那里找到渊源,是这样的吗?

汉水鸿影:我不知道别人,说说我自己吧。或许都是"苦命人",我是纳兰词的痴迷者。我的体会是代入,灵魂的代入。我总是设法使自己穿越时空,化身为纳兰灵魂的守望者,陪他哭陪他笑陪他肝肠寸断陪他缱绻低回。透过这种体悟,潜移默化润物无声,我多少能体会到诗词创作中取意炼句,谋篇布局的气韵和不可言传的技巧。同时,透过体悟,逐步掌握诗词语言的情、理、象、隐喻、含蓄、夸张、跳跃、情趣和张力,以及时序、物序、语序等,学会塑造形象、锤炼音律、构架节奏等等。

体悟经典作品气格、韵致、境界,关键是要学会化用,而不是生搬硬套。俗话说拳不离手曲不离口,体悟经典化用气格,非一朝一夕之功,勤于练笔,善于总结,方是正途。平时多留诗心,时带慧眼,用写日记的态度,记录生活中点点滴滴的感动,无论悲喜。

高语含:可以说但凡具有一定水准的当代作者,都必然于古代诗人那里吸取过养分,不然他根本无从进入旧诗的审美与创作语境。但若要具体到某位古代诗人就很难说了,可能大多数作者都会经历一个转诣多家的过程,即便是以某一家为主,也多半会兼采其余各家之所长,不然便是给自己设限了。我觉得比较好的说法可能是,当代作者大都能从某一古代传统那里找到渊源,比如你从学同光入手,可能就会有一个同光—江西—老杜的上溯过程,因为这三者构成了一条诗学路径的完整脉络;像我以山水诗传统为宗,所面对的也是围绕"陶谢—王孟—韦柳—姚贾—九僧四灵"这一线索而构成的文本群,此传统内以诗体道的趣尚大体是一致的,但每个作者又在选材、技法等细处具有不同的个性,因此阅读每位作者所能带来的启发也就不尽相同了。当然,也有些非常追求标新立异或曰确立个人面目的作者,你在他那里可能无法明显看出与任何一条旧诗传统间的承续关系,这种以实验派居多。

莫真宝:唐朝以前的诗人,一般都是博观约取、渊源有自的,并不一定有什么门户可言。晋宋之间的谢灵运对曹植的服膺并非门户之见,唐人重视陶渊明也并非依倚为门户,齐梁间的江淹遍拟诸家的行为,只是如其他中古诗人那样通过模拟前人以积累写作经验的通常的行为方式。梁代钟嵘著《诗品》,给入选的诗人标注"其诗源出于小雅""其诗源出于国风""其源出于离骚"或径指出于某诗人云云,一直为后人所诟病,并不一定真实地反映了各位诗人的渊源,更难以指实他们有门户之见。再如唐人元稹评杜甫"尽得古今之体势,而兼人人之所独专",固然未免过誉,也正说明了杜甫转益多师,并非依傍门户之人。自北宋起,"宋初三体"如白体、西昆体、晚唐体各有依傍的唐代诗人;黄庭坚倡江西诗派,讲究诗法和来历,尤其对初学者教以"夺胎换骨""点铁成金"之法,"江西诗法"遂行于天下,可谓门户始开。元初的方回编选《瀛奎律髓》,倡"一祖三宗"之说,尤重渊源和门户。后世或宗唐,或宗宋,或宗某家,或出入于某几家之间,则门户之说家喻户晓。当代诗人恐怕阅读流行选本的多,阅读专集的少,阅读专业文献的更少。"当代的任何一位诗人,都能从某位古代诗人那里找到渊源",这是不可能的。不过,其间不乏从某家入手进行学习的,如选本《海岳风华集》的作者介绍中,一般都有对其师承古人的夫子自道,他们招收学诗的弟子,也讲究"家法",但这恐怕不是普遍现象吧。

王一舸:不一定。任何一位可以镶嵌在某一历史(文学史、诗歌史)中的人物,都有非常强大的创造力和强烈的个人风格,与之前和同时代的任何人有显著的差异。但是,这样的人往往也不是无师自通,只不过我们无法用他们学习的教材和老师们推断出他们的出现。而他们的风格会带有他们所受影响的人和事物的影响,这就是有点"马后炮"意思的研究了。

八、有人说当代旧诗的出路在于创新,您是否同意?较之古代,当代旧诗发生了哪些新的变化?

汉水鸿影:这个问题我好像在第五条就部分回答了。

很多诗人为了出新而出新,结果其作品"渐趋浮响",甚至"不忍卒读"。我觉得,出奇离不开守正这个大前提。

较之古代,当代旧诗有两个最大的变化(增量),一是李子体,二是通韵。除非当代旧诗不入史,否则,绕不开这两点。

高语含:如前所述,我所认同的乃是与此相反的目的,也就是当代旧诗的出路在于"守旧",亦即不与新诗在表现现代性经验的领域争锋,而是以古典审美的立场表达那些仍然持存至今的古今共有的经验。较诸古代,当代旧诗中存在着"以古典语言书写现代经验"与"引入现代语言书写现代经验"两种新倾向,而我所坚持的可能是"以古典语言书写古典经验",或者更好的说法是"以古典语言书写永恒经验",因为体道经验或曰密契经验本身是超越时间、无古无今的,于古人和今人身上没有一毫差别。就目前看来,这种经验与古典语言及其意象系统结合得更好,在可预见的将来大抵还会继续如此,因为后者先天与世界具有更强的亲和性与统一感,而非现代性语境下那种挥之不去的疏离感。

莫真宝:可以这样说,一部诗歌史,就是一部诗歌创新史,它包括但不仅仅包括:体裁形式的创新、语言文字的创新、审美风格的创新,乃至题材内容的创新。古代诗歌并不是一个可供与当代旧诗简单地、机械地加以比较的平面的、静止的对象,它本身就是一条变动不居不断流淌的河流。即使仅就格律诗来说,不同时代、不同地域、不同流派、不同个体,其作品都有可能呈现不同的面貌,其各自面貌的形成皆得益于创新欲望的推动。当代旧诗的"新变"是人们常常关注的话题,甚至有些是人为规定和人为推动的结果,甚可以说,当代旧诗作者普遍陷入一种"创新的焦虑"状态之中,而忽略了如何去继承,在继承的基础上创新。较之古代,当代旧诗发生的最显著变化,可从两方面加以观察。从写作行为来看,作者群体由精英向大众下沉,旧诗写作由传统的文化精英、社会精英的创造性精神活动和创造性艺术活动,转变为广大人民群众踊跃参与的文化艺术活动,旧诗相关活动成为大众文化生活的重要组成部分。从作品来看,大致呈现这样几个新的特点:第一,向通俗化、大众化的方向发展,主要表现在声韵改革和用现代汉语写作旧诗等方面;第二,体式发展不均衡,形式创新能力不足,近体诗和词体被广泛采

用,散曲亦渐呈复兴之势,而乐府、古风、歌行诸体不振;第三,比兴传统式微,赋体独大,作品多抽象的议论,缺乏生动的描写,并且整体上疏离了情景交融的传统;第四,作者们普遍热衷于关注外部事件,大发其直白抽象的议论,而乏含蓄蕴藉之风,与此相关的是题材、文字、风格等方面的类型化写作广为流行。此外,坚持复古倾向的传统派取得的成绩不容忽视,个别自觉接受现代诗歌理论指导从事旧体诗写作者,取法西方诗歌和现代新诗的精神气质和写作技巧,也写出了一批颇具当代气质又不失古典韵味的令人耳目一新的优秀之作。

王一舸:古典诗词也是诗歌,对于作者来说,诗歌必然是需要创新的。对于欣赏者来说,可能看古诗就够了。与古代相比,现在的古典诗词由于作者所受到的教育,占有的知识材料,以及要面对的现代生活而发生变化。举例,所受教育影响变化的代表就是老干体,占有资料的代表就是近些年一些写的"很古很讲究的仿古诗",面对现代生活的,就是想把自己和现代生活写进诗里的作者,比如南广勋、李子、韦树定等。这也是我致力的一个方向。

九、您的作品具有怎样的特质?能否结合一两首具体作品做一番自我解读?

汉水鸿影:我笔下的亲情、友情、爱情、打工、留守(妇女和儿童)、思乡、城乡差别等题材的作品,无一不是真实的描述和真情的诠释。我从不为赋新词强说愁,从不无病呻吟,我那首《喝火令·留守怨》:"又是深深夜,诗成梦难成。露台谁共数星星?凝望小儿酣睡,思向远方萦。　难似云间燕,偏如雨里萍。去来来去几时停?最怕失眠,最怕冷清清,最怕病魔侵扰,独自盼天明",就是前些年病中所作。那次病了半个多月,远离父母,儿子年幼,身边没有人嘘寒问暖,心中的悲苦凄凉可想而知,但这一切又能对谁诉说呢?对父母,不忍心让他们担心,对爱人,不忍心让他分心,所有的苦痛都只能诉于笔端了。我的一首小令《浣溪沙》"独向窗前举玉卮,拼将微醉写新诗。愁如柳色渐参差。　为赶工期离去早,因怜薪水返归迟。一文不值是相思",也正是自己处境、心境最真实和原生态的诠释。

我所有的文字创作都是自己彼时彼地的观察与体

悟,感受与心境的最真实的呈现和诠释。可以说,对"真"的追求,于我,简直到了病态的程度,有时候会由此而被人认为不可理喻,我从不写唱和之作,不是我有多高傲,实在是写不出来,我只能写只会写透过眼睛触动灵感走入心灵的文字。同时,正是因为我代入式体悟的痴迷和执着,我的作品,绝大多数初稿就是定稿,因为,过了那个劲儿,我不会改,也改不了。这话可能很多人不信,但却是真的。

高语含:如前所说,我个人的创作归趣是借助诗词来助发并传达妙悟之感或曰密契经验,比较接近王渔洋那种"有得意忘言之妙,与净名默然、达磨得髓同一关捩"的审美理想,求超越于语言的象外之象、味外之味。走这一路比较成功的,大略言之有两条脉络,一脉是陶潜五古及受其影响的、以唐代王孟韦柳姚贾以及一众诗僧为代表的五言近体,一脉是宋后邵康节所创,并为陈白沙、王阳明等明代心学家广泛继承的七言近体。前者的语言风格相对典雅端重,尤其到了姚贾以后,非常重视造境的精巧与炼字、对偶的工致;后者则相对浅畅脱洒,追求一种不拘形式的活泼天趣。我自己的创作故而以近体为主,于五七言上分别取法这两脉,偶尔也写些纯偈子。举一首五律和一首七律,应能体现一二:"疏疏几杉下,寂寂一房清。遇酒勤挥麈,寻山懒问名。岸明花皱水,春净月溶城。梦醒半难记,曙窗微雨声"(《闲》)、"一卧飞崖断送迎。漫空风日属先生。只应醉后闲讴咏,便是天然好性情。《易》掩灯前参渐窅,月筛花底玩弥清。春机透体浩难遏,啸入松涛竟夜声"(《读邵子〈击壤集〉用其体》)。填词方面,我是主学玉田与樊榭的清空一路(这一路本身也可看作山水诗传统于词中的流裔),并参以宋元明代的全真教、禅宗和心学证道词,与诗学路数并无二致,便不多言了。

莫真宝:前面说过,当年是"随手写几句",只是想表明两个意思:一是缺乏操作规范,这并非无意识的,而是有意识的。根据中小学教学推广普通话的要求,学生只能使用普通话读音来朗读古代的格律诗,随着古今语音的演变,则古代格律诗在平仄、押韵方面失范现象比较常见。二是没有持之以恒,偶尔的写作只是自发行为,而不是自觉行为。截至2012年元月,如果不算高中时为了词汇积累而练习写作的成语诗或词语诗,总数不过二三十首而已。写作时主观上都是不拘格律的,但也有一些是平仄、押韵、对仗都完全合律的近体诗,这是一种暗合。2012年以来,当有意以格律来规范习作时,格律完全不是问题,只是很少动笔,习作数量至今不超过百首。因为写得不多,尤拙于古体,写作技术与表现能力两方面都难免有所欠缺,甚至经常不能完成命题诗,无法借旧诗这一文体畅所欲言。我想,这里可能存在诗体表现能力的局限的因素,因为特定的文体在表现丰富的社会生活与内心世界时,必然是有所选择的,一种诗歌体裁不可能长于表达所有类型的社会生活,盲目要求旧诗无所不能,不是武断,就是无知。不过,仔细想想,主要还是个人在旧诗写作方面的能力与修养不够所致。从格律诗写作的有限实践来看,比较讲究文字背后的意蕴。如2013年春天,刚刚经历了一场尘埃落定的人生去取的抉择,正好获得一次去鹳雀楼的机会,内心有所感触,便写了几首五律,其中一首是《登鹳雀楼赋河水》,颔联曰"偶折依山势,长怀入海心",写黄河在鹳雀楼附近拐了一个弯,但仍然坚持东流入海这样一个事实,亦颇有言志的意味。再如2012年填过一首《玉楼春·两看海棠》,是缘于恭王府海棠雅集的奉命之作。举行雅集的那个夜晚,天空飘过一阵小雨,恭王府的海棠花早已开败,令人意兴阑珊。第二天是个周末,天空放晴,前往位于西山脚下的北京植物园,却看到了怒放的海棠花,于是完成作业。词是这样写的:"恭王府里凋零早,前度看花花已杳。海棠叶下立多时,惆怅东风催雨到。　繁花洗尽馀春草,触目萋萋情未了。西山却见满园娇,恍若落英归树杪。"在小令的填写方面,比较认同叶嘉莹先生用"双重语境"概括花间词的美感特质,在我看来,即字面上可以自成一个意义系统,此之谓"写境";同时,力求字面背后亦有可供发挥的理解余地,可以引申出另一个带有隐喻性的意义系统,此之谓"造境"。最佳状态当然是能通过写境而达到造境的境界,这很难。一共才填过三十余首小词,无论是写境,还是造境,都基本是按这个原则来写的。

王一舸:我的写作是有些强调文体分类的。虽然我都是强调身体(心理)体验和观照当下,但是具体文体上还有有所区别的。尤其是现代诗和古典诗词的写作,两者具体方法上会有比较大的差异。

我的古典诗词类作品有一类也尽量想糅合古今和生命体验,甚至想让文体都适合于当代。我举一个曲,大家自己感受。

【正宫·端正好】送艺术家兄弟离京

近年送离之事益多。盖驱逐使之然。力劳者逐,艺术村多毁之无余。九城内外,万户千肆,若过地龙然。余有哥们儿为艺者,为余道毁逐之事。今虽有疫,彼已居京无济。不得淹留。乃为致别。而此类事尔,虽孰视已惯,犹有所感发。乃作此套曲以付。

【正宫·端正好】(兄弟本是)画中仙,落都下。又经历几许年华。年华如揍多跌打,(揍)完了(就)该(踹)回家。

【滚绣球】讲什么四海一家,说什么地大天大,没来由随时变卦,翻脸就捣迫拆挖。(可羡那)道旁灯(不)知寒暖,闲瞥眼架(着)乌鸦,(可羡那)电线杆不知害怕,寒天里没人逼查。年年不似年年似,(不把你)当个人瞧只当疤,(这世道)有甚吹夸。

【脱布衫】(你)抽着霾把火机打,(一)口不甘就放不下。莽天地男儿七尺,鸿鹄志顶个××。

【小梁州】(你休说)拐骗坑蒙(过)往如沙,迷着眼泪已成痂。(而今是)摄像头底蚁虫爬,还有那,劈门拽户(的)来鞠踏,扬脖撑脸(的)说瞎话,翻眉瞪眼(的)把腰叉,都说是联合执法。你想开骂,咬着(牙说)×你妈。

【煞尾】(可最终)该回家还得回家,(只是怕)家乡已不(能)把你容下,人走如死(此)言不假。(更何况)地里钻出九头蛇,落水(的)凤凰比鸡差。(更怕是)出井难做井底蛙,出笼不愿再上枷,(看不尽那)三姑和六婆,努嘴鸡舌(帮忙)却没他。(不如和)兄弟干尽(一杯)苦心茶,送你明日赴天涯。

但是在写到词中的时候,我尽量想将体验和雅化传统平衡起来,比如写女儿的一首:

淡黄柳 小女对风小玩

晚风笑语,春夜猜新句。小女频和风小絮。说道风来此处,同我贪玩别轻去。

夜如许。欢时细斟取。微微月,过凉树。尽知他,此世何枯旅。但喜相逢,有您为伴,今后身游足叙。

而写现代诗的时候,我会注意到金斯堡的写作方法,即"捕猎"。在各种情况下,用心灵寻找猎获诗歌的机会,当然所获寥寥。而那种具有冲击力,偶发性,不可测性的创作,是主导我的主要方式。而且,强调"身体写作"。阅读和案头思考就像磨刀砺枪,并不直接运用于创作,创作是带着这种机警,孤独走向未知的大荒。这种诗,我也放一首,大家一笑:

北天堂

火在不停地烧

天堂,有四个涵洞
每个涵洞上都运行着火车
路边是矮墙和铁皮幛
后面是荒凉填满的垃圾场

天堂,你想赶快离开
可是找不到出口
大灯发出一阵鸟叫
午夜的道旁树散发着味道

天堂的荒原下
城市在发酵
臭在一定条件下转化为香烃

空气中的味道让我想起小时候的橡皮泥
它最开始像巧克力一样齐齐整整的排列
上面印着清晰的花纹
让人不舍得揉捏
然后味道变得微妙
带有着无数的回忆
让你忍不住想从里面分辨出场景
最后才发现这是恶臭的芳香
那种气味的分子挥之不掉

残渣重叠地埋着他们的生活
一顿饭,一次约会,一次剔牙
一个甩向孩子的拖鞋
一次夜里絮叨的拾掇
一场挥霍,一本憎恶的扔掉
一堆撕碎的纸,一个吹爆的避孕套
一种病毒,一根扎进胳膊的针头
一次呕吐,一张沾着眼泪和鼻涕的纸巾
一泡读着报纸的屎

好多人小时候的记忆还没有降解
只是待在某个土层里
颜色稍微暗淡
质感依然坚硬
或者比某个人的生命还要长久

用火净化的,成为灰烬
就像我们的味道
脂肪和肉
胃酸,慢慢变质的食物
肠子里蠕动的气体
筋腱和淋巴液
精液和屎尿
用火清零,挥发完香烃的味道
可能还会以碳元素的形式
凝结成一颗八星八箭的钻石

整个人间排挤的一角
天堂打扫人类的不体面
天堂在扩大
就像我们的人生会慢慢让垃圾和回忆填满
未来没什么好瞧

天堂的火炬,是
不灭的

十、您认为诗歌写作的意义何在?是一种个体的言说和宣泄,还是某个群体的代言,抑或是一种改变社会的工具?

汉水鸿影:诗歌是一种个体的言说和宣泄,但在某一个特定的时空,诗歌的确具备某种改变社会的驱动力。

高语含:我在这里彻底是古典诗学的立场,作诗的唯一目的在于个体对性情或曰性灵的吟咏,此外的各种群体性或社会性功能充其量算是附带的价值,若以这些价值为目的,所作之诗便无法立其诚,可说是异化的。真诗无非是兴致到时,"率吾情盎然出之"(陈白沙语)的自然结果,就像桃树到了春天要开花、牛马渴了要饮水那样不假操持、合乎天趣。但值得注意的是,这里的性情或性灵不同于公安派早期所提倡的那种肆无忌惮的、颇有几分狂气的感性宣泄,而应当是中正合道的,符合妙悟境界的冲和淡远之味,在道家和禅宗,乃至于儒家心学立场上看,都可以说只有这种情感才真正合乎人心之自然,才是真正纯真无伪的"好性情"。孔文谷说"诗以达性,然须清远为尚",明人屠隆也在《娑罗馆清言》中说:"灵运才高,不入白莲之社;裴休诗好,何关黄檗之宗。故子昂杜甫韵语,骋意气于艺林;寒山船子吟哦,写性灵于天籁。写性灵者,佛祖来印;骋意气者,道人指呵",未脱世俗染污的情感不过是骋一时意气罢了。对性灵的书写一方面能够传达和保任自身的体道经验,一方面也能于读者心中激起类似的经验,从而起到以诗助道、移风易俗的作用,这也是明代心学家周海门后来编选《类选唐诗助道微机》的用意。

莫真宝:这里说的诗歌写作的意义,从接下来的"三问"看,实际上应该变更为功能,可能更为洽惬。诗歌写作是一种行为,诗歌作品是这种行为的结果。其实,这个提问即已预设了答案。从诗歌史上看,诗歌和诗歌写作主要是个体的言说和宣泄,偶尔成为某个群体的代言,甚至在特定时代积极变身为改变社会的工具而站上社会革命或社会变革的风口浪尖。归根结底,诗歌写作是通过个体言说来宣泄情感的,有时或为群体代言,有时可能服务于社会革命和社会变革。我们也应该看到,古代有影响的诗人基本上是有影响的公众人物即政治人物,"致君尧舜上,再使风俗淳""惟歌生民病,愿得天子知",他们在这一方面题材的写作与其社会身份大体上是相匹配的。不过,诗歌写作是个立体性的多维存在,如白居易一方面高举"文章合为时而著,歌诗合为事而作"的旗帜,一方面把自己的诗分为讽喻诗、闲适诗、感伤诗、杂律诗四类,于个体、群体、社会三方面内容兼而有之。在诗歌写作与研究日益成为一种专业行为或职业行为,诗人们不断远离社会治理中心的当下,他们的写作于社会变革的影响力日渐式微,他们主动承担社会责任的积极性随之锐减,甚至逐渐从社会政治事件中退场,他们的创作逐渐疏远宏大叙事,从积极介入现实而转向反介入的立场,转而更加关注个体的生存状态和精神状态。"思不出其位",在专业领域和学术领域,诗人们对自己的所处位置是非常清醒的,所以,他们日益自觉地远离社会公共事件,拒绝宏大叙事——因为他们自知在宏大叙事语境中无所作为——但政治家却始终会要求文学家包括诗人们回到宏大叙事语境中来,令其承担相应的社会责任。诗人们身处这种身份和处境的矛盾与焦虑中,有时不得不承担外来的创作任务,未免言不由衷,然而其创作的张力也可能因之得到释放。与此同时,庞大的业余旧诗作者群体,却热衷于空洞而又宏大的言说方式,与文学和诗歌专业领域的发展路径并不一致。这点既显而易见,又容易理解。关于诗歌写作与承担改变社会的工具的关系,清华大学汤云柯博士表达过一个非常有冲击力的观点:我们如果要谈论旧诗的社会责任,前提是要帮助旧诗找到读者。如果你连读者都没有,只在狭小的闭环里自生自灭,那还谈什么承担社会责任呢?这里,有阿Q不配参加革命的意味在。话说得很尖锐,但令人深思。想要给旧诗找到读者,就需要提升旧诗的艺术表现能力。诗歌移人情性及变革时风的功能,并非依靠空洞的说教或某种外在的强制力,靠的是作品本身的潜移默化的艺术感染力。

王一舸:我不敢界定诗歌的这类外在意义。因为似乎持每一种论点的诗人,都可能写出好的作品。而当我们以此为依据进行肯定的时候,必然会有一些反例出现。所以,我觉得与其探讨诗歌写作的意义,不如就是好好写诗。

十一、您认为您的作品能流传于世吗,为什么?

汉水鸿影:这个问题就是一个坑啊!流传于世?我回答不了,流传于当世的自己倒是没有问题(笑),在我的有生之年,只要没有老年痴呆,我自己的得意之作当是记得的。

至于是否能流传于后世,我能回答的是:我不知道(笑)。

高语含:流传与否同作者自身及其作品好坏的关系都不大,主要依赖于诸多外部因素。往小了说这取决于后世对我这一路作法认可与否,可能还涉及对当代旧体诗词创作的一般评价与重视程度,往大了说则取决于旧诗、文言乃至古典人文传统在后世是否仍能存续——如果有一天诗词或文言彻底死了,那谁的作品都传不下来。这自然都是身后事了,无需考虑过多,毕竟作诗的目的只在吟咏性情,把握当下的瞬间体验——只要它此刻存在就好了。

莫真宝:如果在当下能找到几位热心的读者,就不错了。传世?可能性不太大。原因很多,诸如缺乏写作乐府、古风、歌行的能力,诗体选择与题材选择的范围狭窄,难以全方位地表现真实的自我,艺术水准不够,且并无事功加持,等等。另外,只要系统学习过中国文学史的人都会明白这样一个简单的事实:每个时代的诗歌作者多如过江之鲫,但凭借诗歌传世的作者,并世不过数人。据全国规模最大的诗歌组织、国家一级学会——中华诗词学会的统计和推算,目前从事旧诗写作的人数达到三百万之众,作者数量恐怕超过历史上的任何阶段。在这个作者林立的时代,对绝大多数人来说,谁要是断定自己的诗作一定能流传于后世,多半非愚即妄。

王一舸:这是我努力的方向。因为值得为此努力。

从《当代词综》看施议对的"大当代"词学观

□ 周于飞

二十世纪八十年代,施议对先生着手编纂《当代词综》,经过十年工夫,全编结撰完毕,又经过十余年,该编始得刊行。这是继朱彝尊《词综》、王昶《国朝词综》之后,又一部以"词综"命名的大型词总集①。该编采录自1862年(清同治元年)至1941年(民国三十年)期间出生作者341名,共计2903首词作。为中国当代词苑保存一代文献,已逐渐引起学界的注视。在《当代词综》一书中,施议对提出"大当代"这一概念。"大当代"概念,不仅是编纂词总集的标准和依据,而且也是编纂者史观、史识的体现。"大当代"概念的确立及断限,对于文学分期及易代之际的文学研究,有着重要的参考价值。

一、"大当代"概念的确立及断限

《当代词综》开宗明义,于《凡例》头条,率先提出"大当代"概念。《凡例》称:

> 本编题为《当代词综》。名曰"当代",虽已超出一般意义上所谓"当代"范围,例如编中作者最早出生于1862年(清同治元年),离清王朝灭亡还有整整半个世纪,似不宜以"当代"相概括,然以作者活动年代论,编中作者出生于清同治年间(1862—1874年)者,部分进入20世纪50年代、60年代,出生于清光绪年间(1875—1908年)者,许多人目前仍健在。即编中作者绝大多数都在一般意义上所谓当代社会中生活,其创作活动及词业建树均属于今天。因此名之《当代词综》,正是为突出"今天",体现其时代精神。②

《凡例》明确指出,《当代词综》之所谓"当代",有别于学界所说"当代"。《当代词综》之所指,是一个"大当代"。这是与一般意义上"当代"的区别。两个"当代",起始断限不一样:一般意义上的"当代",自1949年起;《当代词综》之所谓"当代",自1862年(清同治元年)起。一般意义上的"当代"只表示时间,《当代词综》之所谓"当代",除了时间问题,还有人和事的问题。因为《当代词综》之所谓"当代",指的是出生于1862年(清同治元年)之后作者所处的当代社会。其起始之年,乃作者的生年。说明在这之后出生的作者,绝大多数都在一般意义上所谓当代社会中生活,其创作活动及词业建树均属于今天。这就是《当代词综》标榜"大当代"的用意。

为着将"大当代"概念阐述得更加严谨,对于"今天"二字,《当代词综·凡例》也作了说明。其曰:

> 当然,还有部分作者于1949年以前逝世,但他们有的比目前仍健在的作者后出生,如果仅仅以是否进入当代社会为标准加以取舍,就有不少作者将无所归依。本编将这些作者和比他们早出生又生活在当代社会中的作者一起,统统划归"当代"。③

这是对于某些出生在"大当代"时段而又未曾在一般意义上的"当代社会"生活的作者所作规范。说明相关作者,尽管在一般意义上所说"当代社会"到来之前就已离世,但在《当代词综》当中,仍须给予一席之地。

此外,对于晚清四大词人,《当代词综·凡例》则以古与今的区别,将其排除在外,并以之为标志,为百年词业划分古今界限。其曰:

至于晚清四大词人中的朱祖谋、况周颐,生活年代与编中某些作者年代相仿,其作品概不阑入,以示"新"与"旧"之区别。④

以上是《当代词综》为"大当代"的确立所作说明。从时间上看,其上限为1862年(清同治元年),下限断至1941年(民国三十年),这是以作者生年所作断限。但就作者创作活动及词业建树看,其下限延续于1941年(民国三十年)之后。因此,"大当代"之作为一个概念,不能只凭时间为作标准。这就是《当代词综》之所谓"大当代"实际意义。

从实际意义上看,《当代词综》所谓"大当代"的确立与断限,其与学界关于"当代"的确立与断限,所不同之处主要在于二者的依据不同。《当代词综》所谓"大当代"的确立与断限,着眼于作者自身所处时代,以人物(作者)为依据;学界关于"当代"的确立与断限,着眼于社会历史变迁,以事件(社会历史事件)为依据。两种不同的确立与断限,体现两种不同的观念和立场。《当代词综》的编纂者,坚持以"当代词综"名集,而不用"近代词综",或"百年词综",或"二十世纪词选"作为书名,体现出编纂者对于以"大当代"词学观进行史的论断的学术自信。因此,编纂者在《致海峡文艺出版社:对〈当代词综〉审读报告的意见》中曾就书名问题再次作了说明。其谓:

> 凡例所说,已十分清楚。以为改为"百年词综"更妥,当时也曾考虑。本编《前言》就以"百年词通论"为题,在刊物发表。未采作书名,因与内容不尽相合。如只是一百年,有些作家都当排除在外。⑤

《当代词综》以作者生年为序进行排列,全编划分为六卷。

第一卷,1862(同治元年壬戌)—1889(光绪十五年己丑)期间出生作者,收录59名词人共559首词作;

第二卷,1890(光绪十六年庚寅)—1899(光绪二十五年己亥)期间出生作者,收录50名词人共457首词作;

第三卷,1900(光绪二十六年庚子)—1905(光绪三十一年乙巳)期间出生作者,收录56名词人共590首词作;

第四卷,1906(光绪三十二年丙午)—1911(宣统三年辛亥)期间出生作者,收录48名词人共469首词作;

第五卷,1912(民国元年壬子)—1918(民国七年戊午)期间出生作者,收录64名词人共478首词作;

第六卷,1919(民国八年己未)—1941(民国三十年辛巳)期间出生作者,收录62名词人共350首词作。

《当代词综》"大当代"的时间断限,依作者生年计,而不以卒年。施议对先生在《民国四大词人》的《余论:历史的论定》曾作说明⑥。其谓:"大当代"概念的提出,目的在于区分古与今,辨别旧与新。但这不宜以卒年计。比如朱祖谋,其于1931年(民国二十年)卒,尽管可以说明以朱祖谋所代表的一个时代的终结,但另一时代,却并非自朱祖谋卒年开始。朱祖谋在世之时,早在1908年,王国维发表《人间词话》,创导境界说,则已标志着中国新词学的出现。因此,划分时代,当以人物生年为准,而不宜以卒年。

以下是《当代词综》领衔作者王允晳与殿军怀霜两位词人在书中附录的小传:

其一,王允晳:

> 王允晳,字又点,号碧栖,福建长乐人。1862年(清同治元年)生,1930年卒,年六十八。祖有树,故夔州太守。允晳席其余荫,徜徉村居垂卅载。光绪十一年中举。官安徽婺源县知县。曾与黄子穆、周辛仲、林怡庵、黄欣园、林畏庐、高塽室、卓巴园、方雨亭、陈石遗诸辈结为支社,相与倡和为乐。并与王幼遐、朱沤尹相过从,接其谈论风采。倚声初为王碧山,因自署曰碧栖,嗣后出入白石、玉田之间,音响凄惋,直追南宋(据李宣龚《碧栖诗词序》)。有《碧栖词》一卷。⑦

其二,怀霜:

> 怀霜,原名田葆蓉,号西溪词客,山东郯城人。1941年生。杭州大学中文系毕业。曾师事夏承焘,治词业。现为中国科技大学附中高级教师。喜爱姜白石词,所作得其韵味。有《蓝宁阁词》,未刊。⑧

按照《当代词综》词人世代的划分,王允晳属于第一代,怀霜属于第四代。编者在后记中写道:编纂目的在于将清季四大词人之后名家代表作汇为一编,以补词史之缺,并作为当代人读词、品词、填词的参考⑨。《当代词综》将清季四大词人王鹏运(1849—1904)、郑文焯(1856—1918)、朱祖谋(1857—1931)、况周颐(1859—1926)排除在外,以示新与旧的区别。王允晳是继清季四大词人之后首位入选的词人。以王允晳为发端的第一代词人,在"大当代"中起到承前启后的作用。怀霜作为当代十大词人之一夏承焘的学生,以她为第四代词人的收尾,体现了词人代际的继承与发展。

二、四个世代划分与十大词人推举的标准和依据

《当代词综》根据入选作者的生年,划分为四代,并以收录作品的多或者少,体现作者在词界的地位和贡献。

第一代:王允晳、廖恩焘、何振岱、刘毓盘、赵熙、余陛云、周岸登、林鹍翔、陈洵、杨玉衔、冒广生、夏仁虎、金天羽、张尔田、易孺、夏敬观、王国维、叶恭绰、郭则沄、吕碧城、马一浮、沈尹默、吴梅、陈世宜、寿玺、黄侃、邵瑞彭、刘永济、蔡嵩云、汪东、乔曾劬等。

第二代:姚鹓雏、毛泽东、徐行恭、刘蘅、萧劳、顾随、陈声聪、赵尊岳、张伯驹、沈轶刘、夏承焘、俞平伯、胡士莹、冯沅君、唐圭璋、周梦庄、龙榆生、詹安泰、陈娜(陈翠娜)、黄君坦、丁宁、陈家庆、钟敬文、李祁、缪钺、卢前、宛敏灏、吕贞白、胡邵、潘景郑、吴世昌、钱仲联、苏仲翔、沈祖棻、盛配、万云骏、何之硕等。

第三、四代:吴天五(吴鹭山)、任铭善、吴则虞、黄墨谷、陈迩冬、吴调公、周退密、戴维璞、徐定戡、蒋礼鸿、饶宗颐、张珍怀、寇泰、赵涛翰、秦似、刘逸生、盛静霞、琦君、罗慷烈、宋亦英、茅于美、霍松林、吴绍烈、喻蘅、史树青、叶嘉莹、刘征、张牧石、王筱婧等。

在第二代作者中,选取十大词家作为重点推介:徐行恭(1893—1988)30首,陈声聪(1897—1987)30首,张伯驹(1898—1982)28首,夏承焘(1900—1986)33首,唐圭璋(1901—1990)30首,龙榆生(1902—1966)32首,詹安泰(1902—1966)30首,丁宁(1902—1980)32首,李祁(1902—1989)30首,沈祖棻(1909—1977)31首。其中,生年最早的徐行恭与生年最晚的沈祖棻,均出生于清朝灭亡之前;去世最早的龙榆生与詹安泰与去世最晚的唐圭璋,都活到中华人民共和国成立之后。从朝代更替上说,十大词人经历了清朝、民国及新中国,其生活时代跨越一般意义上所说近代、现代和当代。

施议对在第二代作者中推举十位作者为当代十大词人,是基于以下三个标准:"第一,具有一定数量与质量的词作品;第二,对于词学此道体会深刻,或多或少均有词论著述传世;第三,词业活动时间长,接触面广,当代词坛许多重大事件都与他们相关。"⑩从作品入选数量上看,以30首为分界线,超过30首,可视为《当代词综》的重点推介作者。十大词人中除了张伯驹(28首),入选作品都在30首以上。在十大词人中首推夏承焘,除了其自身的创作才华与词学研究成就在生前已被公认,更是基于他在四代词人中具有不可取代的重要地位。"第一代词人中,周岸登、林鹍翔、杨玉衔、冒广生、金天羽、张尔田、夏敬观、吴梅、马一浮、刘永济诸辈,曾与夏氏共同探讨词学问题。第二代词人中,张伯驹、唐圭璋、龙榆生、詹安泰、黄君坦、丁宁、李祁、钱仲联诸辈,对夏氏甚钦佩,相与切磋更为密切。第三、四代词人,有的为夏门弟子,有的是夏氏崇拜者,夏氏词业,代有传人。"⑪由此可见,从词人代际传承的角度而言,夏承焘是首要的关键人物。

以《当代词综》前言写作定稿时间(1988年5月6日)为准,施先生提出当代十大词人已满三十年。其中夏承焘、龙榆生、唐圭璋、詹安泰,被称为民国四大词人,施先生著有《民国四大词人》(中华书局2016年版),对此进行了较为详细的论述。关于当代十大词人和民国四大词人的关系,施先生指出"将徐行恭、陈声聪、张伯驹、夏承焘、唐圭璋、龙榆生、詹安泰、丁宁、李祁、沈祖棻推举为当代十大词人,这是以时间推移所进行的划分。此后,又将夏承焘、唐圭璋、龙榆生、詹安泰推举为民国四大词人,乃以朝代更替进行划分。一个以时代,一个以朝代,都有明确的断限"⑫。以"大当代"视角观照民国词人,他认为四大词人体现了中国倚声填词的最高成就,在一定意义上讲,也应当体现当代价值,体现当代对于传统文化的立场和观点⑬。近年来沈祖棻和张伯驹也成为民国旧体文学研究的热点。相较而言,对丁宁、李祁、陈声聪、徐行恭四位作者的研究

相对沉寂,并未彰显。可见对十大词家的研究依然有较大的开拓空间。

三、史观与史识问题

施议对先生提出"大当代"观念,并以此为指导编纂《当代词综》,推出当代十大词人,体现出他的史观与史识,而这种史观与史识也体现在分期、分类上。

在《民国四大词人》一书中,施议对先生谈到分期与分类,如包装起来,就是陆机所说的操斧伐柯。所谓作文之难,难在达意,关键是操斧者,能否依循一定的法则,以曲尽其妙(详见《文赋》)。法则,就是斧头柄,也就是砍伐的准则。编纂《当代词综》,既明确立例,为"当代"断限,又在前言《百年词通论》中将当代词作者划分为四代及三派。这应当就是一种分期与分类[14]。

从学术源流上说,胡适和王国维的分期与分类给予施议对先生以启发。在《传统文化的现代化与现代化的传统文化——关于二十一世纪中国词学的建造问题》一文中,他特别强调,胡适与王国维的开辟之功,就治史者而言,是一种分期与分类。王国维提出境界说,以有无境界为批评标准,既是分类又是分期。胡适将整个中国词史划分为三个大时期:词本身历史,唐到宋末元初;词替身历史,宋末元初到明;词鬼历史,明以后到今(1900年)。并将第一个大时期划分为三个阶段:歌者的词,诗人的词,词匠的词。同样既是分期又是分类。受王国维和胡适的启发,施议对先生对中国词学进行了新的分期分类[15]。以1908年王国维发表《人间词话》创立境界说为分界线,将中国词学分为旧词学和新词学,或者古词学和今词学两个大时期[16]。

"大当代"观念的提出,不仅是施议对先生对前人学术思想的继承和发展,也是学术史发展的需要。施议对先生在《没有观念,就等于没有灵魂——二十世纪文学研究中的一个严重失误》一文中指出,大陆学界将1840年以来的文学界定为三个阶段,即近代文学、现代文学、当代文学,是依据历史上三大政治事件——鸦片战争、五四新文化运动、中华人民共和国成立,其依据标志是,由闭关锁国到门户开放,由封建专制到科学民主,亦即由民国到新中国。三个阶段的界定和划分,完全依据政治事件,属于政治家、历史学家的观念,并无文学自己的观念,这是二十世纪文学研究中的一个严重失误。文学研究从属于政治和意识形态,长期陷入困境。近年来以二十世纪百年研究为突破口,尽管已突破近代、现代和当代三段界定和划分模式,其依据的二十世纪,并非文学所独有,自然科学与哲学同样适用,因此以二十世纪为突破,仍然尚未真正确立文学自身的地位[17]。在这样的情况下,施议对《当代词综》标举"大当代"词观,无疑是一种文学研究观念的突破。对易代之际的文学研究,尤其具有重要的参考价值。笔者认为这种参考价值,在于改写或者重写文学史,对易代之际的文学现象和文学创作进行新的评价。

《当代词综》的编纂就是以此观念为指导的一次敢为人先的尝试。更为可贵的是,编者以"大当代"观念,观照清末以来的近百年词坛,提出新的解读与评价。

《当代词综》前言《百年词通论》将近百年来词的发展史划分为三个时期,并对百年词业的发展作出评判。

其一,清朝末年至民国初期。

这一时期词的创作主要受清季四大词人影响,以复旧为主。新一代作者虽已登上词坛,但未能与传统势力相抗衡。如王国维创立新词论,创作哲理词,但其影响尚未产生实质性的效果。

其二,五四新文化运动至抗战时期。

这一时期的作者分为解放派、尊体派和旧瓶新酒派三派。总体来说这三派的词人活动,将词这一特殊的诗体进一步推向广阔的社会人生,既可以用来抒写传统题材,也可以用来抒写革命思想,凡是其他文学样式能够表达的内容都可以入词,这是以往时代的词所不可比拟的。以第二代词人中的"当代十大词人"为例,夏承焘、唐圭璋、詹安泰、丁宁、李祁、沈祖棻等人,将社会动乱所产生的沧桑感及悲悯情怀寄寓于词,使得词的社会功能大为提高,出现了一批堪称"词史"的作品。

其三,新中国诞生至改革开放时期。

经过1958年的教育改革和"文革"十年,诗的园地,两次沉寂。直到改革开放时期,始迎来蓬勃发展的新时代。近四十年来的词业建设,有两个转变需要引起重视:第一,对于词律的认识,逐渐由外部转向内部。第二,词的创作从地下转向地面。

总体来说,百年词业经过三个时期的演变发展,从复旧到革新,从革新到复旧,循环往复,形成了具有自己特色的当代词,即百年词。与千年词相比,当代词,即百年词的成分是较为复杂的,在它身上,复旧与革新永远存在着难以调和的矛盾[18]。

以上三个时期的划分,突破了学界有关近代、现代和当代的划分。以此为依据,将第二代作者划分为解放派、尊体派和旧瓶新酒派。三派作者,对当下词坛仍有一定影响,所作划分,对于当代诗词创作及研究亦有一定指导意义。譬如以胡适为代表的解放派提倡白话诗词,对新中国诞生后产生并流行至今的老干体(或称"新台阁体")创作有较大影响。在辨别新与旧,处理古与今的关系以及对于当代诗词的研究等领域,施议对先生无疑是一位开拓者。

随着《当代词综》的出版,"大当代"词观逐渐引起了学术界的关注。何晓敏《为中华词苑保存一代文献——施议对〈当代词综〉评介》一文指出《当代词综》体现了大时空的观照与大时代的呈现。依"大当代"划分,"突破时下流行概念以及由此概念所制定的框架,其对于百年词历史的认识以及有关作者的评价和定位,不必盲目跟随,不受政治斗争模式所制约。因而,其进行文学自己的思考,也就有了较为广阔的天地"。以为这是一种观念以及识见的体现[19]。白静《廿载心力成一编——评施议对〈当代词综〉》一文指出《当代词综》体现出编者宏观通达、高屋建瓴的词史观。"大当代"词观的提出,"跳出传统的政治决定论模式,还原词体文学本位";"这种勇于突破、立意开创的精神是值得我们学习的"[20]。不过,这都是十几年前的评判。最近几年,有关当代诗词的创作及研究不断兴起热潮,有关《当代词综》的评介文章时而可见,但并未引起足够重视。"大当代"之作为一种词学观念,仍有待进一步阐释和发扬。

注释:

① 笔者按:周退密致施议对函(2003年12月10日)谈及《当代词综》,曾曰:"煌煌巨著,定当与竹垞(朱彝尊)、兰泉(王昶)两家之选,后先辉映,可无疑也。"施议对:《濠上论词书札》,澳门诗社2016年版,第11页。

② 施议对:《当代词综·凡例》,《当代词综》第一卷,海峡文艺出版社2002年版,第1页。

③ 施议对:《当代词综·凡例》,《当代词综》第一卷,海峡文艺出版社2002年版,第1~2页。

④ 施议对:《当代词综·凡例》,《当代词综》第一卷,海峡文艺出版社2002年版,第2页。

⑤ 施议对:《诗城与诗国》,澳门诗社2015年版,第49页。

⑥ 施议对:《民国四大词人》,中华书局2016年版,第335页。

⑦ 施议对:《当代词综》第一卷,海峡文艺出版社2002年版,第9~10页。

⑧ 施议对:《当代词综》第六卷。海峡文艺出版社2002年版,第2018页。

⑨ 施议对:《当代词综·后记》,《当代词综》第六卷,海峡文艺出版社2002年版,第2021页。

⑩ 施议对:《当代词综·前言》,《当代词综》第一卷,海峡文艺出版社2002年版,第53页。

⑪ 施议对:《当代词综·前言》,《当代词综》第一卷,海峡文艺出版社2002年版,第33页。

⑫ 施议对:《余论:历史的论定》,《民国四大词人》,中华书局2016年版,第334~335页。

⑬ 施议对:《真传与门径——中国倚声填词在当代的传播及创作》,《濠上纵谭——施议对讲堂实录》,上海古籍出版社2015年版,第5页。

⑭ 施议对:《余论:历史的论定》,《民国四大词人》,中华书局2016年版,第334页。

⑮ 施议对:《学苑效芹——施议对演讲集录》,上海古籍出版社2015年版,第26~28页。

⑯ 施议对:《百年词学通论》,《新声与绝响——施议对当代诗词论集》,华中师范大学出版社2015年版,第190页。

⑰ 施议对:《没有观念,就等于没有灵魂——二十世纪文学研究中的一个严重失误》。原载香港《镜报》1999年3月号。又载《濠上偶语——施议对学术随笔》,上海古籍出版社2015年版,第251~255页。

⑱ 施议对:《当代词综·前言》,《当代词综》第一卷,海峡文艺出版社2002年版,第53页。

⑲ 何晓敏:《为中华词苑保存一代文献——施议对〈当代词综〉评介》,《中国诗歌研究动态》2004年第1辑。

⑳ 白静:《廿载心力成一编——评施议对〈当代词综〉》,《中国韵文学刊》2006年第2期。

[作者单位:玉林师范学院文学与传媒学院讲师]

伟大的陪伴
——中国"抗疫文学与文学抗疫"专题论坛致辞

□ 刘醒龙

在武汉经历过疫情之后，每一次旧地重游，我都会觉得心里十万欣喜，却不敢让一丝一缕的欣喜外露。疫情过后，这是自己第一次来到华师校园，免不了一边回首往日，一边说一句很俗的大实话，桂子山上的春天实在太好了！

"朝辞白帝彩云间，千里江陵一日还"是李白乘着轻舟越过万重山峡之后的回望。"无边落木萧萧下，不尽长江滚滚来"，是杜甫人生漂泊老病孤愁再难改变的归结。新冠肺炎疫情像恶魔一样扑过来时，我们能做什么和不能做什么，我们做对了和做错了什么？这些回问也许是多余的，连恶魔的长相都看不清楚，除了生命本能的肌肉记忆，日常生活训练出来的下意识，我们几乎不懂得如何招架，又如何去理解有没有还手之力？然而，无论如何，人对自身一切经历的追问与深究，都是必要的，也是必需的。

一年多时间过去了，我们对新冠肺炎疫情有一定程度的回望，也有某些暂且的归结。站在文学的角度上，可以看得见，对应《霍乱时期的爱情》所写的年年月月，《鼠疫》所写的日日夜夜，"武汉战疫"这部史诗级别的巨著所表现的是那段时空中的分分秒秒。

一般的文学作品，小说也好，散文也好，都有虚构的成分。武汉关闭离汉通道七十六天，每一分每一秒都无法虚构。家家户户门窗紧闭，不分男女老少每个人的心扉也都关得紧紧的，在这种封闭的小环境里，在由无数封闭的小环境构成的更大环境里，有太多人所无法预知的事情会发生。童年时候，人都有过被长辈威胁关进小黑屋或者卫生间的小小恐惧。做孩子的都曾对此有过歇斯底里的害怕。新冠肺炎疫情对所有人都是从未有过的黑暗经历，如果说全人类的内心都很苍茫，在人类社会生活中率先进行对抗新冠疫情的武汉，更是那段时光中人类苍茫的总和。

二〇二〇年二月中旬，武汉关闭离汉通道后最紧张困难的那一阵，歌曲《为了谁》创作团队委托一位朋友打电话给我，希望能写一首像表现"九八抗洪"的《为了谁》那样的歌曲。我答应下来。在交稿时，我坦率地告诉对方，武汉战疫与"九八抗洪"太不一样了，很可能出不了像《为了谁》那样一夜之间唱遍天下的名曲。根本原因在于，关闭离汉通道后武汉人所感受的，与武汉以外的人感受差异太大。

关闭离汉通道时期的武汉，许多事情真的不是平常能够想象的。关闭离汉通道后第五天，李克强总理来到武汉，一下飞机就问武汉现在最需要什么，然后亲自出面在全国范围内寻找武汉最需要的防护服。在拥有世上最完整的产业链的中国，也只找到一万件防护服。前任武汉市市长周先旺亲口告知这事后，马上问我，你知道这一万件防护服运到武汉优先交付哪些人使用吗？一般人想都不用想，就以为应当分发给位处战疫第一线的医护人员。事实并非如此。那个时节，殡仪馆的殡葬工和医院的清洁工，比医护人员更需要防护服。疫情暴发之后积累起来的死者遗体，还有各种带有感染物的垃圾，因为没有防护服，一直都没有妥善处理。这批防护服发下去后，各家医院惨状很快有了改善。比如，运送传染病人的负压救护车，疫情暴发之前，全武汉总共才四台。李克强总理答应从全国征调时，市卫健委的负责人想要四十台，市长却开口要一百台，实际上后来仅仅武汉一地就有两百多台负压救护车。疫情之下，即便是很不起眼的事情，若非亲历者根本无法想象，也不可能预知。

当自媒体上铺天盖地地批评从完全封闭的居民家中递给志愿者帮其代购的纸条上,不该苛求地写着"买菜的时候讨把葱",要"乡下老太自己腌的那种咸白菜"和"小店里卖的辣条和相思卷不要超市的",并指其为可耻的巨婴时,却不知道疫情中被困得看似麻木了的武汉人心里,还满怀早日打开小区门,打开城市门,打开省门和国门,重新回到烟火人间的渴望。当巨大的声音痛斥那些从医院里辞职回家的工人时,却不知道这些人只不过是从一个战壕跳进另一个战壕,从一名打攻坚战的战士变成打阻击战的士兵!在一千一百万武汉人当中,没有一个逃兵。只要身在武汉,谁也当不了逃兵,也不可能不当勇士,若是不当勇士,不拼命地与病毒做斗争,后果不言自明。

武汉战疫是人类最深的痛与最深的爱。在这样的大背景下,如何理解一位护士长好不容易有机会回一趟家,九岁的女儿却躲在门后叫妈妈别进门;如何理解太多人因为收到一只口罩而泪流满面至今感恩不已,类似感觉,只有经历过的人才能真正体会到针扎一样的痛和乳养一般的爱。

社会的脉搏需要安放在个人情怀之中。

个人情怀需要用社会脉搏来激活。

魔鬼藏于细节之中,灵魂同样藏在细节当中。作为文学的武汉,那些写给代购者的小纸条内容,是否必须真的做到,断断不会认真计较,当纸条的作者写下这些活色生香的文字时其内心已经很满足了。本质上这些小纸条就是了不起的诗歌、散文和小说,一方面写了武汉人的艰难苦痛,另一方面又在不经意间写出武汉朴实无华、没有半点虚荣浮夸的浪漫与理想,疫情再严重,也无法阻止一座城市渴望烟火气息满人间式的安详,渴望酸爽麻辣的日常生活重新回来。所以,那些小纸条的主人才是这场世纪困局中最耀眼的作家,那样的写作才配得上经典的意义,是深得《红楼梦》以来中国文学的真传。

别人可以说武汉是一座英雄的城市,武汉人民是英雄的人民。作为武汉人,我写了一部纪实散文《如果来日方长》,并不是要代表谁发出某种声音,只是想表达一种武汉人的情怀,感谢疫情期间武汉之外的所有人给了武汉一次伟大的陪伴!此刻,我所说的每一个字,同样是为了向陪伴武汉挺过最艰难的日子之后,又用"抗疫文学与文学抗疫"的专题论坛继续陪伴武汉的各位专家朋友深表感谢!文学有多么光辉,你们的陪伴就有多么光辉!文学有多么伟大,这样的陪伴就有多么伟大!

普通写作者的普通写作

——在《如果来日方长》研讨会上的发言

□ 刘醒龙

非常感谢各位就《如果来日方长》这本书说了如此多的肺腑之言，对写作者来讲，每一部作品都是一次全新探索的过程。《如果来日方长》这本书，最重要的尝试就是抛弃了自己一直以来的作家身份。所以这本书对我来说，不是作为作家写的，是一个丈夫，一个儿子，一位父亲，一位爷爷，一位邻居，一位街坊，是以所有日常生活中的身份，包括一个普普通通的男人这样的身份写出来的。封城那一阵，老记着自己是个作家，是不道德的。

疫情给我们造成了很大的困惑，但是也给我们提供了极其难得的审视我们自身的机会，特别是关闭离汉通道期间，很多事情来不及思考，来不及研究，只能依靠个人的基本品质即时判断。武汉战疫，对全中国是一次闭卷考试，对每一个生命个体也是一次闭卷考试。在这本书里，大部分文字是自己作为普通人一天天慢慢积攒起来的，积攒到后来就成了这么一本书。如果有谁在这本书里面读出一个作家的影子，那就是这本书的一种失败。我非常尊重自己在疫情之下自觉的选择做一个普通人，像普通人一样害怕，像普通人一样焦虑，像普通人一样热爱，像普通人一样勇敢，像普通人一样缺少防疫物资和日常用品，像普通人一样四处找寻一只口罩，或者一小瓶一百五十毫升的医用酒精。刚才各位谈到很多，我特别的感动，在写这本书的过程当中，如果还有一点点思考的话，那是因为在我内心里有一个巨大的阴影，是有一群特别的历史中人在伴随着我写这本书。

二〇一〇年夏天我去新疆，在博尔塔拉博物馆，从解说词中读到一个词，令人先是毛骨悚然，接着又由衷钦佩，之后更感觉到汉语作为母语无比的深邃壮丽，这个词是用来描写一种特别的女人。清王朝时，为了西部边陲的稳定，朝廷安排八旗子弟轮番去那边地镇守。我有点不记得，最早去的是镶黄旗还是正黄旗。反正这些人出发前，说好两年就换班。然而，朝廷也知道这些人去了就去了，不可能再派人去换。留在伊犁一带的都是年轻力壮的兵士，为了让他们在那边扎下根来，清王朝在他们东北那一带收拢了一批声名不大好的女人，送过去与他们婚配成家。这些寡妇、妓女，或者是其他身份不确定的女人，步行几千里，从自家的老窝子一直走到博尔塔拉，走到伊犁。博尔塔拉博物馆的解说词中，用"义妇"来形容这些女人。看着这个词，整个人当时太震撼了！武汉关闭离汉通道时，我一直在回想这个词，一千多万武汉人，绝大多数没有去过博尔塔拉，没见过这个词，但内心里的震撼何尝不是一样的？作为普通家庭，关闭离汉通道一周左右，听到一些不确切的消息。面对真假难辨的消息，全家人心情异常沉重。在《如果来日方长》中，我写了一段文字：毫无疑问，武汉战疫是史诗级义举……在键盘上敲这段文字时，自己的双手和十指，乃至全身就在颤抖。武汉战疫，说起来都是些日常生活相关的事情，背后却是满城人的赴死之心。这也是疫情中武汉人的伟大所在。看看后来的世界各地，这种赴死的义举，有哪座城市做到了？

也只有武汉这座城市才能体会"如果来日方长"中的"如果"，如果没有"如果"了呢？二〇二〇年度中超联赛最后一场比赛,由武汉卓尔与杭州绿城争夺最后半个保级名额,结果武汉卓尔以一粒点球胜出。比赛结束后,武汉当地的媒体用了一个意味深长的新闻标题:我们活下来了!让许多武汉人闻之热泪盈眶。相比之下,杭州绿城的失望,纯粹只是一场球赛的失利。对武汉卓尔来说绝对不只是一场球赛,这支球队成功保级所展现的是一座城市的死而复生,是这座城市又有了说一句"来日方长"的资质。

武汉恢复城市秩序一年多了,当地朋友中的不少人像我一样,只要身体有一点点不舒适,立马就会拿着杯子冲上一杯连花清瘟,一口气喝下去。疫情之下,连花清瘟与其说是一种良药,不如说是成了我们最好的陪伴。武汉封城战疫与真刀真枪的战争不一样,在更高的层级上,所需要的不是火力支持,而是精神上的陪伴。很多时候,一句温情的关怀远远胜过十万愤怒的鞭挞。《如果来日方长》所有的文字,是用来表示对一切关注过武汉疫情的人的致谢,包括整个国家、整个民族、整个社会,也包括我的朋友、同行,更包括我的邻居、我的街坊、我的家人,特别在苦痛时刻即时带给我数不清快乐的小孙女!

再次向与会各位表示由衷的感谢!